ロレンスへの旅

A Journey into D.H.Lawrence and his work

D・H・ロレンス研究会 篇

松柏社

『書簡集 III』出版の打ち合わせのために、吉村邸（京都三条堺町）を訪れて撮った写真

（松柏社社長森信久氏撮影）

1990年12月の
D·H·ロレンス
研究会合宿
(有馬温泉)

『不死鳥II』(山
口書店、1992
年)出版記念
祝賀会(京都
タワーホテル)

『ポスト·モダンのD·
H·ロレンス』(松柏社、
1997年)の翻訳風景

ロレンスへの旅

目次

I　小説をめぐる旅

II　詩・手紙をめぐる旅

III　思想・哲学をめぐる旅

Ⅳ　ノンフィクションをめぐる旅

V　批評・評伝をめぐる旅

Ⅰ　小説をめぐる旅

チャタレー夫人の〈旅〉

霜鳥 慶邦

はじめに

『チャタレー夫人の恋人』第一七章に描かれたコニーのヨーロッパ旅行のエピソードは、従来どれだけ注目されてきただろうか。テクストをめぐる解釈は多種多様ではあれ、そのほとんどが、性、階級、産業主義、自然、「やさしさ」といったテーマをめぐるものであり、コニーのヨーロッパ旅行がテクスト解釈の中心的テーマとして扱われることはなかった。この小説の典型的イメージは、例えば『ロレンス文学鑑賞事典』の中に確認できる。事典は、この小説の主題を次のテーマにしぼる――コニーと夫の「虚偽」の夫婦生活、森番メラーズの説く「愛の哲学」、「時代の病理現象」としての「産業主義の機械的な人間関係」、コニーとメラーズが創造する「性の神話」と「階級の超越の神話」、「優しさ」の哲学（大平ほか、九四―九六頁）。ヨーロッパ旅行への言及はいっさいない。また、二〇〇六年に公開され、セザール賞を受賞したパスカル・フェラン監督の映画『レディ・チャタレー』では、コニーのヨーロッパ旅行の場面は、まるで映像の早送りでも見ているような感覚を抱いてしまうほどにあっさりと片付けられており、映画全体との有機的関連も見られない。

たしかに、『チャタレー』の主題が〈性〉であることは明らかである。その意味では、たった一〇ページ程度の旅行の話題を無視したところで、テクスト解釈になんら支障はないかもしれない。だがわれわれがまず気付かなければならないのは、その〈性〉のテーマ自体に、〈旅行〉の言説が複雑に絡んでいるという事実だ。次の引用は、テクスト前半で、ラグビー邸に集まった知識人たちが、〈性〉と結婚について会話をしている場面である。ある人物は、互いの所有物としての夫婦関係を揶揄して、目の前の既婚男性に向かってこう発言する。

「君とジュリアのような既婚者には、旅行者の大型かばんみたいにラベルが貼られているのさ。ジュリアには〈アーノルド・B・ハモンド夫人〉というラベルがね——まさに鉄道の乗客のトランクだよ。そして君のラベルは〈アーノルド・B・ハモンド夫人所有のアーノルド・B・ハモンド〉といったところさ」(三二頁)

そして別の人物は、夫婦関係に拘束されない自由な性を支持し、こう言う——「セックスからラベルをはがしてみようよ。誰と会話したって自由なように、その気にさせる女となら誰と寝たっていいと思わないか?」(三三頁)。さらに続けて——「衣装トランクみたいに、僕の名前と住所と駅名の書かれたラベルを付けた女が歩き回っていたら、恥ずかしくてしかたないよ」(三三二頁)。

〈性〉の話題に繰り返し登場する「トランク」と「ラベル」という〈旅行〉の言説。〈性〉と〈旅行〉――一見無関係に思われるこれら二つのテーマは、言説レベルにおいて複雑に交錯している。とすれば、『チャタレー』における〈性〉を理解するには、テクストにおける〈旅行〉のテーマへの注目と、さらにテクストを取り巻く当時の旅行文化への視野の拡大が必須となるはずだ。

当時の旅行文化を考察するうえでまず注目すべき人物は、イーヴリン・ウォーだ。一九三〇年、地中海旅行を終えたウォーは、その体験を一冊の旅行記としてまとめる。タイトルは『ラベル』。旅行記のタイトルとしてはいささか奇妙なこの名称の由来について、ウォーはこう説明する。

今やパリはとても有名な都市である。ローマに次いで世界で最もよく知られた都市だろう。そしてパリには、あらゆる種類の人びとのために、あらゆる種類のロマンティックなラベルが貼られるようになった。わたしがこの作品を『ラベル』と名づけた理由は、この旅で訪れたすべての場所に、すでにたっぷりとラベルが貼られているからだ。わたしは、『サリーの未踏の地の旅』とか『未知なる奥地をめざして』といったタイトルの作品を書けるような冒険家などではない。地中海沿岸地域ほど踏みならされた旅行コースはないだろう。この旅行記に登場する街ほど、つねにツーリストでいっぱいにあふれかえっている街はないだろう。(一三頁)

ウォーにとって〈ラベル〉は、絶えず殺到する無数のツーリスト――彼ら彼女らのトランクには、もちろん〈ラベル〉が貼られている——のために／によって、観光都市がツーリズム的イメージで完全に覆い尽くされていく状況を意味した。〈ラベル〉は、まさに、当時のツーリズム文化を象徴するキーワードだったのだ。(1)

当時のツーリズム的状況をするどく分析したウォーが自らの旅行記のタイトルとして選択するほどの文化的象徴性に満ちた〈ラベル〉という語が、『チャタレー』の〈性〉の領域に入り込んでいるという現象。さらに、コニーもまた、ウォーとほぼ同時代のヨーロッパ——〈ラベル〉に覆い尽くされていたはずのヨーロッパ——へ旅行に出かけるという物語展開。これらの事実をふまえると、〈ラベル〉に象徴されるツーリズムは、決してテクストの周縁的テーマとしてすまされる存在ではなく、テクスト解釈の核心に関わるきわめて重要な要素であることが明らかになるだろう。本論は、従来の『チャタレー』解釈の死角に隠れてきた〈旅行〉のテーマに光を当てつつ、テクストにおける〈性〉を読み直すことを目的とする。(2)

一　パフォーマンス化する世界

ヨーロッパ旅行は、コニーにとって解放と再生の機会となるはずだった。しかし実情は、期待とはかけ離れたものであった。パリは「機械的な官能性」と「金、金、金の緊張状態」によって疲弊しきっており、「おかしな制服を着た奇妙なアメリカ人たちと、国外に行くと決まって絶望的になってしまうみじめなイギリス人たち」でいっぱいの状態（二五四—五五頁）。フランス、スイス、イタリアのいずれにおいても、コニーは心から楽しむことができない。さらに、「石から血をしぼり出すように無理やり快楽を得ようとする」旅行者たち（二五五頁）。このような光景を前に、コニーは、ラグビー邸のほうがましだとすら感じる。

> いや！　コニーはひとりごちた。ラグビー邸のほうがましだわ。あそこなら、自由に歩きまわったり、じっとしたりしていられる。何かをじろじろ観光したりとか、そういったパフォーマンスをしなくてすむ。ツーリストたちのこの享楽的パフォーマンスはあまりにも救いがたいほどに屈辱的だ。本当にどうしようもない。（二五五—五六頁）

この一節で注目すべき語は、「パフォーマンス」である。この語は、「遂行」と同時に「演技」を意味する。テクストは、旅行先で自意識的に娯楽・快楽を享受しようとするツーリストの描写において、「パフォーマンス」という語を二度使用することによって、その演技性を示唆している。ツーリズムと演技性——一見奇妙な組み合わせだが、この関係については、『チャタレー』に限らず、さまざまなテクストの中に確認できる。例えば少し時代を遡って一八六五年、当時イタリアに住んでいた小説家チャールズ・リーヴァーは、ヨーロッパ大陸に押し寄せるクック社のイギリス人ツーリストについてこう述べている。

> イギリスはわれわれの住む地を育ちが悪く低俗で愚かな連中でいっぱいにするだけではない。連中は、国外に出発した時点から、国外の国々とその国民たちすべてに対して既得権を持っていると考えている。ヨーロッパ大陸に金を支払ったのだから［……］それ相応のものをぜひとも得ようとするの

だ。［……］彼らにとってヨーロッパは、コヴェント・ガーデンのショーのように、壮大な見世物なのだ。そして思いのままにパフォーマンスを批判したりパフォーマーを笑ったりする権利があると思っているのだ。（バザード、六一頁に引用[3]）

「真の」ヨーロッパ文化を理解していると自認するリーヴァーは、ヨーロッパ文化を金で売買可能なパフォーマンス的商品としてしか見ないツーリストを、軽蔑の気持ちとともに批判するのである。

一方、ロレンスとほぼ同時代のヨーロッパを旅したイーディス・ウォートンの『イタリアの後景』（一九〇五年）では、ツーリストを嫌悪するエリート主義的旅行者もまた、旅先の風景を演劇舞台としてとらえている様子を確認できる。ウォートンは、シュプルーゲンの広場の情景を描写する際に、広場と「舞台背景」(stage-setting)との類似性を指摘し、意識的に「舞台用語」(theatrical terms)を用いる。広場＝舞台の構造の説明に続いて、そこに登場する人物たちの描写へと移る。

これらの人物たちが、互いにまったく会話を交わすことなく舞台に登場しては去り、また登場しては去っていく光景は、三一致の法則が廃止される以前の、旅館主・郵便局長・地方行政長官といった総称的名称の類型的人物たちが登場する劇がゆるやかに始まる様子を連想させる。（一一頁）

舞台上での芝居が終わると、役者たちは退場し、「コーラス隊は解散し、照明は落ち、パフォーマンスはおしまい」（一三頁）。

ロレンスもまた、いくつかのテクストの中で、ツーリズムと演劇性の関係を指摘している。『セント・モア』のアメリカ南西部の表象はその顕著な例である――映画やゼイン・グレイの作品に登場するカウボーイを自意識過剰に演じているかのようなテキサスの男たち（一三一頁）、ツーリストをもてなすためのサンタ・フェの祭り（一三二頁）、「ようこそミスター・ツーリスト」「ありがとうミスター・ツーリスト」というメッセージの書かれたサンタ・フェの大きな看板（一三二頁）。また、『メキシコの朝』では、インディアンの伝統的文化がツーリスト用の見世物――「サーカス的パフォーマンス」（七一頁）――と化した様子が描かれている。

ツーリズム経済の拡大・浸透によって、ツーリズム的まなざしにさらされた異文化は、売買可能な商品と化す。その商品化された異文化は、ツーリストの期待を高めるために、そして期待に応えるために、商品価値のある文化の真正性を自ら演じる――マッカネルが指摘する「舞台化された真正性」（九一―一〇七頁）である。そしてその商品としての文化はツーリズム経済のさらなる強化・拡大に貢献する。こうしてツーリズムと文化の演劇化の相互依存・相互強化の循環関係が完成する。

ここで先ほどの『チャタレー』の一節に戻ろう。この一節で興味深いのは、パフォーマンスの行為主体が、ツーリズムに回収された文化ではなく、商品化・娯楽化された異文化を享受するツーリスト自身である点だ。演技者としてのツーリスト――つまり、観光用の魅力的な〈ラベル〉に満ち溢れた観光地を訪れるツーリストは、可能な限り多くの〈ラベル〉を享楽的に貪欲に消費し尽くさなければならないという義務感あるいは強迫観念に近い意識に支配され、その結果、快楽と興奮を十分に味わい楽しむツーリストらしいツーリストを意識的にあるいは強制的に演じざるをえなくなるのである。ツーリズム的まなざしとパノプティコン的まなざしの類似性を指摘するクローショーとアーリによれば、完全な可視性にさらされた（と信じる）観光地の住人は、そのまなざしを内面化し、まなざしの対象としてふさわしい振る舞いをするようになる（一七九頁）。一方『チャタレー』が鋭く描き出すのは、ツーリズム的まなざしにさらされ、それを内面化するのは、観光地の住人だけでなく、ツーリスト自身でもあるという事実だ。皮肉なことに、ツーリストは、自身の関与によって作り出されているはずの遍在的可視性ゆえに、ツーリストらしいツーリストを自ら演じなければならないのである。ツーリズム世界の内部では、娯楽の提供者と消費者の両者が、つねにツーリズム的まなざしにさらされた演技者と化すのである。

『チャタレー』に描かれたツーリズム的パフォーマンス／パフォーマンス的ツーリズムの議論に紙幅を割いてきたのは、ツーリズムの内在的・必然的特徴としてのパフォーマンスが、コニーのヨーロッパ旅行のエピソード内部の問題として終わらず、小説の主題である〈性〉の領域にまで入り込んでいるからだ。次の一節は、第一二章におけるコニーとメラーズの性交場面である。

彼女の精神が頭上から傍観しているようだった。彼の腰の前後運動はばかげており、絶頂に達して射精しようと必死なペニスの姿は笑劇的だった。そう、これが愛なのだ、尻をばかみたいに動かし、哀れでつまらない濡れた小さなペニスがしぼむことが。これが神聖な愛なのだ！　現代人がこのパフォーマンスを軽蔑するのはもっともだ。これはパフォーマンスだ。なるほど、ある詩人が言ったように、人間を創造した神は、意地悪なユーモアの持ち主で、人間を理性的な存在として創りつつ、しかし人間にこのようなこっけいな姿勢を強いて、こんな屈辱的パフォーマンスを盲目的に渇望させたのだ。モーパッサンという人物でさえ、それを屈辱的なアンチクライマックスと考えていた。人間は性交という行為を軽蔑しつつ、しかしそれでもそれをするのである。（二七一―七二頁）

コニーとメラーズの性交の描写において執拗に強調される「パフォーマンス」という語。ツーリズム表象と性描写の語彙の共有・循環――『チャタレー』のテクスト世界において、〈性〉は決して閉鎖的に囲い込まれた特殊な領域として設定されていない。〈性〉は、ツーリズムというまったく異なる領域と複雑に交錯しつつ、より包括的な現代的問題の一部として取り扱われている。「パフォーマンス」という語を踏まえて、あらためて〈性〉とツーリズムを比較することで、二つのテーマの関係性を確認してみよう。まずはツーリストの描写――

ツーリストは石から血をしぼり出すように無理やり快楽を得ようとする。哀れな山々！　哀れな風景！　興奮と快楽を提供するために、何度も何度も、とことんしぼり出されなければならないのだ。快楽を得ようとするこの断固たる決意――彼らはいったい何を考えているのだろう。（二二五五頁）

強引に快楽を獲得しようとするツーリストのこの描写に、例えば、コニーとマイケリスの性関係を並置してみよう。マイケリスがオーガズムに達した後でも、「肉体的性的興奮」を欲して自分の身体を動かすコニー（二九頁）。ともにオーガズムに達することができないため、「満足」を得るために、男が果てた後でも「激しく体を揺さぶり、腰を動かし」、行為を続けなければならないコニー（五三頁）。一方マイケリスは、コニーが絶頂に達するまで、「意志の力と献身の精神のすべて」によって、彼女の中で勃起し続けようとする(五三頁)。二人の関係は、まさに、山や風景から「興奮」と「快楽」を強引に「しぼり出」そうとするツーリストの姿と重なる。この種のイメージの究極の姿が、メラーズの妻バーサだ。メラーズは言う——

「俺があいつを抱くとき、絶対に俺といっしょにイカないんだ。絶対に! じっと待っているだけ。もし俺が三〇分がまんしたら、あいつはもっと長くがまんする。そして俺がイッて完全に果てると、するとあいつは自ら動き出す。だから俺は、あいつが体をくねらせて叫びながらイクまで、あいつの中でじっとしていないといけないんだ。そして俺のあそこがちょっとでも小さくなったら、あいつはアソコで俺のものをギュっときつくつかんで、そして完全にエクスタシーに達してイクんだ。[……]あいつはだんだんイキにくくなって、アソコで俺を引き裂くようになった。あいつのアソコは、俺を引き裂く嘴だよ」(二〇一—二頁)

山や風景から「興奮」と「快楽」を「しぼり出」すツーリスト。相手の男性を「つかみ」、「引き裂」いてまで性的快楽を得ようとする女性。自意識的で強迫的ですらある快楽の獲得に対する強い意志、そしてツーリズムと〈性〉に共通する自意識的パフォーマンス——『チャタレー』が診断するのは、〈性〉とツーリズムをはじめとして、日常生活のあらゆる領域が過剰なほどの自意識的パフォーマンスと化してしまった時代の病理現象である。

よって、先のコニーとメラーズのパフォーマンス的性行為の場面に戻れば、二人の行為からパフォーマンス性を除去し、「真の」性的結合へと導こうとする物語展開は、ツーリズム的パフォーマンス的ツーリズムの除去との関係において解釈されなければならないだろう。コニーとメラーズの性交場面を検討する際に注意すべきは、語りの焦点化の対象が、二人の性行為そのもののパフォーマンス性ではなく、自分たちの性行為をパフォーマンスとして見てしまうコニーの意識――「彼女の精神が頭上から傍観している」という感覚――である点だ。意識レベルにおいて、コニーはセックスの行為者ではなく傍観者となっている。行為をする者とそれを観る者――この二つの存在が西洋の演劇の起源であると、ロレンスは『メキシコの朝』で述べている。

ギリシア人はたいてい特定の神を崇めていて、その神に儀式が捧げられていた。この神が、劇を観る存在、つまり劇の最も重要な観客である。儀式は神を満足させるために上演される［*performed*］。演技者と観客――これが演劇の起源である。（五九頁）

それに対して、インディアンの儀式には、「役者と観客の区別はない」（六〇頁）。「彼らは何かを表象しているのではなく、演じているのでもない。彼らは、そっと繊細に何かになるのである」（五八頁）。ロレンスの演劇論に従えば、セックスのパフォーマンス性を消去するには、コニーを意識的・視覚的観客の立場から引きずりおろし、セックスの行為者のポジションに置く必要がある。テクストはその論理に忠実に従う。二人が再び抱擁するとき、メラーズの腕の中でコニーは「溶解」していく――「男は欲望の炎のようだった。それでいて優しかった。女は炎の中に溶け、すべてから解き放たれた」(一七三頁)。コニーから観客的意識は完全に消えている。溶解しきったコニーは、やがて「海」となる。

そして彼女は海のようだった。暗い波そのものになり、立ち上がり、うねり、大きな塊となって騒ぎ出した。彼女の中の闇すべてがうごめきだし、暗く無言の大きな波をうねらせる海となった。ああ、そして彼女の内部の奥底で、海は割かれ、大波となってはるか遠くまでうねっていった。静かに女の中核へ潜ると、その中心から海が割かれてうねっていった。そして海に飛び込み、深く深く潜り、底の方に触ると、女はさらに深く深く深くあらわになり、さらに大きな波が遠くの岸までうねっていき、女をむき出しにするのだった。確かな感触のその未知なるものがさらにさらに深く潜り込むと、もっともっと遠くまで波が女からうねっていき、女を置き去りにした。そして突然、女の原形質の中核が触れられた瞬間、女は静かに一瞬震えた。女は触れられたことを知り、絶頂に達し、果てた。女は果てて、存在を失い、そして生まれた――女として。(一七四頁)

コニーのオーガズムを海に喩える有名な場面である。この一節については、従来の研究において、産児制限論者マリー・ストープスの『夫婦愛』(一九一八年)との言説的類似性が指摘されている(ブランチャード、鎌田)。本稿が注目したいのは、この一節のインターテクスチュアルな関係ではなく、その修辞効果である。「暗い波」が激しくうねる海、「海に飛び込み、深く深く潜」る者、深く深く「あらわになり」「むき出しに」なっていく過程――〈性〉の記述の修辞レベルに散りばめられたこれらの語彙は、互いに共鳴しつつ、この一節が、まるで荒波のうねる海を舞台にした秘宝探しの冒険物語であるかのような印象を読者に与えるだろう。それは、ツーリズム的快楽やツーリズム的パフォーマンスとはまったく異なる苦難に満ちた冒険物語であり、そこでは、ファルスという主人公が、暗くうねる荒波に勇敢に立ち向かい、海の深い深い奥底に隠された秘宝を見つけ出し手に入れようと奮闘している。「海」は、コニーのセクシュアリティの比喩として機能しているだけでなく、コニーの身体・セクシュアリティを〈旅〉の舞台へと変換し、もう一つの物語――冒険物語――へと読者の読みを移行させるための言語装置として作動している。この巧みな言語操作によって、この場面では、物語レベルと修辞レベルにおいて、密接に関連しつつ独立した二つの物語が同時進行することになる。物語レベルにおいて男女のセックスのパフォーマンス的意識／意識的パフォーマンスが除去され「真の」性的結合が実現されようとするまさにその瞬間、テクストの修辞レベルにおいて、冒険のモードが加速度的に強化され、ツーリズム的パフォーマンス／パフォーマンス的ツーリズムとはまったく別種の苦難に満ちた冒険が遂行されるのである。海が割れて波がうねり、女の本質がむき出しになっていく様子は、男性性器が女の中に深く入り込み、女の自意識と社会的意識を取り払い、女を絶頂へと導く性行為を表現していると同時に、ツーリズム的〈ラベル〉が一枚一枚剥ぎ取られ、冒険の世界が徐々に姿を現していく過程でもあるのだ。テクストは、単に〈性〉の深化を描写するだけではなく、〈性〉の領域を〈旅〉の舞台と化し、その奥地へと冒険することで、テクストの抱えるツーリズム的状況からの逃避願望と「真の」〈旅〉の実現願望を、想像的・修辞的に充足するのである。(4)

二　移動、歩行、そして密林の深奥へ

再びコニーのヨーロッパ旅行に戻ろう。本節で注目したいのは、コニーの移動手段だ。ヒルダの運転する車でフランス、スイス、イタリアを通過するコニーは、これらの都市に「生命力に富んだもの」を何も見出せず、「風景にはもはやまったく関心を持たない」（二五五頁）。彼女は「ただ荷物として運ばれただけだった」（二五五頁）。荷物としての旅行者――この感覚は、交通手段の発達と旅のスピード化に伴って、多くの旅行者が共有したものだった。例えば、『チャタレー』よりも前の時代のジョン・ラスキンはこう述べる――「わたしは、鉄道での移動を旅とはまったく見なさない。それは単にある場所へ「運ばれる」だけであって、荷物とほとんど大差はない」（『現代画家』、二八〇頁）。旅のスピード化と盲目的ツーリストの増加を批判するラスキンはさらにこう述べる――「一時間に一〇〇マイル場所を移動しても［……］われわれは少しも強くも幸せにも賢くもならない。ゆっくりと歩行すれば、視界に収まりきらないほどのものがつねに世界に存在するのだ。速く移動しても、少しもよく見えることはない。［……］愚かな者はつねに空間と時間を縮めたがる。賢い者は両者を延ばそうとする。愚かな者は空間と時間を省こうとする。賢い者は両者をまず確保し、活気付けようとする。［……］真に重要なことは、考えることと見ることであって、速く移動することではない」（『自然、芸術、道徳、宗教における真と美』、三九〇頁）。

『チャタレー』とほぼ同時代にイングランドを旅行したJ・B・プリーストリーもまた旅のスピード化を批判する――「現代人のように車に閉じ込められてすばやく移動すると、通過する土地の現実から切り

離されるだけでなく、たぶん正常な現実感覚を失う。［……］現代の迅速な閉じられた移動は不吉な様相を持っている。［……］ゆっくりと旅をすれば見慣れないものと適切なコミュニケーションを取り、吸収し適応することができる。さっと通り過ぎるだけでは吸収し適応する時間がない。旅行者が知る世界がだんだん画一化されてきたのはこのためだろう。時速四百マイルで旅をすることが可能な時代が来れば、均一化の極を行くことになる。［……］その時代には厳密にいえば旅ではなく単に移動があるだけだろう」（二一三―一四頁）。コニーがヨーロッパで体験しているのは、〈旅〉ではなく単なる〈移動〉にすぎず、それゆえ彼女は、たとえ多くの国々を通過しても、土地の風景・生活との直接的つながりを実感できず、彼女のヨーロッパ体験は幻滅に終わってしまうのである。イギリスへ帰国する際に乗るオリエント・エクスプレスでも、コニーは「風景のことはまったく忘れて静かに座っていた」（二七二頁）。

スピード文明の対極に位置する移動様式が〈歩行〉である。コニーは森を〈歩行〉する。従来の読みは、森という空間の象徴性にもっぱら注目してきた。だが、森という空間を〈歩く〉という身体的行為の考察ぬきには、コニーと森の関係、さらには森の中でのメラーズとの性的結合の意味を理解することはできない。というのも、イギリス文化において、歩行は、きわめて高密度の文化的象徴性を帯びた行為として位置づけられてきたからだ。

歩行の文化的象徴性の変遷を詳細にたどったアン・D・ウォレスの『歩行、文学、イギリス文化』を参照しつつ、イギリスの歩行文化の特徴についてまとめてみよう。もともと歩行による旅は、貧困、社会からの疎外、道徳的堕落、危険分子などの否定的イメージに満ちていた。だが一八世紀半ばころ、歩行の文化的認識に変化が生じる。いくつかの要因の中でも特に重要なのが、交通手段の革新・多様化・スピード化である。その結果、歩行は、目的地への到着よりも旅の過程に美徳を見出す人びとによって意図的に選択される旅のモードとなる。そして歩行の肯定的イメージはワーズワスによって決定的になる。ワーズワスの描く逍遥は、詩的想像力、過去の価値の回復、共同体の回復・再生、個人と文化の教化を意味する象徴的行為であった（ウォレス、一六五頁）。さらに一九世紀に入ると、ウィリアム・ハズリット、ヘンリー・デイヴィッド・ソロー、ロバート・ルイス・スティーヴンソン、レズリー・スティーヴンらの著作を中心にして「逍遥理論」なるものが構築されていく。ウォレスは「逍遥理論」の特徴をこうまとめる。

歩行という身体的行為の自然で原始的な要素は、われわれの知覚の本来の調和を回復させ、われわれを、自然世界とそこに内在する道徳的秩序へと再び結び付け、自身の個人的過去と民族的そして／あるいは人種的過去の両方――つまり機械化以前の人間の生――を取り戻してくれる。その結果、歩行者は、自己のさらなる高揚感、より明晰な思考、より明敏な道徳的理解力、より洗練された表現力を期待できるのである。（一二三頁）

重要なことに、「逍遥理論」は、ワーズワスを起源としつつ、その起源自体を曖昧化することで、自らの歴史的構築性を隠蔽・忘却し、それが主張する歩行のワーズワス的美徳が、あたかも歩行という行為そのものに本来的に内在する要素であるかのように装うのである。こうして非歴史化・普遍化された「逍遥理論」的歩行観は、イデオロギーと化してその後の時代に伝わっていくことになる（ウォレス、一一三―一一四頁）。

『チャタレー』におけるコニーの歩行もまた、このような歩行の文化史の流れの中に位置している。ヨーロッパ旅行でのスピード移動と森の歩行の差異は、まずは、移動速度の低下に伴う風景描写の具体化という記述のレベルに確認できる――「ハシバミの茂み」、「鬱蒼と茂るオーク」、ひょっこり現れる「ウサギ」、飛び去っていく「ミヤマガラス」など（四一頁）。このような自然風景の細部の描写は、風景自体に興味を失ってしまったヨーロッパ旅行とはあきらかに対照的である。また、森の歩行は、コニーの病んだ身体に健康を回復してくれる――「森の中でコニーは不思議な高揚感を覚えた。頬が赤く染まり、瞳が燃えるような青に染まった。かすかに甘く、本当にかすかに甘く香るサクラソウと初咲きのスミレを二、三本摘みながら、彼女はゆっくりと歩いた。どこにいるのかもわからないまま、彼女は歩き続けた」（八六頁）。[5] さらに次の一節は、森の自然が単なる風景以上の存在であることを示している。

コンスタンスはぼんやりと歩き続けた。古い森から、古代の深い物思いが伝わってきた。それは彼女の気持ちをなだめてくれた。外の世界の執拗な騒がしさよりもよかった。残された森の内省的雰囲気、古い樹木の無言の静寂が好きだった。まさに沈黙の力であり、それでいて生命力に満ちた存在に思えた。これらの木々もまた待っている。じっと、静かにじっと待っている。沈黙の力を秘めながら。おそらく木々は終わりを待っているだけなのだ。切り倒され、一掃されるのを。それは森の終わりであり、木々にとっては、すべての終わりなのだ。だが木々の力強く誇り高い沈黙、たくましい木々の沈黙は、それとは別のことを意味しているのかもしれない。（六五頁）

この場面でコニーは、単に森の中を歩行しているだけでなく、歩行という行為をとおして自然との沈黙の生命的交感を体験している。ここでのコニーの歩行は、明らかに「逍遥理論」の系譜に属している。デイヴィッド・マットレスは、当時の文化において、自然の中の歩行が「大地との交感」を意味する象徴的行為であったことを指摘しているが（八七―八八頁）、[6]コニーの歩行もまた、この種の象徴性に満ちている。ただし、この場面では、コニーと森の交感の可能性が示唆されると同時に、森そのものが消滅の危機に瀕していることが暗示されている。実際にコニーは、最終的に、自然との交感の可能性よりもむしろ、その限界を理解することになる。

これが歴史である。一つのイングランドがもう一つのイングランドを消し去るのだ。［……］産業的イングランドが農耕的イングランドを消し去る。一つの意味が別の意味を消し去る。新たなイングランドが古きイングランドを消し去る。そして連続性は有機的ではなく機械的になる。
有閑階級のコニーは、古きイングランドの残存物にしがみついてきた。そして何年もかかって彼女は理解した。実は古きイングランドが、恐ろしくぞっとするようなこの新たなイングランドによって消し去られていること、そして完全に消滅するまでその破壊行為が続くことを。（一五六頁）

コニーは森の歩行を通してイングランドの風景の美しさを知り、自然に満ちた古きイングランドとの有機的交感の可能性を見出す。だがそれゆえに、交感の対象となるはずの「農耕的イングランド」が「産業的イングランド」によって破壊されていく状況をも痛切に意識することになる。結果的にコニーが体験するのは、自然との交感ではなく、イングランド的自然からの疎外感とならざるをえないのである。そもそも、「農耕的イングランド」の消滅を嘆くコニー自身が、森の風景を機械文明の産物である自動車から眺めているという皮肉な現象は、コニー自身がどれほど古きイングランドを希求しようとも、「産業的イングランド」から逃れられないことを暗示している。テクストは、現代におけるワーズワス的逍遥の美徳の回復の可能性を追求しつつ、それが産業機械化へと向かう時代の流れに飲み込まれていく歴史的悲劇を描き出すのである。[7]

歩行による自然との交感の可能性と限界、古きイングランドの消滅という歴史的悲劇――この一連のテーマとの関係において、森の中でのコニーとメラーズの性行為は、どのような意味を持ちうるのだろうか。第一〇章でメラーズと性行為を体験したコニーは、自身が「森」になったかのような感覚を抱く。

> 彼女は森のようだった。オークの木々が絡み合う暗い森。そこでは無数の開きかけの蕾が聞き取れぬざわめきを立てていた。そして欲望という鳥が、木々が複雑に絡み合った巨大な森のような彼女の肉体の中で眠っていた。(一三八頁)

歩行はコニーに森との交感の可能性を提供した。だがその可能性は、産業化の波によって消滅する。一方、メラーズとの性交では、主体としてのコニーと客体としての森という関係は超越され、コニーの身体そのものが森と化す。互いの性器を花で飾る有名なエピソードを経て、二人の性的関係は第一六章においてクライマックスに達する。

この短い夏の夜に、彼女は多くのことを学んだ。彼女は羞恥心のために死んでしまうものと思っていた。しかし逆に羞恥心が死んだ。羞恥心、それは恐怖心のこと。われわれの肉体の根源に居座っている生命の深い羞恥心、遠い昔からの肉体的恐怖心。官能の炎によってのみそれを追い払うことができる。それは、この男のファルスによる狩猟によってやっと目を覚まし駆逐された。そして彼女は自分自身の密林のまさに深奥へと到達した。今、彼女は、自分の本性の真の基盤へと至ったことを感じ、根本的に恥の意識などなくなった。彼女は、裸で恥の意識のない官能的自己となった。うぬぼれにも近い勝利の感覚を覚えた！　そう！　この感覚！　これこそが生なのだ！　これこそ真の姿なのだ！

偽ったり恥らったりすることなどもう何もない。彼女は、究極の裸体状態を、別の存在である男と共有した。

そしてこの男はなんと向こう見ずな悪魔なのだろう！　本当に悪魔のようだ！　この男に耐えるには強くならなければならない。しかし肉体の密林の奥底まで、生命の恥辱の最後の最奥の秘境まで達するのは容易なことではない。ファルスだけがそこへ探検することができる。そして男はどれほど激しく女に迫ってきたことか！　そして女はおびえながらどれほどそれを嫌悪したことか！　しかし女は本当はどれほどそれを欲したことか！　いまや女は理解した。魂の底では、本心では、女はこのファルスによる狩猟を必要としていたのだ。ひそかにそれを欲しつつ、決してそれを手に入れられないだろうと信じていた。今、突如それが現れ、男とともに彼女は最終的究極的裸体状態でいる。女には恥辱の意識はなかった。（二四七頁）

コニーの身体・セクシュアリティを「密林」に喩えるこの一節は、女性のセクシュアリティと未開の地を同一視する言説と強烈に共鳴している。ただし本稿は、この一節の言説的背景やイデオロギー性の分析にまでは踏み込まず、この場面に高密度に凝縮された〈旅〉の語彙の修辞的特徴に注目したい。[8]「ファルス」という主人公が「密林」を「探検」し、「狩猟」をし、「最後の最奥の秘境」を目指す——これはまさに未開の地の冒険物語（あるいはコロニアルな物語）の典型的イメージである。この場面でもやはり、〈性〉と〈旅〉の二種類の物語である。二人は、イギリスの森の中で性的に結ばれると同時に、イギリスから遠く離れた未開の密林を「探検」している。ここでは、コニー自身の肉体が密林となり、ファルスがその地を探検することで、歩行による自然との交感の問題は、男女の性的結合の問題へと転化している。その結果、ファルスが女の肉体の奥へと進入・挿入し性的絶頂に達する行為によって、歩行による人間と自然の交感の問題が想像的に代替的に実現されることになる。ただし、ここでの自然との交感・一体化は、イギリス的・ワーズワス的「逍遥理論」とはまったく異なる原始的・官能的・悪魔的体験である。二人は、イギリスの森の中にいるが、〈性〉と〈旅〉のレベルにおいては、もはやイギリスには存在しない。二人の〈性〉意識は、イギリス的価値観からは遠く離れた未開の地を〈旅〉している。[9]

また、コニーの中に存在していた羞恥心、恐怖心、偽りの意識が駆逐され裸になっていく過程は、〈旅〉の物語のレベルでは、ツーリズム的〈ラベル〉が一枚一枚剥ぎ取られ、冒険・探検の世界へと移行していく様子を想起させるだろう。つまりコニーの社会的意識や羞恥心が除去される過程と平行して、ツーリズムから冒険へのモード変換が進行しているのである。前節で確認した現象と同様に、この場面でも、テクストは〈性〉の領域に〈旅〉のテーマを回収し、たくみな修辞操作によって女性のセクシュアリティ言説と〈旅〉言説を緻密に織り合わせることで、性的結合、自然との一体化、ツーリズムからの逃避、冒険への願望を重層的に実現するのである。

三 〈旅〉する文学

『チャタレー』は、イギリス国内の〈文明（＝産業社会）／自然（＝森）〉という閉鎖的枠組みの内部で展開される物語ではない。テクストが志向するのは、むしろその枠組み自体からの逃避と〈旅〉への衝動である。心身ともに病んだコニーの療養地として提案されるカンヌ、ビアリッツ、ニース、シチリア、アフリカ（七八―七九頁）。コニーとメラーズの新たな生活の地として言及されるアフリカ、オーストラリア、インド、南アフリカ、エジプト、カナダ（二一五、二五〇頁）。だが陽光と生命に満ちコニーの健康を回復してくれるはずのヨーロッパは、すでに見たとおり完全にツーリズム化されており、コニーのヨーロッパ旅行は幻滅に終わる。また、コニーとメラーズの国外での新たな生活の可能性がほのめかされつつも、具体的な未来像の記述はほとんどない。それどころかテクストは、どれほどイギリスから遠く離れようとも、文明の網の目から逃れることは不可能であると断言する。

今すぐに地上の最果てまで行き、すべてから自由になることはできないのか?

それは不可能だ。今日では、世界の最果てまで、チャリング・クロスから五分とかからない。ラジオのスイッチがオンになっているかぎり、地上の最果てなど存在しない。タオメーの王たちもチベットのラマ僧たちも、ロンドンやニューヨークの放送を聴いているのだ。(二八一頁)

文明の網に覆い尽くされた世界において、もはや未踏の地など存在しないのか。当時の旅行記作家たちは、この問題に対してさまざまなかたちで応答した。ツーリズム化した世界を嫌悪するロレンスは、サルデーニャ島やメキシコを旅することで、西洋文明の及ばない地を、あるいは「文明の範囲の外側」(『海とサルデーニャ』、一五頁)を求めた。グレアム・グリーンは、『地図なき旅』という旅行記のタイトルが示すとおり、アフリカ大陸の地図化されきっていない地を旅することで、自らの旅の独自性を主張した。イタリアを旅行したイーディス・ウォートンは、観光ルートを意図的に回避し、「カタログ化」された観光都市の「隙間」に着目することで(一七〇頁)、「新大陸を目にした探検家の興奮」(八八頁)を体験しようとした。対照的にイーヴリン・ウォーは、自分のことを「ツーリスト」ではなく「トラベラー」と呼びたがる者たちの俗物根性を冷ややかに軽蔑した。「われわれはツーリストなのだ」(三六頁)と断言するウォーは、冒険者気取りはいっさい見せず、気楽なツーリストとしての自分をパロディ的に描くことを選択した。

文明の網からの逃避、ツーリズムからの逃避、「真の」〈旅〉の実現——当時の旅行記作家たちがさまざまな戦略で実現しようとしたこれらの願望(ただし、ウォーは例外)を、『チャタレー』は、彼ら彼女らとはまったく異なる方法で、フィクションの次元でのみ可能な方法で、実現することを試みる。テクストは、地上のどこかに文明の外部の未知・未踏の地を想定するのではなく、女性のセクシュアリティの深奥を「最後の最奥の秘境」(二四七頁)と呼び、その「秘境」を〈旅〉の目的地として設定する。コニーの身体・セクシュアリティは、「海」、「森」、「密林」という〈旅〉の舞台と化し、「ファルス」はその内部を奥へ奥へと「探検」し、そしてついに「最後の最奥の秘境」へと到達する。この小説において、「真の」〈性〉の探求と「真の」〈旅〉の希求は表裏一体となっており、二人の男女は、性的絆を深めていくと同時に、修辞レベルにおいてつねに〈旅〉をしている。二人が結ばれるメラーズの小屋の棚にさり気なく置かれている数冊の「旅の本」(二二二頁)——決して内容が明かされることのないこれらの旅の本は、二人の性行為の隠喩でもあり、さらに、小説の内部に設定された、コニーとメラーズを主人公とするもう一つの物語——〈旅〉の物語——への入り口でもあるのだ。

二人の〈性〉と〈旅〉の物語は、『恋する女たち』のバーキンの主張を想起させる——「君と行きたい、どこでもないところへ。ただどこでもないところへ君と彷徨っていきたい。どこでもないところ——それが目的地だ。世界のどこかではなく、僕たち自身のどこでもないところへ彷徨したい」(三一五頁)。[10]「どこか」ではなく、二人だけの「どこでもないところ」という〈非場所〉——『チャタレー』は、それを女性のセクシュアリティの深奥に設定し、男女は〈性〉を通してそこへ〈旅〉をする。その「どこでもないところ」は、フィクションの言語の修辞的効果の産物にすぎないかもしれない。だが小説の言語による読者の意識変革・思考変革の可能性の追求こそが、『チャタレー』が挑む主題の一つであることを忘れてはならない。第九章で、語り手は、物語の展開を一時中断してまで自らの小説論を主張する。

われわれの共感がどのように満ち引きするかによってわれわれの生は真に決定づけられる。そしてここにこそ、良質の小説の大きな重要性がある。それはわれわれに新たな場所の在り処を知らせ、われわれの共感的意識の流れをそこへ導く。そして死んだ物事からわれわれの共感を引き離してくれる。ゆえに、良質の小説は、生の真の秘密の場所をあらわにしてくれるのだ。何よりも生の情熱的な秘密の場所においてこそ、感覚の意識の潮が満ち引きしながら自らを浄化し再生しなければならないのだ。（一〇一頁）

逆に、「うわさ話」と同レベルの多くの小説、特に「大衆小説」は、「偽りの共感と嫌悪感」を喚起し、「もっとも腐敗した感情」を称揚するのだと言う（一〇一頁）。

語り手が主張するこの小説論で本稿が注目したいのは、その思想的内容よりも、修辞レベルにおける語彙の特徴である。真の小説の言語こそが究明することができると語り手が主張する「秘密の場所」（secret places）——これは、まさにコニーとメラーズが〈性〉を通じてその意味を明らかにしようとしたものである。第一五章で、雨の中で踊り、交わり、小屋の中で再び交わるとき、メラーズは、コニーの「二つの秘密の穴」（the two secret openings）を指で愛撫し、「お前がここから糞したり小便したりするのがいいんだ」と言い、「秘密の場所」（secret places）にしっかりと手を置く（二二三頁）。この「秘密の場所」は、前節で考察したコニーの身体・セクシュアリティの中に存在する「密林の奥底」、「生命の恥辱の最後の最奥の秘境」へと通じるだろう。『チャタレー』のテクスト世界では、〈旅〉と〈性〉、さらに小説論のレベルで、「秘密の場所」の究明のテーマが循環している。コニーとメラーズが〈性〉を通して「秘密の場所」へ〈旅〉をする一方、小説の作者と読者は、小説を〈書く〉・〈読む〉という行為によって「秘密の場所」へ〈旅〉をする。良質の小説を〈書く〉・〈読む〉という行為は、「死んだ物事」――ツーリズム的〈ラベル〉を想起させる――からわれわれを解放し、「新たな場所」・「生の真の秘密の場所」という未知・未踏の領域へとわれわれを導く一種の〈旅〉であることをテクストは主張する。ゆえに小説家は、ゴシップ的「大衆小説」――〈ラベル〉だらけの世界におけるツーリズム的娯楽に相当するだろう――ではなく、良質の小説を〈書く〉必要があり、読者はそれを〈読む〉ことで、腐敗堕落した〈ラベル〉を剥ぎ取り、「生の真の秘密の場所」への〈旅〉を体験することが重要になる。

『チャタレー』における〈旅〉に注目してきた本稿の主眼は、〈性〉が小説の主題であることを否定することでも、〈性〉とは別に〈旅〉を論じることでもない。この小説において、〈旅〉は単なる一エピソードとして登場するのではなく、隠喩と化してテクスト全体に、特に〈性〉の領域に高密度に浸透し、〈性〉の意味づけそのものに決定的な役割を果たしている。さらに、〈旅〉のテーマは、小説論のレベルにまで深く関与し、われわれ読者に〈読み〉という〈旅〉の可能性と重要性を訴えかける。『チャタレー』における〈旅〉――それは、究極的には、〈性〉を言語化することの可能性と不可能性を極限まで追求することで通俗的意識を打破しようとするこの小説の言語的・思想的〈冒険〉を、われわれ読者自身がどれだけ切実にリアルに体験し、われわれの「共感的意識の流れ」が新たな未踏の〈地＝知〉へ到達しうるかという、〈読み〉のアクチュアリティの問題と言えるだろう。

注

（1）ウォーの地中海旅行の分析については、拙論「ベデカー時代の世界を旅するには」を参照。また、〈ラベル〉は、ロレンスの旅行記『海とサルデーニャ』を読み解くためのキーワードでもある。拙論「ロレンス、サルデーニャ、（反）ツーリズム」参照。

（2）本稿と直接関わりはないが、安尾正秋は、「性交《インター》」・「交通《コース》」の観点から『チャタレー』の読解を試みている（「『チャタレー卿夫人の恋人』のテクスト戦略を暴く」）。

（3）原典は、Charles Lever, 'Continental Excursionists,' *Blackwood's Magazine*, 97/594 (Feb. 1865): 231-32.

（4）失われた「真の」〈旅〉への憧憬／〈ツーリズム〉への軽蔑という二項対立的価値観は、一八世紀末あたりから存在していた。学術の世界でも、例えばファッセルやボースティンらは、〈旅〉と〈ツーリズム〉を時代区分や内的動機によって差異化しようとする（ファッセル、三七―四二頁　ボースティン、八五頁）。だがそのような二項対立的図式化が、過去へのノスタルジアを伴ったツーリズム文化による構築物にすぎないことが、カラーやバザードによって指摘されている（カラー、一五六―五八頁　バザード、三―五頁）。『チャタレー』は、「真の」〈旅〉への憧憬と〈ツーリズム〉への嫌悪という伝統的な二項対立的価値観に染まっており、当時のツーリズム文化そのものを相対的・客観的に観察することはできていない。ただしこのテクストの興味深い点は、「真の」〈旅〉への願望を、〈性〉の領域で想像的に充足しようとする点である。

（5）『チャタレー夫人の恋人』の森と健康については、加藤洋介『D・H・ロレンスと退化論』第八章、加藤洋介

「『チャタレー夫人の恋人』の健康法と踊りの文化」を参照。

(6)マットレスは、「大地との交感」としての歩行の一例として、スティーヴンソンの次の発言を引用している——「自分の足で旅する者は、足の裏に大地を感じ、大地との一体感を体験するのだ」(八七頁)。

(7)J・B・プリーストリーもまた、『イングランド紀行』の中で、時代の変遷とともにワーズワス的歩行が失われていく様子を描き出している——「ブラッドフォードの人々は昔からムアに出かけることを楽しんできた。私が子どもの頃、近隣の自然を歩くことが住民の熱狂的趣味だったので、ブラッドフォードにはたくさんの健脚の人たちがいた。とてつもない距離を皆が歩いた。[……]私たちは一人残らず心の中ではワーズワスのファンだった。饒舌な熱気、明るいイタリア風の色彩をもつシェリーのような詩人も理解する努力は必要だが、何しろ私たちの脚はワーズワス好みである」(二四四—四五頁)。そして戦後の若者たちの歩行についてこう述べる——「これらの若者たちは意識的に運動しているという雰囲気を漂わせていた。昔、私たちが鼓舞された古風な魔術師としてのワーズワスではなく、キザな詩人風の精神を気取っていた」(二四五—四六頁)。

(8)女性のセクシュアリティと未開の地の親近性の言説については、例えばストットを参照。

(9)コニーとメラーズの性行為に関しては、ソドミーの観点からの解釈が重要であることは言うまでもないが、本稿では、〈性〉と〈旅〉の関係に論点をしぼるため、この問題には立ち入らないでおく。『チャタレー』におけるソドミーをめぐるさまざまな議論については、小川享子「フェミニズム批評と精神分析批評」の中にまとめられている。

(10)『恋する女たち』における性とユートピア思想については、拙論「「星の均衡」再考」を参照。

参考文献

大平章・小田島恒志・加藤英治・橋本清一・武藤浩史編『ロレンス文学鑑賞事典』彩流社、二〇〇二年。

小川享子「フェミニズム批評と精神分析批評」『ロレンス研究――「チャタレー卿夫人の恋人」』D・H・ロレンス研究会編、朝日出版社、一九九八年、五四九―六一〇頁。

加藤洋介『D・H・ロレンスと退化論――世紀末からモダニズムへ』北星堂書店、二〇〇七年。

――「『チャタレー夫人の恋人』の健康法と踊りの文化」『英語青年』第一五三巻第六号、二〇〇七年九月、一五―一七頁。

鎌田明子「ロレンスとマリー・ストープス――性を言説化する時代における『チャタレー卿夫人の恋人』」『ロレンス研究――「チャタレー卿夫人の恋人」』D・H・ロレンス研究会編、朝日出版社、一九九八年、五七―一一六頁。

霜鳥慶邦「「星の均衡」再考――『恋する女たち』におけるユートピア思想と性」『D・H・ロレンス研究』第一二号、日本ロレンス協会編、二〇〇二年三月、三一―一五頁。

――「ベデカー時代の世界を旅するには――二〇世紀前半地中海世界の旅戦略」『英語青年』第一五三巻第八号、二〇〇七年一一月、二四―二八頁。

――「ロレンス、サルデーニャ、(反)ツーリズム――『海とサルデーニャ』の記号世界を旅する」『ロレンス研究――旅と異郷』D・H・ロレンス研究会編、朝日出版社、二〇一〇年、二七七―三一三頁。

ブランチャード、リディア「ロレンスとフーコー、セクシュアリティの言説（『チャタリー卿夫人の恋人』）」『ポスト・モダンのD・H・ロレンス』ピーター・ウィドーソン編、吉村宏一・杉山泰ほか訳、松柏社、一九九七年、二四七―八四頁。

プリーストリー、J・B『イングランド紀行』上巻、橋本槇矩訳、岩波書店、二〇〇七年。

安尾正秋「『チャタレー卿夫人の恋人』のテクスト戦略を暴く――『性交』と『交通』のインターコース」『ロレンス研究――「チャタレー卿夫人の恋人」』D・H・ロレンス研究会編、朝日出版社、一九九八年、三九八―四三七頁。

Boorstin, Daniel. *The Image: A Guide to Pseudo-Events in America.* New York: Atheneum, 1967.
Buzard, James. *The Beaten Track: European Tourism, Literature, and the Ways to 'Culture', 1800-1918.* Oxford: Clarendon P, 2001.
Crawshaw, Carol and John Urry. 'Tourism and the Photographic Eye'. *Touring Cultures: Transformations of Travel and Theory.* Ed. Chris Rojek and John Urry. London: Routledge, 2004.
Culler, Jonathan. *Framing the Sign: Criticism and Its Institutions.* Oxford: Basil Blackwell, 1988.
Forster, E. M. *A Room with a View.* London: Penguin Books, 2000.
Fussell, Paul. *Abroad: British Literary Traveling between the Wars.* Oxford: Oxford UP, 1982.
Greene, Graham. *Journey without Maps.* London: Vintage, 2002.

MacCannell, Dean. *The Tourist: A New Theory of the Leisure Class*. Berkeley: U of California P, 1999.

Matless, David. *Landscape and Englishness*. London: Reaktion Books, 1998.

Lady Chatterley. Dir. Pascale Ferran. DVD. Artificial Eye, 2008.

Lawrence, D. H. *Lady Chatterley's Lover*. Cambridge: Cambridge UP, 2002.　武藤浩史訳『チャタレー夫人の恋人』筑摩書房、二〇〇四年を参考にした。

——. *Mornings in Mexico*. Harmondsworth: Penguin Books, 1986.

——. *St. Mawr and Other Stories*. Cambridge: Cambridge UP, 1983.

——. *Sea and Sardinia*. New York: Thomas Seltzer, 1921.

——. *Women in Love*. Cambridge: Cambridge UP, 1987.

Ruskin, John. *Modern Painters* Part Three. Whitefish: Kessinger Pub, 2005.

——. *The True and the Beautiful in Nature, Art, Morals and Religion*. Whitefish: Kessinger Pub, 2003.

Stott, Rebecca. ''Scaping the Body: Of Cannibal Mothers and Colonial Landscapes'. *The New Woman in Fiction and in Fact: Fin-de-Siècle Feminisms*. Ed. Angelique Richardson and Chris Willis. Basingstoke: Palgrave, 2001. 150-66.

Wallace, Anne D. *Walking, Literature, and English Culture: The Origins and Uses of Peripatetic in the Nineteenth Century*. Oxford: Clarendon P, 1993.

Waugh, Evelyn. *Labels: A Mediterranean Journal*. Harmondsworth: Penguin Books, 1985.

Wharton, Edith. *Italian Backgrounds*. Hopewell: The Ecco P, 1998.

『白孔雀』と牧歌――再生をめぐる言説について

福田　圭三

一　スノードロップとアナブル

「[スノードロップは]何を言おうとしているのかしら」（一二九頁）。この問いは、『白孔雀』の第二部第一章「不思議な花々と不思議な新しい芽吹き」において、シリル、レティ、エミリー、レズリーの四人の若者が森に行き、夕闇の中で一面に咲くスノードロップを目にした際に、レティが発する問いである。彼女の問いは、直接には、その場に居合わせた三人の人物に向けられているが、いずれの人物もこれに対して明確な答えを出すことはない。またレティ自身も、そのような答えが得られることを、そもそもはじめから期待しているようには見えないのである。それにもかかわらず彼女は、しきりにスノードロップの意味を問い、さらには、「私たちは何かを失ってしまったんだわ」（一三〇頁）とつぶやいて、名状しがたい喪失感を表わす。このように、謎めいたままで決定的な解答の得られないレティの問いと、彼女の抱く喪失感は、解釈上の問題として批評家の関心を集めることとなった。

たとえば、ジョン・ワーゼンはスノードロップによって喚起されるレティの喪失感について、それは彼女の未来の空虚な生活と結婚を予示するものであると考える（一四―一七頁参照）。また井上義夫はスノードロップの群生地を「異界」ととらえ、レティが感じ取ったものは「復活した死者の気配」であるとし、花は「ひと度死んだ人間の現世の姿に他ならな」いと指摘している（四〇―四四頁参照）。他方、マイケル・ベルは、スノードロップに何か意味があるかのように暗示することは、かえって花に対する人物たちの曖昧な感情を強調することになり、その結果、読者に曖昧な印象を与えてしまうという。そして、この一節は示唆的ではあるけれども、結局は、作者自身でさえ、花が何を意味するのかをはっきりとつかんではいなかったと結論づけている（一四―二四、一六一頁参照）。ベルの考え方の適否はともかく、その見解は、ある意味でこの場面が多様な解釈がなされ得る場面であることを、言い換えれば、解釈の決定不能性を如実に物語る場面であることを、図らずも言い表わしている感がある。

しかし、このような従来の解釈において、私にとって最も重要と思われる点は、その多様性の陰で、この場面に登場するもう一人の人物である森番アナブルに関しては、批評家がほぼ一様に無関心な姿勢を示している点である。もとよりアナブルについては、これまで多くの言及がなされ、その描写の賛否が問われてきた。しかし、スノードロップの場面においてという観点から、この人物に着目した解釈はことのほか少ない。言うならば、スノードロップの場面の分析を試みる批評家にとって、アナブルという人物は、異彩を放つ存在であるにもかかわらず、あるいはそれゆえに、死角に入った存在となっているのである。

そして、先の二つの問題――スノードロップの意味とレティの喪失感について――のコンテクストとして、私が注目したいのは、この場面のアナブルの描写に見出される一つの言説である。次の一節はアナブルが四人の若者の前に忽然と姿を見せる場面であるが、すでにそこには、その言説が明瞭な形で現われている。「僕たち四人は振り返って、森番の方を見た。夕暮れを背に立つ男の姿はおぼろげではあったが、堂々として力強い。そびえるように僕らの頭上に現われた男は、微動だにしないで、悪意を持ったパン神のように、僕たちを見下ろしていた……」（一三〇頁）。このアナブルの登場は、きわめて暗示的であり、象徴的な解釈へとわれわれを誘う。実際、多くの批評家はパン神としてのアナブルの象徴性を指摘している。この箇所より以前に、すでにアナブルは二度、読者の前に姿を見せているが、最初は、「むっつりとした森番は薄気味悪い笑みを浮かべた」（五八頁）と語られ、二回目は「彼はまるで悪魔のように……」（六二頁）と語られている。ちなみにこの場面以降においても、「世間の人は彼を憎んでいた。村の人にとって彼は森の悪魔のような存在であった」（一四六頁）という表現が見られる。ロレンスのエッセイ「アメリカのパン神」になじみのある読者にとって、これらの表現から、「アナブル＝パン神」という暗示に気づくことは、それほど難しいことではないであろう。したがって、ここで「パン神」が言及されると、ただちにその象徴性を確信し、アナブルを自然や森の隠喩とする解釈へと向かうことは、ある意味できわめて妥当なことのように思われる。しかしながら、そのような比喩的な読みを行なう前に、私がこだわりたいのは、暗示的な言及にとどまっていた「パン神」が、なぜこのスノードロップの場面において、あえて明示的に使用されることになったのかという点である。そしてこの問題を考えるためには、まずこの言葉の字義通りの意味とそれによって喚起されるものにわれわれは目を向けなくてはならない。

パン神とは、言うまでもなく、牧人と家畜の神であり、その信仰は紀元前五世紀初葉にアルカディアにおいて始まったとされる（高津、一九九頁参照）。このギリシアの現実の山国アルカディアは、牧歌を確立したウェルギリウスによって、架空の牧人の国を表わす名称とされ、やがてその名がヨーロッパ文化の中で牧歌世界を示すことになった（藤井、二〇六頁参照）。また、そもそも「パン神」という言葉自体は、牧歌の祖とされるギリシアの詩人テオクリトスの『牧歌』の中で頻出する言葉であった。つまり、「パン神」は牧歌という概念と分かちがたく結びついた言葉なのである。そしてそのような言葉が明示的に使用されるということを考慮に入れるならば、「パン神」は何よりもまず、スノードロップの場面に織り込まれた「牧歌的言説」の存在を示す指標として読まれるべきであろう。

このようにして、「パン神」を通してわれわれが導かれるのは、牧歌的言説空間ということになる。そのような牧歌的世界を前提としない限り、この場面にあるいくつかの問題は不十分な理解のままにとどまってしまう可能性があり、それらの問題がテクスト全体の新しい解釈へと展開してゆくことを期待するのはむつかしいことのように思われる。もとより「牧歌」というテーマは、この作品の批評史という角度から見るならば、既視感の強い古いテーマであると言えるだろう。しかしながら、不思議なことに、牧歌の観点から『白孔雀』を論じた研究のほとんどが、このスノードロップの場面を取り扱っていないのである。ことに、牧歌との関連性をきわめて精緻に論じてみせたマイケル・スクワイアーズですら、アナブルを「逸脱」（一九五頁）と見なして、この場面を事実上無視してしまっている。

本論の目的は、従来の牧歌的研究が掬いきれなかった問題として、スノードロップの場面を牧歌的言説空間に位置づけることにより、先の二つの問題——スノードロップの意味および喪失感について——を読み直し、これまで見過されてきた要素を明らかにした上で、この場面がテクスト全体とどのような関わりを持つのかを明らかにすることである。そして、そのような手続きを経ることによって新たに浮上する問題領域として、当時の文化的コンテクストに目を向け、そこに『白孔雀』を置いてみた場合に見えてくる、このテクストの特質を考えてみたい。

二　牧歌の定義

問題の箇所を読む前に、まず牧歌について明確にしておかなければならないことがある。本来、牧歌はテオクリトスに始まり、ウェルギリウスによって確立された伝統的な牧歌を指す言葉であった。しかし、現在では、非常に広い意味を持つ言葉になってきている。したがって、たとえアルカディアや牧人を直接には描いていなくても、田園風景を舞台とし、そこに何らかの都市との対比がなされていれば、それは牧歌的作品ということになり得る。ピーター・V・マリネリが言うように、この言葉は、「単純さを背景にして、人間の複雑さを扱う文学であれば、何でも意味するようになってきている」（三頁）のである。したがって、『白孔雀』が牧歌的作品であると言われる時にも、極端な場合、それは単に「のどかな田園風景を舞台としている」ということを述べているにすぎない場合もある。しかし、ここでは、この言葉の意味をもう少し厳密に定義し、伝統的な牧歌との関連性を持ち、またその概念を表わすものとして取り扱いたい。

マリネリによると、牧歌の主要な思想は、複雑さを逃れ単純さを求める探求であり、その逃避はアルカディアの田園へと向かうことであるが、しかし、そのことによって牧歌が逃避の文学であるということにはならないという。つまりアルカディアは、そこに入ることとなったそもそもの動機を明らかにする場であり、自分の抱えている問題を新たな単純さを背景にして、あるいは自然との対比で人工を眺めることによって、それらの問題を鋭く意識する場なのである（一一一二頁参照）。要するに、「牧歌世界に入ることは、一つの結末ではなく、一つの発端を表わしている。……牧歌世界はそれ自体より大きな世界の縮図であり、大きな世界において混乱した形で迫ってくる問題そのものを、よりよく理解するために拡大して見せてくれる、拡大鏡のような」（七二頁）空間なのである。マリネリによる牧歌のこの定義を、大まかにまとめると、それは牧歌の「再生」的機能と言えるであろう。そして、この考え方は、『白孔雀』を読む上で、重要な視点になることに留意しておきたい。

さて、牧歌のこのような概念は、ルネサンス牧歌の特色を論じたウォルター・R・デーヴィスの牧歌論を並置すると、一層明快に理解できるであろう。デーヴィスの牧歌論の特色は、牧歌的世界の空間的把握にその独自性があると言えるが、その視点は、『白孔雀』の分析においても、非常に有効であるように思われるので、まずは、彼の論の素描を行ないたい。

ルネサンス牧歌の空間的特色の一つとして、デーヴィスが提唱するのは「超自然的中心」（"supernatural center"）という概念である。古典牧歌においては、普通、アルカディアという限定された小さな空間があって、その空間を、より大きな世界である都市の空間が取り囲むという構図、つまり二つの円からなる構造が見出されるのであるが、これに対して、デーヴィスは、ルネサンス牧歌には、アルカディアという理想的空間の中に、さらにもう一つの小さな空間が存在すると考えて、その空間を「超自然的中心」と呼ぶ。つまり、ルネサンス牧歌は、この「超自然的中心」という空間を中心として、その外側にアルカディアがあり、さらにまた、その外側に、都市が広がってゆくという構図、すなわち、三つの円からなる構造を備えているというのが、デーヴィスの考えである（三四―三五頁参照）。

では、デーヴィスの考える牧歌の構造において、その基盤となる「超自然的中心」とはどのような概念か。これについて彼は次のように説明する。その空間は「常に超自然的であり、普通は、ニンフの洞穴のような聖地か、あるいは魔術師の住みかである。ことによっては、実際に神の住みかである場合もあり、そこを訪れた人物の前に神が姿を現わすこともある……」（三五頁）。つまり「超自然的中心」とは、いわば聖地のような場所であり、そこは神と人が出会う場でもある。デーヴィスによると、この空間に入った登場人物たちは、そこで神、あるいは魔術師に導かれることによって、生きるための指針を得て、再び外の世界へ向かうことになる。つまり、「超自然的中心」は「神あるいは魔術師の指導のもと、［主人公］が心の葛藤を調整し、心を整えて、再び外の世界へと向かう」（三九頁）という、「再統合」（“Reintegration”）の場なのである。

そうしてみると、「超自然的中心」という空間は、何らかの問題を抱える人物が教育を受ける場であり、またそのような人物の再生を促す場として機能しているという点では、マリネリの言う牧歌の「再生」的機能が端的に表われた形であると理解されよう。

以下では、牧歌の再生的機能としての「超自然的中心」という視点[1]を手掛かりにして、スノードロップの場面の具体的解釈を試みたい。

三　スノードロップの場面

それでは、スノードロップの意味を問う先のレティの言葉の直前に先行するスノードロップを描写した箇所を見てみよう。なお、この一節を読むと、レティの問いは、実は、彼女一人の問題ではなくて、それは語り手シリルも共有する問題であることが判明する。つまり彼女の問いは、語り手シリルの自問の反映でもあるわけである。

エミリーと話をしながら、僕は地面を覆う白いものにぼんやりと気づいた。［エミリーは］驚きの声をあげた。夕闇が迫るたそがれに、一面に咲くスノードロップの上を僕は歩いていたのだ。ハシバミはまだらで、ただここかしこにオークの木がそびえ立っている。地面を白く覆うスノードロップは、まるで赤い土の上にまかれたマナのように、灰緑色の葉むらの上で咲いていた。カップのように鋭く傾斜した小さな深い谷は、下の方まで白い花々が点在している。日が陰り灰暗い谷の奥底で青白く花々は咲いていた。……はるか上方、網目模様の明るいハシバミの上には、不気味なオークの木が夕陽の中で絡みあっていた。そして下方では、薄暮の中、無数の小さな白い花々がとてもひそやかに、とても悲しげに頭を垂れているのだ。それはまるで純粋な野生のものたちの聖なるまじりあいのように思われた。夕べの光の中、無数のはかないものたちは、ひっそりと折り重なっている。……スノードロップはもの悲しくて神秘的だ。僕らは［花の］意味を失ってしまったのだ。［花は］僕らに属するものではない。たとえ僕らが花を奪い取りはしても。［レティとエミリーは］花々の中に身をかがめ、そっと指で花に触れていた。それはまるで僕の憧れを表わしているかのようだった。夕闇の中、折り重なる征服されたこれらの花々はドリュアスのわびしい小さな友のようにもの悲しい。（一二八―一二九頁）

ここにおいて第一に気づくことは、「夕闇が迫るたそがれ」「日が陰り仄暗い」「夕陽」「薄暮」「夕べの光」といった、薄明を表わす表現が繰り返し用いられる点である。明らかにこの場面は薄明のイメージが基調になっているわけであるが、ロレンスにとって、薄明がどのような意味を持つかについては、清水康也が次のように述べている。「薄明のイメージは、昼と夜、秩序と混沌、日常世界と象徴世界、生と死の境界を暗示し、此方の世界から彼方の世界へ、またその逆へと移り変わる微妙な流動そのものを暗示する……」（四二頁）。そしてこの場面における薄明もまた、そのような意味あいを持ち得ることは、引用箇所の直後にあるレティとレズリーの次のやりとりから窺うことができる。

［レティは］身体をかがめて、影になった灰色の葉むらの隙間にある白いものたちの中に指をさまよわせ、まるで儀式であるかのように、ここかしこに咲く花を摘んでいた。［レズリーには］彼女の顔が見えなかった。

「僕のこと好きかい」彼はそっとささやいた。
「あなたをですって」姿勢をただすと、彼女は彼を見上げて奇妙に笑った。「あなたのことが現実に思えないわ」と奇妙な声で彼女は答えた。（一三〇頁）

レズリーの問いかけに対して、「あなたのことが現実に思えないわ」と答えるレティの言葉は、彼女の意識の中で現実と非現実の境界が曖昧になっていることを示している。「奇妙に」「奇妙な声で」という表現もまた同様の効果をあげていると言えるだろう。確かにこの場面の薄明のイメージは、日常の世界から非日常の世界へと移り変わる「微妙な流動」を暗示している。

すでに述べたように、たそがれにひっそりと悲しげに咲くスノードロップを見た人物たちは、花の意味をしきりに問い、また同時に強い喪失感を覚える。先の引用にあるように、そのような感情をシリルは「……僕らは［花の］意味を失ってしまったのだ。［花は］僕らに属するものではない。たとえ僕らが花を奪い取りはしても」と語っている。このシリルの語りをパラフレイズする形で、レティは次のように言う。「［スノードロップは］私たちが失くしたある知識に属している。私はそれを失ってしまった。それを私は必要としているのに」（一二九頁）。彼らはスノードロップが何らかの意味を自分たちに語りかけていると想像し、そして、その意味を自分たちは失ってしまったと考えるのである。

このような感情を人物に引き起こすスノードロップには、どのような意味がこめられているであろうか。その意味を探る手がかりとして、この場面でのエミリーの発言に注目したい。彼女はスノードロップを見ると、ヤドリギを思い出すと述べ、「［スノードロップ］は、何か未開の失われた古い宗教に属するものであり、もしかしたら、……不思議な心をしたドルイドの人たちにとっては、涙の象徴であったのかもしれない」（一二九頁）と推測している。

ドルイドは、古代のガリアやブリタニアの未開のケルト社会で、信仰や社会生活に多大な影響を及ぼした祭司であり、森の奥に隠棲し、自然の秘奥を観照する賢者であったとされている。彼らにとっての聖なる場所、聖地は、オークの繁る森の空き地であり、そこでさまざまな儀式がとり行なわれた。そのような儀式の一つに、オークに生えたヤドリギをドルイドがうやうやしく採取するという、彼らにとって、もっとも重要な儀式があった。つまり、ヤドリギと、枝を張り巨木となるオークはドルイドがもっとも神聖視したものであった（「ドルイド」『スーパー・ニッポニカ二〇〇一』参照）。したがって、ここでのエミリーの発言は、スノードロップとドルイドの関連性を明白に示している。

そして、さらに注目すべきことは、このスノードロップの場面では、ヤドリギが言及されるだけでなく、オークもまた描かれていることである。スノードロップを描写した先の引用箇所（一二八―一二九頁）において、オークという言葉が二度使用されており、このスノードロップの群生地が、オークの繁る場所であることがはっきりと示されている。しかも、二番目のオークには、「超自然的な」とか「不思議な」を意味する“weird”という形容詞がつけられている。また下から見上げるように描かれたその描写は、「枝を張り巨木となる」オークのイメージそのものである。これらの点を踏まえると、この箇所はドルイドの聖地を強く示唆する場面であると言えるであろう。

そしてもし、スノードロップの場面がドルイドの聖地を示唆するものであるとするならば、この場面はデーヴィスの言う「超自然的中心」の性質を備えた空間としての可能性がにわかに浮かび上がってくる。

というのは、ドルイドの聖地は若者に生きるための知識を授ける教育の場でもあったからである。この点については ロレンス自身が『ヨーロッパ史のうねり』において次のように述べている。

……ドルイド自身は薄暗い森の木立に住み、世間の人々に目にされることはめったになかった。ドルイドは薄暗いオークの繁る隠棲地で隠者のように暮らし、聖なる神秘について瞑想しながら、恐るべきもの、未知なるものと称される偉大な神の意志を見出そうと努めていた。この薄暗い木立の中で彼は家柄の良い若者たちに教育を行なった。若者は彼からケルト民族のあらゆる知識を具現化した長い詩や聖歌あるいは伝説を学んだのだ。（七六頁）

花の意味をしきりに問うシリルやレティの態度は、このような知識を、すなわちドルイドが若者に伝授するような、生きるための知識を見出そうとするものではないだろうか。事実、レティは自分たちが喪失したものを「ある知識」とか「叡智」と呼んでいる。つまりここにおいてシリルとレティは、スノードロップの存在様式とみずからの存在様式とを対比することにより、自分たちの抱える問題を鋭く意識し、そして、そのような問題を解決する指針を得るために、花の意味を問うているのである。その意味では、スノードロップは人物たちに教育をする働きの一部を担っているとも考えられる。

そして、そのような要素が一層鮮明になるのは、アナブルが現われ、若者たちに次のような言葉を述べる時である。「人間が自然以上になれば悪魔だ。よき動物でいろ、俺はいつもそう言っている。男だろうが女だろうが。」「動物のように行動しろ」（一三二頁）。このアナブルの言葉は、この作品の中で一貫して示される彼の粗野な振る舞いが端的に表われたもののように見える。したがって彼のこの発言は「人間の精神性を否定し、人間が動物に回帰することを主張するものである」（マリ、四六頁）とする考え方もあるくらいである。しかし、牧歌という視点から眺めてみると、アナブルの粗野さは、実はこの作品に内在する牧歌的特色の一つとも考えられるのである。

牧歌における牧人は、生まれながらの田舎人ではなく、みずからの持つ教養や洗練さを隠して、牧歌の世界に隠棲し、そこで現実の世界に生じている様々な込み入った問題を思索したり論じたりする人物であった（藤井、二〇四－〇五頁参照）。そのような牧歌の特色は、すでにルネサンスの頃に、牧歌の一つの規範とされていた。当時の文芸批評家であったジョージ・パトナムはこのことを以下のように述べている。「詩人が牧歌を書くのは……田園の愛や対話を描くためではない。田舎人を隠れ蓑にして、粗野な言葉でより重大な問題を……ほのめかし、あるいは示唆するためである」（カーモード、一一九頁から引用）。牧歌におけるこの「牧人の二重性」（藤井、二〇四頁）に照らしてみると、アナブルもまたそのような特色を備えた人物であることは明白である。というのも、彼はかつてケンブリッジで学び、牧師補の経歴を持つ教養ある人物として描かれているからである（一四九頁参照）。このように見ると、アナブルの発言は、「人間の精神性を否定し、人間が動物に回帰することを主張する」という字義通りの解釈だけではもちろん不十分であり、そこには重大な問題がひそんでいると考えるべきであろう。

したがって、スノードロップの場面で人物たちが花の表わす意味を想像し、探求するまさにその時に、アナブルが現われて、「よき動物でいろ」と述べることは、極めて意義深いことになる。つまり彼は、スノードロップによって象徴される「ある知識」を、粗野な言葉で単純化して若者たちに論じてみせたのである。その意味では、アナブルをドルイドに重ね合わせることも、あながち強引な解釈とも言えないであろう。

このようなアナブルの役割を踏まえてみると、この場面に登場する際に、彼が「パン神」にたとえられるのは、必然的な手続きであったように思われる。『オックスフォード英語辞典』によると、パン神は、あらゆるものすべて、すなわち全宇宙を表わすその名から、自然の擬人化と見なされるようになり、ひいては自然の神秘を象徴するものと考えられるようになった。したがって、自然の神秘を若者に開示する役回りを演じる彼にとって、パン神という比喩ほど似つかわしい比喩はないのである。四人の若者の前に忽然と現われたアナブルは、スノードロップの場面にまことにふさわしい人物であったわけである。

このようにして、スノードロップの場面が聖地としての特色を備えている点、またそこにパン神の象徴性を帯びたアナブルが現われ、若者たちに指導的な役割を果たしている点から、この場面はデーヴィスの考える「超自然的中心」と共通する性質を備えた空間であると言えるであろう。そして、実は、人物たちがそのような非日常的空間に足を踏み入れることは、スノードロップの場面の直前において、エミリーとレズリーの次の対話の中に、すでにかすかに暗示されていたのである。

「石切り場から森の中へ入ってゆこう。子供の頃に行っただけなんだ」とレズリーが言った。
「不法侵入になるわよ」とエミリーが言った。
「不法侵入じゃないさ」と大げさにレズリーは答えた。（一一八頁）

この「不法侵入する」("trespass")という言葉は、文字通りには他人の土地へ不法に侵入することを意味するものであるが、しかし『白孔雀』におけるこの言葉には、より一層深い意味がこめられているように思われる。というのも、この「不法侵入する」という言葉は、ジョージがネザミアを去り、都市へ出てゆく際にも、きわめて強調的に使用されるからである。「[ジョージは]自分が不法侵入しているという気持ちを拭い去ることができなかった」(二四六頁)。「彼は常に何か禁じられたことをしている人間のようであった。罪を犯した("trespassing")子供のように、魅惑と恐れを感じていた。その日彼は、故郷ネザミアの外部へと不法侵入してしまったのである」(二四八頁)。つまり、『白孔雀』において用いられる「不法侵入する」("trespass")という言葉は、一つの空間ともう一つの空間が接する、境界を暗示する言葉であり、また同時に、それは、その境界を人物たちが超えて、もう一つの空間へ赴くことを意味する言葉でもある。したがって、この言葉が使用されるこれら二つの場面は、デーヴィスの考える「超自然的中心―アルカディア―都市」という牧歌の基本構造から見れば、ジョージの場面は、アルカディアから都市への侵入であり、そしてスノードロップの場面は、アルカディアから「超自然的中心」への人物たちの侵入であると言えよう。

四　文化テクスト――「土地に還れ」運動

さて、スノードロップの場面が「超自然的中心」であるとするならば、ここに入った若者たちは、デーヴィスの言うような「再統合」、すなわち再生を果たし得たと言えるであろうか。この問いについて考える前に、この場面を牧歌的世界に位置づけることによって、新たな広がりを見せる問題領域として、当時の文化的コンテクストに注目したい。

アルカディアに入ることにより、あるいは「超自然的中心」に入ることにより、人物が再生するという概念は、ジャンルとしての牧歌の文学的慣習にとどまるものではない。それは当時のさまざまな田園主義的な文化テクストが共有する主要なテーマでもあった。そのような文化的な動きの一つが、「土地に還れ」("Back to the Land")という運動である。そもそもこの言葉は、一八七〇年代の農業の崩壊に伴う田舎の過疎化と、都市部の人口過密化の問題が顕在化する（マーシュ、三―四頁参照）中で、「人口の密集する都市部の住民の一部を田舎に移住させる計画のための標語」(「土地に還れ」『オックスフォード英語辞典』)であった。しかしこの言葉は、より大きな意味の広がりを持ち、都市を離れ田舎に移住することであるとか、あるいは移住をしなくても、ただ徒歩や自転車で田舎に出かけることをも意味した。あるいはさらに、田園的な事物の復興や、そのような事物に対する関心といった知的なレベルをも意味する、多様なコノテーションを持つ言葉となったという（丹治、一二四―二五頁、ホウキンズ、二二七頁参照）。

この「土地に還れ」運動に関して注意すべき点は、その背後に都市に対する否定的な見方が存在していたということである。つまり「産業革命以降に拡大してきた都市をその劣悪な環境のゆえに不毛な退化の空間」としてとらえる考え方がその根底にあり、また同時に、そこには「イングランドの本来的アイデンティティを産業革命以前の美しい田園の中に求めるメンタリティ」（丹治、一二七頁）が内包されていたのである。「土地に還れ」運動と都市退化論は表裏一体の関係にあったのである。そして、それにもまして重要なことは、劣悪な環境にある都市において退化する住民の再生の場として、田舎が位置づけられていたということである。[2] H・V・モートンの『イングランドを求めて』の次の一節は、そのことをよく表わしている。

都市は農業の諸問題を考えなくてはならない。なぜなら田舎が衰退するにつれ、そして今日のイングランドのように都市生活が繁栄するにつれ、国民の特質と体格は悪化するからである。歴史が証明するように、一国は都市だけでは立ち行かないのである……。

「土地に還れ」という叫びは、全く健全な民族の生存本能である。……

……もし田園のイングランドを発見しようと出かけてゆく数千の男性や女性が、田舎を美しい絵画としてだけではなく……生きたものとして見るようになれば、われわれは理想的な国民生活へ一歩近づくことができるかもしれない。一方には、豊かな都市生活があり、他方には幸福な田園が存在する。田園は、都市に新しい血を与え、民族の伝統を守り、再生を必要とする都市居住者の三代目に対して腕を広げて迎え入れる備えを常にしている。

産業と技術を持つ今、往時のイングランドの村の復活はできないかもしれない。……しかし、大いなるヨーロッパの一国の地位から、ローマ帝国以来の世界最大国家への発展に向けて、村は依然として不可欠な存在である。

……［村は］、実際、生き残るための教訓であり、古い茅葺の家々に絶えず目を向けるのがわれわれの義務であることを警告してくれる、太古からの叡智のようなものである。なんとなれば、そこは、肉体のためではないにせよ、おそらくは魂のために、いつかは回帰しなければならない場所であるか

もしれないからだ。（XV―XⅦ頁）

ここにあるのは、都市の繁栄により悪化した国民の特質と体格を再生させる場としての田園であり、肉体ではなく魂のために、いつか回帰せねばならない場所としての村である。そしてこのようにして、田園および村を再生の場として位置づける際に、「教訓」、あるいは太古からの「叡智」といった言葉が使用されていることに注意しなくてはならない。というのも、レティが口にする「叡智」や「知識」という言葉をここで想起するならば、スノードロップの場面とこの文化的言説とが、明白に重なり合うからである。

そして、さらに興味深いことは、田園主義的文化テクストの背後にある都市に対する否定的なイメージが、「人種的退化」「貧困」（ホウキンズ、一二一六頁）という形で、『白孔雀』においても明確に刻印されていることである。

僕たちは丘の頂に辿りつくと、眼下には、はるかに広がる丘の彼方に、ぼんやりとうずたかく積み重なる都市が目に入った。僕の通った高校の四角い塔や、誇らしげなセント・アンドリューズ教会の尖った塔を探してみた。都市の上空には、重たげな薄汚れた天蓋が青空をさえぎるようにして垂れこめていた。（二四三頁）

夜、劇場の帰りに、僕らはウォータールー橋の下で並んで寝ている浮浪者たちを目にした。頭を壁に向け足を歩道に投げ出している。壁のところに黒く汚れたぼろぼろの人たちの長い列が続いていた。……投げ出された足を踏まないように、僕らは足元を気にしながら進んだ。若い男の剥き出しの細い足首を見ると、足がすくんでしまう。……少しでも暖を取ろうと男たちは新聞紙で足をくるみ、打ち捨てられた小包みたいに横になっている。見るに堪えない悲惨な光景であった。雨が降っていた。

（二八二頁）

このようにして、都市の否定的なイメージを共有し、「超自然的中心」という再生の場を用意し、そこを訪れる人物に「知識」や「叡智」という言葉を語らせる『白孔雀』というテクストは、当時の文化的イデオロギーである「土地へ還れ」という運動に、きわめて寄り添ったテクストであると言えるかもしれない。しかし『白孔雀』は、本当にそのような文化的イデオロギーに方向づけられたテクストであると結論づけることができるであろうか。ここで先の「スノードロップの場面において、若者たちは再生し得たのか」という問題に戻りたい。

五　再生の不可能性

デーヴィスが指摘する「超自然的中心」では、人物が神あるいは魔術師からオリエンテーションを受けて再生することになるはずであった。これに対して『白孔雀』の場合は、果たしてそのようなオリエンテーションが人物に再生を促すまでに至ったと言えるであろうか。それを確認するために、アナブルが立ち去った後の、人物たちの反応を見てみよう。

「粗野な男だな、あいつは。でも、面白いやつだ」そう言いながらレズリーはレティのそばにやってきた。

「ぞっとしたんでしょ。だけど面白い話だったわね。きっといわくがある人なのよ」レティは答えた。

「あの人には何かが欠けているみたい」とエミリーが言った。

「なかなか素晴らしい男だと思うけど」と僕が言う。

「立派な体格の男ではあるけど、とにかく無神経で、精神がないな」レズリーはそう言うと、この問題をあっさりと片づけてしまった。

「ほんと、精神がないわ。しかもスノードロップの中でね」エミリーが同意した。

レティは考えにふけっていた。そして、僕は微笑んだ。（一三二頁）

レズリーの場合、作品内での彼の位置づけを考慮に入れるならば、それは当然のことと言えるかもしれないが、その反応からは彼の再生の可能性は全く見出せない。一方、エミリーは、先の場面において、スノードロップからヤドリギやドルイドを連想している点では、オリエンテーションの効果が強く期待できる人物であるが、現実には、レズリーに同調するだけの発言しかしておらず、レズリーと同様に、彼女がアナブルから何も学びとっていないことは明白である。ちなみにエミリーの「しかもスノードロップの中でね」という言葉は、スノードロップとアナブルの関連性を強く示唆する点で非常に重要であるが、同時にそれは、作品内での彼女の発言が、彼女の意図とは別の次元で重要な機能を果たしていることを示す一例と考えてよいであろう。

他方、この場面におけるオリエンテーションを真に受けた人物と言えるのは、「なかなか素晴らしい男だと思うけど」と述べるシリルであり、そして、「レティは考えにふけっていた」と語られるレティであろう。ことにレティの場合、スノードロップの場面で花の意味をしきりに考えていたわけであるが、ここではアナブルの登場にもかかわらず、彼女の考察がなおも続いていることが、いやむしろ一層深まっていることが、この一文から推測される。しかし、その後の彼女の人生を見てみると、レズリーと結婚をした彼女は、「鋭敏な観察者なら気づいたかもしれないが、彼女の口元にはわずかばかりのこわばりがあり、目にはうっすらと幻滅が漂っていた」（二八三頁）と語られ、「一切の自己を放棄し……みずからの人生を副次的なものとして生きることを決意した」（二八四頁）女性となってしまう。また、シリルの場合も、故郷ネザミアに戻ってきた際に、すでに彼は「よそ者であり、侵入者」（三〇六頁）となってしまっている。つまり、いずれの人物もスノードロップやアナブルによって示唆される、生きるための指針を学び損ねてしまうのであり、結果的に『白孔雀』における「超自然的中心」は、人物の再生の場としては十分に機能していないのである。

むしろ、『白孔雀』における「超自然的中心」は、人物たちのそのような再生を阻む、根本的な問題をより鮮明に映し出す場として機能しているのではないだろうか。すでに論じたように、スノードロップの場面は、ドルイドの聖地を示唆する空間であり、またそこには、パン神を象徴するアナブルも現われる。つまり、この場面は、古代ケルトと古代ギリシア世界が重なり合う形で、キリスト教以前の太古の世界が暗示される。そして、ここで注目すべきことは、この場面の解釈上の問題を生む二つの要素である、「人物たちによる花の意味の探求」と、「彼らが抱く喪失感」の根底には、このような太古の世界の表象としてスノードロップが捉えられているという点である。つまり、この場面でスノードロップを通して表わされているのは、シリルやレティの思い描く理想的世界、すなわち太古の世界であり、彼らはそのような世界を思い起こすことにより、現代人として、みずからの抱える問題を鋭く意識し、彼らの存在の意味づけを行なっているのである。そして、そこで浮き彫りにされるのは、現代人である彼らが、スノードロップによって表象される「ある知識」あるいは「叡智」を喪失したことにより、太古の世界の人間が自然との間に持っていたと想像される神秘的な関係を永遠に喪失したという、彼らの認識であると思われる。そのような認識が、具体的には、喪失感として、あるいはあこがれという感情となって表われたのである。

したがって、そのような存在でしかあり得ない彼らが、「超自然的中心」に入り、たとえ再生の教育を受けたとしても、それにより再生を果たすことは、もはや不可能であり、結局は、この場面の直前の、エミリーの「不法侵入になるわ」という言葉が示唆するように、彼らは「超自然的中心」に不法に侵入する存在として意味づけられることになるのである。

そうすると、『白孔雀』というテクストは、牧歌的言説と当時の文化的言説とが追求する「再生」というテーマを、表面上は忠実になぞりつつ、「都市」から「アルカディア」へ、そして「アルカディア」から「超自然的中心」へと、求心的な動きによってその可能性を核心まで追い求めてゆくが、「再生」がなされ得るまさにその中心点において、「再生」という物語の不可能性を露呈させてしまうところに、その特異性があると言えよう。

注

（1）スクワイアーズは、この「超自然的中心」の概念を『チャタレー卿夫人の恋人』に適用し、メラーズの小屋をその場所として特定している（一九八―二〇〇頁参照）。

（2）この視点から『白孔雀』の田舎を論じたものとして、次の二つが参考になる。糸多は、「民族の質の低下とは無縁な、本来の英国らしさを具現化した世界として理想化され、都市の醜い現実から人々の目をそらす役割」（五頁参照）を当時の田舎が果たしていたことを指摘し、その言説が「このテクストにも入り込み、ネザミアを理想化している」（八頁参照）と指摘している。岩井は、さらにこの論を展開させて、人種退化や優生学をめぐる言説の角度から、『白孔雀』の田園詩風の叙情的な描写を分析している。

引用文献

糸多郁子「『牧歌の国』肉体搾取――*The White Peacock* のネザミアについて」『D・H・ロレンス研究』第七号日本ロレンス協会、一九九七年。

井上義夫『ロレンス――存在の闇』小澤書店、一九九四年。

岩井学「初期ロレンスと優生学——『白孔雀』にみる帝国のイデオロギー」津久井良充、市川薫編著『〈私〉の境界——二〇世紀イギリス小説にみる主体の所在』鷹書房弓プレス、二〇〇七年。

清水康也『D・H・ロレンス——ユートピアからの旅立ち』英宝社、一九九〇年。

『CD-ROM版　スーパー・ニッポニカ二〇〇一ライト版』小学館、二〇〇一年。

高津春繁『ギリシア・ローマ神話辞典』岩波書店、一九九六年。

丹治愛「『ハワーズ・エンド』の文化研究的読解——都市退化論と「土地に還れ」運動」林文代編『英米小説の読み方・楽しみ方』岩波書店、二〇〇九年。

藤井治彦『イギリス・ルネサンス詩研究』英宝社、一九九六年。

Bell, Michael. *D. H. Lawrence: Language and Being*. Cambridge: Cambridge UP, 1992.
Davis, Walter R. *Map of Arcadia : Sidney's Romance in Its Tradition*. New Haven: Yale UP, 1965.
Howkins, Alun. *Reshaping Rural England: A Social History 1850-1925*. London: Routledge, 1992.
Kermode, Frank. ed. *English Pastoral Poetry, from the beginnings to Marvell*. New York: The Norton Library, 1972.
Lawrence, D. H. *The White Peacock*. Cambridge: Cambridge UP, 1983.
——. *The Movements in European History*. Cambridge: Cambridge UP, 1989.
Marinelli, Peter V. *Pastoral*. London: Methuen & Co Ltd, 1971. 藤井治彦訳『牧歌』研究社、一九七三年。
Marsh, Jan. *Back to the Land: The Pastoral Impulse in England, from 1880 to 1914*. London: Quartet Books, 1982.
Morton, H. V. *In Search of England*. Cambridge, MA: Da Capo Press, 2002.

Murry, J. Middleton. *Son of Woman: The Story of D. H. Lawrence*. London: Jonathan Cape, 1931.

Squires, Michael. *The Pastoral Novel: Studies in George Eliot, Thomas Hardy, and D. H. Lawrence*. Charlottesville: UP of Virginia, 1974.

Worthen, John. Introduction. *The White Peacock*. By D. H. Lawrence. Harmondsworth: Penguin Books, 1987.

『フロス河の水車場』と『白孔雀』の比較研究
――ヒロインの「諦め」の意味

藤原　知予

一　はじめに

D・H・ロレンスは青年期にジョージ・エリオットを愛読し、彼女の作品から大きな影響を受けた作家である。エリオットがロレンスに与えた影響というテーマについては、これまで主にM・ブラックやC・シーガルが指摘してきた。ブラックはロレンスがエリオットのナラティヴから「詩的でとらえどころのない人間の心の動き」を感じ取り、自身の作品においてその技を模倣しようとしたと指摘している（二一―二七頁）。またシーガルは、ロレンスの男女関係の扱い方を、エリオット、ブロンテのそれと比較している（七四―七五頁）。本稿は、エリオットがロレンスに与えた影響という研究の一端を担うものであるが、ロレンスの第一作目の小説『白孔雀』(一九一一)におけるエリオットの影響を、アルトゥール・ショーペンハウアーの哲学を用いて読み解くことを目的とする。

ロレンスの読書記録を見ると、彼が『白孔雀』を手がけ始めた一九〇六年から一九〇八年の期間には、エリオットの作品のみならずフィールディング、ギャスケル夫人、ワイルド、C・ブロンテから英国外の作家であるゲーテやバルザック、さらにJ・S・ミル、ヒューム、ショーペンハウアー、ニーチェやヘーゲルといった哲学者に至るまで、ロレンスは幅広く読んでいた(バーウェル、六七―七四頁)。従ってこの第一作目には、彼の吸収した哲学的文学的思想が混在していると言える。しかし、ロレンスが『白孔雀』を執筆する際、物語設定において『フロス河の水車場』(一八六〇)(以下『フロス河』と略記)を手本にしたという記録(チェインバーズ、一〇二頁)、さらにロレンスが『白孔雀』執筆期間中に読んだショーペンハウアーのエッセイ「性愛の形而上学」(一八四四)の本文余白部分に書き込みをして、『フロス河』のプロットに言及したという記録(チェインバーズ、九八頁)を辿ると、ショーペンハウアーの思想を介した、ロレンスによる『フロス河』解釈が、『白孔雀』創作に影響を及ぼしたという可能性がある。ショーペンハウアーがロレンスに与えた影響については、E・ドラヴネやR・モンゴメリーが論じており、それぞれの議論には本章で言及するが、本稿はこれまでロレンスとエリオット、エリオットとショーペンハウアー、ロレンスとショーペンハウアーと別々に論じられてきた三者を『白孔雀』によって結び付ける新たな試みとしたい。

ロレンスの『フロス河』解釈に関しては、筆者は別稿で『息子と恋人』(一九一三)に見られるエリオットとニーチェの影響という観点から分析した。[1]『息子と恋人』にはエリオットの『フロス河』から読みとったキリスト教批判の精神と、ニーチェが論じる肉体賛美の古代ギリシア的世界観の賛美との葛藤がポールと二人の女性との恋愛を通して描かれており、それがロレンスの考える近代英国の「悲劇」(『書簡集I』、四七七頁)であると結論付けた。ロレンスによる『フロス河』のマギー批評は、当時の恋人ジェシー・チェンバーズも回想しているように、批判と賞賛の入り混じった微妙なものである。本稿では、ロレンスがなぜマギーを高く評価したのかということに注目して、それを『白孔雀』にどう生かしたかを分析する。まずロレンスのマギー解釈をショーペンハウアーの理論を使って読み解き、次にその解釈を生かしてレティを『白孔雀』の中でどのように描いているかを分析する。最終的に、ロレンスが『白孔雀』のレティを、『フロス河』のマギーのアナロジー的ヒロインとして形成したことを証明したい。

二　ロレンスは「性愛の形而上学」と『フロス河の水車場』をどう解釈したか

一九〇八年一一月四日付のブランチ・ジェニングズ宛の書簡において、ロレンスは熱のこもったエリオットの『フロス河』論を展開し、特に背中の曲がった障害者であるフィリップの、強靭且つ人の過ちに寛容な精神を賞賛している(『書簡集I』、八八頁)。そしてフィリップに果たせない結婚の約束をしたマギーに対する憤りをしたためている。当時のロレンスの恋人であったジェシーは、ロレンスがマギーにどんな印象を持っていたかを以下のように記している。

『アダム・ビード』と『フロス河の水車場』の二冊については、私たちはより深く共感することができた。ロレンスは『フロス河の水車場』を賞賛していたが、いつも「ジョージ・エリオットは小説の途中でストーリーを台無しにしてしまう」と断言していた。ヒロインのマギー・タリヴァーが不具のフィリップと婚約する設定が許せなかったようである。そしてよくこう言っていた。「あれは間違っている、絶対間違っているよ。マギーはあんなことをしちゃいけなかったんだ。」その後、愛の形而上学についてのショーペンハウアーのエッセイを読み、ある箇所に異論を感じた。「第三の顧慮は骨格であるが、それは、骨格が種族の典型の基礎だからである。年をとっていることや病気について、奇形ほど我々に嫌悪を起こさせるものはない。どれほど容貌が美しくてもそれの埋め合わせには決してならない。」ロレンスはこの箇所の余白の部分に「マギー・タリヴァーとフィリップ」と書いた。マギーはロレンスのお気に入りのヒロインだった。ロレンスが特に好きだった、しなやかなブナの木の枝を見るとマギーの腕を思い出す、と彼はよく言っていた。(九七—九八頁)

ロレンスはエリオットの文体を批判的な目で見ていたところもあるが、『フロス河』は彼のお気に入りの作品だった。ジェニングズ宛の書簡にも表れていたマギーに対するロレンスの憤りは、ジェシーの筆によっても伝えられている。この引用の中で特筆すべきことは、彼が後に「性愛の形而上学」の特定の箇所の余白部分に、『フロス河』のマギーとフィリップの名前を書き込んだという事実である。そしてマギーはロレンスの「お気に入りのヒロイン」だった。ブナの木の枝からほっそりとした色の黒いマギーの腕を連想するというロレンスの言葉からは、当時の英国で理想とされていた金髪碧眼の美とは正反対の、色黒でジプシーの女王のような美を持つマギーの容姿に彼が惹かれていたことが分かる。しかしロレンスがマギーをお気に入りのヒロインと呼んだ理由は、容姿の美しさだけではないはずである。

ロレンスの『フロス河』解釈に影響を与えたショーペンハウアーの「性愛の形而上学」を彼が読んだのは、一九〇八年から一九〇九年の間である。このエッセイは、ルドルフ・ダークス夫人訳の『ショーペンハウアーエッセイ集』に収録されている。ロレンスはジェシーの兄たちに、彼女の誕生日に『ショーペンハウアーエッセイ集』をプレゼントするよう薦め、一二章の「性愛の形而上学」を大きな声で朗読したという（一一一頁）。このエッセイの中で、彼が『フロス河』のマギーとフィリップの名前を書き込んだという箇所は以下である。

我々の選択と好みを導く最も重要な顧慮は年齢である。大体において、この年齢は月経が始まってから終わるまでの年齢と考えてよい。しかし、十八歳から二十八歳までの時期が断然優先する。これに反し、女性はこの年齢から外れると、我々に魅力を感じさせない。年老いた、すなわち月経の終わった女性は我々に嫌悪を起こさせるだけである。年が若ければ美しくなくてもつねに魅力がある。美しくても若さがなければ魅力はない。——この場合我々を無意識に導いている意図は明らかに生殖一般の可能性である。それゆえどの固体も、生殖、あるいは受胎可能な時期から離れるにしたがって、異性に対する魅力を失う。——第二の顧慮は健康に対する顧慮である。急性の病気は一時妨害となるに過ぎないが慢性の病気やあるいは単に病弱であるということだけでも人を恐れさせるのは、これが子供に遺伝するからである。——第三の顧慮は骨格であるが、それは、骨格が種族の典型の基礎だからである。年をとっていることや病気について、奇形ほど我々に嫌悪を起こさせるものはない。どれほど容貌が美しくてもそれの埋め合わせには決してならない。むしろ体つきが正常ならば、どんなに容貌が醜くても絶対にこの方を選ぶだろう。（傍点は筆者による）（一三〇頁）

ロレンスがマギーとフィリップの名を横に書き込んだ箇所は傍線部であるが、この思想は、ロレンスに「深いインパクト」を与えた（チェインバーズ、一一一頁）。ショーペンハウアーによると、二人の人間に感覚的に交わされる恋愛という激情は、相手の人間性や知性によって生じるものではなく、すべて次の世代を生み出すための「種族の意志」（一一八頁）によって起こる。生きとし生ける物は、「特定の性情をそなえた個人を生むこと」を目的として、本能的に異性を選ぶ。そして動物とわれわれ人間とを区別する性質を、ショーペンハウアーは「或るひとつの非常に確実で明瞭な、いや非常に複雑な本能、すなわち、性的満足のためにに異性をきわめて微妙かつ真剣に、しかも気ままに選択する本能」（一一四頁）と説明している。右の引用では、人間の本能的選択がどのような基準でなされるのかが説明されている。ロレンスがショーペンハウアーの記述からフィリップを連想した傍線部分は、骨格に関する記述である。この見解を『フロス河』に当てはめると、背中が曲がっていることでマギーよりも背の低いフィリップは、マギーに本能的「嫌悪」を感じさせるということになる。小説半ばで、マギーはフィリップの愛を受け入れ、結婚の約束までするものの、二人の関係を大反対する兄トムによって、マギーはフィリップと距離を置くことを約束させられる。フィリップは、マギーとトムの父の事業を破綻させた男の息子だったからである。それでもフィリップはマギーに対する思いを募らせ、愛という自然な感情を否定することは、真の幸福への可能性を否定する愚行であると彼女を説得する。しかしマギーは、宗教的自己犠牲精神の名のもとに、涙ながらに彼を諦める意志を表明するのである。このマギーの言動からは、後に別の男性を愛して不本意とはいえ駆け落ちをする彼女の姿は想像できない。ところがその後、男らしく美しい紳士である従姉妹の婚約者スティーヴンと出会い、フィリップへの罪悪感を感じつつも抑えきれず彼に愛を告白し、挙句の果てには駆け落ちをしてしまう。フィリップを大切に思いながらもスティーヴンを愛するというマギーの倫理的矛盾を描いた部分が、この小説のクライマックスの一つである。この矛盾を、ロレンスは人間の本能を裏付けるショーペンハウアーの理論で理解している。つまり、奇形のフィリップではなく、「正常」な肉体を持つ美青年スティーヴンに惹かれるのは、人間の本能的選択によるものであるということである。さらにショーペンハウアーは、選択の傾向を以下のように述べている。

> ……まず第一に、最も美しい個体を、すなわち、種族の性格が最も純粋に現れているような個体を断固として選び、これを激しく熱望する。しかし彼は第二に、相手にたいし自分に欠けている完全性をとくに要求する。いやそれどころか、自分の欠点と反対の欠点を美しいと思うことさえある。たとえば、小柄な男性が大柄な女性を求め、金髪の者が黒髪の者を好むのもそのためである。——男性が自分にふさわしい美女を見て惑乱し、そのため、この美と一体になることが最高善だと思いこむのは、これがまさに種族の感覚であって、この感覚が、明らかに示されている種族の刻印を見てとり永久にこの刻印を種族が失わぬようにさせたいと思うからである。（一二四―一二五頁）

この議論を用いてマギーのプロットを読むと、障害のあるフィリップにおだやかな愛情を抱きながらも、彼よりも美しいスティーヴンに切実な愛の告白をしてしまう彼女の行動は納得できる。スティーヴンが金髪碧眼の婚約者ルーシーではなく、黒い髪と瞳を持つ色黒のマギーに惹かれたという設定もしかりである。この設定については、作家エリオットがショーペンハウアーの理論を適用したという確たる証拠はないが、ロレンスにショーペンハウアーと『フロス河』を連想させる原因の一つになったには違いない。

ロレンスが「性愛の形而上学」にここまで共鳴したのは、当時のロレンスの女性に対するむら気な言動を、彼自身が正当化するための手段として用いていたからだというジェシーの鋭い視点も興味深い（一一一—一一二頁）。ドラヴネは、ロレンスがショーペンハウアーの思想をほぼ異論なく受け入れることができたのは、彼の思想が当時のロレンスの私生活の指針とするのに都合がよかったからだと指摘している（バーウェル、一〇九頁）。マギーとフィリップの関係をロレンスが「間違い」だと呼んだのは、ショーペンハウアー的本能にマギーが気づいた後も、彼女が依然としてフィリップに結婚の意志を伝え続けた点にある。もちろんロレンスはマギーの良心と本能との葛藤も理解していただろう。しかしフィリップに対する憐憫と愛情の混在した思いと、スティーヴンに対する本能的な真の愛との区別を認識しながらも、なおフィリップに結婚の意志を伝え続けたマギーの行動は、ロレンスの批判するところだったに違いない。

しかしロレンスは、マギーというキャラクターを批判する一方で、賛辞も与えている。ショーペンハウアーの説明する本能的な力でスティーヴンに惹かれたマギーは、ボートで流されて行き着いた町で彼に結婚を申し込まれ、激しい葛藤の末それを拒む。駆け落ちというスキャンダルを起こしてしまったマギーにとって、その汚辱を晴らす唯一の術は、スティーヴンと結婚し、新妻として町に帰ってくることであった

（四七七頁）。そうしなければ、彼女は一生軽率で不道徳な女というレッテルを貼られることになる。しかもマギーはスティーヴンを本能的に愛していることに気づいていた。マギーがスティーヴンの妻となる道は、彼女の真の願望を満たし、かつ社会的にも救済する唯一の方法なのである。マギーはスティーヴンの強い説得を受け、生まれて初めて感じた衝動的な愛に身を任せてしまいそうになる誘惑と、そうすることによって悲しませることになる従姉妹やかつての恋人フィリップに対する良心との間で大きく揺れ動く。スティーヴンの説得の骨子は、本能的な愛を感じる二人が結ばれるのは当然であり、この「自然法則の力は他の何よりも強い」（四八七頁）という点である。さらにスティーヴンは、マギーが真にフィリップを愛していないことを見抜いており、その指摘にマギーは顔を真っ赤に染めて口をつぐんでしまう（四八八頁）。スティーヴンへの愛を確認するこの場面で、改めてマギーは彼への愛とフィリップへの愛が違う種類のものであることを痛感する。スティーヴンへの愛は、ショーペンハウアーの定義する「種族の意志」に基づいた本能的な愛であり、フィリップとの関係には、「愛の喜びはない」けれど、幼少期から彼女の良き理解者であり崇拝者である存在を大切に思う、「おだやかな愛情」（四八九頁）なのである。しかし結局マギーがスティーヴンとの結婚を最後まで拒んだ理由を、彼女自身以下のように説明している。

誠実や節操とは、わたしたちにとって最もたやすく、気持ちのいいことをすることではないのではないでしょうか。ほかの人たちの信頼に背いたり、生活の中でわたしたちを頼りにしていた人たちを不幸にするようなことはなんでも、諦めることを意味するのだと思います。（四八七―八八頁）

自分を愛し、信頼してくれていた人を裏切るような行為が、たとえ自分の真の幸福を満たすものであっても「諦める」ことが、マギーにとって「誠実」と「節操」であったし、これらがスティーヴンを諦めた彼女の良心を形成していた。マギーが諦念の境地に至った背景には、父の事業が破綻し、一家が借金を抱えたときに彼女が心の拠り所とした、トマス・ア・ケンピスの『キリストに倣いて』(一四一八)という書物からの影響があるということを押さえておかなくてはならない。

自己愛は、この世の何者にもまさって、あなた自身を損なうものだということを知りなさい……あなた自身の意志を満たし、快楽を得るためにあれこれと求め、ここかしこにいようと欲するなら、悩みを逃れて安らかでいることはできません。……あまたの苦しみを受け、激しい誘惑にあい、苛酷な災難を被り、様々な試練や悩みを経験する人々に比べれば、あなたの苦難は取るに足らないものなのです。己のささやかな不幸をよりたやすく忍ぶには、他人のより大きな苦難に思いをはせなさい。……自己を棄てなさい、自己を諦めなさい、そうすれば心に大いなる平安を楽しむことができるでしょう。……そしてむなしい想像、邪な心の乱れ、不必要な悩みはなくなるでしょう。……(二九三—九四頁)

カトリック僧によって書かれたこの書物には、人間が意志と快楽に従って行動すると不幸になると警告が記されている。来世で幸福になるために、この世の欲望を全て棄てることを勧めるケンピスの教えは、スティーヴンに出会う前、一家の破産により、読みたい本もなく聞きたい音楽も手に入らなかったマギーの心を大きく慰める。しかし、物質を諦めることと愛を諦めることは大きく違うのだということを、マギーはフィリップやスティーヴンとの関係を通して学んでいく。後者は、感情や本能という、人間の内面で自然に沸き起こる強い生命力との葛藤を常にはらんでいるからである。スティーヴンに決定的な別れを告げるマギーの言葉を引用する。

わたしが［あなたの愛に］心から共鳴したことは一度もありません。わたしには思い出があります。穏やかな愛情があります。そして、完全な善への憧れがあります、それらはこんなにも強くわたしを捉えています、決していつまでもわたしから離れてはいないでしょう、戻ってきてはわたしを苦しめることになるでしょう――後悔しますわ。もしわたしと神様の間に自分勝手な罪の影がさしていたら、安らかに暮すことはできません。わたしは、すでに他のひとたちを悲しませるようなことをしてしまいました――そう、分かっています。でも、わたしは一度だって自分からすすんでそうしたのではありません。「あの人たちは苦しむがいいわ、わたしは楽しみたいのだから」とは一度も言いませんでした。わたしの意志は一度もあなたと結婚したいとは思いませんでしたわ。（四八九頁）

ここでマギーが主張しているのは、心の分裂である。スティーヴンへの愛という自然な感情と、それを抑えようとする倫理観で心が二分されてきたことを彼女は強調している。さらにマギーは、大切にする人たちを故意に苦しめる意図はなかったという自己弁護もしている。愛という衝動的な感情は、理性や宗教の教義を使って抑えようとしても抗えないほどの力を発揮するということをマギーは知り、非常な葛藤を経験する。マギーが陥りそうになった最後にして最大の誘惑――スティーヴンへの愛の成就と結婚――を彼女がやっとの思いで断ち切ったのは、ケンピスの書物に書かれたキリスト教的犠牲精神のなせる業ではない。それだけでは抑えることのできない衝動的な愛を経験し、その壮大な力に打ちのめされそうになった自分の弱さを痛感することによって初めて、彼女の良心は、真に守るべきものを見出し、ショーペンハウアー的本能も、キリスト教的犠牲精神をも超越した、独自の倫理規範を形成したのである。

ロレンスは、障害を持ったフィリップとマギーとの関係が、真の愛ではなく、憐れみや幼少時代に対する懐古の念に根ざしていると解釈したのではないかと筆者は別稿(2)で論じた。フィリップに対する愛情と、スティーヴンに対する本能の愛を認識しながらも、フィリップに結婚の意志を伝え続けたマギーを、ロレンスは許すことができなかった。しかしその後、種族の意志に基づいてスティーヴンを愛し、葛藤の中で彼に愛を打ち明けるマギーの姿は、倫理的矛盾はあれど、欺瞞的な愛をフィリップに語るよりはロレンスにとっては好ましいものに映ったに違いない。さらにその意志を超えて、自らの倫理規範よって彼を諦めるマギーを、ロレンスは賞賛したのである。マギーにはソフォクレスのアンティゴネのイメージが与えられているということはS・ギルバートも指摘しているが、社会で白眼視されることが分かっていても、自分の信念を貫き通して一人町に帰ってきたマギーの姿は、王命にそむき、死をも辞さずに反逆者である兄の埋葬の儀式を取り行ったアンティゴネの姿と重なっている。ロレンスが一九一三年に書き始めたエッセイ「劇場」によると，ロレンスの考えるギリシア悲劇のヒーローたちの生き方とは，死をも辞さず「自己至高主義」（一四五頁）を貫き通すことである。つまり、国家の規範よりも己の信念に従って行動し、その行く末に死が自分を待つのであればそれも運命として受け入れるという生き方である。

ロレンスは、最終的にショーペンハウアーの言う種族の意志を超える倫理規範を確立したマギーの精神に、キリスト教の欺瞞的精神ではない、アンティゴネ的人道を見、この点において彼女を賞賛し、お気に入りのヒロインに位置づけたのだろう。そしてマギーを『白孔雀』のレティ造形の手本とすることに決めたのである。次章では、『白孔雀』の作品を分析しながら、ショーペンハウアーとエリオットのロレンスへの影響を探る。

三 『白孔雀』と『フロス河の水車場』のアナロジー

ロレンスが『レティシア』を執筆し始めたのはノッティンガム大学一年目のことである（『書簡集I』、七二頁）。後に『白孔雀』となるこの作品を、エリオットの小説をモデルにして執筆するつもりでいたことを、ロレンスはジェシーに伝えている。当時お気に入りだったエリオットの小説『フロス河』と『アダム・ビード』に倣い、「二組の男女」を中心に物語を書き始めることを決意している（一〇三頁）。

『白孔雀』には、レティとレズリー、ジョージとメグという二組の夫婦が登場する。それぞれの夫婦のプロットに見られる『フロス河』とのアナロジーは、レティが本能的に惹かれたジョージを諦めるプロットに見られる。本章ではこのプロットを、ショーペンハウアーの理論を用いて解釈し、『フロス河』と比較していく。『白孔雀』とショーペンハウアーというテーマの先行研究では、モンゴメリーが、ショーペンハウアーの「意志」は種の存続のための意志であり、個々の男女の性愛やそれに伴う辛さも、より偉大な種の存続のという目的の犠牲になると理解している。モンゴメリーの解釈によると、『白孔雀』ではシリルを除くすべての登場人物が、この犠牲を経験している（四三―七頁）。しかし前章でも述べたように、ロレンスは、種の存続の意志という男女の本能的な結びつきに根ざした愛情を、「犠牲」という否定的な概念ではなく、むしろ生命の根源的な肯定的な力と捉えていたのではないだろうか。『白孔雀』の中では、互いに本能的に惹かれていたにもかかわらず、種族の意志に逆らってそれぞれ別の相手と結婚したレティとジョージが、後に自分らしさを見失い、生命力を吸い取られ、精神や身体の破滅へと向かっていく設定になっているからである。本章ではマギーのアナロジーとしてのレティの人物描写とそのプロットに絞り、前章で考察した、ショーペンハウアーの理論を用いたロレンスのマギー解釈がどのように生かされているかを明らかにしたい。

結婚する前のレティとジョージは、互いが互いの一番の理解者として描かれている。第一部第一章と第二章では、ジョージが孵化したばかりの幼い蜂の羽を無理やりこじ開け、破ってしまったり、怪我をした飼い猫を溺死させたりといった、破壊的で残酷な行為が目立つ。妹のエミリーに嫌悪感さえ抱かせるジョージの破壊性を、レティだけは批判せず、「彼は健康なだけよ。彼は病気になったことがないのよ……」（一四頁）と言って理解するのである。しかし二人のコミュニケーションは、言葉を使った知的理解によるものではない。彼らは互いの肉体からほとばしり出る生の力を目の当たりにしたとき、言葉を失ってしまう。

上を向いた彼女［レティ］の喉は、まっすぐな腕で持った本の上に隆起している胸にかけて、見事な曲線を描いていた。彼［ジョージ］は彼女を見た。彼らは唇を変にゆがめて微笑んだ。彼女は酒でも飲むように喉をのけぞらせた。二人は自分たちの首筋で血が狂ったように脈打つのを感じた。それから彼女は突然かすかに身震いし、背を向けて部屋を出て行った。彼女のいないあいだ、彼は坐って髭をいじっていた。（三〇頁）

「知ってた？」と彼女は突然言った。「あなたの腕を見ていると触りたくなるのよ。すごく美しい褐色だし、固そうに見えるわ。」

彼は彼女に向けて片腕を差し出した。彼女はためらったが、すばやく指先で滑らかな褐色の筋肉に触れ、また手をひっこめた。……レティは、肉体美に満ちたジョージの姿を、まるで偉大な固い生命の蕾であるかのように見つめた。（四八頁）

二人は互いの肉体に具現された「偉大な固い生命」を見て、畏れの念に打たれているような反応を示す。二人のコミュニケーションにおいて大事な点は、彼らが感覚によって互いを理解するということであり、その時言葉という媒体は意味を成さない。これはレティとジョージが絵画について議論する場面に顕著に表れている。レティが絵画の解釈を説明するとき、饒舌な彼女の言葉は意味を成さず、ジョージは「物語の流れは感じられるが、言葉は分からない子供」（二八頁）のような様子を見せる。レティは自分の言葉に意味がないことを認識しているが、「頬を紅潮」させてなおもジョージに話しかけ、ジョージは「彼女をたじろがせるほどの力を持った、大きく生き生きとした眼」（三四頁）をレティに向ける。二人は言葉ではなく、感覚でコミュニケーションをとっているのであり、二人の会話は、「見せかけの会話」（三〇頁）にすぎない。レティとジョージは、非常に強い感覚的情熱で惹かれあっていることが分かる。

眼を上げると、彼と眼が合った。一瞬、二人は見つめ合ったがまたすぐ顔をふせてしまった。このようになまなましく視線を交わすのは、レティにもジョージにも責め苦だった。目がくらみ、身も縮むような苦痛をもたらす一瞬は、二人が自分たちに無理に課した時間だった。その直後、彼らは血管を満たす激しい電気ショックのような流れを感じておののいた。（三〇頁）

互いに惹かれるレティとジョージが見つめ合う瞬間に生み出される情熱は、『フロス河』のマギーとスティーヴンに通う情熱と同種のものである。

一度の接吻――そしていつまでも見つめ合う眼と眼――ついにマギーはふるえる声で言った。「もう行かなくては――急いで帰りましょう」（四六一頁）

この場面は、マギーがスティーヴンに苦渋の思いで愛の告白をした後の場面である。彼女はスティーヴンの婚約者であるルーシーや自分の婚約者であるフィリップに対する良心と葛藤し、スティーヴンに対する本能的な愛を抑えきれずに示してしまう。眼と眼が交わされるときに電気のようにほとばしる男女の激情について、ショーペンハウアーは「性愛の形而上学」で次のように説明している。

……彼らの憧憬に満ちた眼が互いに交わされ合うとき、すでにそこに、個体の新たな生命の火が点ぜられたのであり、この生命が、適切に構成された調和のある未来の個体として告示されているのである。……彼らの憧憬に満ちた眼がたがいに交わされ見つめあうとき、新たな生命の最初の萌芽が、……現象界に己を実現させようと猛烈きわまる勢いと貪欲さであがくのである。この貪婪さと烈しさがすなわち、将来の両親たる二人の間の情熱なのである。（二二〇—二二一頁）

ジョージとレティの言葉を介さない不思議な激情は、ショーペンハウアーが述べるところの未来の固体が発する「生命の火」である。生を受けようとする新たな固体の「種族の意志」が、彼らの二人の間で芽生え、痛々しさを伴って二人の中で息づいている。

レティとジョージの中に誕生した「生への意志」が最高潮に達するとき、二人は踊りを通して生のリズムを調和させる。

「さあ——さあ」——次の瞬間、彼らは芝生の上を跳ねまわっていた。少し踊っただけでレティとジョージの調子は合ってきた。彼らは芝生をぐるぐると回った。……それはすさまじく、誰も止められないような踊りだった。……わたし「シリル」たちが疲れてしまってからも、彼らはいつまでも踊り続けていた。

踊り終わったとき、ジョージは大きく胸をはり、勝利に酔っているように見えた。そしてレティはバッカス神の巫女のように陽気だった。（五五—五六頁）

「恐ろしい抵抗不可能な踊り」に興じるレティとジョージは、疲れを知らぬ生命力によって突き動かされている。レティに与えられたイメージである「バッカスの巫女」や、おそらくジョージに重ねられているであろう「勝利に酔いしれる」バッカス神は、酒を呷《あお》り、太鼓や笛をかき鳴らして下品に踊り騒ぐギリシア神話の神である。上品さとは無縁のバッカス神とその巫女のイメージを与えられた二人は、まさに本能と本能でぶつかり合い、そのリズムが最高潮に調和するとき、勝利を感じるのである。官能的な色身さえ帯びたこの生命力の力強さ、バッカスの巫女から連想させられる貪婪さからは、レティとジョージが互いを本能で求め合っていることが分かり、ロレンスがこの二人にショーペンハウアー的「種族の意志」を通わせている意図が読み取れる。そしてこの二人の関係は、『フロス河』のマギーとスティーヴンの関係のアナロジーになっている。

> マギーは語り続けるうちに上気してきていた、頬は赤らみ、その眼は一言ごとに愛情に溢れて、スティーヴンに訴えてやまない。そしてスティーヴンは、彼女の訴えに答えて鳴り響く高貴な弦を持っていた……（四六一頁）

マギーの愛情に溢れた眼と、それに呼応して「鳴り響く」スティーヴンの内なる「高貴な弦」との調和は、情熱的な音楽となって読者に訴えてくる。二人の音楽は、レティとジョージの踊りと同様、言葉では説明することのできない、理性の範疇を超えた本能の調和であると言える。しかしマギーとスティーヴンと同様、レティとジョージが結ばれることはない。レティは自分と同じ中産階級の紳士であるレズリーを結婚相手に選び、ジョージはレティと結婚できなかったことで半ばやけを起こして同じ労働者階級である、酒屋のメグと結婚する。レティは、自分が一番求めているのはジョージだと認識しながらも彼を諦める。しかしレティの諦めの姿勢は、マギーのそれとは異質のものである。その違いを以下分析する。

　結婚後のレティは、ジョージの唯一の理解者であった頃の独特の感性や審美眼、踊りに興じるバイタリティなど、彼女がそれまで持っていた輝きを途端に失ってしまう。彼女が生命の輝きを失う原因は、レティの諦念にある。彼女がレズリーとの結婚の決断に諦念が混じっていたことを、自ら以下のように語っている。

「ねえ、わたしにはどうすることもできなかったのよ」
「わからないな、なぜなんだ？」
「色々あるのよ！　周りの人たちの影響で、わたしはそれを望むようになってしまったの——誰も彼もそうなるんだと期待していた——そして、あなたも他の人たちの期待通りに行動せざるを得ないのよ——あなたもわたしも、自分自身ではどうすることもできないの。わたしたちはチェスの駒なのよ」
（一二〇頁）

　レティは、「他の人たち」、つまり社会の期待通りに行動するために、自分自身の意志を殺してしまったことを強調している。結婚する前のレティは、知性と芸術的想像力を持ち、「新しい女性」としての可能性を秘めていた。しかし結局は社会規範に自分を合わせて生きることを選び、妻にヴィクトリア朝的「家庭の天使」像を求めるレズリーを伴侶にする。このようなレティは、川本静子氏が述べるところの「見せ掛けの『新しさ』と本質的『古さ』のドッキング」（一三八頁）した女性である。しかしレズリーの期待通り家庭の天使となったレティは、徐々に自分のアイデンティティを見失ってゆく。皮肉にも子供を自らの「作品」と呼ぶレティ（二八三頁）は、かつてジョージと共に絵画を鑑賞し、情熱的な議論を交わした芸術批評家の顔を完全に失っている。母親として生きることでしか自分の価値を見出せないレティは、彼女自身の欲望や願望の実現を社会規範によって否定的に諦めるヒロインなのである。

一方でレティの持つ「新しさ」は、出水純子氏が指摘するように、男性をその気にさせる娼婦のような挑発的な態度である。例えば「指でジョージの頬をつつく」行為や、「すばやく指先でジョージのなめらかな肉体に触れた」といった行為である（『ロレンス研究「白孔雀」』、一二七頁）。こういったレティの娼婦的振る舞いは、「新しい女」を演じようとする彼女の意識的行為でもある半面、本能的に異性を求めるショーペンハウアー的「種族の意志」の表れでもある。しかしレティは、自己の内から沸き起こる「生への意志」の衝動を、「新しい女」を演じる社会的手段として欺瞞的に用いてしまう。この欺瞞的行為が、本来はレティと根源的なレベルで共鳴していた「自らの衝動に従って生きるジョージ」（グー、一三三頁）とのすれ違いを引き起こし、互いを諦めて悲劇的とも言えるそれぞれの結婚生活に入ってしまう。ヴィクトリア朝道徳規範に自らの生命の自発性を埋没させるレティの生き方と、そういった「チェスの駒」のような人生に埋没して悲観する彼女の諦めは、社会規範もショーペンハウアー的「種族の意志」をも超えて自分の信じる人道的不文律を貫くためのマギー諦めと比べると対照的である。レティの諦めは、マギーのように自己を肯定したものではなく、イデオロギーや文明の犠牲になったという否定的感情の産物なのである。

女としての役割を果たし、人生のほとんど、いやおそらく全部が無価値で無味乾燥なものに見えるようになったので、彼女は人生を我慢し、自己を無視し、自己の可能性をほかの誰かの、あるいは多くの人の器に移し入れ、間接的な人生を送る決意をしたのだ。この奇妙な自己放棄は、自己を発展させる責任から逃れようとする女の知恵であった。（二八四頁）

ここに、レティとマギーとの決定的な相違が見られる。「自己を発展させる責任」とは、マギーのように自己のゆるがざる信念を見つけ出す努力と、その主義に従って生きる意志と言い換えることができる。この意志から「逃れようとする」レティの諦めは、明らかに自己を否定する負の力に満ちた行為である。ロレンスはこのような諦めを実践するレティを、一九〇八年七月三〇日付ブランチ・ジェニングズ宛の書簡で以下のように評している。

……主人公のレティシアはレズリーに対してほとんど反応を示しませんが、これは彼女が性的な愛の旋律だけにしか耳を傾けていないからです。レティシアは自分がどれだけのものを犠牲にしているかを知るために性的な愛の旋律以外に、自分の魂が持つもっとすばらしい弦をさまざまに鳴らし、それがもたらす不協和音で苦しむ必要があるのです。女性はこうした状態を理解するのが遅すぎると思いませんか。もちろん、多くの女性よりはるかに優れた魂をレティシアは持っていると思います。

（『書簡集Ⅰ』、六六―六七頁）

四　おわりに

ロレンスは、男女に芽生える恋愛感情が、健康な次世代の種を生み出そうとする人間の本能に基づいているという議論が展開されたショーペンハウアーのエッセイ「性愛の形而上学」を読み、ジョージ・エリオットの『フロス河』のマギーのプロットを連想した。彼が同時期に執筆を進めた第一作目の小説『白孔雀』が、エリオットの作品を手本にして執筆されたという伝記的事実を元に、本稿ではマギーとレティの性質やプロットをショーペンハウアーの理論を用いて比較分析した。ショーペンハウアーは男女の恋愛感情を「種族の意志」と呼び、これを理性では抗えない本能的な力であると説いている。マギーもレティもこの力に圧倒されるものの、最終的には情熱を向けた男性を諦める点で共通している。彼女たちの諦念は、ショーペンハウアーに言わせるとどちらも「種族の意志」の否定である。しかし二人の決定的な違いは、この否定行為を己の主義に基づいて積極的に行うか、それとも真の願望や己の主義そのものを見失い、社会規範に屈して消極的に行うのか、という点にある。

ロレンスはなぜレティを、マギーと反対の方法で諦めを実践する、失敗例とも呼べるような女性として描き出したのだろうか。『白孔雀』を執筆していた当時の心境を、ロレンス自身以下のように語っている。

成長するということは、とても怖ろしいことだと思います。若者にとっては、ひどく傷つくことなのです、しかし、その時期を乗り越えると、喜びに満ちた光景が広がります。ですが、大学というところは、僕をひどく落胆させました。……心からの信仰も失ってしまいました。理想も、物悲しく感じる心も失ってしまいました。こんなときに『レティシア』を書いたのです。今や、僕は友達を失っただけでなく、主なる神も失い、若い頃に抱いていた夢も捨て去ってしまいました。もう、どんなことも気にならなくなりました。僕は今、生を信じており、死と矛盾に満ちた世界に抗って自分を無駄にするのはやめようと決意しているのです。万歳！（『書簡集Ⅰ』、七二頁）

若者が抱きがちな理想主義や希望は、成長して社会に出ると粉々に打ち砕かれ、その結果懐疑的で諦念に満ちた精神に変わることがある。ロレンス自身、希望を持って大学進学したものの、実際には高尚な魂と深遠な思想を持った学者がほとんどいなかったという現実に幻滅した。社会に対するこのような幻滅や絶望感に直面したとき、本能的に自己が求めるものをレティのように諦めて人生の波に身を任せるのではなく、マギーのように己の主義を貫いて「生を信じ、死と矛盾に満ちた世界に戦いを挑んで」いく生き方に憧れを持っていたのではないだろうか。先に引用した一九〇八年七月三〇日付の書簡において、ロレンスは「多くの女性よりはるかに優れた魂をレティシアは持っている」と書いているが、ジェシーに話した『白孔雀』の執筆計画と合わせて考慮すると、ロレンスがレティを生来マギーに匹敵する内面を持つヒロインとして描いていたことは明らかである。しかしマギーが近代のアンティゴネであるならば、レティは、近代英国社会に屈してアンティゴネになることのできない、いわば逆説的な悲劇のヒロインであると言える。ロレンスはレティをマギーのアナロジーとして設定したが、社会の流れに逆らうことがいかに困難であるか、そしてその勇気と力を持ちえぬ彼自身の苦悩を、マギーよりもより現実味を帯びたヒロイン、レティに投影したのではないだろうか。

注

(1)『D・H・ロレンス研究』第一九号、日本ロレンス協会編、二〇〇九年、一三—二五頁。
(2)同右、二〇—二一頁。

引用文献

ショーペンハウアー、アルトゥール著、斉藤忍随他訳『ショーペンハウアー全集』第七巻、白水社、一九七四年。

D・H・ロレンス研究会編『ロレンス研究——「白孔雀」』朝日出版社、二〇〇三年。

Black, M. "A Bit of Both: George Eliot and D.H.Lawrence" *Critical Review* 29 (1989): 89—109.

——. "A Checklist of Lawrence's Reading." *A D.H. Lawrence Handbook.* Ed. Keith Sagar. Manchester: Manchester UP, 1982.

Chambers, Jessie. *D. H. Lawrence: A Personal Record.* London: Frank Cass, 1965.

Delavenay, Emile. *D.H.Lawrence: The Man and His Work. The Formative Years: 1885—1919.* London: Heinemann, 1972.

Gilbert, Sandra M and Guber, Susan. *The Madwoman in the Attic: The Woman Writer and the Nineteenth—Century Literary Imagination*. London: Yale UP, 1984.

Gu, Ming Dong. "Lawrence's Childhood Traumas and the Problematic Form of the *White Peacock.*" *D.H.Lawrence Review* 24 (1992): 127—44.

Kempis, Thomas à. *The Imitation of Christ*. 1418. Radford: Wilder, 2008.

Lawrence, D. H. *The White Peacock*. Ed. Andrew Robertson. Cambridge: Cambridge UP, 1983.

—. *The Letters of D. H. Lawrence*. Ed. James T. Boulton. Cambridge: Cambridge UP, 1979-2000.

—. *Sons and Lovers*, ed, 8 Vols. Helen Baron and Carl Baron, Part 1 and 2. Cambridge: Cambridge UP, 2002.

—. *Study of Thomas Hardy and Other Essays*, Ed. Bruce Steele. Cambridge: Cambridge UP, 1985.

—. "The Theatre." *Twilight in Italy*. Ed. Paul Eggert. Cambridge: Cambridge UP, 2002.

Eliot, George. *The Mill on the Floss*. Intro. A.S. Byatt. 1860. London: Penguin, 2003.

Montgomery, R.E., *The Visionary D.H.Lawrence: Beyond Philosophy and Art*. Cambridge: Cambridge UP, 1994.

Schopenhauer, Arthur. *The Essays of Schopenhauer*. Trans. Mrs. Rudolf Dircks. Montana: Kessinger Publishing, 2004.

Siegal, C. *Lawrence among the Women: Wavering Boundaries in Women's Literary Traditions*. Charlottesville: UP of Virginia, 1991.

『逃げた雄鶏』におけるキリスト教世界と古代エジプト神話世界
──『オカルト・レヴュー』の「イシスーマリア」論から見えてくるもの

出水　純子

はじめに

ロレンスは雑誌や新聞などのメディアと深い関わりを持っていた。『不死鳥』巻末の初出一覧を見ても、エッセイの多くが雑誌『ニュー・ステイツマン』、『アデルフィ』、『フォーラム』などや新聞『サンデー・ディスパッチ』、『イーブニング・ニュース』などに発表されている。『逃げた雄鶏』[1]第一部も最初は雑誌『フォーラム』に掲載された。一方で『越境者』の書評がモダニズム雑誌へと発展する『フリーウーマン』に掲載されたり、新詩集がフォード・マドックス・ヘファーやエズラ・パウンドによって『ニュー・フリーウーマン』で高く評価されたり、また「秋雨」や「街燈」という詩が掲載されてもいる。[2]「ただ一度」という短篇小説が『ニュー・フリーウーマン』から名称変更された『エゴイスト』に掲載されることになった時は、その雑誌がどのような性格のものであるかに強い関心を寄せてもいる。(3) ロレンスの書簡集や前述した『不死鳥』巻末の初出一覧を手掛かりに、ロレンスと関わりを持った雑誌や新聞を調べてみると、エドワード朝に流行した神秘主義を扱った雑誌『オカルト・レヴュー』が注目される。この雑誌に目を通して見るとレオポルド・モンタギューの「イシスの女神」と「聖母マリア」に関連した「イシス―マリア」論という興味深い論文が掲載されているのに気づく。この論文の詳細については本論の「第二章『オカルト・レヴュー』の『イシス―マリア』論とロレンス」で紹介する。

一九二二年六月に掲載された「イシス―マリア」という論文は要約すれば、キリスト教が勃興し、異教徒を抑圧してキリスト教に改宗させた時代に、それまで人々が崇拝していた古代エジプト神話の「イシスの女神」を、今後は「聖母マリア」という名前で崇めるようにさせたという史実を解説するものであり、地中海沿岸地域の教会に現在でも見られる「黒い肌をした聖母マリア像」をその証拠としてあげている。さらに重要な点は「[霊的な力で様々な奇跡をおこし」現在ローマ・カトリック教国で崇拝されている聖母マリアは、イエスの母マリアとはまったく何の関係もない。しかしそれでも聖母マリアは、太古からそうであったように、かつてイシスの名で崇拝された神の顕現《けんげん》である」(モンタギュー、三四九頁)と言明していることとである。異教徒が一方的にキリスト教化されたのではなくて、むしろ大地母神であるイシスの女神信仰がキリスト教に多大な影響を与えた、とモンタギューは言いたいのである。「二つの宗教が融合した証拠である「黒い肌をした聖母マリア像」が表すものが、「イエスの母マリア」ではなくて古代エジプトの女神イシスであったからこそ、ロレンスは『逃げた雄鶏』の第一部のキリスト教世界を第二部で古代エジプト神話世界へと移行させ、キリストにイシスの夫、オシリス役を演じさせることができたのではないだろうか。言ってみれば「黒い肌をした聖母マリア像」が二つの異なる世界を繋ぐ通路となったのである。

「黒い肌をした聖母マリア像」がなぜ「イエスの母」聖母マリアではなくてイシスの女神であるのかについては、神話と宗教について解明した人類学者フレイザーの『金枝篇』、「第四一章　イシス」が理解の助けとなる。フレイザーは、イシスとマリアの関係に言及し、「洗礼と聖水撒布、厳粛な行列、宝石をちりばめた『神の母』の像からなる彼女（イシス）の荘厳な典礼は、カトリック教の儀式に対して幾多の類似点を示している。この類似は単なる偶然とは言えない。古代エジプトは、カトリック教会神学に対しても、その分け前を寄与した」（一一九頁）ことや、「ホルスに乳を与えるイシスの姿がマドンナと幼子イエスの姿にあまりにも似ていたので、時として無知なキリスト教徒の崇拝を受けることがあった」（一二〇頁）と述べている。つまり、子を抱くイシスと聖母マリアは、宗教は異なるが、姿があまりにもよく似ていたので、イシスの偶像がごく自然に聖母マリア像の代用品として受け入れられ、キリスト教に改宗した異教徒の中には依然としてイシスを崇拝するものもいたということである。フレイザーの解説は、二つの宗教が互いに影響し合った史実が残っているという『オカルト・レヴュー』の「イシスの――マリア」論を人類学の立場からも評価できることを示しているといえよう。ロレンス自身も『オカルト・レヴュー』に「イシス――マリア」論が掲載された年と同年の一九二一年に、過去（一九一五年）に読んだ『金枝篇』を再読しているので「イシス」についての解説も知っていたはずである。

ロレンスが『オカルト・レヴュー』を読んでいたことは、彼の読書記録が示しているし、[4]また「イシス――マリア」論が掲載された年と同年の一九二一年一二月三一日にフレデリック・カーターに『黙示録の竜』の出版を依頼するなら、『オカルト・レヴュー』の出版社のライダーが適任であるという手紙（『書簡集Ⅳ』、三六五頁参照）を送っていることからも『オカルト・レヴュー』への関心の深さが窺える。ロレンスは神秘思想にたいへん興味を示し一九一一年には『ニュー・エイジ』で神学と神智学に関する記事を九篇読んでいる。ノッティンガムではウィリアム・ホプキンと一緒に神智学会の会合に少なくとも一度は顔を出しており、一九一七年には、ロンドンで開催された神智学に関する講演を何度か聞きに行っていると、『ロレンスと聖書』の著者T・R・ライトは述べている（一一七頁）。当時は神智学、密教が広まっていて、ロレンスが『オカルト・レヴュー』を読み、その後まもなくブラバツキー夫人の『イシスの真相』[5]と『秘儀』を読んだことは、ロレンスの『ヨーロッパ史のうねり』の編集に関わったオックスフォード大学出版局のフリーランス編集者ヘンリー・ナンシー宛の一九一八年一一月二三日付の手紙（『書簡集Ⅲ』二九九頁参照）や精神分析学者のデイヴィッド・エダー宛の一九一七年八月二四日付の手紙（『書簡集Ⅲ』、一五〇頁参照）に書かれている。また、同年七月二七日付のウォルドー・フランク宛の手紙には、「私は神智学論者ではないけれども、秘教の教義には啓発させられる」（『書簡集Ⅲ』、一四三頁）とも書いている（ライト、一一七頁参照）。

以上のように、ロレンスと当時の神秘思想との関わりを考慮に入れれば、イシスとマリアが登場する『逃げた雄鶏』執筆には、『オカルト・レヴュー』の「イシス－マリア」論やブラバツキー夫人の『イシスの真相』で言及されている、「黒い肌をした聖母マリア像」が影響を与えていると思われる。キース・セイガーは、『D・H・ロレンス――生から芸術へ』で、「黒い肌をした聖母マリア像」について触れてはいないものの、ロレンスがブラバツキー夫人の『イシスの真相』や、夫人の友人であるプライズの『アポカリプスの真相』を読んでいたことを指摘している。さらにセイガーは、「ロレンスは、これらの本から得た知識を見せびらかすことをしなかった」が、『逃げた雄鶏』の最後のパラグラフに、それとなく書き込まれている「小舟」、「潮流」、「夜」、「種」、「復活」、「バラの花」、「蛇」、「木」などの語が、神話や人類学、東方の宗教と深遠な関係を持っていることは明らかで、一つ一つに注釈をつける必要はない、と述べている(三二一頁参照)。

本論では、従来から論じられてきた『逃げた雄鶏』執筆の経緯の説明に加えて、当時流行していた神秘思想、中でも神秘主義者・神智学者によって出版されていた雑誌『オカルト・レヴュー』の「イシス―マリア」論で論じられている「黒い肌をした聖母マリア像」がロレンスに影響を与えたことを指摘したい。

『逃げた雄鶏』が書かれた経緯については、ロレンス自身が一九二七年五月三日に共にエトルリア遺跡を訪れた画家で仏教学者であるアール・ブルースター宛の手紙(『書簡集VI』、五〇頁)で述べていることから、イースターの日に町のショーウィンドウに飾られていた卵から孵《かえ》って逃げ出そうとしている鶏の置物と、エトルリア遺跡の壁画に描かれた、死後の世界で男が掲げた手に持っている卵が基になっているとが通説となっている。ロレンスの生涯と作品との関わりについて多くの著書があるキース・セイガー[6]は『D・H・ロレンス――生から芸術へ』でロレンスがどのような経緯でこの小説を創作したかを明快に説明している。

……一九二七年のイースターにロレンスのさまざまな生活体験とさまざまな思考の流れが合流したのである。……ロレンス自身の生活の変化と、死期が近いという自覚が、より具体的な復活の概念を与えた。喜んで死と向き合うこと、キリスト像とパン神像の和解を可能にさせた。ゲシン・デイが見たイルカがタルキニアのフレスコ画の中に溶け込んで行った。精霊の声を象徴するモーゼの白い雄鶏が、ヴォルテラのショーウィンドウに飾られた逃げた雄鶏と一致した。ブルースターは、雄鶏が男のもとから逃げたのではなく、卵から抜け出したと言っているがどちらでもよいことだ。イースターの卵がシンボルとして、墳墓の中にいるロレンスの心に訴えたのである。一度死んだ男が「復活の卵を持ち上げている。卵の中の胚がまるで魂が眠っているように眠っている。やがて卵の殻を破り、もう一度姿を現すのを待っているのだ」。（三〇四頁）

右の引用文で言及されている、ロレンスの未完の小説「飛魚」に描かれている主人公ゲシン・デイが、船上から見た「躍動するような肉体を持った」イルカの一群に「生命の歓喜」を感受するさまや、エトルリア遺跡で目にした「復活の卵を持ち上げている一度死んだ男」の壁画が、『逃げた雄鶏』執筆の着想を与えたとセイガーは述べている（二八六頁参照）。しかし注目すべき点は、同書でセイガーがこの小説は、「キリストとオシリスを同一神とし」（三一八頁）磔刑《たっけい》にかけられたキリストが、バラバラに切り裂かれた夫、オシリスの遺体を探す古代エジプト神話の女神イシスによって完全な肉体を持った男として復活する物語であるという解釈も提示していることである（三一九頁）。ではロレンスがキリストとオシリスを同一神にすることを考えた契機は何なのか、第一章では、エドワード朝に流行していた神秘思想とロレンスとの関係に焦点を当てて検討したい。

第一章　エドワード朝の神秘思想とロレンス

『エドワード朝の精神風土、一八九五—一九一九』を書いたジョナサン・ローズは、ヴィクトリア朝時代が終わりエドワード朝に入ると、聖書に対する批判や、「進化論」を提唱するダーウィニズム、宗教に先行する神話の意義を解明した人類学者フレイザーの『金枝篇』（一八九〇年初版、一九一一—一五年に決定版一二巻が出版される）などによって、従来のキリスト教は知識人の間で信頼を失っていき、教会離れが始まったと述べている（一頁）。オックスフォード大学を出て神父になる者の数も激減し、神の不在とともに、モラルの規準も失われ、宗教懐疑者であるヘンリー・シジウィクやベアトリス・ウェブ達は、社会道徳が崩壊するのではないかと危惧《きぐ》したとも書いている（二頁）。

心霊研究協会（SPR）が一八八二年に設立され、テレパシーや死後の生存の問題等が研究された。研究目的は科学と宗教を和解させることで、神秘的ヴィジョンを心理学で説明したり、不滅の魂が存在することを証明することであった（ローズ、四頁）。一八九五年には一五〇もの神秘主義者協会が設立されており、その数は一九〇八年には三九〇にも達した（ローズ、一一頁）。このような世俗的な宗教は、小説家ではジェイムズ・ジョイス、ヴァージニア・ウルフをはじめ、シャーロック・ホームズ・シリーズの作者として有名なコナン・ドイルなどにインスピレーションを与え、またH・G・ウェルズを含むフェビアン協会のメンバー達にも影響を与えた。コナン・ドイルは一八九三年に心霊研究協会に加入し、神秘主義運動が活発になると、その先駆者となった。W・B・イェイツも一九一三年に同じ協会に加入した（ローズ、一二頁)。

ロレンスは、神秘思想にたいへん興味を示したが、神智学はあまりにも神秘的で地に足がついていないと感じて、協会には正式には入会しなかった。しかし、キリスト教の教義が当時の科学によって徐々に崩れていくのを感じ取っており、キリスト教の教義を拒否して、宗教よりも人間の生命に関わる宇宙の力を信じるようになった。ロレンスのジレンマが彼一人のものではなかったことは、グルジェフや東洋と西洋の宗教を混合して人気を得たブラバツキー夫人が人々の心に訴えるものを持っていたことからも推察できる(エリス、六五頁)。

ロレンスがキリスト教への信念を失ったのは大学生時代であった。彼は、キリスト教のシンボルを拒否するのでなく解釈しなおさねばならないと考えていた。キリスト教のシンボルの中でロレンスにとって一番重要なものは「復活」であった。ロレンスは、『逃げた雄鶏』を補足する「第三部」だとも見なされている(7)(レイシー、一二七頁参照)「復活の主」というエッセイで、キリスト教会が犯した誤りはあまりにも「磔刑」を重んじ、「復活」を軽視したことであると述べている。

ロレンスが「あまりにも『磔刑』を重んじ、『復活』を軽視した」キリスト教に疑義を抱き、イシス、オシリス神話とキリストの新たなる復活に言及したのは、第一次世界大戦によって荒廃した英国で生きる気力を失い、まるで墓の中で死衣をまとっているように思われる自分の姿をキリストに例えて髭《ひげ》を伸ばし始めた一九一五年三〇歳のときのことである。アスキス夫人、レディ・シンシア・アスキス宛の次の手紙が残っている。

僕の心臓は千々に砕かれてしまいました。僕にはオシリスや、イシスのように、バラバラにされた肉体の断片を集めるエネルギーはありません。［……］
もう一度、全くはじめからやり直したいのです。ゲッセマネの祈り、磔刑、埋葬、これらの過程はもう終わりにしなければなりません。復活しなければならないのです。傷の癒えた両手と両足、完全な肉体、さらに新しい魂を持って復活するのです。なによりも新しい魂を備えた復活です。今までのことは終わったのです。終了、放棄し、すっかり忘れ去り、新しく生まれ変わりました。三〇歳になって得た新しい生です。新しい天と地が必要です。それに新しい心臓と魂も。すべてが新しい、正真正銘の復活です。（『書簡集Ⅱ』、四五四―五五頁、傍点筆者）

ロレンスと晩年に古代神話や神話の歴史の重要性について議論したフレデリック・カーターは、ロレンスは死後にではなく、この世でオシリスのように力を得て、復活することを願っていたと、『ロレンスと肉体的神秘主義』の中で次のように述べている。

……ロレンスはオシリスになりたかった――オシリス神に――その目的のためにロレンスは、地下世界の王であるプルートの持つ偉大な支配力の中心を見出そうとしていた。この力を死後の世界で見出すのではなくて、今、この世界で救済と新たな生を見出そうとするのがロレンスの性分であった、魔術的な変貌をなしとげようとした。……秘儀を見つけ出し、自己と生の主となるのだ。今、この世で、ただちに。（二四頁）

オシリスは冥界を支配する王、プルートと同一視されている死と復活の神である。「ロレンスはオシリスになりたかった」と言うが、「今、この世で、ただちに」と強調しているように、死後の世界での話ではなく、現世での「復活」を求めていたのである。そこでエトルリア遺跡の壁画に描かれている一度死んだ男が手に持っている復活の卵とイースターの卵から「復活」物語の着想を得たロレンスは、エトルリアについての紀行文に取り掛からずに、すぐさま『逃げた雄鶏』を書き始めている。執筆に着手したのは一九二七年折しもイースターの季節、第二部を完成させたのは一九二八年の七月であった。同年七月二〇日にドロシー・ブレット宛に次のような手紙を書いている。

『逃げた雄鶏』の後半はもう書き終えたのですが、まだクロスビー・ゲイジには送っていません。すばらしいできだと思っているのですが、なぜか私の手元から離したくないのです。まだタイプもせずに手書き原稿のままでここにあります。(『書簡集Ⅵ』、四六九頁)

ロレンス自身が「すばらしいできだ」と言う『逃げた雄鶏』の後半、つまり第二部には、先のアスキス夫人の手紙で言及した「正真正銘の肉体の復活」が描かれていることを、一九二八年九月二六日にマリア・チェンバーズ宛の手紙(『書簡集Ⅵ』、五七六頁参照)で明らかにしている。さらに、ロレンスは、ポリンジャー宛の六月三〇日付の手紙でも「『逃げた雄鶏』の第二部を書き終えました。およそ一万語になりました。とてもすばらしい内容ですが、出版社に送ってしまうのは惜しい気がします」(『書簡集Ⅵ』、四四二頁）と書いている。『逃げた雄鶏』はロレンスが「手元から離したくない」ほどに大切でいとおしい作品であった。生涯求め続けた「すべてが新しい、正真正銘の復活」願望を、死期が近いのを自覚して書いた『逃げた雄鶏』に託したのである。このことは、ロレンスの最後を看取ったハックスリ夫妻に宛てた一九二八年七月三一日付の次の手紙の文面からも推察できる。

私にはもうあまり時間が残っていないのです。微力ながらあなたに復活祭のキスを捧げ、いつかもう一度、一緒に雄鶏の鬨《とき》を高らかにあげたいものです、甦ったイースターの卵のように。（『書簡集Ⅵ』、四八四頁）

『逃げた雄鶏』は、農家の庭先で括り付けられていた綱から解放されて、高らかに鬨をあげる雄鶏に自らを重ね合わせて書いた小説である。一九二九年にブラック・サン・プレスから出版された版にはイシスとオシリスの性愛の場面を描いたロレンス自身の絵画が表紙に付けられている。「死んだ男」を見下ろしているイシスの顔は隠れて見えないが、「死んだ男」の顔はぼかして描かれているにもかかわらず、ロレンスが一九二七年に描いた「復活」の絵画の甦った男の顔、つまりロレンスその人に他ならない（レイシー、一五一頁参照）。ロレンスが、死んだ男の顔をぼかしているのは故意にしたことで、キリストとオシリスを一人の男の顔に同時に描き込もうとしたからかもしれない。また顔が隠れて見えないイシスの姿は、キリスト教化によって「聖母マリア」の背後に隠されてしまった「黒い肌をした聖母マリア像」であると解釈することも可能ではないだろうか。とすれば、『オカルト・レヴュー』の「イシス ― マリア」

論は『逃げた雄鶏』を読む上でいっそう重要な意味を持ってくる。

ロレンスが、エドワード朝に流行した神秘主義、神智学に関心を抱いたことは先に述べたが、『ロレンスと肉体的神秘主義』の著者で、ロレンスと死直前まで神秘主義について議論を交わしたフレデリック・カーターは、「オカルトや秘教と呼ばれるものは、ロレンスにとって思考の土台にすぎない。〔……〕認識方法を確立する土台であることを示すものでしかない」（五八頁）と述べている。また次のようにも言っている。ロレンスにとって「オカルト関係の著書は、心の世界の地下の流れへと連れて行ってくれる地図であり、通路であった」（五八頁）。カーターの言葉を借りれば、『オカルト・レヴュー』の「イシス―マリア」論でその存在が重要な意味を持つ「黒い肌をした聖母マリア像」がキリストの肉体的復活物語を生み出す「地図」となり「通路」となったのではないだろうか。

「黒い肌をした聖母マリア像」について述べる前に、次章ではまず「イシス―マリア」論がどのような内容の論文であるかを説明しておきたい。

第二章　『オカルト・レヴュー』の「イシス―マリア」論とロレンス

『オカルト・レヴュー』という雑誌は、インターネット上の百科事典「ウィキペディア」によると、英国で一九〇五―一九五一年に発行された月刊誌である。一九三三年から一九三八年の間は、『ロンドン・フォーラム』と雑誌名が変更された。当時の著名な神秘主義者や著述家による記事、書評、通信欄が掲載されている。編集長はラルフ・シャーレイで、出版社はロンドンのウィリアム・ライダー&サン有限会社（後にライダー &カンパニー）である。「オカルト」という題名が表わすように、この雑誌は、超自然現象や心理学研究に関する問題を扱った雑誌である。一九二二年一〇月号では「『テンペスト』は神秘劇であるか」という記事でコリン・スティル著の『シェイクスピアの神秘劇――「テンペスト」研究』（ロンドン、セシル・パーマー出版社）が論じられたり、心霊学に傾倒していた探偵小説作家コナン・ドイルの『妖精がやってくる』を取り上げて、「妖精を撮影した写真は本物であるか」という問題提起がなされたりしている。

ロレンスが『オカルト・レヴュー』を時折読み、生涯に亘って関心を寄せていたことは、本論の「はじめに」で述べたようにロレンスの書簡集やR・M・バーウェル の「ロレンスの幼年期からの読書録」から確かめることができる。注目されるのは、ロレンスが関心を寄せていたイシスの女神に関する記事である。ロレンスが『逃げた雄鶏』で、なぜキリスト、オシリス、マリア、イシスを同じ時空の中で描くことができたのかという問題を考察する上で、『オカルト・レヴュー』に掲載された、「イシス― マリア」という論文で言及されている、キリスト教とイシス神信仰が融合した証拠である「黒い肌をした聖母マリア像」にその答えを見出せるのではないかと思われる。

「イシス― マリア」論の著者レオポルド・モンタギューは、イシスの女神について次のように説明している。

エジプトの女神イシスの偶像は、女性の神聖を表わすために初めて人間が創り出した女神像である。

イシスはケブ（大地の神）とヌート（天空の女神）との間に生まれた娘であり、オシリス（穀物神、冥界の王）の配偶者または「妹」だとされている。イシスとオシリスの子どもがホレスであり、オシリス、イシス、ホレスがエジプトにおけるもっとも重要な三位一体を形成している。

ギリシア神話によるとイシスはアルゴスからやって来た女神で、イオ、つまり月の女神と同じだとされている。イシスの甥であるアピスはエジプトの王となり、死後はサラピスとして崇められた。イオは牛の角（三日月を表わす）を持っている。［……］［トロイア、ミケナイなどを発見したドイツの考古学者である］シュリーマン（一八二二―一八九〇年）によると、ヘラ、イオ、デメテルはイシスと同一の女神だという。（三四七頁、括弧内筆者）

古代エジプト神話においてイシスの女神は、大地の神を父とし天空の女神を母とする、宇宙的生命を持った女神であり、ナイル流域の土壌を豊かにし、穀物の生育にかかわる大地母神である。貞淑な妻として、弟セトに殺された夫、穀物神であるオシリスの死を悼み、その復活を助けて、大地に緑の穀物畑を再生させる、いわば「死と再生」という自然界のサイクルを司る大地母神であった[8]。イシス神信仰はギリシア・ローマ世界にも波及した。エジプトでイシス崇拝が衰えた後、ギリシアで人気を得、ローマへと移っていったのである。ギリシア神話では「イオ、つまり月の女神と同じ」で、この女神が持つ牛の角が「三日月」を象徴しているというモンタギューの指摘は重要である。なぜなら宗教画に見られる聖母マリアの頭上には、しばしば三日月が描かれているように、聖母マリアのシンボルも三日月であり、身に付けている衣も、イシスの女神同様に、青い衣である。この「三日月」と「青い衣」のシンボルの一致は、後で引用するように「イシス ― マリア」論でも言及されており、キリスト教が入って来たローマ時代に聖母マリアがイシスのイメージを引き継いだことを示している。[9]

ローマ時代にイシスの女神がどのような過程を経て聖母マリアという名前に変わったのか、「イシス ― マリア」論は次のように説明する。

……ローマでは時々周期的にイシス信仰が禁止されたが、一世紀の中ごろにはイシスの神殿がさまざまな場所に建てられた。ポンペイにも見られた。イシス信仰はローマの神々と入れ替わるほど栄え、コンスタンチヌス皇帝によって確立されたキリスト教の下でも信仰され続けた。ローマ皇帝ユリアヌス（A・D・三六〇―三六三）の絶大な支持を受けたため、教会はパニックに陥った。イシスを信仰する人々はキリスト教に改宗することを拒んだ。〔……〕しかし、ついに和解がなされた。条件は、イシス信仰者もキリスト教徒と認め、イシスの偶像も僧侶も教会に入れてもよいが、ただ、今後は女神の名前はイシスではなくて、聖母マリアとすることであった。イシスの幼子ホレスについては幼子イエスとして崇められることになった。この二つの宗教が融合したという歴史的証拠はないとしても、そのようなことが実際起こったことは以下に述べる事実が示している。（三四八頁、傍点筆者）

イシス信仰者もキリスト教徒と認める条件として「女神の名前はイシスではなくて、聖母マリアとする」ようになったことを説明した後、イシス信仰とキリスト教という「二つの宗教が融合した」ことを証明するのに三つの事実を取りあげている。その中でも次に引用する第二と第三の事実がイシスとマリアとの関係を説明する上で重要である。なぜなら元来キリスト教の聖母マリアには「天の女神《グイーン・オブ・ヘヴン》」などの称号が与えられていなくて、キリスト教がイシス信仰と出会うことによって、イシス自身が持っていた称号やシンボルが聖母マリアにも与えられたと次のように述べているからである。

（二）一方で、ずっと後の聖母マリアの持つ概念は、イシスのものと変わらない。イシスは「天の女神《グイーン・オブ・ヘヴン》」、「神の母《マザー・オブ・ゴッド》」、「無原罪の婦人《イマキュラット・レディ》」などの称号で呼ばれていて、これらは現在ではイエスの母マリアに与えられている称号である。イエスの母マリアのシンボルはイシス神のものである三日月であり、イシス神のものである青い衣をまとっていて、聖母《マドンナ》としての面は幼子を抱く姿で表わされている。この姿は、初期のキリスト教徒には好まれず、たいていホレスを抱くイシスの像で代用されていた。（三四八―八九頁）

右の引用の「聖母としての面は幼子をあやす姿で表わされている。この姿は、初期のキリスト教徒には好まれず、たいていホレスを抱くイシスの姿で代用されていた」という説明は、イシスの名前が聖母マリアと変えられたものの、初期のキリスト教徒は、幼子イエスを抱く聖母マリア像ではなく、ホレスを抱くイシスの偶像を崇拝していたことを指摘している。聖母マリアが身にまとっている「青い衣」や「三日月のシンボル」に見られるように、キリスト教の中にはイシス信仰が根強く残っていたのである。

第三の事実は次のように提示されている。

（二）イシス崇拝者が、彼らの偶像と司祭を伴ってキリスト教会に入ってきたのであろうとの説を述べてきた。最初の指摘はC・W・キング司祭の『古代の宝物』の記述（三〇一頁）によっている。キング司祭は次のように述べている。「ホレスに乳をやるイシスの偶像がそのまま、幼子を抱く聖母マリア像の代わりとして使われた。しかも、代用されたのは、ただ単に彫像の形だけではなかった。というのは、フランスのいくつかの教会で何体かの黒い肌をした聖母マリア像《ブラック・ヴァージン》（中世の初期から崇拝されていたが一七九四年に教会のあらゆるものが不運にも破壊されてしまった）がモントフォウコンによって発見されているからだ。それらの像は玄武岩で作られたエジプトの女神であり、ただ名前が変えられているだけであることが分かった。イシスの女神の神殿には、今でも昔と変わらず敬虔な信者がいる。（三四九頁）（傍点筆者）

モンタギューは、ローマ教会の司祭の剃髪《ていはつ》は、古代のイシスの司祭の名残であり、祝福をする時の指の動作もイシスの神の儀式から来ていると説明すると同時に、地中海沿岸のローマ・カトリック教の教会に祭られている「黒い肌をした聖母マリア像」はキリスト教によって名前を変えられた「玄武岩で作られたエジプトの女神」であると述べている。「黒い肌をした聖母マリア像」の表わすものは、「幼子イエスを抱く聖母マリア」ではなくて、その「黒い肌」や「玄武岩で作られている」という事実から、「ホレスに乳をやるイシスの女神」に他ならない。モンタギューは、「『霊的な力で様々な奇跡をおこし』ローマ・カトリック教の国々で崇拝されている聖母マリアは、イエスの母とはまったく何の関係もない。しかしそれでも聖母マリアは、太古からそうであったように、かつてイシスの名前で崇拝された神の顕現である」

（三四九頁）と述べて論文を締めくくっている。「イシスの女神」がキリスト教によって「聖母マリア」と名前こそ変えられたものの、イシス信仰は消滅することはなく、むしろキリスト教化によって宇宙的生命を持った「死と再生」の女神としての普遍的価値が再発見されたといえよう。大地母神としてイシス信仰が根強い地中海沿岸地域では、イシスの女神に自分の名前を名乗らせた「聖母マリア」の方が、大地母神の系譜に入れられてしまっているとのことである。[10]

「黒い肌をした聖母マリア像」とは、ロレンスが「フレデリック・カーター『黙示録の竜』への序文」で使っている言葉を借りれば、いわば「シチリア島のしっくいで塗り固められてキリスト教教会へと変えられた、かつてのギリシア人が建てた豪壮な柱のようなもの」（二九五頁）だと言えないであろうか。アポロの神殿がキリスト教の礼拝堂として使われた[11]ように、イシスの神殿がキリスト教の礼拝堂となったのである。ロレンスは同エッセイで「黙示録はパトモスのヨハネによって、最終的にキリスト教的意味を塗り固めたものにすぎない［……］。黙示録はパトモスのヨハネによって作られたキリスト教寓話などではなくて、もっと大きな時代に属する象徴として描かれたものだ」（二九五頁）と言う。とすれば、「黒い肌をした聖母マリア像」から「キリスト教的意味」を剥がせば、もっと大きな時代、つまり宇宙的生命を持った「死と再生」の大地母神である古代エジプト神話のイシスの女神像が現れることになり、「黒い肌をした聖母マリア像」は、「イエスの母」ではなくてキリスト教によって名前を変えられた「玄武岩で作られたエジプトの女神」であると言うモンタギューの論と符合することになる。

ロレンスは、『逃げた雄鶏』でキリスト教が勃興したローマ時代から古代エジプト時代に主人公を移動させているが、わたしたちに過去に戻れと呼びかけているのでもなければキリスト教を拒否して異教に戻れと言っているのでもない。過去に戻ることはできないが、人々が宇宙を意識し、自然のサイクルの中で生きていた時代のヴィジョンに触れることで、新たなヴィジョンを発見することができるという。「フレデリック・カーター『黙示録の竜』への序文」の中でロレンスは、「キリストが生まれる二〇〇〇年前にいたカルデア人は、我々が現代科学で捉えるガスの球である太陽や、写真で捉えたあばた面の死んだ塊の月ではなく、『生きた太陽』と『生きた月』を求めた」と述べ（二九八―九九頁参照）、「月をアルテミス、キュベレ、アスタルテと呼んだ過去の人間たちよりもほんとうに宇宙を意識し、それを生き生きと把握しているなどと考えているのだろうか」（三〇〇頁）と宇宙的生命を失った現代人を批判する。しかし「古いヴィジョンはいったん取って代わられると、二度と取り戻すことはできない。しかしできることは、われわれのうちに埋もれている古い、遠い遠い昔の体験の記憶と調和するようなヴィジョンを発見することである」（三〇一頁）と提言し、「黙示録を研究する価値もそこにある」（三〇一頁）と述べている。[12]

神智学者であるブラバッキーもまた、ヘブライ語で書かれた聖書には二重の源があることを指摘していたと、『ロレンスと聖書』の著者ライトは述べている。さらに興味深いことに、聖書の表面に出ている資料の源はバビロニア捕囚時代に縮写されたものであり、奥に隠されているのは、ロレンスが彼らの宇宙観に共感を示した、カルデア人の時代にまで遡る、より古い資料だという（一一八頁参照）。

ロレンスが『オカルト・レヴュー』誌一九二二年六月号に掲載された「イシス―マリア」論を読んだという確証はないが、本論の「はじめに」で述べたように、一九一九年晩春にはこの雑誌を読み始めており、一九二二年一二月にはフレデリック・カーターに読むように勧めていることから、読んだ可能性は考えられる。しかしロレンスが「黒い肌をした聖母マリア像」について知っていたことは、ブラバッキーの

『イシスの真相』を読んでいたという事実や、イタリアのミレンダ荘に滞在中に近隣の人々から話を聞いていたことから確かである。[13]「黒い肌をした聖母マリア像」を介して、ロレンスは「死と再生」の大地母神である古代エジプトの女神と邂逅《かいこう》することで、人々が宇宙を意識し、自然のサイクルの中で生きていたもっとスケールの大きな時代のヴィジョンを発見し、「生きた太陽」や「生きた月」を感知することができる「宇宙的生命」を取り戻して、『逃げた雄鶏』という「すべてが新らしい、正真正銘の復活」の物語を創造しようとしたのではないだろうか。

「黒い肌をした聖母マリア像」を鍵として『逃げた雄鶏』という小説の中でどのようにロレンスが、「われわれのうちに埋もれている古い、遠い遠い昔の体験の記憶と調和するようなヴィジョンを発見」したのかを次章で考察する。

第三章　キリスト教世界と古代エジプト神話世界を繋ぐ「黒い肌をした聖母マリア像」

『逃げた雄鶏』の物語のあらすじを簡単に説明すると、第一部では、十字架から降ろされた男（以下キリストと表記する）[14]が墓から出て、傷をいやし、周囲の生き物や草木によって、徐々に生の衝動に気づくまでが描かれている。死衣をまとったキリストが逃げてきた雄鶏を捕まえてやったお礼にエルサレムの農家の庭にかくまわれる。翌日墓にキリストの亡骸《なきがら》を探しにきたマデレン（マグダラのマリア）と母（聖母マリア）に背を向けて、「救世主としての自分は死んだ」（二四頁）と悟り、肉体を持った一人の人間として甦るために孤独を感じながらキリスト教世界を後にして、自分の道を進んでいく。第二部では、場面が第一部のエルサレムから、エジプトに近い海岸のそばに建つ寺院に変わる。寺院に祭られているのはイシスの女神であり、女神に仕える巫女がその寺院を守っていて、オシリスを探し続けている。キリストは、イシスの巫女と出会うことで肉体の生命力に触れ、心と身体の合一を成し遂げることで、一人の人間として復活する。しかし、イシスの巫女の母の裏切りにより、キリストはローマ人の監督に追われる身となる。再び捉えられて十字架にかけられることを恐れ、自分の子を身ごもったイシスの元を離れて一人小舟で大海へとこぎだす。

第一部と第二部では、エルサレムからエジプトへと場面は変わり、マグダラのマリアと聖母マリアに変わってイシスの女神と寺院に祭られたイシスの女神に仕える巫女が登場する。なぜロレンスが場面をキリスト教世界から古代エジプト神話世界へと移行させることができたのかは、前章で述べた「イシス―マリア」論で解釈するとなんら不思議ではない。地中海沿岸地方に見られる聖母マリアを祭るローマ・カトリック教会は、かつてはエジプトの豊穣の女神であるイシスの女神を祭る寺院であったからである。教会の壁に塗り固められた「しっくい」がかつてはイシスの女神の寺院であったことを示しているように、地中海沿岸地方に残っている聖母マリア像の「黒い肌」が、かつてはイシスの女神の偶像であったことを語っている。

ではキリストが、イシスの巫女によってオシリスと同一視されるにいたる場面はどのように描かれているのであろうか。キリスト教の神が古代エジプト神話の神の名前で呼ばれるようになる場面なので、ロレンスは、まるで儀式であるかのように、キリストとイシスの巫女の問答を三度くりかえして、古い言葉遣いで厳かに進行させている。

イシスの巫女が三度目に「あなたはオシリスですね」(五三頁)と問うとき、キリストは肉体を持った男として復活するために、オシリスの役割を演じるが、「救世主としての自分は死んだ」と認識しているキリストは、「イシスが望むなら、私はオシリスである」(五三頁)と言う。「これはイシスの巫女の夢であり、私は彼女の夢の対象にすぎない」(五四頁)と書かれているように、キリストは象徴的にオシリスの役を演じているのである。イシスの神殿のイシス神の彫像の前で、イシスの巫女はキリストの傷に香油を塗る。傷を癒されたキリストは、イシスの女神の彫像の前でイシスの巫女との合一を成し遂げることによって完全な肉体をもって甦ったオシリスの役割を引き継いだのである。

イシスの女神によって夫、オシリスと同一視されたキリストは、イシスの神殿の中で古代エジプト神話で穀物の神とも見做されているオシリスがしたように、大地の母であるイシスの女神の巫女に種をまいた。キリストは、子を宿したイシスの巫女の元を離れ、春がめぐってくる頃に戻ってくることを約束する。

「私は[あの女の体内に]私の生命と復活の種をまいた」(六一頁)と言うオシリス役を演じるキリストの言葉は、ただ「私はあの女を懐妊させた」という意味にとどまらず、自然界の掟に従って解釈すれば、植物が枯れて種となり、大地という体内に入り、やがて春とともに芽を出し、生命が復活することを意味する。人間とコスモスは一体となって生きていると考えていたカルデア人がそうであったように、植物の生育のリズムと人間の生命のリズムを同様に見なすと、肉体の復活を信じて、キリストが忘却の海へと一人旅立つというエピローグは、植物が新しく芽生えるまでの冬の間は男性原理が不要であることをも示している。

古代エジプト神話の「イシスの女神」がキリスト教によって「聖母マリア」に名前を変えられたことを証明する「黒い肌の聖母マリア像」が、キリスト教世界から古代エジプト神話世界へと移動させる装置となり、キリストにオシリス役を引き受けることを可能にしたと言えるだろう。

結論

ロレンスは『逃げた雄鶏』を第一部と第二部を同時に出版するのではなく、『逃げた雄鶏　第一部』とし、「ここで『逃げた雄鶏』第一部終わる」と付け加え、第二部を含んだ完全版は一九二八年七月には完成していたものの、一九三〇年のイースターまで出版しないつもりであったようである。(15)『チャタレー卿夫人の恋人』が発禁になったことや、ロンドンで展示会を開いていた絵画が猥褻《わいせつ》罪で差し押さえられるという事件が出版を遅らせることになった理由かもしれないが、セイガーが言うように、「死期が近いという自覚が、より具体的な復活の概念を与え」(三〇四頁)て『逃げた雄鶏』の原稿を手元に置いておきたいという気持ちにしたのかもしれない。ロレンスは一九三〇年のイースターを迎えることなく三月二日に生涯を閉じた。自画像とも思われるキリストの「復活」という絵を完成させたのは『逃げた雄鶏』を書き終える前年の一九二七年であり、復活という概念が具体的なものになっていたからであろう。

出版が遅れた理由はともあれ、「イシス―マリア」論がブラバツキーの『イシスの真相』とともに受け入れられていた時代であったこと、さらにロレンスが神秘思想や神智学に興味を持っていたことを考慮すれば、『逃げた雄鶏』の第一部に登場する「聖母マリア」、第二部に登場する「イシスの女神」が前景化し、第一部と第二部を繋ぐ思想の土台となっているのは「イシス―マリア」論で論じられている「黒い肌をした聖母マリア像」ではないか、と推測するのは自然なことである。キリスト教とイシス信仰が融合することによって古代エジプトの豊穣の女神「イシス」が「聖母マリア」に名前を変えられたことを証明する「黒い肌をした聖母マリア像」の存在を知ることによってロレンスは、「フレデリック・カーター『黙示録の竜』への序文」で述べているように、現代の「われわれの内に埋もれている、古い、遠い遠い昔、月をアルテミス、キュベレ、アスタルテと呼んだ」(三〇〇頁)カルデア人の持っていたヴィジョンを取り戻して、キリスト教と古代エジプト神話を交差させた小説『逃げた雄鶏』を書くことができたのではないだろうか。

『逃げた雄鶏』は、キリストの次の言葉で終わっている。

私は私の生命と復活の種をまいた。女の身体に触れた。その香りをバラの香りのようにまとっていこう。……明日は明日の風が吹く。(六二頁)

バラは英国の象徴であり、ローマ・カトリック教会のバラ窓をも想起させると同時に、(16)古代エジプト神話のイシスの女神が手に持つ聖なる愛の象徴でもある。(17)また小説を締めくくる最後の言葉として使われている「明日は明日の風が吹く」という諺は、明日は今日とは違った新たな一日が始まるという意味で使われるので、新たな復活が約束されていることが示唆されている。二つの世界の象徴とも言えるバラの花のイメージと「明日は明日の風が吹く」という言葉を用いながら、ロレンスは、「磔刑」を重視するキリスト教を、「肉体の復活」を物語る古代エジプト神話によって活性化させることで、「神」としての復活ではなくて肉体を持った「人間」としてのキリストの復活物語を描いたのである。

キリスト教への懐疑とロレンスを含む文人たちの神秘思想への関心という社会背景を考慮に入れると、神智学者ブラバツキーの『イシスの真相』や、神秘思想家向けの雑誌『オカルト・レヴュー』に掲載された「イシス－マリア」論で議論された「黒い肌をした聖母マリア像」の存在が、ロレンスの思考の「地図」となり「通路」となって、『逃げた雄鶏』という生涯最後の小説で、キリストとオシリス、キリスト教と古代エジプト神話との出会いを可能にし、復活したキリストは宇宙的生命を取り戻すことができたと言えよう。

注

（1）『逃げた雄鶏』は、現在は『死んだ男』という題名で出版されている。改名されたのは、ロレンスの死後で、一九三一年にセッカー社から出版された。しかしロレンスはこの題名に同意していたとは言えない（'A Note on the Text,' D.H.Lawrence, *The Escaped Cock* 参照）。

（2）フォード・マドックス・ヘファーは、第一巻、第七号の「詩人の目」という連載エッセイでロレンスに言及している（一一七頁参照）。またエズラ・パウンドは、第一巻、第六号でロレンスの『愛の詩、その他』を紹介し、ロレンスは若手詩人の中でもただ一人、現代詩も小説同様に優れたものでなければならないことを理解していたと述べ、彼の物語詩は彼の小説に劣らず優れていると高く評価している（一一三頁参照）。

(3)ロレンスは一九一三年一二月二六日付のエズラ・パウンド宛の手紙で「『エゴイスト』というのはどのような雑誌ですか」と尋ねている。ちょうど『ニュー・フリーウーマン』が『エゴイスト』に名称変更されようとしていた時期のことで、『エゴイスト』の名前はまだ一般には知られていなかった。

(4)「ロレンスの幼年からの読書録」を編纂したローズ・バーウェルはその序文の中で、ロレンスが一九一九年にブラバツキーの著書二冊を読み、『オカルト・レヴュー』も読むようになり、生涯関心を持ち続けたことを指摘している（一九六頁参照）。また読書録には、ロレンスが一九二二年にも『オカルト・レヴュー』を読んでおり、フレデリック・カーターにも読むように薦めていると記載されている（二六二頁参照）。

(5)H・P・ブラバツキーはロシア出身の神智学者で、一八七五年に神智学協会を創設した。著書『イシスの真相』は、ニューヨークとロンドンで一八七七年に出版された。その後ニューヨークでは一二版を重ねた。英国ではライダー・オブ・ロンドン社が初版の複製版を出したが、今や絶版となっている。『イシスの真相』の中で、ブラバツキーは、異教はキリスト教によって、キリスト教は異教によって変化したという。三位一体の見解はエジプトの伝統によって確立された。イシスと聖母マリアとの関係については次のように説明している。「イシスの名前は変わったが、イシス崇拝が復活しただけではなく、三日月の上に立つイシス像も再現されたのである。幼子ホレスを腕に抱く女神として親しまれた像が、聖母マリアと幼子という芸術的で美しい姿として創造されて、我々の時代まで伝わってきたのである」（第二巻、四九頁）。

(6)ロレンスの生涯と作品について論じたキース・セイガーの著書としては、*D.H.L.: Calender of his Works* (Manchester: Manchester UP, 1979), *The Life of D.H.L*(London:Methuen, 1980)、吉村宏一、岩田昇共訳、

『図説ロレンスの生涯』研究社出版、一九八九年、'How to Live?— The End of Lawrence's Quest,' *Windows to the Sun* (Madison: FairleighDickinson UP, 2009) 等があげられる。

(7)セイガーもまた『D・H・ロレンス——生から芸術へ』で、「ロレンスが一九二九年に書いたエッセイ「復活の主」は『逃げた雄鶏』の第三部の概要だとみなしてもよい」と述べている（三二二頁参照）。

(8)フレイザーは、イシスの女神の形容辞に「緑のものの女創造主」や「地の実を生まれさせたもの」、「穀物の穂の母」などがあることを紹介している（一一八頁参照）。

(9)エリアーデは、『イメージとシンボル』の中で、「イメージは超・歴史的世界への《入口を》構築する。その利点は少なくない。そのおかげで、異なった《歴史》が互いに伝達可能となるのだ。[……] とりわけキリスト教による民間の宗教伝承の同化運動を考える場合にそうである。[……] キリスト教化という事実によって、ヨーロッパ全体の神々の聖所は共通の名称を受け取ったばかりでなく、ある意味で、それ自身の祖型を、したがってその普遍的な価値を再発見したのである」（二二三頁）と述べ、また「キリスト教はその［ヨーロッパの古い宗教遺産］を純化しただけでなく、キリスト教以前の人間の古い習慣、信仰、希求の中で《救済》に価するものすべてを、人類のあたらしい精神の段階へと引き上げたのである」（二二四頁）（傍点筆者）と述べている。エリアーデの言葉を借りれば、イシスの持つ「月」や「青い衣」のイメージがキリスト教によって聖母マリアに受け継がれ、古代エジプトの女神の「普遍的な価値が再発見された」ばかりではなく、われわれも古代神話の習慣、信仰と出会うことによって、新たに宇宙的生命を取り戻すことができるのである。

(10)金子務によると、地中海沿岸地方では今でも聖母マリアは、世界最古の地母神クババやキュベレ、アルテミスと並んで地母神の系譜に納められているという（三七—三八頁参照）。

(11)奥田宏子は、『中世英国の聖書劇―神と人へのスペクタクル』で、新しく受け入れられたキリスト教が、ただちにこれら(異教徒の祝祭の慣習)を一掃することには、いささかの無理があった。キリスト教会が、これら異教の慣習や祭事を、ある時は名称を変えてその内部に取り入れ、みずからの祝祭事の一部と化した例は少なくない。ちょうどアポロの神殿をキリスト教の礼拝堂として用いるのと同じく、教会の祭日を、異教民族の守った太陽暦にも合うようにしたり、[……]またクリスマスの際の贈り物の交換や復活祭の卵などなど、さまざまなかたちで、『異教的』要素は生き残った」と述べている(三九―四〇頁参照)。(傍点筆者)

(12)ロレンスは、晩年最後のエッセイ『アポカリプス論』(一九三一年刊行)で「黙示録」の隠れた意味をたどり、「宇宙的生命」を取り戻すことの重要性について次のように述べている。「[アポカリプス]開巻ただちに吾々の眼を奪うものは、コスモスの力と壮大に酔っていた古代異教徒的光輝と、その宇宙のうちの星の一つとして在った人間である。突如として吾々はヨハネの時代をはるか遠ざかる昔の、こうした古代異教世界への郷愁をふたたび感じるのだ[……]吾々は、[……]異教徒たちが棲んでいた偉大にして生気あるコスモスにかえりたいのだ」(七五―七六頁)また「現代人が孤独をかこつのを耳にするとき、私は事の真相を諒解する。彼等はコスモスを失ったのだ。――欠けているのは人間的なものでも個人的なものでもない。それはコスモス的生命、吾々のうちなる日月である」(七八頁)とも書いている。(傍点筆者、翻訳は福田恆存訳を使わせていただいた)。

なお、ロレンスが『逃げた雄鶏』で、キリストを古代エジプト世界に投じて、オシリス役を演じさせたことの意味を考えるのに、宗教人類学者のミルチャ・エリアーデ『聖と俗―宗教的なものの本質について』からの次の引用文が参考になる。「ヨーロッパの田舎の住民は大部分千年以上も前からキリスト教化されているが、しかし彼らはキリスト教のなかに、キリスト以前の、［いつとも知れぬ遠い昔からの］宗教的遺産を多分におりこんでいる。［……］　彼らの信仰はキリスト教の歴史的形態に限局されることなく、キリスト教的市民の体験からはほとんでまったく失われてしまった或る宇宙的構造をなお保存しているのである」（一五三—五四頁）、と述べ、「宗教的人間の真的宇宙を認識しようとする者は、何においてもこの原始社会の人間を扱わねばならない［……］我々は一つの見知らぬ精神界を理解しうるためには、そのなかに身を投じ、そのあらゆる価値の接近を許す中心点へ突入する以外にない」（一五四頁、傍点筆者）と述べている。

(13)ラチャペルは、ロレンスがミレンダ荘にいた頃、農家の人々からイシスの女神にまつわる伝説を聞いていたかもしれないと書いている（一六九頁参照）。

(14)作品では「キリスト」とは書かれていないが、ロレンス自身がブルースター宛の手紙で「キリストの復活の物語を書きました……『逃げた雄鶏』という題名です」（『書簡集Ⅵ』、五〇頁）と述べていることや、『死衣をまとっている」「洞窟の中で長い眠りから目覚める」「両手、脇腹に傷がある」といった描写から「死んだ男」を「キリスト」と見做すことができる。

(15)ジュゼッペ・オリオリ宛の手紙でロレンスは、「クロスビー・グレイグ社が『逃げた雄鶏』の前半を出版する契約書を作成しました。わたしは、その契約書に同小説の後半は一九三〇年までは出版しないと記載しています。さらに折り返し手紙を送って、小説の題名は『逃げた雄鶏　第一部』とすること、及び、小説の最後に、ここで『逃げた雄鶏　第一部』おわる、という文章を付け加えるように指示しました」と書いている。（『書簡集Ⅶ』、二〇二頁参照）。

(16)大熊昭信は、バラは「ベアトリーチェの案内で霊界を旅するダンテが仰いだ天国の形象を連想させ、教会のバラ窓を想起させるわけで、きわめてキリスト教的なのである。〔……〕このバラがイングランドの国花であることを思い出せば、宇宙的生命というよりもイングランドの生命力の象徴ということになるだろう」と述べている(四八頁参照)。

(17)キャンベルは、「イシスは手にバラの花を持って――情欲ではなく、聖なる愛の象徴としてのバラを持って現れます」と述べている(三一九頁参照)。

引用文献

エリアーデ、ミルチャ、前田耕作訳『イメージとシンボル』せりか書房、一九七一年。

――.風間敏夫訳『聖と俗――宗教的なるものの本質について』法政大学出版局、一九七七年。

大熊昭信『D・H・ロレンスの文化人類学的考察――性愛の神秘主義、ポストコロニアリズム、単独者をめぐって――』風間書房、二〇〇九年。

奥田宏子『中世英国の聖書劇――神と人へのスペクタクル』研究社、一九八四年。

金子務「ギリシアの文明を見よ――思想の出発篇」『街角の科学誌』中央公論新社、二〇〇七年。

キャンベル、ジョーゼフ、ビル・モイヤーズ、飛田茂雄訳『神話の力』早川書房、一九九四年。

フレイザー、ジェイムズ、永橋卓下介訳『金枝篇　三』岩波文庫、一九七〇年。

出水純子「D・H・ロレンスと雑誌メディア――*The Freewoman*を中心に」『大阪大谷大学短期大学部紀要』第五〇号、二〇〇七年。

Apocalypse and the Writings on Revelation. Ed. Mara Kalnins. Cambridge: Cambridge UP, 1980. 福田恆存訳『現代人は愛しうるか―アポカリプス論―』筑摩書房、一九六九年。

Blavatsky, Herena P. *Isis Unveiled: A Master-key to the Mysteries of Ancient and Modern Science and Theology*, Vol.I & II. California: The Theosophy Company, 1931.

Burwell, Rose. "A Catalogue of D.H.Lawrence's Reading from Childhood," *The D.H.L Review*, Vol.3, No.3, Fall,1970, pp.193-324.

Carter, Frederick. *D.H.L and the Body Mystical.* New York; Haskell House Publishers Ltd.,1972.

Ellis, David., *Death and the Author: How D.H.Lawrence Died, and was Remembered.* Oxford: Oxford UP, 2008.

LaChapelle, Dolores. *D.H.Lawrence Future Primitive* . Texas: Univ. of North Texas Press, 1996.

Lacy,Gerald.'Introduction: Lawrence and the Resurrection Themes,' D.H.Lawrence, Ed. Gerald M. Lacy *The Escaped Cock.* Los Angeles: Black Sparrow press,1973.

Lawrence, D. H. *The Letters of D.H.Lawrence.* Vol.II. Ed. James T. Boulton. Cambridge: Cambridge UP,1981.

——. *The Letters of D.H.Lawrence* Vol.III. Eds. James T. Boulton & Andrew Robertson. Cambridge:Cambridge UP,1984.

——. *The Letters of D.H.Lawrence* Vol.IV. Eds. Warren Roberts, James T. Boulton & Elizabeth Mansfield. Cambridge: Cambridge UP, 1987.

——. *The Letters of D.H.Lawrence* Vol.VI. Eds. James T. Boulton & Margaret H. Boulton with Gerald M. Lacy. Cambridge: Cambridge UP, 1991.

——. *The Escaped Cock* . Ed. Gerald M. Lacy. Los Angeles: Black Sparrow Press,1973.

——. *Phoenix.* Ed. Edward D.McDonald. Heinemann,1970. 吉村宏一ほか訳『不死鳥 上』山口書店、一九八四年。

——. *PhoenixII.*Eds. Warren Roberts and Harry T. Moore. London: Heinemann, 1968. 吉村宏一ほか訳『不死鳥 II』山口書店、一九九二年。

Marsden, Dora. (ed.) *The New Freewoman*, No.6. Vol.I, September 1st, 1913 'In Metre' by Ezra Pound, p.113, No.7. Vol.I, September 15th,1913'The Poet's Eye' by Ford Madox Hueffer , p.127.

Montague, Leopold. "ISIS-MARY," *The Occult Review* ,Vol.XXXV. Ed. R. Shirley,June 1922, No.6, pp.347-349.

Rose, Jonathan. T*he Edwardian Temperament,1895-1919* . Athens: Ohio U P, 1986.

Sager,Keith. *D.H.Lawrence: Life into Art* . Harmondsworth:Penguin Books Ltd,1985.

Wikipedia, the free encyclopedia http://en.wikipedia.org/wiki/The _Occult_Review.

Write, T.R. *D.H.Lawrence. and The Bible*. Cambridge: Cambridge UP, 2000.

『ミスター・ヌーン』研究
――「ヌーン」という名前の意味について

山田　晶子

序

D・H・ロレンス作『ミスター・ヌーン』は第一部と第二部から成っており、一九二〇年五月七日に執筆が始まったとされ、一九二一年三月二一日にセルツァーが二部から成る作品の第一部を出版することに同意した。しかし、ロレンスの生前には出版されることはなく、第一部は『現代の恋人』に収録されて一九三四年に出版され、更に『不死鳥Ⅱ』において一九六八年に出版された。一九八四年に第一部と第二部が一緒になってケンブリッジ版によって出版された。だが、第二部は未完のままになっている。未完ではあるが、この小説の第二部に登場するヌーンはロレンス自身がモデルになっており、また妻であるフリーダをモデルとするヨハンナとの出会いと駆け落ちがストーリーの中心となっているため、彼の思想がフリーダとの出会いによってどのように影響を受けたのかを知る上で重要な作品であると思われる。『ミスター・ヌーン』の成立過程については、ピーター・プレストンがその論文「ロレンスとミスター・ヌーン」において詳細に述べている（プレストン、一九七―九八）。『息子と恋人』が母との葛藤を描いている点でロレンスの人間としての成長を辿る上で重要な作品であるように、『ミスター・ヌーン』は彼がフリーダとの出会いによって、どのように男性として成長したかを考察する上で重要な作品であると思われる。第一部の主人公のモデルはロレンスの友人ジョージ・ヘンリー・ネヴィルであるが[1]、第一部と二部は小説として連続したものとして読むべきであると思われる。なぜならば第一部において、官能的な生き方を求めるヌーンが勤務先のヘイズフォール専門学校の教師をやめさせられたことは、ロレンスが、キリスト教的反性愛の道徳を基盤とするイギリスの社会批判をしていることを意味し、かつ、このキリスト教批判は第二部にも連続しているテーマであって、『ミスター・ヌーン』の中心テーマとなっているからである。ロレンスのキリスト教批判とそれに対抗する性愛の思想の提示という点で重要な『ミスター・ヌーン』という作品であるが、外国においては数編の論文しか出ておらず、また国内においても僅かしか書かれていない。また、「ヌーン」という名前について考察した論文は書かれていない。

筆者は、『ミスター・ヌーン』におけるロレンスの思想が重要であることを考察する上で、彼の名前「ヌーン」に注目したいと思う。「ヌーン」という言葉は、通常は「正午・真昼」や「全盛期・絶頂」という意味があるが（“twelve o'clock in the day; mid-day”）、また一方では相対立する「真夜中」という意味を持っている（“the time of night corresponding to midday; midnight”）。[2] つまり「ヌーン」は、「光」と「闇」という相反する二重の意味を合わせ持っているのである。この意味と小説の主人公ヌーンの生き方の意味を考え合わせるとき、「ヌーン」は、ロレンスが『恋する女たち』で唱えた思想である「星の均衡」(3)と関わってくると思われる。「星の均衡」は相対立する二つの性質のもの（「光」と「闇」が代表的な例）が、釣り合いを保って存在することの重要性を意味する思想である。「光」という意味の「ヌーン」は、彼がドイツで感じた朝の光に包まれた広大なドイツの山々や村が「中世的」と表現されているように、ヨーロッパで一八世紀以降に機械文明が始まる以前の、人間と自然がまだ有機的に結びついていた時代の「光」つまり人工の光ではなくて自然光を意味しており、これにロレンスが憧れていることが分かる。そして、『ミスター・ヌーン』においては、後の彼の思想の特徴である「闇」の世界との関連が重視されていることが、「ヌーン」という名前が、もう一つの意味「真夜中」という「闇」をも意味することからうかがえるのである。

『ミスター・ヌーン』は、難点として作者ロレンスと主人公ギルバート・ヌーンの距離が近いことが挙げられ、芸術作品としては普遍性に欠けるきらいがあると思われる。ロレンスはたびたび、読者に対して「心優しい読者よ」と呼び掛けており作者が顔を出しすぎているのである。しかし他の彼の作品に見られない重要な要素がこの小説には描かれている。それはヨハンナの描写から感じ取られる彼女のモデルであるフリーダのいきいきとした姿である。ヌーンとヨハンナのドイツからイタリアへの逃避行の描写は、ロレンスとフリーダが駆け落ちした頃の二人の真の姿と性の思想を知るためには最適の研究資料である。この作品は半ば紀行文であり、半ば哲学書であり、半ば小説であるという性質を備えたものである。ゆえに、これもまた二人の逃避行を描いている詩集『ごらん　僕達勝ったんだよ！』と重なる個所が書かれている。『ミスター・ヌーン』では、ヌーンがイギリスの閉鎖的・因習的な世界やドイツの軍隊の世界（機械的な世界）を脱して、ヨハンナと再生を果たすことが描かれているので、本論では「ヌーン」という名前が「自然光及び闇」という相反する意味を持つものとして扱われ、ロレンスの「均衡」の思想が現代の機械文明を批判するために用いられていることを論じ、更に『ミスター・ヌーン』が小説ではあるがロレンスの実体験に非常に近い内容なので、「ヌーン」という名前は彼の性愛思想を知る上で非常に重要な言葉であることを論じたい。更に「ミスター」という敬称が何を意味するかをも考察してみたい。

一　イギリス中部の社会と相容れないミスター・ヌーン

第一部ではヌーンはイギリスにいる。彼は二五、六歳でありイーストウッドをモデルとするウッドハウスというイングランド中部の町の郊外フェッツストーンに父親と暮らしている。頭が良く最初は小学校の教師をしていたのだが、今は理科の教師として専門学校で教え、音楽の才能がある。

彼は若手の数学者のうちでは最高と言われるほどの優秀な研究者であったが、定職に着かず大学にも残らなかった。学位をとってフェッツストーンに帰郷し、なじみのフェッツストーンで暮らし始め、パブリックハウスで大酒を飲み、「ホップス」と言われている下品なダンスのためのヴァイオリン演奏をし、自らを卑しめていた。（九頁）

右の引用に述べられている、お酒が好きで品のないと世間では思われる踊りや音楽を愛するヌーンは、若さを満喫している。いわゆる堅物とは言えない。教養はあるが官能的な性質を持った男性であるという印象を受ける。まだ世間の道徳基準が頭の固い中・老年世代によって決められていた第一次大戦前のイギリスの田舎町の風景は、自然環境よりも人間環境と屋内の光景が主に描かれている。第一部は、ヌーンがなぜイギリスを去ってドイツのミュンヘンへ来なければならなかったのかの理由が述べられている個所であり、ミュンヘンでのヨハンナとの出会いの前奏曲となっている部分である。批判の対象はキリスト教的な生き方をする人々である。イギリスのウッドハウスは因習に縛られた古い世界として批判されている。

第一部には主として二組の夫婦が登場するが、二組とも批判的に描かれている。先ず一組目の夫婦はウッドハウスに暮らしているパティ・ゴダートとルイ・ゴダートである。パティは四〇歳位であり夫のルイは五五歳であり、夫妻は教養がある中流階級の人々として描かれている。二人には子どもはいない。この夫妻はヌーンの才能を高く買っており、夫婦で彼とのつき合いがあった。妻のパティは二〇年の歳月を夫と共に暮らしてきた今、倦怠感を感じており、互いに小さなことでいらつくのである。ロレンスの性愛思想に照らせば、二人は真の夫婦愛を成就していないと思われる。互いに無視し合ったり、緊張感が漂っていたり、救いようのない味気なさを生活に感じている。ゆえにパティは官能性を漂わせているヌーンに一種の恋慕を抱いている。彼女は、ヌーンがエミィという若い女性とデートすることに嫉妬をするのである。これはスプーン(4)をすること、つまりスプーニング（いちゃつき）と呼ばれている。ゴダード夫妻は二人とも若いときはスプーニングを楽しんでいたのだが、中年になった妻は若者たちがスプーニングすることに腹を立てている。彼女は自分が、ヌーンのスプーニングの相手であれば怒ったりしないでいちゃつきを喜ぶであろうと書かれ、中年女性の嫉妬が風刺されている。

もう一組の夫婦として登場しているのはエミィの両親である。エミィの父親は、厳格な人間であり、キリスト教を熱烈に信仰していて、若者がいちゃつくのに我慢がならない。しかし彼も若いときは今の妻とスプーニングをしていたと書かれている。そして中年となった今、彼が夢中になっているスプーニングの相手は救世主キリストであると書かれており、ここにもキリスト教社会に対する風刺が見られる。『ミスター・ヌーン』には笑いがあるが、それは温かなユーモアではなくて、痛烈な風刺・冷笑である。ゆえに「ユーモア」がある楽しい小説である、というように捉えるのは間違っているのではないのか。(5) 一方で、冷笑的ではあるが、その描写の仕方が多くの笑いを誘う手法で描写されているのは、ロレンスがフリーダと結婚をした後に書かれた『ミスター・ヌーン』であるので、ロレンスには勝利者の余裕があって、ある意味で「愉快な」小説となっていると思われる。(6) ヌーンはスプーニングが得意で、今はエミィと親密に関わっている。スプーニングについては、ロレンスはかなり詳細に描写しているが、彼は、これを恋愛の芸術性にまで高めることができるヌーンを湛えていると思われる。ヌーンはスプーニングが上手であるために女性にもてるのである。

ミスター・ヌーンは第一級のスプーンであった——残念なことながら韻が合っている——だが、真実を言えば、第一級のスプーンになるためには、男性には詩人の素質が必要なのである。(二一頁)

右の引用に見られるようにスプーニングが上手な人間は詩人であるとロレンスは讃えるのである。この

ような スプーニングの上手な男性に愛されると女性は「眠りに落ちるように深く深く落ちていくのを感じた。ただ、眠りよりも更に深く深く落ちていくのであった」(二一頁)。ここには作者の求める性愛の一つの形が表われていると思われる。ヌーンはこのように官能性を求める男性なのである。

しかしエミィの父親は頑迷な男性で、自分の娘が遊ばれていると思っており、その相手の男性を何とかして始末したいと躍起になっていたため、世間的に堅さが求められる教員という仕事をしていたヌーンは教育委員会に掛けられてしまい、その結果自分から職を辞することになったのである。しかしエミィも小学校の教師であるから、世間的な責任ということを言うならば彼女も糾弾されるべきであろう。なぜヌーンだけが一方的に責められるべきなのか。ここにもウッドハウスの社会の歪みがうかがわれる。エミィはヌーンにとって一時的な楽しみの相手であり、エミィにも彼はそのような遊び相手であったので、彼女の父親のせいで仲を裂かれたときも互いに恋ゆえの苦痛は伴わなかったのである。ヌーンにはエミィが物足りなく、一方エミィにとっては彼は重すぎる存在であったようである。

恋愛の小道が、キャベツやジャガイモやたまにはナデシコが植えてある野菜畑のあぜ道を快適に進んでいくことを望む男性がいれば、バラ園や水がさらさらと流れている小川が流れている道を進みたがって、引っ掻き傷を作ったり蚊に刺されることをものともしない男性もいる。望みの絶世の美女に綱でつながれ、前人未到の絶壁を登ることを願う男もいる——人の好みは様々だ。(六八頁)

右の引用中の市民菜園のあぜ道を好んだのがエミィが婚約したジョージという銀行員であり、バラ園を好んだのがルイ・ゴダードであれば、世にも稀なる美女と岩壁をよじ登ることになったのが、第二部で描かれるヌーンであろう。そしてこのヌーンこそ、フリーダとの激しい恋に身を焦がすことになったロレンス自身の姿と言える。本文中でもジョージは市民菜園派と書かれているが、「市民」という言葉に常識的な生き方をする人間、つまり世間の道徳基準としきたりに合った人生を歩んでいく人間と言う意味が込められている。その生き方は「キャベツ」、「ジャガイモ」、「カリフラワー」というような普通に眼にするものと関わって生きてゆく人間を意味していると思われる。「バラ園」、「小川」という言葉からは、ロマンチックな響きが聞こえ、平凡な常識的な生き方を少しは離れることも想像させる生き方である。ゴダード夫妻は社会主義者であって菜食主義者であり、かつその生活は中流階級で安定しており教養もある夫妻なので、平凡さからは少し離れているかもしれないと思われる。以上とは異なりこの上なく困難な生き方を克服して望みの人生を手に入れた人たちがヌーンとヨハンナと言えよう。二人は第二部において、ヨハンナが夫と子どもを捨て、上流階級の地位を捨てて、一文無しのヌーンと駆け落ちをし、苦しいながらも最後にはイタリアへ到着して至福の状態を得るからである。それまでに二人は険しいアルプスの峠を越えてオーストリアを経由してイタリアへ向かうのであるが、これはまさしくロレンスとフリーダの関係を表わしている。

第一部は因習的な生活が、特に日曜教会の内部の描写に表われていると思われる。一方、ヌーンはイギリスにおいて心を惹かれる場面として、少しではあるが森の中の場面を描写している。

彼は指をざらざらしたカシの木の皮に這わせた。そしてカシの木の柔軟なかつ壮大な形態学的リズムを理解することは、音楽を自分の血管の中に感じるように甘美な喜びであった。根からがっしりとした幹を通って真っ直ぐ上へ向かい葉の先に至るまで。リズムを遺伝的に受け継ぎながら無数の細胞が連鎖して繋がり、カシの木の均衡ではない均衡を開いてゆくのだ。（三四頁）

右の引用からは、ロレンスが様々な作品で述べている木や森や植物への愛と重なっているものが感じられる。「均衡」について、ヌーンは第二部でもドイツの森や開けた風景を、またアルプス山中の自然を見ながら、思い巡らしている。彼の名前「ヌーン」が意味する「相反するものの釣り合い」が、第二部以降でますます大きくなってくる。右の引用に見られる樹の「均衡」に思い巡らしたあとで、ヌーンは学校を辞めてドイツへ行くことを決意するので、イギリスの自然も彼の成長に影響を与えていることが分かる。また彼が樹の細胞一つひとつを重視している点から『恋する女たち』や『カンガルー』で述べている「個」の重視がうかがわれる。ヌーンはこの木の「個」をリズムとして、音楽として感じ取りたいと思うのだが、まだ行動するまでに至らない。彼がドイツでヨハンナに出会うことによって彼の行動は引き起こされるのである。これはイギリスの偏狭さよりもドイツの広大さに影響されたからと思われる。また、文中で作者に指摘されているように、世間から非難の矢を浴びせられるスプーニングの上手なヌーンは、性愛を重視している男性であることが、スプーンと韻を踏んでいる彼の名前からも強調されている。

二　ヨハンナの人物像

ヌーンがドイツへ逃亡したのは、イギリスで職を失い、ドイツの知人宅で仕事を得たいと思ったからである。その知人というのはアルフレッド・クラメルという名前の大学教授であり、ヌーンは彼の私的な助手として働くことになる。アルフレッドは教授であるため生活は裕福であり妻と二人の子どもがあり、多くの家を持つことが趣味で、傍から見れば人生には何も不満はないように思われるが、ロレンスは教授を批判的に描いている。アルフレッドは自分の所有物である食料品を朝食時にヌーンが遠慮なく食べるときには、必死でそれを惜しむ気持ち（物惜しみ・ケチ根性）を隠そうとしている。

このような教授の卑しさについての作者の洞察は、教授が研究者でありながら、本心では「書く」という行為を「反人生」として捉えていて、真の研究者に至っていないという考察にまで及んでいる。美しい妻を持ち、子どもにも恵まれ、裕福で別荘も幾つか所有していながら、なぜ彼は不幸なのであろうか。彼は自分には「人生」が欠けていると思っているのである。この「人生」とは何であるのか。アルフレッドは、これまでにずっと本を書いて暮らしてきたのだが、自分が本当の人生を生きていないのではないのかと不安に苛まれ、若さに憧れるようになったのである。つまり、ロレンスはアルフレッドを批判的に書いているのだが、それは、ロレンスが考える真の「人生」とは、世間的な成功ではなく、また彼は、個人生活においても形だけの夫婦であることや親であることには真の深みがないことを言おうとしていると思われる。これは後にヌーンと駆け落ちするヨハンナと彼女の夫エヴェラードの夫婦生活の批判に結びつく。

ヌーンが世話になっているアルフレッド・クラメル教授が留守のときに、たまたまヨハンナが義理の従兄弟である教授宅を訪れ、ヌーンと出会う。ヨハンナはフリーダがモデルであり三二歳で二人の子どもがいる。アメリカに住んでいる医者として描かれている彼女の夫のエヴェラードはイギリス人であり、フリーダの夫であったアーネスト・ウィークリーがモデルになっている。ヨハンナの言葉から、夫と彼女の性生活が不幸なものだと分かる。彼女の夫は、性に対して欺瞞の生活を送っているとヨハンナは感じ、もうこれ以上耐えられなく、これ以上夫と一緒に生活を送れば狂気に陥るのではないのか、という局面にまで追い詰められている。このとき救いとなったのがギルバート・ヌーンであったのである。エヴェラードはヨハンナを「玉座にすえて脚にくちづけしたがるタイプ」(一二四頁)であり、一方で彼女は自分は夫が考えているような「雪の花」という冷たい花ではなく「生まれつきのタンポポで、太陽を得るために生まれ、私は愛を愛しているの。崇拝されるのは大嫌い」(一二五頁)と思っている。ヨハンナはこのように、黄色い暖かな自然光を思わせる花なのである。ヨハンナは性に対して解放的であり、これはロレンスには新しい女性であったと思われる。彼女には、セックス抜きの愛なんてあり得ない一方で、夫のように官能的ではあるが、それを恥じている二重性質の男性は「低俗な男」と思われる。ゆえに彼女を精神的に崇めようとする夫とはヨハンナはどうしても合わないのである。

このように欺瞞性に満ちて、性を求めながらもそれを恥じているエヴェラードを、ロレンスを代弁するヌーンはイエス・キリストの存在と重ねあわせて考察している。聖書においてはイエス・キリストは人類の罪を背負って磔にされたのだから、最期においても安らかに死んでいったことになっているが、ヌーンはヨハンナとアルプス山脈を越えてイタリアへ向かう途中で幾度となく出くわしたキリストの磔像を見てその姿を、立派な肉体を持っており、人生の最盛期に殺されたことをたった今知った、ほとんど殺意に満ちた形相の男（二六八頁）と感じており、キリストは神への、また自分を殺害した人間への憎悪を抱いて不本意に死んでいったのだ、と解釈している。

それは、苦痛と憎しみに満ちた、暗い表情をしているようにギルバートには思えた。受難のため暗い表情――受難の十字架上で死んでゆく男の顔から出る暗い表情――苦しんで死ぬ男の表情を備えていた――しかし最期の瞬間には憎悪と非難に満ちていた――最期の瞬間に死刑執行人と死そのものに対して黒い憎悪が爆発する。（二五三頁）

これは、あまりに人間的なキリスト観であり、キリスト教会への批判でもある。このキリスト像を見たヌーンはエヴェラードがヨハンナに宛てて書いた手紙の文章「私はお前に全てを与えた。そのために、ずたずたに切り刻まれるだろう」（二五三頁）を思い出し、自分に対するエヴェラードの憎悪を感じ取り、更に「お前に全てを与えた」というような性的な自己犠牲の結婚生活は卑猥であると思うのである。また、エヴェラードがヨハンナと一緒に暮らしていたときの緊張感の方が、妻に去られたショックよりも大きいはずであり、ヨハンナはヌーンと逃亡したことで夫を救ったのではないか、と考えている。妻に逃げられて世間的には苦痛を感じているエヴェラードではあるが、偽りの結婚生活を続けることは、それ以上に苦痛だっただろうとヌーンは考えている。エヴェラードは、官能性を認めようとしないで、精神化してしまった官能主義者であり、人間として魅力がなくなってしまっていて、それゆえにヨハンナは心の安定化を失って夫を嫌悪するようになった、と考えている。このエヴェラードの精神性はキリスト教の精神主義と結びつけて考えられている。

「始めに言葉ありき」ということならば「セックス」もまた言葉にすぎない。「言葉」というのは、我々にとって一つの文字にすぎないと誰もが知っている。だから人間の言葉が自由であるのと同じくらい性愛も自由であってよいのではないのか。性的な愛だって、誰憚らぬ会話と同じ様に解放してもいいではないか。

なぜいけない？　最初に言葉があったのではなく、言葉はあとで発生したものに過ぎない。最初に存在した最も偉大な神のみを敬い、ロゴスは無視すればいい。最初の偉大な、熱情的な生成の源としての神。（一九三頁）

以上の引用には、「『チャタレイ卿夫人の恋人』について」で書かれているロレンスの性愛の思想の芽生えが見られる。性を汚れたものとしてではなくて聖なるものとして考えようという思想である。

教授と郊外へ出かけたヌーンは、ドイツの自然の広大さを見て深く感銘を受けるのだが、このようなドイツの自然が彼の精神に計り知れないほどの影響を与えたと思われる。そして、ロレンスにとってはその真の人生は「火」、「暖かさ」、「自然光」と関連していると思われる。

ギルバートは、足元の険しい斜面に、太陽を浴びながら青い火花が発しているのを発見した。彼は下へ降りて行き、雪が降った後に青いリンドウの花が開いているのを生まれて初めて見つけた。それらは土手の草の中に隠れるように、そしてあまりにも青くきらめき、彼の心はまたもや限界を破って新たなより大きな発展をするように思われた。(一〇九頁)

右の引用において、初咲きのリンドウの青色は天上の青さよりも青い、とヌーンには思われ、それが冷たい氷を割って生まれたことが彼に感銘を与えて、彼自身をも再生させるかのような影響力を与えている。青いリンドウは「火花」として、暖かな光に喩えられている。ここにもギルバート・ヌーンの「ヌーン」という名前が「自然光」と関わりがあることが描かれている。ヌーン自身が冷たい国(西欧キリスト教の世界)から逃れて暖かな異教的イタリアの国で再生することを暗示していると思われる。フリーダ・ロレンスはその回想記『私ではなくて風が』において、ロレンスとリンドウの出会いについて「彼はなんだかその花と不思議な交わりを持っているような、リンドウの花がその青い色、その花の本性をロレンスに捧げているような気がしたことを思い出す」(フリーダ、三六)と述べている。

三　大自然と人間の均衡

ロレンスの作品には彼が旅をした場所の印象が詳細に描かれているが、それらの場所の描写は単に作品の背景となっているのではなくて、作品の主題と深く関わっている。『恋する女たち』におけるジェラルドが死んだオーストリアの雪景色、『虹』におけるブラングウェン家が働いてきた農場、『息子と恋人』の炭坑町、『カンガルー』におけるオーストラリアのブッシュ、『羽鱗の蛇』におけるメキシコの湖や山々、『チャタレー卿夫人の恋人』におけるラグビー邸の森などは主人公たちの心に深く影響を与え、その生き方を左右している。一九二〇年五月七日～一九二一年一〇月六日にかけて書かれた『ミスター・ヌーン』の主人公ギルバート・ヌーンがイギリスから逃走した後でドイツで感じた解放感が描かれている場面を引用してみよう。

アルプス山脈は、長い列を成し、山麓では雪がきらめいている一方で、山頂も天空の中で光り輝いていた。白色と黒色で出来た教会がある村は、渓谷とその向かい側の山腹に横たわっていた。イギリス人にとっては、それは美しい、鳴り響く、朝の中で輝く世界であり、広大で魅惑的であった。広大さの感覚が彼を酔わせた。彼は、はるか彼方の北東の魔法の国ロシアや南部のイタリアまで、止まることなく歩いて行けそうな気がした。中世ヨーロッパの全ての大きな拡大してゆく魅力が、彼を包み込むように思われた。（一〇七頁）

右の引用は、イギリスの閉鎖性に辟易していたヌーンが、そこから逃げたも同然でドイツへやってきて、その広大さに圧倒されたのだが、その広大さが彼の精神に力を蘇えらせたことが、ロシアやイタリアという遠方まで歩いていけるのではないかと思わせる点にうかがえる。それで、ヌーンは自分の中のイギリス人としての排他性が崩壊し、イギリスの均一性よりもヨーロッパの多様性の方が好きになりかけているのである。

そして彼はイギリス人性を失っていた。固く排他的な国民性が彼の心の中で崩壊してゆくように思われた。世界をその恐ろしい同一性、統一性、均質性によって讃えるのではなく、彼はヨーロッパの豊かで自由な多面性、多様性の方を愛していた。すべてを一語で同じものとして見る古い鈍感さがうろこの様に目から、魂から落ちて、豊かになった感じだった。（二〇七―〇八頁）

この風景の彼の精神への影響は、彼がヨハンナ・キーリーとの愛を成就させることができた一因と思われる。ロレンスは、ヌーンとヨハンナの関係を肯定しているが、それは彼が『ミスター・ヌーン』と同時期に書いていた『恋する女たち』や『アルヴァイナの堕落』や『アロンの杖』で考察していた「均衡」が、二人の関係にはあることを悟っているからである。そしてこの均衡は自然風景が教えたものとも言える。

第一章でも述べたように、ヌーンがエミィとの関係を絶って、イギリスの学校での仕事を止めることを決意する直前にも、彼は自宅近くの森を見て木々の存在の均衡について思いを巡らしていた。彼に対する「自然が持つ均衡」ということとの影響は、この時点ではまだ少ししか感じられない。しかし、ヌーンとヨハンナがイタリアへ向かって行く途中で彼が眺めた大自然は、男女の「均衡」のテーマに大きな影響を及ぼしていると思われる。

ヨハンナはギルバートの指を強く握り締め、彼は山の麓の湿地帯の方をじっと見つめていた。カバ

の木の茂みが青い空を背景に、不思議なほど均衡を見せていた。（一三二頁）

二人はこの風景を見つめながら、互いが必要な存在であることを悟り、共通の不思議な安らぎを感じる。それは二人の再生へと繋がる感覚なのであった。「不思議なほど均衡を見せていた」カバの木は、男女の赤裸々な性愛を認めているとヌーンには感じられる。このとき性の欲望は肯定され、それは二人を復活させる稲妻の激動と感じられるのである。抽象表現を超えた何ものかであり、古い道徳を表わすキリスト教大聖堂を破砕するものとして表現されている。この稲妻も「光」であり、ギリシア・ローマ神話中のゼウスに喩えられていることから、異教的な光を意味している。ヌーンをこのように変化させたのは、ヨハンナという女性であることは言うまでもない。彼女はセックスを宗教と考えている女性である（一三九頁）。

かくしてヌーンは、人生の大きな転換期を迎えることになる。彼はヨハンナに出会ったことによって、自分にふわさしい好敵手に出会ったことを悟る。このとき、ヌーンは、ロレンスの後の様々な作品でも描かれている、男女という対立する両極こそが真の愛にとって重要なのだという考えをめぐらせている。特に同時期に出版された『恋する女たち』における「星の均衡」という思想が、ヌーンによって「対立する両極！　見事な対立。同類同士がねばねばと混じり合うのとは違うのだ。闘争、闘争なのだ」（一八六頁）と、述べられている。このような対立を、ロレンスは宇宙と関連付けているし、また自然界と関連付けて「火と闇、太陽と煙の美しい縞のある生物。人間の闇は陰だ」（一八七頁）と考察している。そして人間を自然界の一部と理解し、自然と同じように多様性が人間界でも均衡を取って表われていると感じている。

火と闇、太陽と煙から成る美しいまだらのある生物。人間の闇は影以外の何ものと言えようか？その影は、太陽を浴びた雲のように日光を水分で遮っているもの以外の何ものと言えようか？　蛇や亀、魚や雁、トラ、オオカミ、樹木などのまだらの生き物。ただ人間だけが体が全部白か黒だ。しかし人類全体としてはまだらの存在である。そのことを決して忘れるな。（一八七頁）

右の引用に見られるように、「人類全体としては」人間もまだらがあるという考察はロレンス独特のものであるし、深い洞察であると思われる。そして彼の考察では、自然の一部としての人間の均衡は、常に闘争する存在としての男女が均衡を保つことに繋がる。

ギルバートは自分の妻、釣り合う相手を見つけたのだ。対等に争ったり、無駄話のできる相手を見つけたのだ。魂の親友、肉体の友を見つけたのだ。爪には爪で向かう雌ネコ、うなり声にはうなり声で向かう雌犬、目には目を求めるタカ。二人に乾杯。

二つの見事に対立する愛。生命とその華麗さが不屈の対立の結合からできているのだ。純粋な光と純粋な水から生まれる虹の上で絶妙に均衡を保って生きているのだ。（一八六頁）

このように、「ヌーン」という名前が持つ「光」と「闇」の二重性がここでも表われている。人間も自然界の一部であり、突出した特権階級ではない、ということを言っているのであり、ロレンスの謙虚さを表わしている。このような思索はドイツで行われており、その深く繁った森が彼の思索に影響を与えているのだと思われる。それはヌーンが、結婚の官能性を考えながら、古代ケルトのドルーイド教やゲルマン的な樹木崇拝に言及しているからである。ゲルマン神話には世界樹の信仰が存在する。[7] 樹が世界であって現世界の中心であるという考えである。ヌーンは「もし樹木崇拝の秘密を知りたいのなら——これはドルーイド僧やゲルマン人に限らず人類に普遍的なものだが——理性のない、精神性のない、官能的な魂を持つ、暗い、樹液が豊かな花の咲かない樹を理解するのがよい」（一八九頁）と、述べている。ここで、ロレンスはヌーンの口を借りて「自分の木」とか「生命の木」と繰り返し述べており、それがキリストが磔にされた精神の木ではないことを述べている。「先ず精神の世界に縛られた深い熱情の泉を解き放つ必要があるのだ」と言う。そしてヨハンナとエヴェラードの結婚生活の不幸の原因について考察する。エヴェラードは官能的な男性なのだが自分のその官能性を嫌悪して罪の意識を感じており、そのことが自然な女性であるヨハンナには耐えられなかったのであり、病気になるほどになってしまっていたという結論を得る。一方でヌーンは「僕には精神的な愛なんてもうごめんだね。カビだらけで悪臭を発しているようなものはくれるっていわれてもいらないね」と言う男性なので、ヨハンナには相応しい男性であると言えるであろう。医者であり金と地位を持った夫エヴェラードは、ヨハンナにとっては「野獣みたい」と思われる。

　一方で、ドイツには、自然風景と対立する社会風景として軍人がいる。青い制服制帽に銃を構えた軍人は、ヌーンにはその男性同士の結びつきが魅力的に思われる一方で、結局権力を笠に着た鼻持ちならない存在として忌避される存在として描写されている。この間、ヌーンとヨハンナが過ごしたドイツの風景は「楽園」と思われる。二人にはせいぜい三ヶ月をつましく暮らす金しかなく、世間的には決して贅沢な暮らしではなく、まったく素朴な生活なのであるが、二人は生命の躍動感を覚え、最高の世界にいると思われるのである。ヌーンは、「全身が恍惚とするほどの幸せを感じた。これは神の国、いや不思議な北方の神々の国だった」(二〇〇頁)と思う。このときの神の国とはゲルマン神話の世界である。妖精や魔術師が存在し、自然と人間が結びついていた中世の世界であり、一八世紀に始まった機械文明の世界ではない。また、古代のゲルマン神話の神々への憧憬が描かれており、よってキリスト教の世界でもない。このようにヌーンとヨハンナの存在は、均衡を唱えるロレンスの哲学を体現するものとして描かれている。二人はヨハンナの従姉妹であるルイーズの薦めによって、イタリアへ出かけることにする。このイタリアは「南の楽園」(九七頁)として描かれ、雪をいただいた青白いアルプス山脈は、「二人を阻む炎の剣を持った天使の隊列」(九七頁)として描かれている。キリスト教的なアルプス山脈の世界が炎に関連していると き、それは二人にとっては地獄の炎を意味するものであり、暖かいイタリアこそが真の光の国といえるであろう。「ヌーン」という名前にはこのように再生としての「光」の意味が込められており、それはキリスト教的な「光」ではなくて、異教的な「光」である。ヌーンはドイツ語では「ヌーン」(Nun)であり、「今」を意味する。これは肉体の世界であり死後の精神世界ではないのである。

四　実体を備えた言葉「ヌーン」——結論に代えて

『ミスター・ヌーン』においてロレンスが唱道する男女という二元の思想は、『ごらん　僕達勝ったんだよ!』における有名な詩である「ヘネフにて」に描かれる「君は呼ぶ声　僕は応える声、君は願望、僕は満たす者、君は夜、そして僕は昼」（二〇三頁）と言う表現に端的に表わされていると言えるであろう。

ロレンスは、ヌーンの姿を通して性と結婚について述べている。それは結婚とは性愛によって男性と女性が日々新たに生まれ変わることであり、子どもを生むのが結婚の目的ではないのだということである。これは明らかに反キリスト教的であろう。このようなロレンスの性愛思想について、反発している研究者はいる。C・フラーは第一部のヌーンの生き方が「反キリスト教的」（フラー、一八九頁）と捉え、更に「ロレンスの考え方は、子どもを入れる余地がない不毛な関係を描いている」（フラー、一九五頁）と述べている。しかし、そうであろうか。筆者には、ロレンスは彼が生きていた当時の性を抑圧する思潮に身を賭けて反発し、人間の真の生を取り戻そうとしたのであった、と思われる。そして、「ヌーン」という名前は「光」と「闇」の両方を意味するものであり、両者の均衡を求めるロレンスの思想を表わすのに相応しい名前となっていると思われる。『ミスター・ヌーン』の最終章である第二三章においては、「光」が強調されているが、これは異教的な暖かな光である。ギルバートとヨハンナがイタリアのリヴァで見た光景は次のように描写されている。

全てが非常に豊かでほとんど熱帯にあるかのようであった――そして全てに太陽が浸みわたっていた。葉、大地、葉脈、全てが熱で構成されているように思われた。しかるにイギリスとドイツでは全ての自然は水で作られており、変性した水であった。だが、違う――ここではインスピレーションによってであるかのように、トラのような熱の実体を持った魔法を、ギルバートはすでに感づいていた。熱から出来た鋭い葉や葉脈と黒い、黒い、突通せないほど黒い色をしたブドウと、絶えずゆっくり

と光を滴らせている青白いブドウから。ギルバートとヨハンナは二人とも言い表わせないほど幸せであった。（二八六頁）

右の引用では、「光」、「熱」の重要性が表わされており、ゆえに、ロレンスが「ヌーン」という名前に込めているのは、光と闇（ブドウの黒さの強調から感じ取れる）の両方であり、かつ両方とも暖かなものであることが重要であるということであろう。この暖かさは、ヨハンナが前夫のエヴェラードから崇拝された「雪の花」に象徴される冷たい精神的な愛ではなくて、ギルバートとヨハンナが達成した性愛の質を表しており、ヌーンは名前と実体が一体化した存在として描かれていると言える。『チャタレー卿夫人の恋人』においては「全ての偉大な言葉はコニーの世代にとってはなくなってしまっている。愛、喜び、幸福、家庭、母、父、夫、これらの全ての偉大な躍動的な言葉は今では半ば死んでいた。そして日々死に絶えつつある」（六二頁）とあるように、言葉が形骸化していることが現代の不幸として述べられているが、『ミスター・ヌーン』においては、言葉は実体を備えているのである。よって、「ヌーン」という名前にはロレンスの性愛の思想が込められていると言えるであろう。最後に、「ミスター・ヌーン」と表現されている題名の「ミスター」という敬称は何を意味するのであろうか。というのも『息子と恋人』では男性の姓では「モレル」が代表としてあるが、常に「モレル」であり「ミスター・モレル」ではないのである。「ミスター・ヌーン」の「ミスター」は、辞書において、ある地位・職業の人間につける「敬称」という意味がある。日本語でも野球の天才であった長島茂雄を「ミスター・ベースボール」という呼び方をしたように、ある職業において天才的な才能を持った人間を、「ミスター」とその才能につけるのである。「ミスター・ヌーン」の場合は、「ヌーン」という天分を持った男性を、「ミスター・ヌーン」と呼んでいると考えられる。

注

（1）第一部で描かれているミスター・ヌーンは、ロレンスの青春時代の親友であったジョージ・ヘンリー・ネヴィルがモデルとなっており、彼は教員となったが結婚前に妻を妊娠させており、その結果教員を退職しなければならないはめに追い込まれた。

（2）Simpson, J. A. & Weiner E.S.C. Pre: *The Oxford English Dictionary* Second Edition Volume X. Clarendon Press, Oxford, 1989, 1991, 1998. p. 509の'noon'の項4.aを参照。

（3）「星の均衡」については拙著『D・H・ロレンスの長編小説研究――黒い神を主題として――』（近代文芸社、二〇〇九年）の第五章「『恋する女たち――暖かな闇――』を参照。

（4）「スプーン」と言う語と「ヌーン」という名前は、韻を踏んでいることが明らかであり、ヌーンの性愛を信奉する本質を、ロレンスは書きたかったのであると思われるし、本文中でもそのことに言及している。

（5）『ミスター・ヌーン』で描かれている笑いは、シニカルなものであり、通常のユーモアではない。ユーモアという言葉を使うならばブラックユーモアと言えるものである。ゆえに石川勝久の論文で論じられている、第一部は「ドタバタ喜劇」であり「『楽しい』物語」、「ユーモラスな語り口」であるという論は、説明不足ではないだろうか（石川勝久「『ミスター・ヌーン』論考――第一部と第二部の対比的研究――」『南山英文学』第一二号、一九八七年、一八―一九頁。

（6）有為楠泉は、その『ミスター・ヌーン』論において、同じ時期に書き進められていた『迷える女』と『アロンの杖』と比較して、後者二作品では不安の中での主人公の逡巡が見られるが、『ミスター・ヌーン』においては逡巡が吹っ切れてヌーンの新生が見られることが、この作品のゆとりとなって笑劇的なおかしみとなって表われていると論じているが、ある意味的を射た論であると思われる（有為楠泉「『ミスター・ヌーン』——生の闘いと喜びの提示——」『中部英文学』第一二号、一九九三年）。

（7）樹への信仰は世界樹や宇宙樹や生命の木の信仰としてユダヤ・キリスト教及びゲルマン神話・ケルト神話・北欧神話・インディアン神話等広く世界の神話や宗教に見られる。

引用文献

Fuller, Cynthia. 'Cracking the Womb: D. H. Lawrence's Mr Noon' in *D.H. Lawrence : Critical Assessment* Vol III. edited by David Ellis and Ornella De Zordo East Sussex: Helm Information, 1992.

Lawrence, D. H. *Mr Noon*. Cambridge: Cambridge University Press, 1984.

——. *The Complete Poems*. London: Penguin Books, 1993.

——. *Women in Love*. Cambridge: Cambridge University Press, 1987.

——. *Lady Chatterley's Lover*. Cambridge : Cambridge University Press, 1993.

Lawrence, Frieda. *Not I, but the Wind*. London: William Heinemann, 1934.

Preston, Peter. 'Lawrence and Mr Noon' in *D.H. Lawrence: Critical Assessment* Vol III. edited by David Ellis and Ornella De Zordo. East Sussex: Helm Information, 1992.

II　詩・手紙をめぐる旅

アメリカの詩人エイミー・ローウェルがとらえたロレンス像
——二人の書簡と『ニューヨーク・タイムズ』のエッセイを通して

志水（西田）智子

序　エイミー・ローウェルの生い立ちとロレンスとの出会い

アメリカの詩人エイミー・ローウェルは一八七四年二月にマサチュセッツ州ブルックラインでローウェル家の五人兄妹の末っ子として生まれ、教養に恵まれた家庭の雰囲気のうちに少女時代を送った。彼女の生まれ育ったローウェル家は一六三九年にアメリカに移住したパーシバル・ローウェルの子孫であり、一九世紀初頭に綿花産業で一財産を築いた名家である。エイミー・ローウェルもその生涯を通して金銭的に裕福であり、詩作以外に働く必要のない特権階級で生きたと言える。このようなローウェル家の人々は教育や芸術に対する支援にも積極的であった。ここにおいてすでに後にロレンスに出会ったエイミー・ローウェルが、経済的に不遇であった若いロレンスを支援しようとした理由の一つがしのばれる。少女時代のローウェルは「おとぎ話」を好み、文学を愛したが、自分が男の子でなかったことを深く嘆いたという（ベンベヌート、四頁）。後にローウェルは、女性は公の場で意見を表明しないというローウェル家の伝統を克服しなければならなかった。またローウェルは肥満傾向の体型であり、容姿へのコンプレックスから少女時代は恋愛に対して臆病であった。そして彼女は後にがっしりとした男性的な体型となり、その同性愛の傾向が噂された。女優のエイダ・ラッセルと共同生活をしていたことについても、彼女がローウェルの恋人だったのではないかとの噂を呼んだ。

しかし詩作においては一九一二年に最初の詩集『多彩な色ガラスの丸天井』を出版し、世間におけるこの作品の評価は低かったものの詩人として身を立て始める。彼女は、斬新な自由詩の中で色彩的感覚を豊かに表現した。また彼女は、当時アメリカのイマジスト詩人の代表的人物であったエズラ・パウンドと交流するものの後には詩作に対する考え方の違いゆえに決裂することになる。例えばパウンドは詩作において音楽性を習得する必要性を説くなど、イマジスト詩に対する定義を提唱したが、ローウェルは独自の自由詩を追求した。このためパウンドはローウェルの詩を、イマジズムならぬ「エイミージズム」だと揶揄した。このような経験の後、一九一四年に出版された第二詩集『剣の刃とケシの種』はより彼女の詩人としての名声と地位を確実にしてくれた。また、ローウェルとイギリスの作家であったロレンスが初めて出会ったのも一九一四年のことであった。

『D・H・ロレンスとエイミー・ローエルの書簡――一九一四年から一九二五年』を編集したE・クレア・ヒーリーとキース・クッシュマンによると、「D・H・ロレンスとエイミー・ローウェルの友情はイマジズムの歴史の一節として始まった」（七頁）という。二人が出会ったきっかけは一九一四年夏にローウェルがエイダ・ラッセルとともにイギリスを訪れた時にさかのぼる。ローウェルはこの時、キーツについての伝記を書くための資料を探していた。七月三〇日にローウェルはバークレイ・ホテルで夕食会を開き、そこにイマジスト詩人のリチャード・オールディントンと妻のヒルダ・ドゥーリトル、さらに結婚したばかりのロレンス夫妻を招いたのだった。ローウェルはそれまでにもロレンスのことを『ポエトリー』に寄稿されていた彼の作品や、パウンドが好意的に批評したロレンスの『愛の詩集』についての書評を通して知っていたが、対面したのはこの時が初めてであった。ローウェルはいち早くロレンスの才能を評価し、この年の夏、二人は再度バークレイ・ホテルで食事をともにした。またローウェルはエイダ・ラッセルとともにロレンスがバッキンガムシャーに借りていたコテージを訪れている。この後二人は互いに文学における良き相談相手となり、ロレンスにとってローウェルは頼もしいアメリカでの支援者となったが、驚くべきことに二人は生涯二度と会うことはなかった。しかし二人は一九二五年五月のローウェルの死の直前まで、約十年間にわたって書簡をやり取りし、ローウェルは経済的に苦しかったロレンスに支援の手を惜しまなかった。ロレンスの彼女への感謝の意志は一九一八年に出版されたロレンスの『新詩集』がローウェルに捧げられていることからうかがえよう。ロレンスは次のように書き、詩を彼女に献じている。

エイミー・ローウェルへ
私のパンにまれな美しい言葉を塗ってくれた人
彼女はお金持ちで自分のパーニスカップの根にバターを塗れるくらいなので
割に合わない者にも恵んでくれた

彼女がそうする価値があると思ってくれたので
（ヒーリーとクッシュマン、一二一頁）

そこで本稿ではローウェルとロレンスが、互いに評価し合った詩や二人の交流のきっかけとなったイマジズムの影響の跡、二人が交わし続けた書簡、そしてローウェルが『ニューヨーク・タイムズ』に寄稿したロレンスについてのエッセイなどを検証することを通して、ローウェルはロレンスという人物とその才能をいかにとらえていたのかについて考察したい。そして、ロレンスがあこがれた国であるアメリカの詩人としてのローウェルの目を通して見たロレンス像の一面を明らかにしたい。

一　ローウェルとロレンスの詩に見られるイマジズムの影響

ローウェルの第二詩集『剣の刃とケシの種』を読んだロレンスは、出会って間もない一九一四年一一月一八日の書簡の中で、詩に表れるローウェルのあいまいな表現を評して、「どうして詩を書くときにあなたの本質的な激しさを否定するのですか。どうして見せかけを装うのですか。そのせいであなたはいつも自分の真髄に触れることを避け、ありふれた結びで締めくくっています。それであなたの作品は損なわれているのです」といくらか批判的な調子で言及している。ローウェルの方はこの忠告を大切にしたという。ローウェルの詩には色彩や比喩が多用され、時にはそれらが人間の情念を隠してしまうかのような技巧として考えられなくもない。しかしそこにはローウェル独特の美意識がうかがえる。そこでロレンスが評し、好みを述べたローウェルの作品と、イマジズムに影響されたロレンスの詩作品を考察したい。

F・S・フリントやパウンドが提唱した「イマジズム」の定義は、物事を主観的であっても客観的であっても直接的に扱うこと、無駄な表現や語を使わないこと、音楽的なフレーズを使いメトロノームの韻律は使わないこと、とされるが、ローウェルの作品は必ずしもこのような定義の内に収まるわけではなく、ロレンスの作品の特徴もまた後にローウェルが指摘するようにイマジズムという名称によってカテゴライズされることはない。しかしここでは二人の、イマジズムの影響を受けて視覚的な印象や色彩美、五感による直接経験を描く作品を取り上げてみたい。

ローウェルの『剣の刃とケシの種』における最初の詩である「捕えられた女神」について、ロレンスはこれをあまり好まないと書き送っている。この詩の中ではきらびやかな色彩美が技巧的に描かれすぎるきらいがあるからである。しかしこの詩の中でローウェルは光やジュエリー、鉱物といった、自然が備える色彩を詩の語り手の心境とともに描くことで時に換喩的効果を図っていると考えられるような技法を展開する。この詩の中では、輝く女神が人間に捕えられ、市場で縛りつけられて泣いている様子が描かれる。取り巻く男たちが女神を競りにかけるのだが、この詩の語り手はその様子を痛々しくしかし無力に眺めるだけである。ローウェルはこの詩の形式を、「韻文詩」と呼んでおり、イメージが断片的にちりばめられてファンタジックなストーリーが描き出される詩になっている。リチャード・ベンベヌートは、「ローウェルは女性美に魅かれていた」(六八頁)と述べるが、女性であるローウェルが男性的視点から女性の魅力を描く傾向があることからも彼女の同性愛的な感覚が読み取れると考えられなくもない。この詩においても女性美が技巧的に表現されるが、その美を守ることができない語り手の自己嫌悪や絶望感にはアレゴリカルな解釈の余地も多いであろう。まず人間が住む町に立ち込める煙や空気の様子は、「アメジスト、ブルー、シナモン」といった寒色系の色彩によって表され、そこに出現する女神の崇高な美の換喩となる「クリムゾン、月光」と対照される。この色彩の対比により、輝く女神と彼女を迎える人間世界の薄暗さが示される。次にこの詩の第四連を引用する。

私はずっと彼女を追いかけた
ひたすら見つめ、躓きながら
彼女が私をどこに連れて行こうとしているのかは気にならなかった
あふれかえる色彩が目に映った
サフラン、ルビー、緑柱石の黄色
水晶のインディゴブルー
飛び散るバラ色、緑玉髄の層の色
点々としたオレンジ色、朱色のらせん
オニユリの花びらのまだらになった金色
はち切れそうなアジサイの派手なピンク色を
私は追いかけた
そして彼女の翼のきらめきを見つめた（『エミー・ローウェル全詩集I』、三二一頁）

女神の翼は「虹」の色で、語り手が彼女を追っていくと極彩色の中に包まれ、語り手は「あふれかえる色彩が目に映った」と感じる。女神の魅力、美、飛翔力などは、天然石や植物の備える色彩によって、「サフラン、ルビー、緑柱石の黄色、水晶のインディゴブルー、飛び散るバラ色、緑玉髄の層の色、点々とした オレンジ色、朱色のらせん、オニユリの花びらのまだらになった金色、はち切れそうなアジサイの派手なピンク色」と最大限に表現される。ところがこの後、市場の中で縛られ、人々の見世物になっている女神を助けることができず立ち去る語り手の背後から吹き付ける風は「灰色」であり、自由に飛翔する女神がまとっていた鮮やかな色彩や光とは対照的な、寒色や薄暗い色彩が描かれ、無力、不自由、悲嘆、裏切りといったイメージが描き出される。崇高な美しさや自由に飛翔する力に憧れながら、到底それに到達することができない人間のもどかしい心情をアレゴリカルかつ視覚的に訴える作品である。

ロレンスはローウェルへの書簡の中で、もっと彼女のルーツであるピューリタンの情熱をありのままに表現するように勧めている。とくにロレンスが好んだのが、宗教的なイメージを聖堂や天体、自然の恵みや人間の運命などで描き出しているローウェルの作品の一つ「ロチェスター構内」である。ロレンスは同じく一九一四年一一月一八日の手紙の中で、「私は率直な時のあなたが好きなのです。とても「ロチェスター構内」が好きです。その詩では、あなたは誠実な、快活で鮮やかで極めて静粛な雰囲気を醸し出していましたね」と高く評価して書いている。この詩の中では華美な色彩を持つものはなく、静かで歴史の厚みを感じさせる城壁や大聖堂が登場する。クレメント・ウッドはこの詩の中で、ローウェルはそこに登場する司祭の視点を借りていると考え、「彼女は聖堂の司祭と自分を同一視している」(一四五頁)と述べている。ウッドの言及はやはりローウェルの男性的視点を示唆する。この詩の中では、古代ローマ様式のカトリックの大聖堂の古めかしくいかめしい城壁に、それとは対照的なささやかで柔らかな植物がからみつき、瑞々しく生い茂っている様子が描かれる。時には小さな命を象徴する小鳥がさえずったり、聖堂の鐘が控えめに鳴ることはあるが、こういった音さえもが静寂に包まれた風景であることを強調している。そしてこのように物言わぬ石とささやかな生命との共存を淡々と語る詩の調子は、次のようなある人間たちの言葉と、それに対する語り手の警告によって突如として破られ、読者を引き付ける。つまり、過去の存在に対して、「彼らは死んでおり、我々は生きている！　世界は生きている者のためにある」と公言する人々がいる。それに対して語り手は、「ばか者め！　ものごとを生み出すのは常に死者なのだ。熟した果実を押しつぶして捨てておいても、その種は実を結び、家が建っていたところに木々が育つのだ」と反意を示すのである。この「死者」こそが生命を生み育てるのだという一見パラドクシカルで読者の意表を突く語り手の見解は、果肉をつぶされた果物にも生きている種が潜んでいるように、一つの生命の死や過去の存在というものは、現在目に見えて生きて存在しているものと対極にあるのではなく、そのすべての源であることを示唆する。古い城壁がそこを散策する司祭を見守るかのように擬人化して描かれ、人間の過ちを咎め立てることもなくひたすら見守り、人間に必要な教訓を与える風景そのものが語り手のメッセージとなっている。またこのような風景描写のメッセージ性は、自然はそれを眺める人が心を開いてさえいれば、人間に必要な教訓を与えてくれると考えた、アメリカの思想家、ラルフ・ワルドー・エマソンの考え方を彷彿とさせる。エマソンの『自然』においては、「星はある種の尊敬の念を呼び起こす。というのも星は常に存在しているにもかかわらず近づくことはできないからである。だが人間の心が自然の影響力に対して開かれている時にはすべての自然物は似た印象を作り出している」（ウッド、一八三頁参照）と述べられ、ローウェルの世界観および宗教観に通底するニューイングランド人の意識がうかがえる。
　ロレンスの詩もイマジストの影響を受け、この様子は視覚的聴覚的経験を直接描いた作品においてよく読み取ることができる。アーミン・アーノルドは、「『亀』(一九二一)は、イマジストの影響を受けた可能性のある、あるいはホイットマンの作品についてのロレンスの一九一七年の仕事に影響された可能性のある詩を含む最初の詩集である」(アーノルド、一一六)と指摘する。詩集『亀』の中の作品で、例えば「亀が叫ぶ」では、亀たちの様子がそれを観察する人間の聴覚による直接経験として描かれる。以下にこの詩の七連目までを引用する。(1)

私は彼は口がきけないと思った
私は彼は口がきけないと言った
それでも私は彼が叫ぶのを聞いた

最初はかすかな金切り声だった
生命の底知れない誕生時から
気が狂うほど遠く、遠くから、地平線の始まるへりの下から
遠く遠く離れた、遠い叫び声

「臨終の」亀

なぜ我々は性というものに押しつけられ苦しめられていたのだろうか
なぜ我々は成熟したまま一人で自己完結できないのだろうか
我々が一人で誕生するように
彼が確かに完全に孤独で誕生するように

遠いが明らかに聞き取れる叫び声だった
あるいはそれはプラズマの影響で響いたのだろうか

新たに生まれ出てきたものの鳴き声よりも悪い
叫び声
わめき声
どなり声
賛歌
死の苦しみ
誕生の叫び
降参の声
初めての夜明けの下の遠く離れた小さな小さな爬虫類

戦いの叫び、勝どき、鋭い喜びの声、死の叫びを発する爬虫類
なぜベールは引き裂かれたのか
引き裂かれた魂の皮膜の絹のような叫び
半ば音楽のようで半ばぞっとするような金切り声で引き裂かれた
雄の魂の皮膜

（『亀』、四六頁）

この作品の中で亀たちの生命の営みは鳴き声によって表され、音楽的共鳴の様子が描かれる。このように聴覚に訴えかける音楽性を備えた詩にはイマジズムの影響の跡が見受けられると言えよう。ローウェルもロレンスもイマジズムの定義に収まる作品を意識していたわけではなかったものの、二人の交流を導いたきっかけは確かにイマジズムの流行であった。

二　書簡からかいま見える二人の関係とローウェルのロレンス観

ローウェルとロレンスは出会った一九一四年からローウェルが他界する一九二五年までさまざまな用件についての書簡を交わし続けている。そこでこれらの二人の書簡の中で二人が互いの国籍の他者性をいかに評価し、また互いの文学をどのように批評していたのかを見ていきたい。またローウェルがロレンスに

対する厳密な評価や批判的な視点をいかに抑えて交流を良きものにしようとしたかという努力の形跡を読み取ることで、ローウェルはロレンスという年若い文学仲間を結局どのような存在に位置づけ、どのような関係を保ちたかったのかという点について仮説を述べてみたい。

アメリカで作家としての地位を築くことを夢見ていたときのロレンスに対し、アメリカ国民、とりわけボストンの人々がロレンスの作品を評価する能力がないことを強調し、自らの国に来ないように説得したローウェルの意図を、E・クレア・ヒーリーとキース・クッシュマンは、「ローウェルは明らかにある一定の安全な距離を保ったところでロレンスとの友情を居心地良く感じた」（一三頁）と、また「ローウェルは自由奔放な生活をするボヘミアンというよりはむしろずっとエリート意識を持つ教養人だった」（一三頁）と述べる。このヒーリーとクッシュマンの記述からは、ローウェルはロレンスを評価するが距離をとりたがっているとの、また、ニューイングランドの名門出身の彼女と労働者を父に持つロレンスとの気質の違いが大きすぎるとの示唆が読み取れる。だが、たとえそのような気持ちがローウェルにあったとしても彼女が一貫してロレンスを文学的にも経済的にも支援しようとし続けたことは変わらない事実として書簡の中に読み取ることができる。ローウェルは、自分がロレンスの中に個人的に感じた魅力と、アメリカ社会とその国民性というコンテキストの中で相対的にロレンスの文学をとらえる視点をどうにかすり合わせつつロレンスに忠告を送り彼を支援しようとしており、そこにはローウェルの誠意を読み取ることができ、ロレンスもそれを感じ取っていた。

まず、ローウェルがロレンスに対し、彼にとってのアメリカの他者性を説明しつつ、国民性の違いに煩わされることのない文学的交流を望んでいた様子を読み取ってみたい。書簡によって分かるローウェルのロレンスに対する支援の様子は、中古のタイプライターをプレゼントしたエピソード、アメリカでのより良い出版社を紹介する箇所、イマジストグループの詩集に掲載されたロレンスの作品に対する印税の度重なる丁寧な支払い報告などからうかがえる。一九一四年一一月一八日には、タイプライターを受け取ったロレンスは、「タイプライターが届きました。素晴らしいですね。どうしてあなたはそれを手放したのですか。あなたはきっとそれを手元に置いておきたかったに違いないと思います。でもそれは非常に愉快に、沸騰しているポットみたいに動いています」（ヒーリーとクッシュマン、二六頁）と喜びを表し感謝の意志を伝えている。またロレンスになかなか原稿料を支払おうとしないミッチェル・ケナリーに、ロレンスに代わって催促をしたのもローウェルであった。またこの際の様子を伝える一九一四年一一月二七日のローウェルの書簡では「こちらではホートン・ミフリン社が一番完全に誠実な出版社だと思います」（ヒーリーとクッシュマン、二九頁）と書いており、彼女が信頼できると考える出版社を紹介している。さらに一九一七年一一月一三日にはローウェルは「あなたの作品を掲載するのに私がお手伝いできることがあればいいのですが……『ニュー・リパブリック』が一番望みがあると思いますし、もしあなたがご自身でお手紙を書かれたら原稿を受け入れてもらえる望みがかなりあることと思います」（ヒーリーとクッシュマン、五七―五八頁）と述べており、ここから彼女がロレンスが詩作品を投稿しやすい雑誌について思案した跡が分かる。

また一九一六年二月一五日のローウェルの書簡からも分かるように、彼女はフェリス・グリーンスレットに対し『新詩集シリーズ』の秋号にロレンスの詩を掲載できるよう推薦し、ロレンスの詩の才能をアメリカに知らしめようとしている。だがその際に障害となったのがロレンスの小説『虹』のアメリカでの評判であった。『虹』はイギリスで発禁となったため、アメリカでは刊行されていなかったが、その噂はアメリカに届いていた。このことについてローウェルは一九一六年二月一五日の書簡で、「『虹』のせいで彼は少しひやひやしているんじゃないかと思います」（ヒーリーとクッシュマン、四一頁）と言及する。この作品についてのローウェルのコメントは、彼女のロレンスの文学に対する個人としての敬意と、アメリカ社会での彼の作品の悪評価を客観的に眺める視点の存在を集約的に物語っている。後にローウェルは世間のロレンスに対するバッシングを遺憾に思うことや世間の無理解とは違い彼女はこの本を読むことを熱望している気持ちをロレンスに伝えることで彼への理解を示している。一九一六年二月一日にもローウェルは「『虹』をずっと読むことができないでいるのは非常に残念なことです」（ヒーリーとクッシュマン、四〇頁）と書き、彼女が個人的にこの作品に対して関心が高いことを強調する工夫を怠らない。そしてその上でローウェルは『虹』のイギリスでの出版をアドバイスし、アメリカ社会では彼の小説が受け入れられない現実を客観的に伝えるのである。

またこのようなアメリカでの芳しくない評判を耳に入れつつも、アメリカという国に興味と期待を抱き、アメリカで活動するためにローウェルにアメリカでの足がかりになってほしいと頼りに思うロレンスに対し、ローウェルはいささかなりともアメリカの現実を納得させ計画の変更を決意させる役割を果たしたと言える。ローウェルは二人の友情を壊さない気遣いを保ちつつ、ロレンスにアメリカは彼が期待しているような状況にはないことやアメリカの社会状況と国民性の特徴について根気よく伝えている。例えば一九一八年一二月二八日にロレンスは、「夏ごろにアメリカに行きたいものです。新しい国にいたいものです」（ヒーリーとクッシュマン、六九頁）とアメリカを新天地とみなし、アメリカに行くことに憧れている気持ちを伝える。これに対してローウェルの方は、一九一九年二月一七日に次のように手紙に書いている。

あなたがアメリカに来られるのを楽しみにしていますわ。でもあなたはアメリカにがっかりされるかもしれませんわね。黄金郷とはほど遠いところですよ。でも出版のチャンスはこちらのほうがずっと多いはずです。沢山雑誌があり、多くの冒険心のある編集者たちがいますので。印税もずっと高いですよ。ただそれに合わせて生活費もずっと高くつくのですが。（ヒーリーとクッシュマン、七二―七三頁）

このようにローウェルは、アメリカが理想の地ではないことを指摘しつつも、もしロレンスがアメリカに住む場合の執筆の機会や物価の高さなどを現実の情報として伝えている。ロレンスのアメリカが持つ自由で広大なイメージへの憧れは、当時戦争で暗い雰囲気にあったヨーロッパへの失望感から強くなっていた。自分が住むヨーロッパよりもアメリカの方により開放的で贅沢なイメージを抱くロレンスに対し、ローウェルの方は一九一九年六月一〇日には、「ニューイングランドの方が本家のイングランドよりもずっと厳格な雰囲気なのです」（ヒーリーとクッシュマン、七六頁）と書き、図書館での出来事を次のように報告している。

おかしなことですが、アメリカは多くの面でイングランドよりずっと時代遅れでお堅いのです。先日資料を見るために図書館に行くことがあったのですが、カナン氏、ベレスフォード氏、そしてマッケンジー氏の本のほとんどは一般の人々の回覧にふさわしくないとして鍵がかけられた部屋に入っているのを見ました。そして恐ろしいことにそこにはあなたの『息子と恋人』もあったのです。(ヒーリーとクッシュマン、七七頁)

この書簡からはローウェルのイギリス観とアメリカ観がちょうどロレンスのそれとは逆であることが分かる。ローウェルは重ねて、彼女自身はロレンスをアメリカで歓迎するが、活躍の場を期待しすぎてアメリカに来ない方が良いと忠告し、とりわけロレンスがアメリカに来た場合ボストンで講演することに反対であるという彼女の気持ちを伝える。丁重に筆舌を尽くすローウェルの書簡を受けてロレンスの方も彼女の友情を疑うことなくその忠告に感謝している。またその上で、ロレンスは、自分は名声を得ることや講演活動の場をアメリカに求めているのではなく、ただ自由の感覚や生きる場が欲しいのだということを伝えている。ロレンスのアメリカに対する大きすぎる期待の反動としての失望を避けようとしてのローウェルの忠告は、文化の違いが障害となってロレンスの才能が阻まれることを懸念してのものである。そこには、できればそのような障害とは無関係な交流を続けたく思うローウェルの願望が読み取れる。互いのアメリカに対する意識を披露し合う二人の書簡や、その上で引き続きアメリカに興味を抱くロレンスの言及は、二人の交流をより深める要因となっている。

一九一九年八月一三日の書簡では、ローウェルはさらに語気を強めて特に経済的な問題からロレンスのアメリカ来訪を止めようとしているが、この書簡でのローウェルの説得方法からは、ロレンスがアメリカで活躍しづらいと思われる物理的な理由だけでなく、ローウェルの対人関係、そしてロレンスとの間に望ましく思っていた距離感がうかがえる点が興味深い。「こちらに来られることは全くお勧めできません。こちらでの生活はイングランドとは違います。より手厳しく、辛辣で、冷酷なところなのです。正直言ってもし私があなたなら、こちらには来ないでしょう……私が非常に心配しているのは、あなたがこちらに来て経済的に面倒なことになり、帰国できなくなりはしないかということです」(ヒーリーとクッシュマン、八二頁)と伝えるローウェルの助言は、ロレンスの作風がアメリカでは受けないこと、従って金にならないことを現実的に判断した結果のものである。だが同じ書簡の、「あなたの旅行計画に関しては一つこちらに難点があります。私は家に他人様をお泊めすることができないのです。私は体が全く強くはありませんし、お客様がいるととても気を使って神経質になってしまうんです」(ヒーリーとクッシュマン、八〇頁)というくだりは、ローウェルの客や友人に対する習慣を物語る。同性のパートナーと暮らす私生活を覗かれたくないとの意識もあるのか彼女は客を自宅に泊めないことを習慣にしており、他者からあまりに私的な領域には近づかれることを苦手に思う様子が読み取れる。もちろんローウェルのこの対人の習慣はロレンスに対してだけ意識されたものではない。このローウェルの習慣が示唆することはしたがって、対人関係において互いの他者性を尊重したいとする傾向であろう。互いの詩作品に対する率直な指摘を大切に受け止めながらも、動かすことのできない文学的個性や超えることのできない国民性の違いを認めた上での文学的交流をロレンスに対しても望んだローウェルの意志が読み取れるのである。

ローウェルからの印税の支払いや出版社の紹介といったビジネスライクなやり取りのほかに、二人が書簡で長きにわたって伝えあった話題は、互いの詩作品に対する批評である。これらを読んでいくと二人が互いの作品を楽しみつつ影響を受けあった様子が分かる。こういった批評は年長者で裕福なローウェルが一方的にロレンスを支援する立場になるわけではなく、二人の対等な文学的交流がよく分かる部分である。自身の詩集『剣の刃とケシの種』の評判や批評家の意見が気になるローウェルが、一九一四年一一月二七日の書簡で、珍しく不安げな気持ちや、ロレンスの批評眼を頼りとしたい意志を見せた際には、ロレンスは一九一四年一二月一八日の書簡で次のように年長のローウェルを励ましている。

お手紙ではあなたはみじめな様子ですね。何があなたを落ち込ませたのですか。あなたの詩集が新聞で馬鹿にされたからですか。でもつまらない批評家たちなんていつもそんなものですよ。もし批評家たちが作家と同程度の才能を持っていたら、彼らはすぐにでも同じような作家稼業を始めるでしょうよ。でも自分たちが批評する作家ほどの能力はないものだから、彼らは作家をこき下ろすしかないのです。というのはどんな批評家だって自分より偉大なものは認めたがらないのです。だから我々作家は皆、ちっぽけなわれらが批評家連中と同じくらい小物だということです。だから嘆くことはありません。もろく柔らかい肉体にどれだけ思慮のない投石や矢を受けたとしても、人が全力で成し遂げた仕事は岩のように堅固なものなのです。（ヒーリーとクッシュマン、三〇頁）

ローウェルがロレンスの批評をいかに大切に思い信頼していたかは、一九一七年二月一六日のローウェルの書簡における、「私の作品についてのあなたの手紙はとてもうれしいものでした。そしてあなたの分析は最高に面白いですね」（ヒーリーとクッシュマン、五二頁）と書かれる部分からも読み取れる。

またローウェルはイマジズムに影響された斬新な詩の技法を展開する中で、自信のある作品についてはロレンスの賛同を得る必要を感じていなかった点も興味深い。ロレンスはローウェルが好むフランス趣味やオリエンタルな日本のイメージが詩にちりばめられている点が鼻についたようで、一九一七年三月二三日には、「ヒルダ・オールディントンが新しい詩集に入れるためのあなたの日本の詩を送ってくれました。私はそういった作品をあなたの他の作品ほどには好きになれません。それらを詩集に入れない方がいいと思います。エイミー、もし私たちのことを愛しているのなら日本的な詩は作らないでください」（ヒーリーとクッシュマン、五三頁）とまで書いて強く彼女の作風に反対している。ところがローウェルの方は一九一七年一一月一三日の書簡に見られるように、「私の新しい本、『現代アメリカ詩の傾向』を、数日前にお送りしました。どこか気に入っていただける部分があればうれしいのですが。あなたはあまりこの本の内容には同感なさらないことでしょう。それでも構いませんけれどもね」（ヒーリーとクッシュマン、五七頁）と書いて予測されるロレンスの批判をあっさりとかわしている。このようなやり取りは二人の詩人としてのほど良い距離感を思わせるものである。

そしてローウェルの方もまたロレンスの詩を楽しみにし、彼の才能を世間にも認めてもらいたいと思う気持ちのあまり、時にはロレンスに受け付けてもらえないアドバイスを書き送っている。一九一八年七月二二日にはローウェルは、「あなたの作品に対して私は絶賛します。ここ何年もの間、私はこれほど力強い作品を読んだことがありません。いつかあなたに捧げる記事を書きたいものです。いつの日かね」（ヒーリーとクッシュマン、六三頁）と彼女の率直な感動を伝え、またアメリカにその感動を伝えたい意志を述べる。このローウェルの約束は後の『ニューヨーク・タイムズ』での彼女のロレンスを紹介する記事に結びついていると考えられる。そしてロレンスの文学的才能を世間に伝えたいあまり、どのようにすれば人々に気に入られるかについての自分の意見をローウェルはロレンスに伝えずにはいられなかった。一九一八年一〇月四日にはローウェルはロレンスに対し、性的な主題を控えて出版のチャンスを広げるようアドバイスしようとする。だが詩人の社会的地位に敏感で社会の風潮を意識しつつ戦略的に文学活動を行うローウェルと、世間の受けとは関係なく彼が表現したいものを描くロレンスとの違いは変わることはなかった。ローウェルはロレンスの詩集『亀』を評し、世間に受けるために性的な描写の印象を濃くしない工夫を伝えようとするが、これに対してロレンスの方は世間の性的な描写に対する無理解をどこかユーモラスに嘆きつつ、自分の評判を諦めを持って認めている気持ちを伝えている。

このようにローウェルとロレンスはその文学的テーマは違っても、イマジズムに影響を受けたという共通項が互いの作品への関心を高め、二人の書簡を通じて常に互いの作品への感動を共有できる間柄であり続けた。ローウェルがロレンスは「主観的」な詩を好むから自分の作品をあまり好ましく思わないかもしれないとの懸念を書きつづった際、ロレンスは一九一八年一一月五日の書簡で、「あなたは私が主観的な詩だけを好むと思ってられるとしたらそれは間違っていますよ。私は幻とか視覚的な光景が好きですよ」(ヒーリーとクッシュマン、六八頁)と書き、ローウェルの視覚的効果をねらう描出方法や色彩美の表現方法に惹かれていることを伝えている。ロレンスのローウェルに対する書簡そのものの中でも、色彩のイメージによって風景が描かれて行くようになる点は興味深い。そこにはイマジズムを共通言語として始まった二人の詩人の快い気持ちの結びつきがうかがえる。

第一次世界大戦中、アメリカに行くことに憧れていたロレンスが、ついにアメリカに渡るのが一九二二年の九月である。ロレンスとフリーダはまずサンフランシスコに上陸し、メイベル・スターンの援助でニュー・メキシコのタオスに滞在することになった。同じアメリカ大陸にいながらローウェルとロレンスは再会することなく一九二五年のローウェルの死を迎えることとなる。二人はどうして再会する必要を感じなかったのであろうか。一つにはローウェルの健康状態が思わしくなく、また彼女は東部での日常生活を離れて移動をする気がなかった。ロレンスがアメリカに着いたとの書簡を受けてローウェルはそれを歓迎する返事を書いている。一九二二年九月一六日にローウェルは、ニュー・メキシコにいるロレンスに対し、ロレンスの方が自分の住む東部を訪れてくれるように伝えている。東部ニューイングランドの都市社会での生活に埋没するローウェルに対し、ロレンスはアメリカ東部の都市文化に興味を抱くことはなく、代わりに西部やニュー・メキシコの原始文明が持つたくましい生命力や純粋さに惹かれていた。ローウェルは、一九二三年四月六日の書簡で、彼女が多忙であることと、原始文明への無関心を次のように表明する。

残念ですがオマハより西部に行ったことはありません。インディアナポリスよりも南に行ったこともありません。だからタオスまであなたに会いに行くことはできなかったのです。お訪ねするべきでしたが。私は原始人に戻りたくありません。文明が手に入れたものを失いたいなどとはこれっぽっちも思いません。絵のような美しさやプエブロインディアンの色、彼らの踊りや歌、こういったものには非常に興味を持っていますが、私は芸術的なものに興味を抱いているのであって、民俗学的には興味はありません（ヒーリーとクッシュマン、一一三頁）。

一方ロレンスは一九二三年八月一八日の書簡で、「私はニューヨークに関心がありません。目に映る人々は僕たちをあざけりたく思っているように感じるのです。また西部に行くつもりです」（ヒーリーとクッシュマン、一二二頁）と東部の都市を好まない気持ちを伝えるのである。都市社会の商業性とそこでの流行の現実に即して文学活動を行うローウェルは、ロレンスが同じアメリカにいながら自分とは違うものをそこに求めていることを察知していた。このため二人はアメリカにおいてもある距離を保ちつつ友情を伝えあうことが可能で、互いの他者性と異質性を尊重するゆえに直接再会する必要はなかったと考えられるのである。ローウェルは、同じ書簡で、「セルツァーは、あなたはオールド・メキシコに行ったと話していました。あなたはより深い根と、よりはっきりした裏付けのある何かを探し求めているのですね」（ヒーリーとクッシュマン、一一四頁）と書いている。この書簡からは、アメリカの国籍を持ってそこに住む者としてではなく、アメリカに他者として対する立場から時空を超えてアメリカ文明の「より深い根」を探求しようとするロレンスの情熱を損ねたくなかった、アメリカの現実社会の内部に生きるローウェルの心遣いが読み取れる。そしてローウェルがロレンスに宛てたその生涯最後の手紙は、ロレンスがニューイングランドを気に入らないことも十分承知していた彼女が、それでももしロレンスが来たら案内を惜しまないことを伝えており、変わることのない友情と援助の意志を表明する言葉で結ばれている。

三　ローウェルの『ニューヨーク・タイムズ』紙における二つのエッセイから
——ロレンスをアメリカに紹介するローウェルの意欲——

ロレンスのアメリカやアメリカ文学への興味についてはジェシー・チェンバーズの回想録にも記されているが（アーノルド、一三頁）、彼はエマソンやソローの作品を好み、ホイットマンの詩『草の葉』に強い関心を持った。またロレンスは一九一二年九月から一九一三年四月までガルニャーノに滞在していた時期に、アメリカ大陸を将来性豊かな文化圏であると強く感じた（アーノルド、一五頁）。その後一九一四年にはイギリスに来ていたローウェルと出会い、ローウェルが出版するイマジスト詩人たちの詩集に参加したことで交流が始まることになる。その後ローウェルは、『ニューヨーク・タイムズ』の書評欄にロレンスに好意的な二つのエッセイを寄せており、これはアメリカにロレンスの才能を知らせたいと考えたローウェルの情熱と、彼を支援し続けたローウェルの心理を知る上で興味深いソースとなっている。これらのエッセイの中でローウェルはロレンスをアメリカの人々にいかに紹介しようとしているのかという点について考察してみたい。

まず一九一九年四月二〇日の『ニューヨーク・タイムズ』にローウェルがロレンスについて初めて寄稿したエッセイが、「新進イギリス詩人——わが国では実質上知られていない詩人、D・H・ロレンスによる詩集」である。このエッセイの中でローウェルはロレンスを、イギリスでは有名になったがアメリカではあまり知られていない人物であるとし、「イギリスですでに戦前にかなりの名声を博した一人の男性の作品を、アメリカの読者が読んだり知ったりできるようになったのはごく最近のことだ。その人の名は

D・H・ロレンスで、小説家であり詩人である」と書く。この箇所からローウェルはロレンスを小説家であると同程度に詩人であるとして紹介している様子が読み取れる。この時点でローウェルはロレンスの個人的側面についてはまだよく知っていないのだが、「ロレンス氏は天才であると言い切るのに私はためらいません」と宣言する。また彼女は、「ロレンス氏はエロティックな詩人であると言われてきています。それは真実ですが、半分真実であるということに過ぎません」と書くことでアメリカの特にニューイングランドの人々に拒絶されがちなロレンスの作風を擁護する。ここでローウェルが使う、「それは真実ですが」という言葉は、彼女がニューイングランドの人々の倫理観にまず目線を合わせた上で、ロレンスを「アメリカの立場」から評価する姿勢を示唆する。ローウェルはロレンスの性的な描写の悪評を一部認め、さらにその上で依然としてロレンスはそれだけで片づけてしまうべきではない優れた才能を持つ異国の作家であることを効果的にアピールしようとしているのである。

またローウェルはイマジズムに影響された詩人らしい表現方法でロレンスの作風や人柄を述べ、読者の興味を引くようなドラマチックな心象と魅力的な印象をロレンスに与えようとしている。たとえば、「彼は自分の天才に馬具をつけて抑制したりはしません。彼の作品という馬車はよくひっくり返ったりゆがんだ方向に行ったりするのですが、その馬車を引っ張っているのはペガサスにほかなりません。たとえロレンス氏は全面的に熟練した御者ではないにしてもです」と表現することで、ロレンスが大いに才能がありながらそれをうまく調整して世間に受けるように伝えることができない様子を示す。またローウェルはそのようなロレンスの文学作品における表現方法を、難点ではなく詩人に必要な才能そのものとして説明し、「詩人の二つの才能である視覚と表現の感覚を彼が確かに備えていることを示すものを無作為に数行ご紹介します」と、また、「ロレンス氏は最も鮮やかな色の感覚も持っています」と述べる。このようなローウェルの表現からは、ロレンスの詩に現れる視覚的イメージや彼の色彩観を強調し、ロレンスを有望なイマジスト詩人という範疇の枠組みの中で説明することによってアメリカ人に理解させようとする一つの戦略性が読み取れる。

このようにローウェルは、ロレンスをアメリカ人にとって理解しやすい詩人としての位置づけによって紹介している。そして彼女はこのエッセイの終結部分では、ロレンスの性格を、「誠実で忠実でまじめで力強く、美しさが浸透し、悲劇で傷つき、彼は他の誰とも違う独自性があるのです」と情熱的に説明する。このエッセイでロレンスの表現方法のオリジナリティーと、彼が世間受けをねらうことができない純粋さを持つことをアピールすることで、ローウェルは暗にロレンスのアメリカでの風評を否定していると考えられる。

もう一つのローウェルのロレンス観が垣間見えるエッセイは、同じく『ニューヨーク・タイムズ』での一九二〇年八月二二日の「荒野の声——D・H・ロレンスの『盲目的な反動主義者とうるさく不満の多い扇動者』に対する無視されたメッセージ」と題されるものである。この中でローウェルはやはりロレンスを小説家であると同程度に詩人であり劇作家としての才能を持つと紹介する。そしてロレンスの詩の作風については、「とても情熱的で神秘的。形式においても思想においても独自性があり、同時代のどんな定義にも合わない」と表現し、その斬新さや独創性をアピールする。さらにローウェルはこのエッセイの中で、性についてのロレンスの表現方法がイギリスの有名で権威のある詩人ウイリアム・ブレイクの表現と似ているものとして説明を試みる。この箇所からは、アメリカ人もよく知る、イギリスでは定評のあるブレイクの名を引き合いに出すことで、ロレンスにも一種の権威を持たせようとするローウェルの戦略がうかがえる。ローウェルは、「ロレンス氏はブレイクに似ている。彼にとって性は神秘的で聖なるものだ。ブレイクもロレンス氏もメッセージを持っていた。だがどちらも読者の大部分が難解と感じるような言葉で語るのだ」と述べその語り口を誤解の原因と説明する。さらに彼女はロレンスの詩をアメリカでは評判の良くないその小説とは違うものだということを説明することでアメリカ人の偏見の撤廃を狙う。ローウェルの説明からは、小説の悪評判に偏見を持っているアメリカ人に対して、その偏見を捨てて新たな視点でロレンスの詩作品の価値を知らせようとする彼女の意図が読み取れよう。

ローウェルが見たロレンスの演劇論、とりわけ悲劇論が述べられるくだりでは、ロレンスが演劇の啓蒙的効果に注目しており、「みんなの劇場」を持つべきだと考える作家であること、社会改革に興味を持ってはいるがそれは政治にかかわる立場としてではなくあくまでも芸術家として人の心を変えていくことでよりよい社会を目指す立場であることをまずことわっている。このようにロレンスの社会性が急進的なものではないことを説明した後に、ローウェルはロレンスの劇作品を賞賛し、そのシナリオを通りを歩いている人々にばらまいていきたいほどであると宣伝する。このようなローウェルの説明はやや抽象的ではあるが、ロレンスを人間の善意や理想を純粋に信じる芸術家としてアメリカの人々に見せようとするものとなっている。

ローウェルがとらえたロレンスの性格がよく表れているのが、「ロレンス氏の主たる性質は誠実であるということです。彼は思ったことを語りますし、非常によく考えるのです。そして極度に敏感な人です。いろいろなことが彼を深く傷つけますし、彼の魂をすりむくようなことと付き合いなれていないのです。

彼は必死に美と平和を追い求めているのです」と述べられる部分であろう。ローウェルはロレンスの誠意、繊細さ、世渡りのまずさ、傷つきやすさと純粋さを一度の会見とその後の文通によって感じ取っていた。そして表現の方法は違っても彼女と同じように美や平穏を求めるロレンスに強く共感したゆえに、ローウェルは自らの死までロレンスとの文通を続け、彼を支援したい気持ちを抱き続けたと言える。このエッセイの結びの部分では、ローウェルは、「ロレンス氏はどちらの大陸でも気に入ってもらえないような真実を、勇気を持って語ってきました。それがまぎれもない真実だからという理由から。また、それが我々が一生懸命耳をふさぎたくなることだからという理由からです」と述べ、ロレンスが新旧両大陸で人気のない理由を、人々が聞きたがらない真実をずばりと表現する作家であるからであると伝えている。

四　おわりに

このようにローウェルはある距離を保ってではあるがロレンスとの文学的交流を楽しみ、彼を援助することに情熱を注いだ。イマジズムは二人の文学交流のきっかけでしかなかったが、互いの詩作のための感性を磨き合うための共通言語となったと言えよう。

アメリカもまた二人をつなぐ共通の興味であり話題であった。アメリカ人であるローウェルにとってのアメリカと、イギリス人としてアメリカを外側から見る立場であったロレンスがとらえたアメリカは全く違う意味を持ったが、ローウェルはロレンスがアメリカ文化を探求する意欲に、自分にはないエネルギーを感じ、それを一貫して損なわないようにしようと努力し続けたと言える。それゆえアメリカにおいてロレンスの文学が受け入れられるように彼女なりの支援を続けたのである。文学的には違う考え方を持っていてもローウェルはロレンスの純粋で荒削りの情熱に魅かれ続けたと言えよう。

注

（1）原文の詩は次の通り。

I thought he was dumb,
I said he was dumb,
Yet I've heard him cry.

First faint scream,
Out of life's unfathomable dawn,
Far off, so far, like a madness, under the horizon's dawning rim,
Far, far off, far scream.

Tortoise *in extremis*.

Why were we crucified into sex?
Why were we not left rounded off, and finished in ourselves,
As we began,
As he certainly began, so perfectly alone?

A far, was-it-audible scream,
Or did it sound on the plasm direct?
Worse than the cry of the new-born,
A scream,
A yell,
A shout,
A pæan,
A death-agony,
A birth-cry,
A submission,
All tiny, tiny, far away, reptile under the first dawn.

War-cry, triumph, acute-delight, death-scream reptilian,

Why was the veil torn?
The silken shriek of the soul's torn membrane?
The male soul's membrane
Torn with a shriek half music, half horror.

引用文献

亀井俊介・川本皓嗣編『アメリカ名詩選』岩波書店、二〇〇〇年。

西田智子「Amy Lowell の戦時詩集に見られる語り手の美意識—色彩美と抑えられた自己の姿をめぐって—」『九州産業大学国際文化学部紀要第四二号』、二〇〇九年。

ポール・ポプラウスキー編著　木村公一・倉田雅美・宮瀬順子訳『D・H・ロレンス事典』鷹書房弓プレス、一九九六年。

Arnold, Armin. *D. H. Lawrence and America*. London: The Linden Press, 1958.

Benvenuto, Richard. *Amy Lowell*. Boston: Twayne Publishers, 1985.

Foster, Joseph. *D. H. Lawrence in Taos*. New Mexico: University of New Mexico Press, 1972.

Gilman, William H. *Selected Writings of Ralph Waldo Emerson*. New York: A Signet Classic, 2003.

Gould, Jean. *Amy: The World of Amy Lowell and The Imagist Movement*. New York: Dodd, Mead & Company, 1975.

Healey, E. Claire & Keith Cushman ed. *The Letters of D. H. Larence & Amy Lowell 1914-1925*. Santa Barbara: Black Sparrow Press, 1985.

Heymann, C. David. *American Aristocracy: The Lives and Times of James Russell, Amy, and Robert Lowell.* New York: Dodd, Mead & Company, 1980.

Lawrence, D. H. *Birds, Beasts and Flowers.* New York: Thomas Seltzer, 1923.

——. *Tortoises.* New York: Thomas Seltzer, 1921.

Lowell, Amy. "A New English Poet: A Volume of Verse by D. H. Lawrence, Whose Work Is Practically Unknown in This Country." *New York Times*(1919): April 20.

——. "A Voice in Our Wilderness: D. H. Lawrence's Unheeded Message to Blind Reactionaries and Fussy, Discontented Agitators." *New York Times* (1920): August 22.

——. *Amy Lowell Complete Poetical Works and Selected Writings Volume 1.* Onishi, Naoki ed. Tokyo: Eureka Press, 2007.

——. *Amy Lowell Complete Poetical Works and Selected Writings Volume 2.* Onishi, Naoki ed. Tokyo: Eureka Press, 2007.

Sprague, Rosemary. *Imaginary Gardens: A Study of Five American Poets.* New York: Chilton Book Company, 1969.

Wood, Clement. *Amy Lowell.* USA: Folcroft Library Editions, 1973.

Zytaruk, Beorge J. & Boulton, James T. ed. *The Letters of D. H. Lawrence Volume II 1913-16.* London: Cambridge University Press, 1981.

『D・H・ロレンス書簡集』から読み解く「赤裸々な感情」
――イギリスで「いちばんかわいらしい」ヒルダ・メアリーの描写

杉山 泰

はじめに　三種類の『D・H・ロレンス書簡集』

D・H・ロレンスの没後二年目の一九三二年、オールダス・ハックスリの「序文」付きの『D・H・ロレンス書簡集』がウィリアム・ハイネマン社から出版されると、日本の英文学者は驚くほど素早い反応を示している。この『D・H・ロレンス書簡集』出版の翌年、昭和八年には、西川正身が「ロレンス書翰集序文」(1)として翻訳し、ロレンスの手紙の重要性が日本に紹介されている。この翻訳以後、「ハックスリ序文」が八種類訳されていることだけでも、この『書簡集』に対する日本人英文学者の異常ともいえる興味を読み取ることができる。ハックスリの二五頁にもおよぶ「序文」には、「ロレンスと一緒にいることは、一種の冒険であり、新しいものと他者の中へと入ってゆく発見の航海であった」（xxxi頁）といったハックスリ自身の忘れがたい解説がある。ロレンスを見ていると「退屈しない」し、人間のみでなく、よく燃えない薪をくべてもロレンスがやるとよく燃えた、と説明している。ロレンスが語る木々や雛菊や波や月すらも、それを聞いている者は皆不思議な世界、いわゆる「人間意識の辺境地」（xxxi頁）へと誘われて、時間を忘れてしまった、とも語っている。このように、対象物の中に入り込んでものを感じ取れるロレンスの特殊な感受性が語られていることも、西田哲学で有名になった「絶対矛盾的自己同一」世界に改めて気づかされ、道元や芭蕉を愛してきた当時の日本人の琴線に触れたのかもしれない。

一九三四（昭和九）年には、西脇順三郎が、「Lawrence の手紙」と題して、「シェイクスピアを質屋へ当分入れても Lawrence の手紙は買はなければならないと戯言を弄した人もあると聞くが、実にこれ等の手紙を寝そべって讀んでゐると、面白く質屋へ行くことさへ忘れてしまふ」と紀伊國屋書店出版部の『行動』という雑誌（四六頁）の中で論じていた。

この「ハックスリ序文」の翻訳に刺激され、D・H・ロレンスの手紙が次々と翻訳されていく。織田正信と永松定《さだむ》の二人がすぐに精力的に翻訳し始めていて、織田正信の『D・H・ロレンスの手紙』と永松定の『愛と藝術の手紙』上下は、現在でも色あせることのない立派な翻訳書である。もちろん二人とも、ハックスリの『書簡集』の中から重要な手紙を選び出し、永松定は、織田正信の書簡集には訳されていない手紙を中心にして上下二冊本の『愛と藝術の手紙』を完成させている。この翻訳書の「はしがき」では、「彼は生まれながらの本質的藝術家であった」（一頁）と断言し、「人間意識の境界の彼方にある他者の暗黒なる存在を、ロレンスは決して忘れることが出来なかった。そしてこの特異の感受性は、直接的に体験した他者を、文学の言葉で表現する非凡な能力を伴なってゐたのだ」（二―三頁）と結論している。当然のことながら、永松定は愛と芸術を論じた手紙を中心に原稿用紙六〇〇枚ほどの『書簡集』に仕上げている。

ハックスリの『書簡集』刊行から三〇年たった一九六二年に、ハリー・T・ムアが上下二冊、一三〇八頁にもおよぶ『D・H・ロレンス書簡集』を同じくウィリアム・ハイネマン社から出版した。ハックスリの『書簡集』では、プライバシーを守る意味で名前が伏せられていた部分があったが、この『書簡集』ではすべて名前が入っている。一九五七年出版のエドワード・ネールズによる『資料合成によるD・H・ロレンス伝記』に収録された手紙も数多く加えられているし、ハックスリの『書簡集』には全くなかったブランチ・ジェニングズへの手紙二〇通も一九五九年に発見され、そのすべてが収録されている。もちろん、メイベル・ドッジ・ルーハン宛ての書簡やハックスリ宛ての書簡が、ある事情があって今回収録できていないことも「序」で述べられている。

エドワード・ネールズの『資料合成によるD・H・ロレンス伝記』とハリー・T・ムアの『書簡集』で、ロレンス自身が書いた第一次資料としての手紙がこれほど残っていたことに驚かされたロレンス研究者も、一九七九年に第一巻が出版され、一九九三年に完結したケンブリッジ大学出版の『D・H・ロレンス書簡全集』全七巻には度肝を抜かれた。五五三四通ものロレンスの手紙が現存していることなど想像することすらできなかったし、その中には、ジェシー・チェインバーズによって焼き払われたはずの手紙までが一部を再現して収録されている。二〇〇〇年には補遺として第八巻も出版され、新たに一四八通の手紙が付け加えられている。五七〇〇通近いロレンスの手紙が現存していたことも不思議だが、逆に、ロレンスが受け取った手紙がほとんど残っていないというのも奇妙である。出版社などは、ブルーリボンで手紙などは複写して残しておいたはずなのに、そうした手紙すら残っていないがために、D・H・ロレンスの手紙の翻訳には細心の注意が必要となってくる。例えば、リヴァプールの郵便局員であり、女性解放運動に熱心であったブランチ・ジェニングズへの二〇通もの長文の手紙などは、相手からの手紙がないために、理解しづらい箇所が何か所も出てくる。

三種類ものD・H・ロレンスの書簡集が世に出、今日では五七〇〇通近いD・H・ロレンスの手紙を読む機会を得たので、二〇〇五年に『D・H・ロレンス書簡全集』の翻訳を京都の「D・H・ロレンス研究会」で共同翻訳する計画を立てたのである。当初は、研究会として、二〇世紀初頭の文化を学び直そうと楽しみながら翻訳を続けてきたが、第一巻から第五巻まで、八〇四通を翻訳し終わって、D・H・ロレンスの手紙翻訳のむずかしさが少しずつ分かってきた。まず、第一に、あまりによく知られていることだが、日本語では一人称、二人称を日常的にはほとんど使わないですむし、使う場合は男女の差、年齢の差、階級の差（目上の人や目下の人）などで主語が変化するし、動詞までも尊敬語、謙譲語、丁寧語で表現せざるをえないことが挙げられる。つまり、三歳半年上の、郵便局職員であるブランチ・ジェニングズ宛ての手紙を「僕」で訳すのか、「わたし」で訳すのかについてすら、翻訳者同士で意見が分かれたのである。ロレンス自身がジェニングズを自分とは違う階級の人間として考えていたきらいがあり、日本語の文体などをどう統一するのか、翻訳者同士で統一するのに時間がかかってしまった。当然のこと、差出人一人ひとりのロレンスとの関係が分からないかぎり、主語を「僕」とするか「わたし」とするかすら決まらない。第二に、相手からの手紙が全く残っていないので、D・H・ロレンスが一体なぜこれほど文学や音楽について肩肘張った手紙を郵便局に勤める一女性に二〇通も書いたのかが想定できないことがしばしば生じた。

ロレンスのことを書いた伝記が数多く出版されているのでそれらを参考にさせてもらったが、それでも分からない箇所がかなり出てきた。

第三に、手紙の中にその時代特有の事件、商品、言葉が出てきて、翻訳に苦しむことがしばしばあった。ケンブリッジ版書簡集にはかなり詳細な脚注が載っていて、日本語への翻訳の際に大変役立ったが、当時の鉄道（駅名や路線名）や観光地、商品（「チェリーブロッサム靴磨き」）、教育用語（「ピューピュル・ティーチャー」や「ヘッド・ミストレス」、それに「州のキングズ・スコラシップ」）についてぴったりくる日本語に訳せないものも数多く出てきた。(2) そうした二〇世紀初頭を象徴する英語らしい英語をどんな日本語に翻訳するのか、は簡単なようで結構むずかしい。「見習《みなら》い教員」といった「ピューピル・ティーチャー」の訳語がはたして定着するのかどうか、教育専門家からは批判が出てくるかもしれない。

今回の論文で、そうした『D・H・ロレンス書簡集』英日翻訳の苦労話と、「手紙作家としてのロレンス」を論じる予定で筆を進めてきたが、あえなく挫折した。それは、ロレンスの初期の手紙に登場したヒルダ・メアリー・ジョーンズというあまりにもかわいらしい赤ん坊のせいである。ロレンスの小説にはかわいらしい子どもが登場しないし、「特に、後期の小説にはリアルに描かれた子どもはほとんど登場しない」(3) などと論じる批評家がいる中で、ロレンスが描き出した、九か月の赤ん坊メアリーの生命の躍動に心を奪われてしまった。小学校教師時代のロレンスの伝記を読めば、五〇名もの子どもたちと格闘をしていた二〇代半ばのロレンスが「子ども嫌い」になっても当然だし、七歳年上の妻フリーダとの結婚後も二人の間に子どもがいなかったため、小説の中にかわいらしい子どもが登場しない、といったロレンスの「子ども嫌い」神話が生まれたことも理解できる。

もちろん、ロレンスの短編小説を読めば、ロレンスが子ども一人ひとりを生き生きと描き出していて、心の底から子どもを愛していたことが分かってくる。一九一一年六月一四日に完成させた「古いアダム」という短編小説(4)には、今回わたしが心奪われたかわいらしいヒルダ・メアリーが主人公として登場している。この「かわいらしいヒルダ・メアリー」との触れ合いが、実は、後のロレンスの「官能的小説《エロティック・ノヴェル》」の原点ともなる経験であったと考える批評家もいるので、手紙の中のメアリーの描写にもっと注目する必要が出てくる。確かに、一見かわいらしい赤ん坊が、三歳になると本当にロレンス自身を魅了してしまう。口の周りにビールの泡を付けてうっとりとロレンスを見つめているメアリーはまるでバッカス神となってロレンスの前に立ちはだかっているかのような印象すら与えている。こうした魅惑的なメアリーとのキスの描写を、「ロリータ・コンプレックス」だとか、「エロティシズム」だとか、さまざまな心理学用語を用いて分析して論じてみるのも面白い。この赤ん坊メアリーとの触れ合いこそが、ロレンスが生涯描き続けた「男と男の触れ合い」につながる(5)といった指摘まである。しかし、ロレンスが一人称主語による「手紙」の中で描き出した人物が文学作品の中でどう変身しているのかについてはまた次の機会に論じてみたい。

今回の論文では、大学生から小学校教員になる時期の若きロレンスがなぜ手紙の中でこれほど生き生きとヒルダ・メアリーを描き出すことができたのかについて、ブランチ・ジェニングズに宛てた二〇通の手紙を中心に論じながらその答えを見つけている。初期の手紙の中から、ロレンスが対象物をいかにリアルに描き出そうとしていたかを、「精神と肉体」「意識と無意識」「知性と感情」といった後期ロレンス文学のキーワードともなっている言葉に触れながら探ってみたい。

一　手紙に描かれた「イギリスでいちばんかわいらしい」女の子、ヒルダ・メアリー

D・H・ロレンスは、一六歳で小学校の見習い教員となり、途中二年間ノッティンガム大学教育学部で学び教員資格を獲得し、ロンドン近郊のクロイドンのデイヴィッドスン・ロウド・ボーイズ小学校で正規の小学校教員を務めていた。演劇や絵画などの授業でユニークな教育実践をやっていたし、三三歳の時に、「民衆教育」という一冊の本にもなるような長文の教育論を書いていたことは、案外知られていない。若き日のD・H・ロレンスは、小学校四年生のクラス五〇名の生徒（一九〇八年一二月二日付け「メイ・ホルブルックへの書簡」）と毎日格闘していたのであり、極めてユニークな教師として働いていた。

ロレンスの手紙には、そうした生徒のこと、さらには下宿屋の子どもヒルダ・メアリー・ジョーンズの生き生きとした姿が描かれている。特に、八か月の赤ん坊の描写から始まり、三歳八か月のおてんば娘となるまでのメアリーの描写は圧巻である。

①……それからジョーンズさんとチェスをして、八か月の陽気な赤ん坊のヒルダ・メアリーと浮かれ騒ぐことが楽しみです。僕が少しだけ心が安らかになっている時（そういつもあるわけではないのですが）、メアリーの明るい、ハシバミのような薄茶色の目が僕に笑いかけてくるのに気づき、真ん丸い小さな手を僕の顔のほうへと差し出して、僕の顔を捕まえようとするのを感じると、言うに言われ

ぬ幸せな気持ちになってきます。メアリーは本当に陽気な女の子です――僕がメアリーの手を握って部屋をくるくる回ってやったり、二人でかくれんぼをしている時に、げらげらと大声で笑う声を聞いてほしいのです。（一九〇八年一一月二四日、「ルイーザ・バロウズへの書簡」『D・H・ロレンス書簡集I』、九四頁）

②ここ［僕の下宿］にはこの上なくかわいい丸々とした赤ちゃんがいます。生後八か月の女の子です。僕がどれほどこの赤ちゃんに愛情を抱いているか想像できないでしょうね。きれいなハシバミ色の目がほがらかに笑いかけてきます。僕の顔をあちこちなでて、両頬をギュッとつかむこの子の柔らかい指はまるで僕にいたずらっぽく話しかけてくるようです。（一九〇八年一二月二日、「メイ・ホルブルックへの書簡」、九七頁）

③かわいいヒルダ・メアリー・ジョーンズの柔らかな腕や顔や体に触れることで、僕の魂がどんなにおおらかになるか、あなたには分からないでしょう。ヒルダは今九か月です。（一九〇八年一二月一五日、「ブランチ・ジェニングズへの書簡」、九九頁）

①は恋人ルイーザ・バロウズに宛てた手紙であり、②はジェシー・チェインバーズの姉メイ・ホルブルックに宛てた手紙であり、③は四歳近く年上で、郵便局に勤めている女性ブランチ・ジェニングズに宛てた手紙の中の一節である。ともに、下宿屋の娘ヒルダ・メアリー・ジョーンズのかわいらしい様子を伝

えていて、メアリーの大きな目については、別のジェニングズへの手紙でも書かれている。しかし、年上でもあり、女性参政権運動を推進していたジェニングズには、メアリーの柔らかな腕や顔に触れることで自分の魂が、どんなにおおらかになるか、を伝えた後、「ありとあらゆるものには大きな衝動力」があり、この「衝動の威力」は「知識や科学の分析」によって認識されると世間では思われているが、こうした「偉大な衝動を感じ、それに身を委ねる方法は、『触れること』なのです」と、結論づけている。それも、バルザックの『ウジェニー・グランデ』の主人公の、ただ一度きりのシャルルとのキスに言及までしている。「バルザックの言うキスのほとばしりの裏には、この考えが少しあると思います」(九九頁)といったキスによる「触れ合い」の奥に潜む衝動力の重要性を、恋人ルイーザ・バロウズやメイ・ホルブルックには直接的には書いていない。ルイーザへの手紙では、メアリーのかわいらしさをさらに次のように描くのである。

④メアリー[・ジョーンズ]はイギリスでいちばんかわいい子どもだと本当に思います。それにものすごいいたずらっ子です。お風呂に入ると、メアリーの髪は八重咲きの花のように満開となり、顔はリンゴの花のつぼみのようになります。肩車をして高い高いをしてくれと駄々をこね、かかとで僕の首のところを蹴ろうと足をばたばたさせます。それから、いつの間にか降りて、僕のビールを飲みます。口の周りを泡だらけにして、横目でこの僕をちらりと見るメアリーの姿は必見そのもの。こら待て、と彼女を追っかけます。ビールが大好きな、おてんば娘です。(一九一一年四月七日、「ルイーザ・バロウズへの書簡」、二五三頁)

三歳八か月のメアリー・ジョーンズのかわいらしい様子を、レスターの小学校で教員をしている恋人ルイーザ・バロウズに毎日のように報告している。上記④の手紙が一九一一年四月七日に書かれ、九日、一〇日、一二日と、ロレンスは二日に一度手紙を書いている。一〇日の手紙にはメアリーとキスをしたことをこう描いている。

⑤……メアリー［・ジョーンズ］は僕といっしょに手紙を出しに行こうと、僕がこの手紙を書き終えるのを今か今かと待っています。彼女は外に出て、暗闇の中で星や月を見るのが大好きです。

「あれなあに」と星を見て聞いてきます。

「女の子たちがろうそくを手に持ってベッドに行くところなんだよ」と教えてやるのです。

「どこに行くの。」

返答に困って僕は、「ほら、風が吹いてろうそくが消えちゃうよ」と言ってやるのです。彼女は僕の首にしっかりと抱きついていて、驚いたように空を見上げながら、頬を僕の頬にぴったりつけてきます。

……

また邪魔が入りました。メアリーが僕のブレスレットをはずして、僕の鼻を拭いてくれて、三回もキスをしてくれたのです。君の二回よりも一回多くしてくれました。気にすることはありません。来週、それ以上すればいいのですから。そうでしょう。（一九一一年四月一〇日、「ルイーザ・バロウズ

への書簡」、二五七頁）

ブランチ・ジェニングズには「触れる」ことで「大きな衝動力」を理解することができる、などと哲学めいた手紙を続けていたのに対し、ルイーザ・バロウズには、直接的に「君とキスをしたい」という現実的な話になっていく。メアリーとじゃれ合っている生き生きとした描写が初恋の女性ジェシー・チェインバーズの姉メイ・ホルブルック宛ての手紙にも二度ほど登場しているが、かわいらしいメアリーの存在そのものはルイーザ、ブランチ、メイへの三通の手紙に共通であっても、それが何を意味しているのかは微妙に違っているということも重要である。さらに、ブランチ・ジェニングズには、このメアリーを題材とした「生後一〇か月」という詩まで送っている。「メレディスの『どこからやってきたの、僕の赤ちゃん』やブレイクの『僕にはまだ名前がないんだ。生まれてたったの二日だから。（中略）僕はおまえのことを喜ばしい授かりものと呼ぼう』に類するものです」（一〇九頁）という説明を加えて、メアリーとの「触れ合い」を描き出している。

メアリーをこのように生き生きと描き出すことができたロレンスの才能は、ハックスリが「ロレンスは動物の体内に入ることができ、その動物がどのように感じるのか、また、ぼんやりと、人間とは違ったように感じるのかを、聞き手がなるほどと思うように、こと細かに語ることができたのである」（xxx-xxxi頁）という「序文」の一節で説明できると言えないだろうか。その中の「動物」を「メアリー」と置き換えれば、なぜメアリーが生き生きと語られているのかも理解できてくる。メアリーをただ単に対象物として描いているのではなく、まさしくメアリーの内側に入り込んで、その生命のほとばしりを引き出している。それは、『チャタレー卿夫人の恋人』の中での一匹のひな鳥の描写と同じ描き方だと言ってもいいかもしれない。

二　社会主義運動に身を投じたブランチ・ジェニングズへの二〇通の手紙

ケンブリッジ版の『書簡集』には、ブランチ・ジェニングズに宛てた二〇通にも及ぶ手紙の全文と注が載せられている。一九〇八年八月一五日付けの手紙から一九一〇年一月二八日付けの手紙までの二〇通で、一年一〇か月の間に二〇通も書いているので、平均すれば月一通の割合で書いていたことになる。一九〇八年一二月には三通も出したかと思えば、一九〇九年五月八日から一九〇九年一月一日まで七か月以上出していないこともあった。当然のことだが、歯に衣着せないロレンスの長文の手紙にブランチ・ジェニングズが辟易してすぐに返信しない場合は、ロレンスは手紙を書くことはできなかっただろう。独身女性には失礼だと思うような手紙に対しても、ジェニングズはロレンスの若さと感傷的すぎる内容を批判して返信を書いていた。日記をつける習慣がなかったロレンスは、日常的な出来事を日記風に書き綴り、社会主義者として活躍していたブランチ・ジェニングズに、サラ・ベルナールの『椿姫』、アントワヌ・フランソワ・プレヴォーの『マノン・レスコー』、シャーロット・ブロンテの『ジェーン・エア』、バルザックの『ウジェニー・グランデ』、ハウエイズの『音楽と道徳』、H・G・ウェルズの『トーノ・バンゲイ』と次から次へ文学論、音楽論、美術論を披歴している。

四歳近くも年下の男性から、こうした小生意気な手紙を受け取れば、普通は反感を覚えて無視したくなるはずだが、ジェニングズは少なくとも二〇通の、それもかなり長い手紙を返信として書いていた。最初の九通は、故郷イーストウッドの自宅リン・クロフト九七番地に宛てていただろうし、あとの一一通はクロイドンの下宿先アディスコム、コルワース通り一二番地であったことは間違いない。最初の九通は大学時代に書いた小説「レティシア」の批評についてであり、ロレンス第七通目の手紙（一九〇八年七月三〇日付け）で「『レティシア』についてのメモ書き」をようやくジェニングズが送ってくれたことが書かれている。「気まぐれなシリルの相手となるレティという女性の扱いに手を焼いている」とロレンスは正直に語り、「少年から青年に成長していくころに、『レティシア』を書きました。大学に入って一年目のことでした」と説明したあとで、次のような自己弁護をしている。

……大学というところは僕をひどく落胆させました。大学には尊敬に値する人は四、五人いるだけで、僕よりも優秀な人物は一人か二人ぐらいしかいなかったのです。これは、教授のことを指しています。（一九〇八年七月三〇日「ブランチ・ジェニングズへの書簡」、七二頁）

「レティシア」という未完の小説を書いたのは大学があまりに退屈だったから、という説明をブランチ・ジェニングズに告げ、大学時代に「神を失い」「信仰心を失った」ことまで書いている。ジェニングズは「父」という章が不要だとか、さまざまな弱点を「メモ書き」してくれた。

こうしたロレンスの手紙を受け取っていたブランチ・ジェニングズは地方の郵便局の窓口係からスター

トし、社会主義者として女性の権利拡大運動に取り組んだ新しい女の一人であった。郵便局の特別昇格試験にチャレンジして、リヴァプール、リース通りの郵便局長まで務めあげて一九四一年退職。その後もこの二〇通のロレンスの手紙を大切に保管していた。一四歳の時、交通事故で父を亡くし、母子家庭で育ち、社会主義にも積極的に参加していったことがうかがえる。[6]ロレンスにとって、ノッティンガムの郵便局に勤める女性がラスキンのことを口にするなど驚きであっただろう。最初の手紙（一九〇八年四月一五日付け）で「さあ奥さま、料理ができ上がりました。お味見していただけたら光栄です」（四四頁）と、「レティシア」を書き上げた喜びを表に出しながらも照れを隠すような感じで伝えている。ただ、ここで、「どうも、僕はあなたの階級の女性に手紙を書くのに慣れていないのです」（四五頁）と書いているところを見ると、炭坑夫の息子という労働者階級とは違う階級の女性と考えていたのかもしれない。ロレンスに対して、「感傷的《センチメンタル》なのですね」と彼女は手紙で書いたようで、ロレンス自身、以後の手紙の中でこの言葉に何度も抵抗を示している。一方で、「それに確かに、僕は何とも若造です。ほら、二二歳になれども、一度も母親のもとを離れたことがないのですから」（一四五頁）と開き直っている。「感傷的小説《ノヴェル・オヴ・センチメント》」だが、世間の批評家たちは「官能的な小説《エロティック・ノヴェル》」と呼ぶでしょう、とまでロレンス自身予想している。自分のことを「感傷家」と言われたことに、「一見感傷とは無縁で実利にさとく闘争心に満ちた」社会主義者や活動家たちこそが、実は「表面的には、感情などに流されることはないという態度を装っておられる」のであり、そうした人びとに必要なことは「知性《インテレクト》ではなく審美的な教養《エセティック・カルチャー》なのです」（四五頁）と反論している。「感情をあざけることは、浅はかな感傷家になることなのです」（四五頁）と、感情よりも常に科学的知性を重視するブランチ・ジェニングズのロレンス批判に反論を加えている。初めての手紙にもかかわらず、激しい口調で、ロレンスは「レティシア」に描かれている「感情的側面《エモーショナル・サイド》」をぜひ読み取ってほしい、と訴えている。言葉で知性に語りかけるのではなく、「繊細な感情《スモール・フィーリング》の襞《ひだ》を織り込むのが好きなのです」(四四頁)と「繊細な感情」を暗示的に描き出していることを強調している。ブランチ・ジェニングズの友人でもある活動家のアリス・ダックスですら子どもを出産して、「激しい赤裸々な感情《ストロング・クルード・エモーション》」に目を向けるようになったと説明を加えている。アリス・ダックスはそうした「赤裸々な感情」に目を向けるようになったのが「この僕のおかげ」(四五頁)と言っているとロレンスはジェニングズに自慢気に語っている。

ロレンスがジェニングズに第一信を出した直後の四月二一日にはレスターに住んでいる叔母、エイダ・クレンコフの容態が悪いという知らせを受けて、恋人ルイーザ・バロウズに「オーム、マニ・パドム、オーム!」という呪文とともに「涅槃《ニルヴァーナ》」という世界を語っていることは興味深い。一八八九(明治二二)年に来日し、二年近く日本で生活し、仙台の黒川タマと結婚までしたエドウィン・アーノルドの『アジアの光』をロレンスはこの時期イーストウッドの自宅で読んでいた。[7] 兄の死や母や叔母の病気という不幸に直面し、ロレンスは『アジアの光』に描かれた釈迦の生涯に興味を示したのだった。キリスト教に疑問を感じ、リード牧師にも一九〇七年一〇月一五日付け手紙では、「宗教上の信念についてわたしの考えが実に大きく変わりました」(三六―三七頁)と言い切り、一二月三日付けの手紙では、「生まれつきわたしには感情的なところ、たぶん神秘家めいたところがあるのでしょう」(三九頁)と大学生時代に母が信仰していた会衆派と呼ばれたキリスト教との決別をリード牧師に宣言していたことも思い出す必要があるだろう。これまで信じていた宗教に疑問を感じながら、ロレンスは小学校教師を続け、ジェニングズに手紙を出し続けていたのである。

一九〇八年五月四日付けの第二信では、「ラテン語と三角法を猛烈に勉強しなくてはならないという義務感と、［小説を］書きたいという衝動との板挟みに逢っています」（五〇頁）と「レティシア」がお粗末な出来であることの理由が、六月の卒業試験に向けての猛勉強にあることを正直に認めている。その後七月一七日付けの第六信では大学の卒業試験が終われば、「自分の中から湧き出してくる生き生きとした感情」（六二頁）で生み出す詩を書きたいし、その詩を送りたい、とまで書いている。同じ手紙では、「石膏の型にはめた」ようなヴェルレーヌの詩を批判しながら、「自分自身の感情という生きた岩に、一心に鑿《のみ》を入れて削り出した」（六三頁）芸術作品を求めていることを吐露している。

一〇月九日付けの第九信では、デイヴィドスン・ロウド［・ボーイズ］小学校に職が決まり、第四等級で給料が年九五ポンドであることも書かれている。この手紙でロレンスは「芸術と個人」という論文(8)を同封し、次のように書いている。

> 芸術に関するあの批評にあまり気を遣わないでください。わざわざ送り返す必要はありません。あなたの友人「J」［ジェシー・チェインバーズ］よりも、あなたの好みに合っていると感じていただければと思います。彼女はラスキン信奉者ですから。もっともすべてのラスキン信奉者が愚かだとは限りませんが。（八〇頁）

ここでジェニングズに送った論文は、ロレンスが一九〇八年、ノッティンガム大学の学生の時、イーストウッドの「討論研究会」の集まりで講演をした際の原稿であり、これにわざわざ「社会主義者のための論文」という副題が付けられていた。「教育の直接の目的は広く共感する心を持つこと、言い換えれば多方面に興味を持つことなのです」と切り出した後、その「興味の源泉」には「(理性的)《ノリッジ》知識《(インテレクチュアル)》」と「(感情的)《シンパシィ》共感《(エモーショナル)》」と「行動《アクション》」の三つがあると論じていく。特に、「(理性的)知識」の三番目に「審美的《エセティック》」興味を挙げ、「(感情的)共感」の三番目に「宗教的」興味を挙げて、その二つの重要性を強調している。こうしたロレンスの分類は、ドイツの哲学者、教育学者のJ・F・ヘルバルト（一七七六―一八四一年）の『教育学概論』（一八〇九年）を英訳したH&E・フェルキンの「序文」で示された興味についての分類を借用したことは否定できないが、ロレンスがこの時期ロシア文学やフランス文学、それにドイツ哲学から独自の「芸術論」を考えようとしていたことは、ブランチ・ジェニングズに宛てた手紙の中で読み取ることができる。

第一〇信以降一九一〇年までに、ロレンスはクロイドンのデイヴィドスン・ロウド・ボーイズ小学校の教員をしながら、ルイーザ・バロウズに五一通、ジェシー・チェインバーズに二一通、ヘレンコークに五通もの手紙を書き続けている。アグネス・ホルトなどはロレンスからの手紙をほとんど処分したが、ブランチ・ジェニングズやルイーザ・バロウズは大切に保管していた。一九一二年からは、フリーダというドイツ出身のウィークリー夫人との不倫、結婚、イギリスからの逃避があるものの、ロレンスは一九一六年から一九三〇年まで、さらに四九〇〇通近くの手紙を書き残しているのである。そうした手紙の中で、ロレンスは「理性的知識」と「感情的共感」の重要性を常に書き記したのであり、世界で「いちばんかわいらしい」メアリーとの触れ合いの中から、「身体知」とでも呼べる生命と生命とをつないでくれる新しい知性を追求していったと考えられるのである。

三　対象物そのものが自《おの》ずから神秘的な姿を現わしてくる描き方

ロレンス自身対象物をいかにリアルに描くか、ということについては、一九〇六年九月、二〇歳の時に恋人ルイーザ宛ての手紙の中で語っている。「君のエッセイをちょっとチェックしてみようと思います」という書き出しで始めている手紙の中で、「言葉が多すぎます」と言い切り、「特に形容詞に注意を払ってください。簡潔を心がけることです」「三行で書いている文章の多くがいかにすんなりと一行で表現できるのかに気づいてください」（二九—三〇頁）とアドバイスしている。しかし、あまりに圧縮しすぎた簡潔さゆえに、ノッティンガム大学講師イーディス・ベケット先生に作文の授業でロレンスの文章の支離滅裂ぶりが批判されたのだった。ただ、ロレンスはこの時点ですでにある確信のようなものを持っていて、「対象物そのものを学びとり、その対象物が自ずから神秘な姿を表わしてくるようにすべきです」（三〇頁）と、まるで「竹の事は竹に、松の事は松に習へ」という芭蕉の言葉に近いようなことを手紙で書いているのである。

「対象物が自ずから神秘な姿を表わしてくるようにすべきです」というロレンスの主張は、「自」という漢字が「みずから」とも「おのずから」とも読める日本人にとっては、その意味がよく分かる。触ってごらん、と子どもたちに触らせれば、子どもたちは皆、「熱い」と答えてくる。ところが、先生は「ほら、だからあなたは熱いです」と日本語では言えない。あくまで、わたしの手の感覚を重視した主観的形容詞は、「なつかしい」「かなしい」のように、二人称、三人称を主語に取れない。二人称、三人称を主語に立てれば、「彼は悲しそう」のように、文末をぼかして表現せざるをえない。日本語がまさしく一人称主語(それもその主語を用いない形)で成立している感覚的な言語と言われる所以である。(9) 一方で、一九一五年にロレンスと平和論をめぐって激論を繰り返し、ロレンスから決別の手紙を受け取ったイギリスの哲学者バートランド・ラッセル(10)は、『意味と真実の探究』の中で、主観的であるはずの「熱い《ホット》」という英語の形容詞が、なぜ三人称主語を取れるのか、ということを哲学的に考察した。つまり、一人称である「わたし」全員が、英語という言語において「熱い」と感じるのは、その奥に「熱さ(a hotness)」が存在するからであり、「彼はその熱さを感じる」ことが可能であり、He is hot. が可能となる、と結論する(11)(二〇二—一三頁)。これとは逆に、一人称主語の「わたし語り」を自由自在に駆使する作家、村上春樹は、第一作『風の歌を聴け』(一九七九年)で「全ての物事を数値に置き換えずにはいられないという癖」のある主人公を登場させ、「1969年の8月15日から翌年の4月3日までの間に、僕は358回の講義に出席し、54回のセックスを行い、6921本の煙草を吸ったことになる」(一一七頁)と語らせている。数値に置き換えることで対象物そのものが生き生きと表現できるのかどうか、哲学者も文学者も悩んできたが、「書簡体」という「わたし」や「僕」を主語にした文体がイギリスでは「小説」を生み出したことはよく知られている。主観的一人称文体が最も適した「手紙」によって、ロレンスが『チャタレー卿夫人の恋人』の第三稿を終わらせたのも、三人称主語を立てながらも、実は自分(一人称)の心の内を吐露するのに「描出話法」を多用したのも、英語という言語に張り付いている「人称」という厄介な存在を取り払おうとした結果と見ることができる。

手紙の文体である「わたし」語りは、和歌における「恋文文学」にも「私小説」という日本文学の伝統にも深いところで結びついている。実は「わたし語り」が三人称主語の文体になじまない日本語の特質とどこかで結びついている[12]という主張にも十分肯ける。晴れた青い「空」も曇った白い「空」もなぜ「空」と呼ぶことが可能なのか、といった「不立文字」的な離言真如《りげんしんにょ》の考え方[13]や、「住之江の岸に寄る波」に自己の内面を語らせる日本人の言語感覚は確かに内田樹が説明している特殊な「辺境的感覚」と呼ぶことも可能であろう。ところが、ロレンスもまた、言語そのものが不立文字的性質を持っていることを誰よりも知っていたのである。だからこそ、ロレンスは、最後の長編小説『チャタレー卿夫人の恋人』において、「チャター」というおしゃべりの偽りの会話だけを楽しんでいる貴族階級を揶揄し、言語では所詮表わしえない性の極致をあえて言語を消すことで示そうとしたのではなかったか。ハックスリが『書簡集』に付けた[14]「序文」はロレンスのそうした不立文字的特異な感覚を理性的に説明していたと言えるのではないだろうか。

　ロレンスがノッティンガム大学を卒業して、ようやくクロイドンのデイヴィッドスン・ロウド・ボーイズ小学校に勤め出した一九〇八年一二月一五日、ロレンスはブランチ・ジェニングズにバルザック論をとうとうと論じた後で、次のような「触れ合い」の感覚的世界の重要性を語っていた。

> 　考えてみると、二人の人間が同じ感覚や感情を完全に共有することは非常にまれなことです。しかし二人が口づけを交わす時、それが実現するのだと僕は確信しています。その時、二人を永遠に変えてしまう何らかの生命の流れが両者を通り抜けます。こういったことはまた、母親が赤ん坊を絶えず

やさしくなでる時に生まれます。どういうわけか、僕たちはものに触れることを通して宇宙の最も根源的なものを無意識のうちに知るのだと思います。かわいいヒルダ・メアリー・ジョーンズのやわらかな腕や顔や体に触れることで、僕の魂がどんなにおおらかになるか、あなたには分からないでしょう。ヒルダは今九か月です。(九九頁)

二人の人間が同じ感覚や感情を完全に共有することは無理だとしても、ロレンスは母と子との間の無意識的なつながりの重要性を下宿屋のヒルダ・メアリーとの触れ合いの中で感じ取っていく。「ものに触れることを通して宇宙の最も根源的なものを無意識のうちに知る」という世界は、ロレンスが『無意識の幻想』などで論じた生命哲学の萌芽とも言えるだろう。もちろん、手紙を書いている相手と「同じ感覚を完全に共有する」など不可能であることは百も承知していたロレンスは、それでも恋人ルイーザや、郵便局員ブランチ・ジェニングズに自分の思いを語り続けたと言えるだろう。

終わりに

ヒルダ・メアリー・ジョーンズという下宿屋の赤ん坊をロレンスが手紙の中でどのように描いてきたかを眺めてきた。かわいらしい子どもを描くことが少ないと言われていたロレンスが、実は手紙の中で「世界でいちばんかわいらしい」ヒルダ・メアリーを恋人ジェッシーやルイーザ、さらにはメイ・ホルブルックやジェニングズにまで書き送っていた。そこには、ロレンスが作家としてデビューする以前の対象物を生き生きと描き出す秘密が隠されていた。『白孔雀』（一九一一年）から『チャタレー卿夫人の恋人』（一九二八年）までのロレンスの一一編もの長編小説の中には必ず「動的でありながら静かな生命」が描かれている。その「生命」そのものは、自ずからあるがままに出で来るような流れとして描かれている。ヒルダ・メアリーと同じく、分析したり、力ずくで手に入れようとしても捕まえられない。ヒルダ・メアリーを自分と切り離した他者として理解しようとしても、「さわさわ」と流れている「生命」そのものは捉えられない。武藤浩史が『「チャタレー夫人の恋人」と身体知』の中で示してくれた『チャタレー卿夫人の恋人』第二稿からの引用は、まさしくこの「生命のやさしさ」を伝えてくれている。

だが、人は、静かに、我意を捨て、深い本当の自己の豊かさとともに、他人に近づくことができる。人生で最もすばらしい繊細さである、触れあいを、知ることができる。足が地面に触れ、指が木に触れ、生き物に触れ、手と胸が触れ、体全体と体全体が触れる。そして、情熱的な愛が貫入し合う。それこそが生きることだ。わたしたちは皆、触れることで生きている。（一五頁、『チャタレー卿夫人の恋人』第二稿、三二三頁）

武藤は「このような我意の放棄と無心の感受性によって到達され、触れることに象徴される全身的知――身体知――こそが、生の知恵と呼ぶことができるだろう」（一五頁）と論じ、そうした身体知を体験していく芸術教育を実践的に慶応義塾大学で行なっている。「すっと」「そっと」「静かに」生きて、生き生きとした生を粋な形で知る方法は、これまでのロゴス中心、依言真如としての言語思考からの脱却であるという議論がなされる中で最近大いに高まってきている。

身体知重視の内田樹『武道的思考』や北森義明『組織が活きるチームビルディング』、さらにはベストセラーともなっている岩崎夏海『もし高校野球の女子マネージャーがドラッカーの「マネジメント」を読んだら』なども、ロゴス中心主義への批判の書として読むことができる。もちろん、こうした身体知を人間だけが持ちえてきた知性を否定して、一気に動物的本能を取り戻せ、という方向に突き進むことだけは避けなくてはならない。身体知重視が、第二のオーム真理教や第二の軍国大国日本を生み出さない教育システムを作っておかないと、離言真如の言語観で育ってきた国の人たちは危険きわまりないことにもなる。

ヒルダ・メアリーをチャタレー卿夫人の中に描き込んでいたのかもしれない。少なくともヒルダ・メアリーを手紙の中でこれほど生き生きと描き出したロレンスは、ひょっとしたらこのヒルダ・メアリーをチャタレー卿夫人の中に描き込んでいたのかもしれない。少なくともヒルダ・メアリーは、ロレンスが一九一二年にヒルダ・メアリーの実家で描いた三枚の絵画（「乾し草作りの風景」「湖のある風景」「風車のある風景」）を、死ぬまで自宅の居間に飾っていた。メアリーの死後、オークションに出され、一九九八年に、ブロクストウ区役所に買い取られ、現在はイーストウッドのロレンス・ミュージアムの一室に架かっている[(15)]。ロレンスが作家としてデビューする前に、最初に生き生きと手紙で描き出したヒルダ・メアリーがロレンスの絵画を大切に保管していた事実とメアリーがロレンスの短編「古いアダム」の主人公として、魅力的に描かれていたという事実から、ロレンスの自伝に何か新たな一頁を加えることができるか、また、残りの書簡集にこのメアリーがあと何度登場するのかも気になるところである。

注

（1）春山幸夫編『文学』第五冊、厚生閣書店、一九三三年、三七〇―四〇〇頁。

（2）参照、杉山泰「解題」『D・H・ロレンス書簡集Ⅰ』松柏社、二〇一〇年、四六二―六七頁。　杉山泰「D・H・ロレンスが描き出した故郷」『立命館英米文学』第一六号、一―一五頁。

（3）Skelenicka, Carol. *D.H. Lawrence and the Child*, University of Missouri Press, 1991, p. 154.　Cushman, Keith. "Domestic Life in the Suburbs: Lawrence, the Jones, and 'The Old Adam'." *D.H. Lawrence Review* 16, 1983, pp.221-34.

（4）参照、加藤英治『ロレンス文学のアクチュアリティ』欧史社、一九八七年、七七―一一三頁。「古いアダム」についての詳細な作品論が書かれている。

（5）井上義夫『評伝D・H・ロレンスⅠ　薄明のロレンス』小沢書店、一九九二年、二〇九―一〇頁。　鉄村春生「作品解説」『D・H・ロレンス短篇全集1』大阪教育図書、二〇〇三年、三八五―八六頁。　海野弘『ホモセクシュアルの世界史』文藝春秋、二〇〇五年、二九二―九八頁。

（6）井上義夫『評伝D・H・ロレンスⅠ　薄明のロレンス』小沢書店、一九九二年、一六一―六二頁。

（7）参照、杉山泰「イギリス留学発見の旅――D・H・ロレンス、アラン・シリトー、バイロン、パット・マクグラス――」『京都橘大学研究紀要』第三三号、二〇〇七年、一二七頁。エドウィン・アーノルドの『アジアの光』についての論考は、田中泰賢「エドウィン・アーノルド（Edwin Arnold, 1832-1904）の詩作品『アジアの光り』（*The Light of Asia*）」や、これまでの翻訳書に付けられた「はしがき」を参考にしている。

（8）「芸術と個人」は、ロレンスが二二歳の時に書き上げたもので、ジェニングズに送った原稿には「社会主義者のための論文」という副題が付けられていただけでなく、初校原稿を推敲して分かりやすくした跡が見られる。「(理性的)知識」にしても、初校原稿では、( )もなく、「知性理性的」という語順で書かれていた。参考、『トマス・ハーディ研究、その他のエッセイ』ケンブリッジ出版、一九八五年、一三五―四二頁および、二二三―二九頁。

(9)参照、鈴木孝夫『日本語教のすすめ』新潮新書、二〇〇九年、一五八―二一二頁。長谷川三千子『日本語の哲学へ』ちくま新書、二〇一〇年、三九―六二頁。金谷武洋『日本語は敬語があって主語がない』光文社新書、二〇一〇年、一五―五八頁。

(10)一九一五年一二月八日のラッセル宛ての手紙で、ロレンスは、「知的・神経的意識とは全く別に、血の存在を、血の意識を、血の魂を持っていることをわれわれ自身が認めなければなりません」(『書簡集Ⅱ』、四七一頁)と誤解を招くような表現をしている。この時期、ラッセルとの対立の原因は、平和に対する考え方の違いではあったものの、その根底にはラッセルがあまりにも科学的、知的に民衆に訴えていて、そこに「生命の深淵からやってくる神秘的なうねり」(一九一五年三月一日付けの「レディ・オットリン・モレルへの手紙」、『書簡集Ⅱ』、二九八頁)のかけらもないという批判であった。

(11)参照、柳父章『比較日本語論』日本翻訳家養成センター、一九七九年、一二二―五二頁。

(12)斉藤美奈子「『私』を語る方法」『朝日新聞』、二〇一〇年三月二三日。

(13)参照、児玉徳美『いまあえてことば・言語分析・言語理論のあり方を問う』開拓社、二〇一〇年、一―三三頁。

(14)加島祥造『HARA――腹意識への目覚め』朝日文庫、二〇〇八年。海野厚は、『東洋的ロレンス論』慶應通信、一九九五年で、仏教における「阿頼耶識」の世界をロレンスは『無意識の幻想』などの哲学書だけでなく、あらゆる作品の中で描いている、と論じている。また、加島祥造は、鈴木大拙がD・H・ロレンスについて、「タオイストの自然観を持っている」と論じていたと回想している（『私のタオ――優しさへの道』筑摩書房、二〇〇九年）。

（15）参照、杉山泰「イギリス留学発見の旅――D・H・ロレンス、アラン・シリトー、バイロン、パット・マクグラス――」『京都橘大学研究紀要』第三三号、二〇〇七年、一七二―七五頁。

引用文献

岩崎夏海『もし高校野球の女子マネージャーがドラッガーの「マネジメント」を読んだら』ダイヤモンド社、二〇〇九年。

内田樹『日本辺境論』新潮新書、二〇〇九年。

――『武道的思考』筑摩選書、二〇一〇年。

織田正信『D・H・ロレンスの手紙』紀伊國屋書店出版部、一九三四年。

加島祥造『HARA――腹意識の目覚め』朝日文庫、二〇〇八年。

北森義明『組織が活きるチームビルディング』東洋経済新報社、二〇〇八年。

永松定『愛と藝術の手紙』上下、健文社、一九三六年。

春山幸夫『文学』第五冊、厚生閣書店、一九三三年。

武藤浩史『「チャタレー夫人の恋人」と身体知――精読から生の動きの学びへ』筑摩書房、二〇一〇年。

村上春樹『風の歌を聴け』講談社、一九七九年。

柳父章『比較日本語論』日本翻訳養成家センター、一九七九年。

吉村宏一ほか訳『不死鳥Ⅱ』山口書店、一九九二年。

Arnold, Edwin. *The Light of Asia*, Kegan Paul, Trench, Trubner & Co. Ltd., 1879.

Lawrence, D.H. *The First and Second Lady Chatterley Novels*. Eds.Dieter Mehl and Christa Jansohn, Cambridge UP, 1999.

——. *The Letters of D.H. Lawrence*, Ed. Huxley, Aldous. William Heinemann Ltd., 1932.

——. *The Collected Letters of D.H. Lawrence*, Vol.1, 2, Ed. Moore, Harry T. William Heinemann Ltd., 1962.

——. *The Letters of D.H. Lawrence*, Vol.1, Ed. James T. Boulton. Cambridge: Cambridge UP, 1979. 吉村宏一・杉山泰編『D・H・ロレンス書簡集Ⅰ』松柏社、二〇一〇年。吉村宏一・杉山泰編『D・H・ロレンス書簡集Ⅱ』松柏社、二〇〇九年。ここでの翻訳を利用している。

——. *The Letters of D.H. Lawrence*, Vol.2, Eds. George J. Zytaruk and James T. Boulton. Cambridge: Cambridge UP, 1981.

Nehls, Edward. *D.H. Lawrence: A Composite Biography*, Vol.1, 2, 3, The University of Wisconsin Press, 1957.

Russell, Bertland. *An Inquiry into Meaning and Truth*, George Allen and Unwin Ltd., 1940.

III

思想・哲学をめぐる旅

「故郷」というユートピア——ロレンス・ハイデガー・ファシズム

浅井 雅志

ふるさとは遠きにありて思ふもの
そして悲しくうたふもの
よしや
うらぶれて異土の乞食となるとても
帰るところにあるまじや

（室生犀星『叙情小曲集』）

序

ロレンスとハイデガーは同時代人である。後者が前者の倍近い年月を生きたとはいえ、二人はその思索活動の源泉となった時代精神を共有している。この論考では二人をそのような思想的水脈の中に位置づけつつ、その共通性と差異、さらには二人があるいは共鳴し、あるいは反発した時代精神、とりわけその凝縮態の一つであるファシズムとの関連を明らかにしたい。

「ハイデガーは驚くことの大家である」（二九〇頁）。ジョージ・スタイナーのこの言葉はまるでロレンスのために発せられたかのようだ。終生「驚異の念」の重要性を、そして人間がいかにそれを忘却しているかを説き続けたこの作家は、その点でも、「存在忘却」を、「頽落」を説き続けたこの哲学者と酷似している。一九二七年に出版された『存在と時間』をロレンスが読んだ形跡はないが、かりに読んだとしても、おそらくこの「知的意識」が横溢している書物を好まなかったであろう。しかしこの著作は、実はロレンスの著作と同じく、第一次世界大戦に象徴される「近代の悪」に対する矯激な反応なのである。

この二人の著作を読み比べてみると、ベルが「ハイデガーの『存在』に対する哲学的関心は、ロレンスの近代性批判と平行関係にある」（一八一頁）と指摘している通り、ロレンスはハイデガーの文学版、ハイデガーはロレンスの哲学版とでもいえるほどに多くの共通点が浮上してくる。ざっとあげるだけでも、自然から大きな霊感を得る資質、「見る」という行為の理解とその批判、思考・知性の相対化、「優劣の否定」あるいは平準化の批判、「貴族主義」的体質と民主主義批判、反「ヒューマニズム」、人間のあるべき生存様式としての「本来性」の措定、ヨーロッパ史の捉え方、ヨーロッパ的生存様式の批判、故郷喪失認識とその奪還欲求、人間存在を根源的に共同的存在とする見方、などが考えられる。むろん相違点もある。その中でも重要なのは、ハイデガーの思惟の中核にある「存在」と「存在者」を分ける見方、いわば現代版「イデア論」的見方である。しかし紙幅の限られた本稿では、両者の共通点と相違点がとりわけ露わになると思われる点、具体的には、故郷喪失認識とその奪還欲求、および人間の生の「本来性」の措定を中心に論じてみたい。そしてこの二つの問題の根には、当時も今もスキャンダラスな問題でありつづけるファシズムの問題が密接に絡み合っているであろう。

こうした議論にはファシズムの定義が不可欠だろうが、これは難題である。ここでは煩を避けるために、ガットマンの簡にして要を得た定義を借りたい。彼によれば、ファシズムには否定的な意味と肯定的な意味があるという。否定的意味は、一 個人的自由を排して「有機的」自由を取る。二 政治的平等を否定し、支配の階層性を主張する。三 国家を人種的ないし民族的アイデンティティの形態と考える。四 理性を直感的知に置き換える。肯定的意味は、一 近代において広範に見られる労働者の分裂によって失われた「全体性」の再発見、二 貴族的価値の回復、三 霊感を得た指導者のもとでの「有機的」共同体の創造である(一六九―七〇頁)。しかし、後に見るように、この「否定」と「肯定」の意味づけが逆転するところにファシズムの謎と魔力がある。

一 「故郷」喪失から「故郷」奪還へ

一九八八年、ファリアスの『ハイデガーとナチズム』のフランス語訳が発表されるや、以前からくすぶっていたこのタイトルが示す問題が一挙に前景化され、大きな議論が巻き起こった。その渦中で、ハイデガーから深い影響を受けたデリダは、自身ユダヤ人であるにもかかわらず、ハイデガーのナチスとの関わりについてはきわめて寛容な姿勢を見せた。港道隆によれば、デリダは、「ハイデガーのナチ参加が、彼の哲学がナチのイデオロギーにもともと合致していたから起こった」という考えと、逆に彼の哲学は「ナチの要素を何ら含んでおらず」、これに参加したのは「時局に引きずられた個人的なものに過ぎない」とする考えをともに退け、その哲学を「ナチのイデオロギーへの還元でも全面救出でもない形で」（デリダ、二四九頁）探求しようとしているという。これは思想家として実に健全な思索の道筋であることを認めた上で、本稿ではあえて、ハイデガーの思想には本質的にナチの、あるいはもっと広くファシズムのイデオロギーとの親近性があったのではないか、という仮説に立って考察を進めてみたいと思う。この観点は、ファリアスの本に序を書いたハーバーマスや笠井潔、あるいはアドルノの立場に近い。ハーバーマスは「ナチの集団犯罪について」のハイデガーの立場を、「『惑星大の規模で見た歴史の内部での力への意志の普遍的支配』の影では、すべては同じにされてしまう。……存在の哲学者の見方はすべてを平準化する。ユダヤ人撲滅も任意の交換可能な出来事」（ファリアス、二二二頁）だと批判する。笠井潔は、「ハイデガーがナチであり、その哲学がナチズムの意味を照射しうるものだからこそ、わたしはハイデガー哲学に今日的な意味があるのだと考えざるをえない」（竹田青嗣、二三〇頁）というが、これも同種の視点である。アドルノはさらに大胆に「［ハイデガーの］哲学はそのもっとも内的な構成要素にいたるまでファシストである」（ラクー＝ラバルト、一九〇頁）と断言している。

こうした仮説についてはむろん根強い反論もある。例えば細川亮一は、ハイデガーとナチスの関係を問いたてる傾向をいさめて、そもそも『存在と時間』には「民族」という語が「一度しか登場」しておらず、そのような証拠で両者の関係を言いたてる者は「都合のいい概念だけを、『存在と時間』の根本的な問いから切り離された断片として取り出し、ナチズムのイデオロギーと比較」（一九九―二〇〇頁）していると批判する。確かにこの「民族」という語が出てくる一節は他の部分とかなり違う雰囲気を呈している。しかし後に見るように、『存在と時間』の出版の六年後に行われたフライブルグ大学での学長就任演説でこの語が頻出することを考えれば、むしろ著作におけるこの語の使用の少なさこそが何か重要なことを物語ってはいないか。竹田青嗣は、「ハイデガーは一面でナチズムに接近する要素を持っていた。しかしもう一面で、現代思想における反‐近代主義、反‐理性主義、反‐ヨーロッパ主義に甚大な影響を与えている。そこにハイデガー問題のやっかいな両義性が生じる」と述べ、それゆえハイデガーは「ヨーロッパ的過誤の象徴」であると同時に「ヨーロッパ的なものに対する批判の重要な後ろ盾となっている」(二五三頁)と言っている。確かにその通りであるが、この「両義性」は文字通り一つのコインの両面であり、ある同質の考えが、思想的側面では近代ヨーロッパ批判として強力に作用し、政治的側面ではナチス加担という形で現われたのではないだろうか。以下、このハイデガーとナチの思想的親近性を最も象徴的に表していると思われる「故郷」という言葉に焦点を当てて論じてみよう。

一九三三年四月に行われたハイデガーのフライブルグ大学での学長就任演説には、次のような言葉が頻出する。「われわれの精神的＝歴史的現存在の始原の力に再び身を任せる」、「始原はもっとも偉大なるものとして、あらかじめ、あらゆる到来するものの頭上を、われわれの頭上をも、すでに越えて先へ行っている」、「始原の偉大さを取り戻せというこの彼方からの命令」、そして「民族の精神的世界とは文化の上部構造ではなく、……民族の現存在をもっとも奥深いところで高揚させ、極度に震撼させる力、民族の大地と血に根差した諸力をもっとも深いところで保持する力なのである」(ファリアス、一三四―一三六頁)といった具合だ。彼の学長就任に先立つ同年一月にはヒトラーがナチスの総統になっている。しかしこうした時代背景を考慮に入れても、なおこの「民族」と「始原」の繰り返しは学長就任演説としては異例である。しかし彼は決してこれを単に民族意識高揚のために行ったのではない。この背景には彼の明確な思想がある。すなわちこの「始原」を「ギリシャ哲学が発生したとき」に見、それによって「ギリシャ精神とゲルマン精神をともに包含する一つの文化」(ファリアス、一三四—三五頁) を仮構し、そこに不安にさいなまれる現代人の故郷奪還の可能性を構想するのである。これは、ラーナーニムを夢想するロレンス、天皇を頂点とする一種の「神州」日本を夢見た三島由紀夫、あるいはケルトと古代ギリシアの精神的一体性を強調してアイルランドを「聖別」し、それを独立の根拠としようとしたイェイツらとも共通する精神である。やはりイェイツとの共通性を見て取ったスタイナーもこう言っている。「ハイデガーは源泉への革命的還帰、故郷への回帰を告知すること (イェイツの思索と黙示録的神智学に見られる告知に比べられよう) に文字通り憑かれているのだ」(四四頁)。

こうした「故郷」の奪還のためには、その故郷が「正統」なものであることが絶対に必要となる。ハイデガーはその正統性の根拠をドイツとギリシアの精神的血縁性に求め、こう述べる。「ギリシア語は (思惟の可能性という点から見て) ドイツ語と並んで最も強力であるとともに最も精神的な言葉」で、「ドイツ語がギリシア人たちの言葉と彼らの思惟とに特別に内的な類縁性をもって」(『入門』九九頁) おり、「このことを今日繰り返し確証してくれるのはフランス人たちです。フランス人たちが思惟し始めると、彼らはドイツ語を話します。彼らは、フランス語では切り抜けられないということを確証します」(四〇二—三頁。ただし最後の一文は、「自分の言葉では、彼らは思惟に達しないのです」(デリダ、一一一頁) という訳文の方が彼の意図をよく表わしているように思われる)。この言葉は、フランス語はデカルト精神の具現たるもっとも明晰な言語であるという「神話」などには洟もひっかけず、ドイツ語の特権化を、主張というにはあまりに穏やかに「事実」として述べている。「ハイデガーはドイツ語が古代ギリシャ語から唯一直接継承された言語であり、ラテン語という異形を引き起こす導管を通過しても損なわれることはなかった、という考えを採り入れた。ギリシャ語は言語の始原、すなわちヨーロッパの最も根源的な言語であり、ドイツ語はその直系の子孫であった」（スタイナー、四五頁）というこの血縁性の主張は、論証も反証も不可能という意味で説得力はない。宇野邦一は「語源の追及」は「誰にも証明でき」ず、それゆえ「語源によって哲学する態度はそもそも哲学的真理への接近であるよりも、むしろ思考する言語自体をめぐるオペレーション」（四三頁）だと言い、柄谷行人も「ハイデガーのこじつけめいた語源学は、ある肝心な事柄を見失わせる」（四四頁）と言っている。確かにハイデガーのこの見方は、ある言語の他言語への翻訳・還元不可能性を唱える現代の言語観をあざ笑うかのようだが[1]、「文化相対主義的・ポストコロニアル的」見方が現在ほどではないにせよある程度認知されていた第二次大戦後において、なぜ彼はここまで破天荒なギリシア語由来のドイツ語の正統性を、ひいてはドイツ的なものすべての特権性を強調しなければならなかったのだろう[2]。

思惟にはドイツ語のみがふさわしいという言葉には、ヨーロッパにおける、ということはほとんど世界における、ドイツ中心主義の露骨な表明が見て取れる。そして、ハイデガーの終生の課題であった「存在の問いを問うこと」は、ほかでもないこの「西洋の中心であるわがドイツ民族の歴史的使命を引き受けるための本質的な根本条件の一つ」であり、同時に「精神を目覚めさせ」、「歴史的現存在の根源的な世界のための、したがってまた世界の暗黒化の危険を制御するため」（『入門』八八頁）の条件でもあった。「大地の精神的頽落」が進み、「世界の暗黒化、神々の逃亡、大地の破壊、人間の集団化、創造的で自由なもののすべてに対する嫌疑」がはびこった地上において、ドイツ人はその「真ん中にいるので、万力の一番きつい重圧を経験している」。こうしたヨーロッパおよび世界的危機を免れるのは、「最も危険にさらされた民族であり、そのうえさらに形而上学的民族である」ドイツ人が、「新しい歴史的精神力を中心［ドイツ］から取り出して展開することによって」（七〇―七一頁）のみ可能である（これを彼は「天命」とさえ呼ぶ）と彼が言うとき、「頽落」の突破の主導的能力をギリシアの正統的嫡子であるドイツだけに見ていたことは疑いない。かくして彼のライフワークと政治的活動とは内的に首尾一貫性をもつことが保証される。ハーバーマスはこうした見方を「国粋主義」（ファリアス、一二頁）と一刀両断に切り捨てるが、そう簡単に切り捨てられないところにファシズムという問題の困難さが潜んでいるのだ。あるいは柄谷は、こうした「ドイツ語とギリシャ語の近親性の強調」をドイツロマン主義の特徴と見、ハイデガーをその延長線上に据えて、そのような見方は「宣長のいう『古の道』と同じく、自己投射にすぎない」（一一四―一一五頁）と言うが、そのとおりであろう。しかし問題はまさに、ハイデガーがどのような形で「自己投射」を行ったのかということなのである。

　ハイデガーは近代人の故郷喪失のあり様を、彼独自の語源学を使って「無気味」と形容する（以下、「無気味」と「不気味」が混在するが、これはそれぞれの著作の翻訳者によるものである）。例えば、『アンティゴネ』のコロスの歌の最初の部分、「無気味なものはいろいろあるが、人間以上に無気味に、ぬきんでて活動するものはあるまい」に着目し、なぜ自分はこの「最も無気味なもの」の原語「**to deinataton**」の語幹である**deinon**を「無《ウン》・気味《ハイムリヒ》」と訳すのかと自問する。これへの答えはここでの議論の核心を突くものだ。「無・気味《ウン・ハイムリヒ》なものという語をわれわれは『故郷的なもの』から、すなわち土着《ハイミッシュ》のもの、住み慣れたもの、普通のもの、危なげのないもの、そういうものからわれわれを投げ出すものと解する。土着的でない《ウンハイミッシュ》ものはわれわれを居心地よく《アンハイミッシュ》してくれない」（『入門』、二四八―四九頁）。この箇所に注目した西谷修は、ハイデガーが現代人の「頽落」的なあり方を「故郷」＝「根」＝「固有性」＝「本来性」から切り離された状態として思い描いていると述べる（二一八―一九頁）が、まさにそのとおりであろう。それゆえにハイデガーはこう断言できるのである。「すべて本質的なことと偉大なこととは、ただただ人間が一つの故郷をもっていて一つの伝承に根ざしていたということからのみ生じた」（『入門』、三八七―八八頁）。この見解を支えるのは、「元初は最も無気味なもの、最も強力なものである。後にくるものは展開ではなくて、単なる拡張としての浅薄化であり、元初を保持することに無能なこと」（二五五頁）だという信念である。これは最も純粋な形のプリミティヴィズム、すなわち「単純で洗練されていない、とりわけ自然の近くにある、あるいは初期の産業化以前の生活様式が現在のそれより優れていると信じること」（*Webster*）である。これは形を変えた原罪説であり、カトリシズムを捨てたはずのハイデガーの中にその残滓が根強く残っていたというべきだろうか。いずれにせよ彼にとって人間の「頽落」はけだし必然であった。彼自身、この「原・歴史」を知ることは「神話」（二五六頁）だと認めているとおり、彼の故郷喪失認識を支えているのはこのような神話的思惟である。

　一九四二年夏学期の講義で、ハイデガーはアメリカ参戦についてこう語っている。「我々は今日知っている、アメリカニズムのアングロサクソン世界が、ヨーロッパを、とはつまり故郷を、とはつまり西欧の始まりを破壊しようと決心していることを。この惑星規模の戦いへのアメリカの参戦は……始原の拒否であり、無始原への決断だからである」。これを引用したファリアスは、こう結論する。「これを見ても、西欧の『根源』を超越論化しようとするハイデガーの目論見は、ナチズムを精神化しようとする試みと密接に結びついていることが明らかとなる」（三一八頁）。デリダはファリアスのこうした見方を厳しく批判した上で、こう述べる。「ナチズムを精神化する危険を冒すことによって彼［ハイデガー］は、ナチズムにこの主張［＝肯定］（精神性、学問、問いかけ、など）の刻印を押すことによって、ナチズムを償い、救出せんとしたのかもしれない」（六三頁）。「かもしれない」と婉曲な表現をとってはいるが、ここにはハイデガーをナチズムと同定しようとする説を拒絶する決意が見て取れる。しかしこの見方にはあまり説得力がない。この講義から確認できるのはむしろ、ハイデガーがドイツはギリシアというヨーロッパの「故郷」と精神的に結びついた正統な「嫡子」であり、それゆえヨーロッパの伝統を受け継ぐ中心と考えており、「アングロサクソン」という傍流がこれに戦いを挑むのは「故郷の破壊」であり「始原の拒否」だと見なしていたことである。こうした破壊は、故郷喪失を近代の宿痾と見、その奪還に心血を注いだハイデガーにとって許しがたいことであった。彼が現代社会の特質は、そこで「聖なるものの次元」（「神が近づいているのか遠ざかっているのかという問いがそのうちでのみ問われうるような次元」、あるいは「無傷で健全なものの次元」）が閉ざされていることにあり、これが「唯一の災いであるのかもしれない」（『ヒューマニズム』一一〇―一一一頁）というとき、彼の頭の中ではこの「聖なるものの次元」と故郷、そしてギリシア＝ドイツにその中心をおくヨーロッパとは同定されていたのである。このように「故郷」を、人間が本来あるべきところ、そこにおいてのみ人間の本来的あり方が可能になる場と捉え、それを過去あるいは未来に仮設した上でそれを奪還あるいは獲得しようとするのは、レヴィ＝ストロースによれば神話の基本的な機能である。「シュメールの黄金時代神話とアンダマンの未来神話」はともに、「〈心おきなく〉生きることのできた世界の甘美さ、社会的人間には永久に拒まれている甘美さを、〈いずれも手に届きかねる未来や過去〉に投げ入れてしまう」（バケス＝クレマン、八頁）という言葉は、ハイデガーの「聖なるものの次元」と故郷とを同定し、それを獲得目標にするという思考は神話的思考だと言っているに等しい。先に見たように、ハイデガーは自らの思考の神話性を認識していたと思われるが、レヴィ＝ストロースが文化人類学者として距離を置いてこの「神話」を叙述しているのに対し、ハイデガーはこれに明らかに積極的な意味を見出している。

二　本来性による「故郷喪失」の超克

ハイデガーは「故郷」奪還の方途として、初めに述べたロレンスとの共通点である人間存在の「本来性」を措定する。ジャン・ボーフレに宛てて書かれたいわゆる「ヒューマニズム書簡」の中で彼は、人間の本来的あり方を「存在へと身を開き――そこへと出で立つ者として、住む」（『ヒューマニズム』七五頁）と述べ、すぐに「この住むというあり方」を「存在『の』近さ」と呼んでいるが、これをヘルダーリンの言葉を借りて「故郷」と言い換えている。そして、この「故郷」は「愛国的、国家民族主義的に考えられているのでは」ないと念を押しつつ、「近代的人間の故郷喪失」は「存在忘却のしるし」（七八頁）であり、それゆえ「人間の本質があちこちさまよっている」。しかし「人間は存在の牧人」であり、その「尊厳は、存在そのものによって存在の真理の見守りのうちへと呼ばれているという点に存する。この呼びは、投げとしてやってきて、この投げに、現‐存在の被投性は由来する」（八四―八五頁）と言う。ここにおいて「被投性」は『存在と時間』においての基調低音であったその否定的性格を減じ、「現‐存在は、送り届ける運命的なものとしての存在のなす投げのうちに、生き生きとあり続ける」（四八頁）といった言葉のうちに見られる積極性を獲得している。しかしこれが積極性を獲得するのは、人間が自己を「送り届ける運命的なものとしての存在」によって投げ出された存在者であることを認識し、その上に立って「故郷喪失の超克」（七八頁）を開始する場合に限られる。

　ハイデガーの「故郷」への眼差しは、人間存在の本質を、ある「居所」に「住む」ことと見る見方と直接につながっている。「人間の本質は、存在の問いの圏内で、元初の隠された指示に従って、居所として、すなわち存在が自己を開示するために強いて要求する居所として把握され根拠づけられねばならない。人間はみずからにおいて開けている所《ダー》である。……人間の存在は、語の厳密な意味において『現《ダー》‐存在《ザイン》』である」（『入門』、三三二頁）。この「ダーザイン」という言葉が指し示すのは、ハイデガーの人間規定である「現‐存在」は「場‐存在」だということだ。すなわち、人間はその拠るべき「居所」がないかぎり本質的＝本来的に生きられないというのである。こうした見解と国家主義的・ファシスト的思惟との親近性は明らかであろう。なぜならファッショ＝束＝共同体は何よりもまず人間に「居所」を提供してくれるからである。

　このような「居所」＝故郷を奪われた人間の状況を、ハイデガーは月から撮られた地球の写真に見出す。「技術が人間を大地からもぎ離して無根にしてしまうということ、これこそまさに無気味なことなのです。

……私は月から地球を撮影した写真を見たときにはびっくりしてしまいました。人間を無根にするためにべつに原子爆弾などはいりません。人間の無根化はすでに存在しているのですから。……今日人間が生きているところ、それはもはや大地ではありません」(『入門』、三八六頁)。ここでは故郷は大地と言い換えられ、そしてそれを奪ったのは科学技術であるとする。この慨嘆はロレンスのそれを思い起こさせる。同じく月の「あばた面」の写真を見た彼は、この写真は「太古からの宇宙のヴィジョン」に対する「大きな打撃だ」、つまり科学は人間の本来的生を脅かしていると考える。しかし文学者ロレンスはハイデガーと違って「想像力がこれを回復してくれる」(『不死鳥』、二九九頁)と言い、最後には「もし空想がわれわれの生を高めてくれるのなら、空想を神に感謝せねば」(三〇三頁)と言う。両者に共通するのは、「故郷喪失」を嘆くトーンと、そしてその奪回は、ヴェイユの言う「根をもつこと」、すなわち土着性を取り戻し、それによって人間の本質性と固有性を回復することにかかっているとする見方である。ハイデガーは、自然との深い関係の中で生きる「農夫の在り方こそ、存在とのあるべき関係を示唆している」(一九四頁)と見ているという西谷修の言葉は、ロレンスにも当てはまるであろう。

ロレンスはプラトン的イデア=超越的本来性を批判しながらも、他方で「四次元の生」、「聖霊に取り結ばれた生」、「二股の炎」といった表現で、日常の中にある超越的な次元での「本来的」生の可能性を示唆する。(3) 同様にハイデガーも、プラトン的な「人間の本質を日常的生活の外に置き換えようとする」(スタイナー、一七五頁)西洋の形而上学を批判し、日常的生の内に本来性を措定する。『存在と時間』において彼は、現代人を特徴づける最も大きな徴、つまり「現存在の際立った開示態としての根本的心境」を「不安」と見るが、この「不安」こそ「本来性の目じるし」である。それは「不安は現存在を、現存在が基から存在してきた可能性としてのおのれの存在の本来性へむかって開かれているという、おのれの自由存在に直面させる」（『存在』上、三九六頁）からである。すなわち、不安は人間を「われともなく無気味である」という否定的心境に陥れる反面、これを感じるからこそ人間は自己の存在の「非本来性」を感じることができ、ひいては「本来性」への道が開けるというのである。

「不安」という感覚あるいは心境がハイデガーによって特権化されているのは、これが「日常的実存の存在者的な性格と文脈とがどうしようもなく存在論的なもの（そのうちの特権的なものが死）の圧力を知らされ、それに裸で対面させられるところの最重要な道具立ての一つ」（スタイナー、一九四頁）、つまり、自分は非本来的に生きていることを知らせる一種の警報だからである。「ひとごとでない自己の存在可能へむかって開かれていること、したがって、本来性と非本来性との可能性へむかって開かれていること、——この意味での自由存在は、ある根源的な基本的な具体相をおびて不安のなかで示された」（『存在』上、四〇三—四頁）。つまり人間は常に本来的生と非本来的生とを選べる立場に置かれているからこそ、それを意識しているからこそ、不安を感じるというのだ。その意味で不安は、本来的生の再獲得の必要条件となるのである。スタイナーによれば、「不安によって現存在があるべきかあらざるべきかの恐るべき自由に直面させられる、非本来性のうちにとどまるか自己所有に努めるかという恐るべき自由に直面させられる重大な瞬間をもたらす」（二〇二頁）のは「不気味さ」である。つまり「不気味さ」は現存在にとって、頽落とそれがもつ諸性格がそうであるように、まったく必然的なことである。いや、必然どころか積極的なものでさえある。不気味さによってもたらされる不安が人間にそれとなく知らせる「非本来性……は存在しなければならない。これによって、自己の喪失を自覚させられた現存在が本来的存在へ帰ろうと努力することができるからである」(二〇〇頁)。

それゆえハイデガーはこの「非本来性」を、また世界への「現存在の頽落」を断罪しない。それらは「実存の、日常の実存的現事実性の不可欠の構成要素」であり、「世界性の誘惑に陥ることが実存することである」。それどころか「頽落は現存在そのものの本質的な存在論的構造を明らかにする点において積極的なもの」(スタイナー、一九九頁)ですらある。「頽落性」は「黄金時代のごときものからの堕落なのではな」く、「より純粋で、より高い〝原初の状態〟からの頽落」でもない。……「頽落性は不可避な性質」なのだ。すなわちハイデガーにとって、頽落は「真の現存在へ、自己の所有、というよりはむしろ再所有するための絶対に必要な前提条件」(二〇〇頁)なのであり、この非本来性という不完全性を全面的に受容しないかぎり新たな跳躍は生まれないというのだ。

では、こうした前提条件の中で、頽落とそれが生み出す不安という「警報」を受けた人間は、いかにして本来性を「再所有」しようとするのか。その突破口を彼は「覚悟性」(「決意」とも訳される)に見出す。そしてそれを「ひとごとでないおのれ自身の負い目ある存在にむかって、沈黙のうちに、不安を辞せずに、おのれを投企すること」(『存在』下、一五六頁)と定義する。そしてこの「覚悟性」が最も高まるのは、自己が「死へ望む存在」だという事実を引き受けるときである。「現存在がおのれの存在可能へ根源的に臨んでいるありかたは……〈死へ臨む存在〉である。……覚悟せる現存在こそ、みずからおのれの無的な根拠を存在することを、おのれの実存において本来的に引き受けるもの」(一七五頁)であり、「死への先駆のみが、あらゆる偶然的な〈暫定的な〉可能性を死へむかって開かれた自由のみが、現存在に端的な目標を与えて、実存をおのれの有限性のなかへ突きいれる」(三二四頁)というのである。これをスタイナーはこう解説する。「不安は現存在に『情熱的な死への自由において』おのれ自身を実現する可能性をあきらかにする。……この実存的な『終点』を不安を通じてわが身に引き受けること、これが人間の自由の絶対的な条件なのである」（二二一―二二頁）。

この考えは難解な表現に反して陳腐でさえある。古来、メメント・モリを初めとして、死を自覚することによって初めて自由を手にし、真に生きはじめるという教えは一貫して見られる。(4) しかしハイデガーの「問題性」は、この自由あるいは本来性を自己の属する共同体あるいは民族と結びつけることである。

しかし、運命的な現存在は、世界＝内＝存在たるかぎり、本質上、他の人々との共同存在において実存しているのであるから、その現存在の経歴は共同経歴であり、共同運命 (Geschick) という性格を帯びるのである。それはすなわち、共同体の運命的経歴、民族の経歴のことである。共同運命は、さまざまな個別的運命から合成されるものではない。……個々人の運命は、同一の世界の内での相互存在において、そして特定の可能性への覚悟性において、はじめからすでにみちびかれていたのである。その共同運命にそなわる威力は、相互の伝達と戦いとのなかで、初めて発揮される。おのれの〈世代〉のなかでの、かつおのれの〈世代〉と共にする現存在の共同経歴こそ、現存在の十全な本来的経歴をなすのである。（『存在』下、二二五―二二六頁）

この様態をスタイナーはこう解釈する。「それ自身の自由に引き受けられた死に向かって、したがって自由そのものに向かって断固として自ら投企することにより、現存在はその個人的ならびに社会的運命を背負い込む」（二一六頁）。つまりハイデガーにあっては、本来性の再獲得は「社会的運命を背負い込む」ことなしには、つまり「民族の経歴」に具現化している「共同運命」なくしてはありえないということになる。しかしこの見解も同様に特殊なものではない。この点についてのハーバーマスの批判は先に触れたが、それを中岡成文はこう要約する。「近代の疎外ないし物象化は、ハイデガーのような『本来性』へ向けての英雄的脱自の呼びかけによっては［つまり「死への先駆」を常に意識することによっては――浅井］解決できない……ハイデガーの存在史の構想が一面的であるのは、近代の発展に『弁証法的可塑性』があることを看過しているからだ」。つまりハイデガーは、理性には「目的追求的・道具的理性」と「対話的理性」があることを看過したために、「近代の独話（モノローグ）的に窮まりつつある思想伝統を打破するために、対話（ダイアローグ）性に訴えるかわりに、実存主義的な別の独話性・非合理性に陥って」（四〇頁）いるというのである。「別の独話性・非合理性」とは、共同存在の本来性を取り戻すことによる「理想的故郷」の奪還欲求といっていいだろう。これはアーリア神話へ回帰しようとするナチス的理想と強い親近性を示している。だからこそハイデガーは、一九五三年になってもなおナチスの「運動の内的真理と偉大」を「地球全体の惑星的本質から規定されている技術と近代的人間との出会い」（『入門』、三二三頁）だと嘯いたのである。

竹田青嗣は、「自己の実存の『存在意味』が『共存在』としてあることを深く了解する」というハイデガーの思想は、「個人の生をそれが属する共同体の『全体性』に繋ぐこと……つまり『個人』と『全体』との予定調和説に帰結する。しかしそれは、根本的には人間の自己中心性と共同体の自己中心性を乗り越えることができないのではないか」（二六三―六四頁）と言う。要するに、「本来性」の奪還のためにその根拠を共同体に求めても、共同体そのものが自己中心性をもつ可能性がある、あるいはしばしばもってきた以上、この思考上の操作は有効ではないと言うのである。ハイデガーは「故郷」、存在ともに忘却されていると考え、その奪回のために、故郷と同定された共同運命＝民族の経歴を回復しなければならないと考えた。とすれば、彼は民族共同体を取り戻すことで忘却されている存在を回復できると信じていたことになる。しかしそれは、当時のナチや今日のナショナリズムの暴走を見ても分かるように、幻想というほかない。

細見和之の批判も同種のものだ。「古式ゆかしい農夫や樵のたたずまいが、それだけでナショナルな『伝統』として際立つことはないだろう。そのためには、当の生活者とはべつの現存在の知による自覚化・表象化が不可欠だ。いや、この自覚化・表象化こそが、いわば生きられている伝統を、はじめてかけがえのないナショナルな『遺産』として存在させるのだ」（一一一頁）。つまり細見は、ハイデガーが理想とする農夫（的な生き方）は、それ自体で本来性を表しているのではなく、彼らとは別の現存在、すなわちハイデガーその人の「自覚化・表象化」を経て初めてそうなると言うのだ。竹田も細見も、ハイデガーによる本来性と民族共同体の「接続」を恣意的な操作ないしは幻想と見る点で一致している。柄谷行人が「プラトン以後の存在喪失について語るハイデガーは、プラトンを攻撃しているにもかかわらず、プラトンと同型なのである。彼にとって、存在喪失とは、農民的なゲルマン的共同体の喪失である」（四五頁）と言うときも、同じ幻想性を指摘している。

こうした批判の急先鋒はやはりアドルノであろう。「〈本来性〉という隠語は、二十世紀の際立ってドイツ的なルサンチマンの現象」（一六頁）だと見るアドルノは、ハイデガーが「簡素なる物の見事さ」を称揚している点に着目し、そこに「誇り高く没落していくエリートの願望に従った安手のものの価値のつり上げ」（六三―四頁）を見出す。その代表的な例が「狭小な地方的心性を肯定的なものに逆転させる」ことだと言い、さらに進んで、「哲学であることを軽蔑する哲学が、哲学との間のそもそも存在しない区別をつけるには、自己の〈根源性〉の証しとしての擦り切れた農夫的シンボルが必要なのである。……〈本来性〉という隠語が手に入れるのは、この種の哲学の持つ見掛け倒しの俗物性以外の何ものでもない」（七〇頁）と一刀両断に切り捨てる。つまりハイデガーは、脱魔術化した時代において自己の哲学を再魔術化＝特権化しようとしており、その「老獪な戦略」（六六頁）がこの「簡素なるものの価値のつり上げ」であり、さらには「本来性」という「隠語」の使用だと言うのである。そして「隠語において〈内面性〉に関して残るのは、自分自身を選び出して、他人よりも優越していると自惚れる外面性の極限のみとなる。自己自身であることによって祝福されていると思う人間の自負である」（九一頁）と止めを刺す。こうしたアドルノの批判は、それ自体に多少のルサンチマンを感じないでもないが、農夫を「安手のもの」のシンボルと見、ハイデガーがその価値を自らの哲学的戦略のためにつり上げているという指摘は竹田や細見の批判と共鳴する。さらに言えば、例えば「直接［無媒介］的なものという仮像」を批判する中での、「隠語のセカンド・ハンドの〈根源性〉のなかで、彼らは実際に〈触れ合い〉のようなものを感ずるのである」（九二頁）といった言葉には、ロレンス批判に通ずるものも見て取れる。

この本来性と民族共同体をめぐる問題でとりわけ注目に値するのは、ヴェーバーが第一次大戦中に執筆した「宗教的現世拒否の段階と方向の理論」における言葉である。

力の脅迫の最たるものとしての戦争は、まさしく近代の政治共同体のなかに、あるパトス、ある共同体感情をつくりだす。かくて戦争は、戦う者の献身と無条件の受難の共同体、さらには困窮者にたいする隣潤と愛情――自然発生的な団体のあらゆる枠をとりはらう愛情――の活動を、大量現象としてよびだしてくる。……戦争でしか考えられない死の意味、死の尊さというものを、兵士自身に感じさせる。戦場にある軍隊共同体は、今もむかしの従士団とかわりなく、ともに死を誓った共同体は、そうしたもののなかで最大の共同体と自覚している。……戦場においては……個人ひとりびとりが、自分はなにかの「ために」死ぬのだと信じることができる……このように、死をば意味ある神聖な事象の列に加えることこそ、政治的権力団体に固有な品位を維持しようとする、いっさいの努力の究極の基礎にある作業なのである。（三七頁）

ここでヴェーバーはハイデガーと同様、死と共同体との関わりが決定的に重要であること、つまり死は共同体の「ために」決意されることで初めて意味をもつと述べる。すなわち、死の共有による究極的な共同体意識を、近代人の陥っている疎外、あるいはニヒリズムに対する巨大な防波堤と見ようとする点でハイデガーと一致する。しかし一方で、そうした意味づけは「政治的権力団体の行う作業」だと指摘し、こうした形での権力の乱用に注目していたことは特筆すべきだろう。共同体のもつ「意味付与能力」を深く認識していたヴェーバーは、先に見たハイデガーの、「個々人の運命は、同一の世界の内での相互存在において、そして特定の可能性への覚悟性において、はじめからすでにみちびかれていたのである。……おのれの〈世代〉のなかでの、かつおのれの〈世代〉と共にする現存在の共同経歴こそ、現存在の十全な本来的経歴をなすのである」という言葉にまずは賛同するだろうが、同時に彼はその悪用の可能性にも気づいていた。ここにヴェーバー特有の「揺れ」があり、この揺れは誘引される両極こそ異なれ、後に見るロレンスのそれと共振するものである。それに対してハイデガーにはこうした揺れが欠如している。先に見たように、戦後ナチス加担の責任を問われたときにも、長期間の沈黙の後、彼はナチスの「運動の内的真理と偉大」を公言する。ロレンス、ヴェーバー、ハイデガーは西洋近代特有の問題の認識を共有するが、この揺れに関しては明瞭な違いを見せている。

ロレンスやヴェーバーに見られる揺れは一見弱々しい。次節で検討する『羽鱗の蛇』においては、主人公の揺れあるいはアンビヴァレンスの理解が決定的に重要であることを指摘したいと思うが、そのような読みはむしろ少数派である。しかし「近代」と呼ばれる時代において、人間はそれまで一度も遭遇しなかった種類のさまざまな問題に否応なく直面してきた。ここで主題的に論じている「故郷」やファシズム、あるいはプリミティヴィズムなどはそれへの対処の一端にすぎない。こうした時代において真摯に思惟する人間が、いかなる揺れもない認識を見せるということの方がむしろ不自然ではないか。つまりはこの「揺れ」こそが、この時代に真摯に思惟する者の証になっているのではなかろうか。

三　ロレンスの「ファシズム」

W・Y・ティンダルは、ナチスに影響を与えたドイツの思想家とロレンスの類似性は、影響関係であるよりもむしろ「平行した産物」であり、両者ともに「独裁こそ民主主義的混乱への明らかな解毒剤であり、暴力、血、力は過剰な科学と知性への自然な解毒剤」（一七五頁）と見たと言う。彼は、「ロレンスは自分がやりたいように専制をしたかった。つまり自分が専制者であるという条件でそれを望んだのだ。そうして初めて、民主主義の下で実に居心地の悪かった自分の個人主義を独裁制と折り合わすことができたのである」（一七八頁）と言い、「ロレンスは神政主義的ファシストだった」（一七九頁）と結論する。これは激しい反論を受けながらも、現在まで地下水脈的に残る見方の一典型である。確かに先に見たファシズムの定義によれば、ロレンスから「ファシスト的」陰影を完全に払拭することは困難であるように見えるが、この「陰影」は本稿の文脈に置くとどう見えてくるだろうか。

ロレンスは確かに、ハイデガーの「理想的故郷の奪還」、およびその故郷の正当性の根拠を過去に、あるいはどこか特定の地に求めるということはしなかった。もちろん彼も、たとえばエトルリアの遺跡を見て、その地とそこの住民に自己の理想を投影して「レトロ・ロマンティック」に、アドルノ流に言えば「安手のものの価値のつり上げ」的に「故郷」奪還を夢見ることもあったが、同時に彼はその愚もはっきりと意識していた。「もう過去には戻れない。ほんの一歩たりとも野蛮人に返ることはできない。……われわれの生の潮流を逆流させることはできない」（『アメリカ古典文学研究』、一二七頁）ことを知っていた。彼の特徴はむしろ、過去ではなく未来において本来的な生を獲得しようとする点である。自らラーナーニムという共同体を未来に仮設しただけでなく、ロルフ・ガーディナーが唱えるゴア農場というユートピア的共同体にも強い関心を示している（ガットマン、一七八頁）。すなわち、過去に向かってノスタルジアを募らせるよりも、奪還すべき理想的生を未来に企投するのである。これはハイデガーと際立って異なる点である。

ロレンスとファシズムという問題を論じる者の多くが『羽鱗の蛇』を取り上げるが、それも当然で、この作品こそ、過去ではなく未来において本来的生を奪還しようとする企てが最も先鋭化したものである。あるいはジャッド・スミスの言葉を借りれば、この作品はロレンスの「ファシスト的想像力」(一三頁)のもっとも端的な表現であるといっていい。先に見たティンダルと同様、バートランド・ラッセルも「私は根っからの民主主義の信奉者だが、彼[ロレンス]は政治家たちよりも先にファシズムの哲学を発展させた」(ガットマン、一六九頁)と述べる。しかしこの作品を丁寧に読めば、スミスが指摘するように(一五一―一八頁)、そこにファシスト的想像力とそれを拒否しようとする揺れ=両義的態度が主人公ケイトの視線を通して描かれていることが読み取れよう。そしてこのアンビヴァレンスこそが、ロレンスのファシズム観を見る上で決定的に重要である。ケイトは物語の最初からこの新世界に誘引と反発を感じ続け、その反復は果てしなく続く。物語の終末近くになってもまだケイトは揺れ続ける。

……それはまるで二つの自己をもっているような感じだった。新しい方の自己はシプリアーノとラモンの側に属しており、敏感で、欲求にあふれていた。もう一方は、すでにできあがって硬化しており、母や子供たちやイングランド、つまり彼女の全過去に属していた。この古い完成済みの自己は、奇妙なまでに不死身で鈍感、奇妙に硬くて「自由」だった。この自己の中にいれば、彼女は個人であり、自分の主人でいることができた。もう一つの自己は傷つきやすく、シプリアーノと、いやラモンやテレーサとも有機的につながっており、そのためまったく「自由」ではなかった。

彼女は自分の中のこの二重性に気づき、苦しんだ。古い生き方へも新しい生き方へも決然と入り込んで行けなかった。どちらにも後込みした。古い道は牢獄で、身震いするほどいやだった。しかし新しい道では自分の主人にはなれないので、彼女の自己中心的な自己が後込みするのだった。（四二九頁）

こうした揺れが続いた後、結末に至ってケイトはこう独語する。「私はなんというペテン師なのかしいら！　この二人をまったく必要としていないのは私の方であることはずっと分かってたわ。私が本当にほしいのは自分自身。でもそれがばれないように彼らをだませるわ」（四四三頁）。こうした彼女の揺れを、そして最終的「拒絶」を、ハウはこう解釈する。

ユングを学んだ者なら、ロレンスの経験のこの局面を、この心理学者が統合と呼ぶことになるものの不完全な例だと気づくであろう。統合とは、人格の中心が自我意識から、無意識をそっくり包み込むような周辺をもつ新たな中心へと移るプロセスである。このプロセスは、意識的生と無意識的生との間に新たな調和を生み出すべきものである。しかしこの過程の途中には大きな危険が待ちかまえている。すなわち、無意識層から制御されずに吹き出してくるものに意識が圧倒されるという危険である。ユングの冷徹な眼はこれをおそるべきものと受けとめた。彼は統合への道で待ちかまえるこの危険、「魂の危機」をうまず説き続けた。ケイトはこの危機に直面しておそれおののいた。馬で去った女は流れに呑み込まれてしまった。どちらの女性も彼方に横たわる統合への試練を無事くぐり抜けることはなかった。いや、ロレンス自身ができなかったのだ。……

ロレンスは深淵を覗きこみ、その縁で躊躇し、ついにはおそれおののいて引き返したのである。（五六頁）

これは冷静な指摘ではあるが、ロレンスが意図的に結末を未決定にし、ケイトが「引き返した」かどうかを曖昧にしている点の重要性を見落としている。それゆえケイトも「馬で去った女」も同断に見てしまうのだ。ケイトは「呑み込まれず」最後まで逡巡する。その逡巡は作者のそれの投影である。作者も主人公も、ヨーロッパにも帰れないしメキシコにも留まれない。いわば宙づりにされるのである。

スミスも触れているが、ロレンスのこうした揺れをもっとも好意的に解釈した一人はV・デ・ソラ・ピントーであろう。彼はロレンスの内面を「予言者」、「自称メシア」、「狂信者あるいは偏執狂」、「地に足をつけた正気のミッドランダー」（三二頁）の四つに分ける。無論こうした分裂、つまり自己の内部の別々の「人格」が矛盾した言動をとったり互いを批判しあったりするのは珍しいことではない。しかしピントーのようにロレンスの読みにこれを適用すると、ある場合（例えば『恋する女たち』のバーキンをアーシュラやグドルンが説教師だとかメシア気取りだと批判するのをロレンスの自己批判精神の現われと見る）には有効だが、ロレンスの「ファシスト的想像力」を「メシア・ロレンスと狂信者ロレンスの結合」に求めたり、彼を（プロト）ファシストだと見る評者は「予言者ロレンスと地に足をつけた正気のロレンスがいることを見逃している」（三九頁）といった読みは、ピントーが「真の」あるいは「望ましい」ロレンスを初めから想定していて、そこから外れるロレンスを「誤読」として排そうとしている証左であろう。だからピントーは必然的に、ラッセルはロレンスの「血の意識をナチの『血と大地』のたわごとと誤って同定してしまった」(三七頁)と断言し、また『羽鱗の蛇』を「偏執狂ロレンスがもっとも露骨に出た作品」と見なす弊に陥るのだ。同様の視点から、ピントーはこの作品の結末でのケイトの「拒絶」を「正気の声」(四四頁)だと見る。こうした読みは、自己の先入見にふさわしい言動だけを「正気」だとする一種の循環論法で、あらかじめ決められた結論にしかたどり着きようがない。むしろこの作品から読み取るべきは、そしてこの作品の真の価値は、ケイトがその「正気の声」、すなわち「ヨーロッパの声」に疑念を抱き、それゆえラモンとシプリアーノに引き付けられ、しかしそれでも嫌悪を感じ……、と果てしなく揺れ続ける有様、その逡巡の深さ、そのダイナミズムそのものなのだ。これを見逃したピントーは、ロレンスの「ファシズムに対する態度はアンビヴァレントだ」(三九頁)、あるいは『羽鱗の蛇』は「イタリアのファシズムやロシアのボルシェヴィズムより人間的な形で社会の再構成を図る想像上の実験だ」(四一頁)といった適切なコメントをしながら、結局はロレンスをファシストと見ることは「まったくのナンセンス」で、彼は「パウンドやイェイツのような反動主義者」よりも「自由で正気な精神」(四八―四九頁)だというお決まりの結論に落ち着くのである。彼の最も説得力のある指摘は、「ロレンスは現代の産業社会の陰鬱さや醜さを読者に感じさせるときにもっとも優れており、それへの処方箋を示すときではない」(三五頁)という言葉だが、結局は、ロレンスの分裂した内面の優れた部分が病んだ部分を包摂あるいは治癒していると述べることで、この洞察を台無しにしている。ピントーの説は「真の健康の唱道者」ロレンスを擁護する点でも「ファシスト・ロレンス」の否定という点でも古典的で、これは「規範的ロレンス」を救済し、「ロレンス神話」を保持しようとする気持ちが強すぎることの結果である。繰り返すが、どの作品においてもロレンスの最大の意義は彼が描く登場人物の揺れのダイナミズムにある。やや古めかしい言葉を使えば「決定不可能性」といってもいい。それを見逃して「予言者ロレンス」のみを称揚するのは、ロレンスが格闘している問題の本質を隠蔽することになるのみならず、実は彼の最良の部分を見誤ることにもなる。

この点において、スミスがロレンスの「ファシスト的想像力」を「プリミティヴィズム」との奇妙な混合と見ているのは新たな読みを示唆する。「プロト・ファシスト的およびファシスト的な民族主義的イデオロギーが、『自民族』の優越性という人種差別的イデオロギーを使ってはっきりと原始的な過去を賞賛するのに対して、ロレンスはこの起源神話をもう一つの人種的イデオロギーであるプリミティヴィズムと無理やり衝突させて混乱をきたしている」(一四頁)と言うのだ。そしてスミスは、この混乱がこの作品に揺れをもたらしているという。つまり、ロレンスは一方で「プリミティヴな過去を未来の文化的達成の源泉として称揚」しながら、他方で「大地から生まれる『原始的な』暴力」という偶発性を視野にもちこむために、この「民族主義的有機体説を破壊し、問題化している」(一五頁)と言うのである。先に見たように、「プリミティヴィズム」とは、「単純で洗練されていない、とりわけ自然の近くにある、あるいは初期の産業化以前の生活様式が現在のそれより優れていると信じること」であるが、この作品においてロレンスはそうした「プリミティヴィズム」の光の側面とともに影の側面をも取り込んでいるために、この両面性がケイトと作者を宙吊りにしたとスミスは解釈する。この問題は、「プリミティヴィズム」と同様に用法も内容も使用者によってさまざまな意味に使われるもう一つのやっかいな言葉、「ネイティヴィズム」と対比して考えるとわかりやすいかもしれない。この「土着主義」とでも訳すべき言葉は、OEDではこう説明されている。「社会が文化変容に直面し、その部族的アイデンティティと文化が脅威にさらされていると感じるときに生じる反動で、土着的、部族的文化の再肯定に帰ろうとする運動」。この「運動」も「プリミティヴィズム」と同様の両価性をもちうる。この作品でケイトは、その「プリミティヴィズム」、すなわち西洋近代への批判的視線ゆえにラモンたちの生き方と信念に強く魅了される。しかしそれはとりもなおさず、ヨーロッパという自分自身の「部族的アイデンティティ」が決定的に揺るがされることを意味した。彼女は内的「文化変容」の一歩手前まで行った。しかし同時に暴力を初めとする「プリミティヴィズム」の影の側面を目の当たりにすることで彼女の内部に分裂が生じる。そのとき彼女の中で頭をもたげてきたのがこの「ネイティヴィズム」だと考えられよう。

ハイデガーの中で起こったのも同様の事態である。すなわち自らの「部族的アイデンティティ」への脅威に対して、彼は「民族」の「本来性」を前面に出すことで「故郷」の奪還を主張した。マリアナ・トーゴヴニクは、「プリミティヴなものが再生力の源泉であるとする見方は、ナチがその修辞において『民族』『血』『大地』を専有したことによって混乱し、問題化した。つまりこの修辞はプリミティヴィズムと大洋的思考の一形態である残酷な逆行する底流だった。ナチの儀式は……野蛮へ、プリミティヴなもの、大洋的なものへの回帰を表しているように見えたが、それは悪魔的に歪んだ形であった」(一一頁)と述べる。スミスと同じくトーゴヴニクもプリミティヴィズムの二面性を指摘しているのだが、この両面の間で揺れたのがロレンスやヴェーバーであり、その「肯定面」のみに執着したのがハイデガーだとはいえないか。

フロイトとロマン・ロランが「大洋感情」(自己と宇宙が有機的・一体的な関係にあるとする感情)を巡って対立したことはよく知られているが、ケイト＝ロレンスも「大洋感情」を重視するインディアン的・メキシコ的立場と、「自己」を何より重視するヨーロッパ的立場との間で引き裂かれる。トーゴヴニクはこれへの一つの解決法をマルティン・ブーバーが示しているという。すなわち、「ブーバーは関係性（何かとつながっている）の経験を、自己の縮小としてではなく、他者による自己の認知、および永遠なるものとの融合を通して自己を強化することと見ている」（二一八頁）と。ロレンスにとっても、自己と他者（宇宙）がいかにして有機的・有意味的関係をもつかは生涯の思想を貫く主要なモチーフであった。それゆえ、このブーバーの洞察にたどり着けば彼はもはや揺れる必要はなかったのかもしれない。しかし、すでに述べたように、彼の文学の最大の価値は、近代人が自己と他者あるいは宇宙との間で引き裂かれ、容易にブーバー的な洞察に達し得ない状況を克明に描いている点にこそある。実際、ブーバーの見地はきわめて宗教的あるいは超越論的で、ほとんど神秘主義の領域に達している。（彼はユダヤ神秘主義的傾向の強いハシディズムに傾倒した。）ロレンスも自己と他者あるいは宇宙が融合する神秘的状況をくり返し描いたが、自己の堅持（あるいは強化）と大洋感情がぴったり一致する状況を描くことは稀であった。例えばコニー・チャタレーはメラーズとの交接の中で、自己が小さくなるという稀な状況においてのみ性的絶頂、すなわち大洋感情を感じるのである。ここで論じている「ファシスト的想像力」とは、実はこのきわめて結びつきがたい自己と他者を「無理やり」結合・融合させる力業であり、その最大の実験が『羽鱗の蛇』であった。ケイトのあのような結末はブーバー的立場からは失敗に見えるだろうが、彼女の見せるあの揺れこそがこの作品の価値であり、例えば「馬で去った女」のように自らの命を差し出してしまっても、それは決して読者には自己と他者の美しい融和とは伝わらないであろう。

ハイデガーの故郷は犀星の故郷とは違う。犀星の故郷は金沢という何の「正統性」ももたない土地だが、ハイデガーのそれはギリシアという正統性に支えられたドイツ及びドイツ民族であった。故郷を「ユートピア化」していた点では両者は共通しているが、それでも犀星は「帰るところにあるまじや」とこれを禁欲的に突き放した。ハイデガーはナチスへの加盟という行動をもってこれを奪還しようとした。その根底にある思想はこうだ。「頽落」を警鐘として受け止め、それを契機に本来的生を目指さねばならないが、個人の力ではそれはいかにも困難だ。そこでそれを保証するものとして「始原」＝「故郷」＝民族共同体を措定し、始原の偉大さを取り戻せという彼方からの命令に耳を傾けることでこれを実現しようとしたのである。これは、ハイデガー個人の企図としてもナチスという組織の企図としても破綻した。しかしハイデガーの哲学の構えはこの破綻を容認しなかった。彼の戦後の沈黙、あるいはナチスを肯定するような発言はここから出てくるのである。

ロレンスは、その「ファシスト的想像力」を大きく膨らませて『羽鱗の蛇』を書いた。しかしこの想像力は、最大の振幅を見せたところで「破綻」した。理想的ファシズム的共同体の夢を前にして、主人公も作者も揺れることしかできなかった。（先にも述べたように、この作品の最大の価値はこの「揺れ」にこそあるのだが、ここで「破綻」というのは、「ファシスト的想像力」が何らかの確固たるものにたどり着けなかったという意味においてである。）過去への理想の投影を拒否したロレンスはそれを未来に投げようとする。ファシズムが生み出しうる光と影の世界の中をケイトをさまよわせることで、彼はこの想像力の実験を行った。その結果彼が直面したのは、古い世界にも帰れないがファシズム的理想世界にも入れないというディレンマ、いや、その存立自体への疑問であった。かくして彼は、コニーとメラーズという二人だけの「理想的共同体」に至る。この極小の共同体は、民族の共同運命を捨象して個別的運命を選んだという点で確かに反ファシズム的ではあるが、閉じられた「場」あるいは「居所」に理想を、つまり「故郷」を見出すという一点においてはファシズム的なベクトルを共有しており、スミスが言う「ロレンスの思想の継続性」は確かに見て取れる。

その意味では、ロレンスの際立って反ファシズム的な作品は「死んだ男」であろう。自分を肉体において蘇らせてくれたアイシスの巫女、「コニー」ともなりうる女性を後に残し、「明日は別の日だ」と言って離れていく男にファシズム的志向性はかけらも見られない。ここでは詳しく論じられないが、この作品はロレンスの最晩年が彼に見させた一つの夢であり、彼が生涯追い求めていたベクトルとは異なるものだ。確かに彼は生涯「個」と「共同体」の間を揺れ動いた。その文脈ではこの作品も「個」への揺れの最後の一振れと見ることもできよう。しかし結末に漂う男の飄々とした雰囲気には、「共同体」を否定して「個」を！ といった力みはほとんど感じられない。(5) あるいは、グッドハートが「ロレンスの全作品を貫く遺産」と見る「力の観念」も完全に希薄化している。この作品は、ハイデガー的な意味で「死への先駆」をしたロレンスがたどり着いた地点だったのであろう。その地点は、反ファシズム的、反故郷的ユートピアといっていいかもしれない。

注

（1）近年、『日本語が亡びるとき』で大きな注目を浴びた水村美苗は、「すべての言語の、ほかの何物にも還元することができない物質性」（九三頁）を主張している。

（2）若きロレンスが大きな影響を受けたバーネットは、『初期ギリシア哲学』の序で、「初期イオニアの教師たちによって、世界にひとつの新たなるもの――そのものをわれわれは学《サイエンス》と読んでいる――が出現した」が、その学とは「世界についてギリシア風に思惟する」ことだと述べている。それほどに「ギリシア風に思惟する」とは画期的な、それまでの世界の見方とは画然と異なるものだったというのである。ハイデガーやイェイツ、その他多くの後世のヨーロッパの知識人がギリシアとの精神的紐帯を自らの存在基盤にすえたのは故なしとしない。

（3）拙論「ロレンス対プラトン」（『モダンの「おそれ」と「おののき」』松柏社、二〇一一年所収）参照。

（4）陳腐ではあるが、これはその認識が最も困難なものである。それは人間が「構造的に」死の認識を忌避する存在であり、その忌避のためにさまざまなもの（その総体を「文化」という）を生み出してきた存在だからである。その意味では、「死への先駆」どころか、頽落の自覚すらきわめて困難なことだ。しかしこうした「無気味さ」の自覚を促すこと、さらには死への「覚悟性」の措定こそが、ハイデガーを実存主義哲学者と「誤読」させてきた当のものなのである。竹田青嗣はこう言う。「ハイデガーの『物語』は、人間の『ほんとう』は『ほんとう』の声に聴き従おうとするその人間の態度にあるという同義反復に、『存在』問題の全体を回収してしまう……そのことによって、ヨーロッパは形而上学と技術主義によって汚れ、人間の『魂』は堕落し、それに気づくものだけが『存在の真理』に触れうるという、ニーチェに言わせればキリスト教的な〝教説〟が必然的に要請された……ハイデガーの『反‐ヨーロッパ』は、あの『理想状態』をモデルとして現実の〝堕落〟を嘆くキリスト教的―近代ロマン主義的な範型の典型である」（二五七―五八頁）。このような、ハイデガー、とりわけ『存在と時間』をいわゆる実存主義的に読む態度に対しては、まずハイデガー自身が、例えばサルトルなどの「実存的」読みを誤読として退け、自分の哲学は実存哲学とはまったく異なると力説している。その後も多くの評者がこの説を支持してきた。細川亮一は、「存在」への問いを実存的に読むことは「『存在と時間』の根本的な問題設定を覆い隠し……ハイデガーの思惟の道をまったく理解させないことになる」（八頁）と断言する。にもかかわらず竹田や他の多くの評者はハイデガーを「実存主義的」に読んできたし、またその読みは基本的に説得力をもっており、ハイデガーがいかに自著の「意図」を強弁しても、彼が人間の生の現状を「頽落」と見、これに本来的生を対置した時点で、こうした「誤読」にさらされるのは必然であったといえよう。笠井潔が、ハイデガーは頽落が必然的であるという指摘をするのは、最後にそれを「徹底的に批判するための伏線」（一四三頁）だと見るのも同種の実存主義的「誤読」といえよう。笠井によれば、『存在と時間』の基本的なモチーフは、「ワイマール体制下で空虚な繁栄にふけり、祖国に殉じて倒れた戦死者の記憶を忘れはて、瑣末な日常性にまぎれ目先の快楽にのみ耽溺」（一四一頁）する堕落した大衆の批判にあり、このモチーフに説得力をもたせるためには、一旦はそれを必然的なものとして現象学的に分析してみせ、その後でこれを否定するのが効果的だと考えたのだという。なかなかうがった見方だが、一定の説得力をもっている。いずれにせよ、ハイデガーがこうした人間の存在様態の批判に踏み込んだ以上、実存主義的に「誤読」されることはその必然的帰結であった。

(5)この点で、ロレンスはサイードやドゥルーズが提唱する「越境者的生」に近づく。サイードは「故郷」という存在そのものを否定して、永遠なる漂白＝ノマド的生を肯定する。あるいは仮にどこかに定住しようと、それは現世的事実に過ぎず、内的にはあくまでサン・ヴィクトルのフーゴーのようにどこにも属さず、どこでも「異邦人」でいることを選ぶのである。

引用文献

アドルノ、テオドール『本来性という隠語』笠原賢介訳、未来社、二〇〇四年。

ヴェーバー、マックス「宗教的現世拒否の段階と方向の理論」『世界の大思想Ⅱ-7　ウェーバー宗教・社会論集』河出書房、一九七二年。

宇野邦一「襞という応答」『現代思想』青土社、一九九九年五月臨時増刊号。

笠井潔『哲学者の密室』下、光文社、一九九九年。

柄谷行人『ヒューモアとしての唯物論』講談社、一九九九年。

スタイナー、ジョージ『マルティン・ハイデガー』生松敬三訳、岩波書店、二〇〇〇年。

竹田青嗣『ハイデガー入門』講談社、一九九五年。

デリダ、ジャック『精神について――ハイデガーと問い』港道隆訳、人文書院、一九九〇年。

中岡成文『ハーバーマス』講談社、一九九六年。
西谷修『不死のワンダーランド――戦争の世紀を超えて』講談社学術文庫、一九九六年。
ハイデガー、マルティン『形而上学入門』川原栄峰訳、平凡社、一九九四年。(『入門』と略記)
――――『存在と時間』上下、細谷貞雄訳、ちくま学芸文庫、一九九四年。(『存在』と略記)
――――「『ヒューマニズム』について」渡邊二郎訳、ちくま学芸文庫、一九九七年。(『ヒューマニズム』と略記)
バケス=クレマン『レヴィ=ストロース　構造と不幸』伊藤晃、松崎芳隆、中村弓子訳、大修館書店、一九七四年。
バーネット『プラトン哲学』出隆、宮崎幸三訳、岩波書店、一九五二年。
ファリアス、ヴィクトル『ハイデガーとナチズム』山本尤訳、名古屋大学出版会、一九九〇年。
細川亮一『ハイデガー入門』ちくま新書、二〇〇一年。
細見和之「知と非知の幸福にして不幸な出会い」、ジェフ・コリンズ、大田原眞澄訳『ハイデガーとナチス』解説、岩波書店、二〇〇四年。
水村美苗『日本語が亡びるとき』筑摩書房、二〇〇八年。
ラクー・ラバルト、フィリップ『政治という虚構―ハイデガー、芸術そして政治』浅利誠、大谷尚文訳、藤原書店、一九九二年。
Bell, Michael. "Lawrence and modernism," *The Cambridge Companion to D. H. Lawrence.* Ed. Anne Fernihough, Cambridge: Cambridge UP, 2001.
de Sola Pinto, Vivian. "D. H. Lawrence." *The Politics of Twentieth-Century Novelists.* Ed. George A. Panichas. Bristol: Hawthorn Books, 1971.

Goodheart, Eugene. *The Utopian Vision of D. H. Lawrence*. Chicago: Chicago UP, 1963.

Guttmann, Allen. "Sacred, Inspired Authority: D. H. Lawrence, Literature and the Fascist Body." *Shaping the Superman: Fascist Body as Political Icon—Aryan Fascism*. Ed. J. A. Mangan. London: Frank Cass, 1999.

Hough, Graham. *The Dark Sun: A Study of D. H. Lawrence*. New York: Octagon Books, 1979.

Lawrence, D. H. *Phoenix*. Ed. E. McDonald. Harmondsworth: Penguin, 1978.

—. *The Plumed Serpent*. Ed. L.D. Clark. Cambridge :Cambridge UP, 1987.

—. *Studies in Classic American Literature*. Ed. Ezra Greenspan, Lindeth Vasey and John Worthen. Cambridge: Cambridge UP, 2003.

Smith, Jad. "*Völkisch* Organicism and the Use of Primitivism in Lawrence's *The Plumed Serpent*." *D. H. Lawrence Review* 30.3, 2002.

Tindall, William York. *D. H. Lawrence and Susan His Cow*. New York: Cooper Square Publishers, 1972; first published in 1939.

Torgovnick, Marianna. *Primitive Passions: Men, Women, and the Quest for Ecstasy*. New York: Alfred A. Knopf, 1997.

個から世界へ――ロレンス、マーズデン、シュティルナー

有為楠 泉

はじめに

個人の意識、あるいは自我に対する関心の高まりは、二〇世紀初頭の西欧社会の特徴であるが、一方、まさにこの時代こそ、国家や共同体といった組織が個人に優先して論じられ、結果として世界大戦勃発という逆向きの皮肉な現象が生じた時代であった。無論、その皮肉な現象のゆえに尚一層、個への関心と希求は高まったのであるし、また、全体的なものへの抵抗と、個別的で部分的なものへの執着は、その時代の文化潮流であるモダニズムの重要な特質を形成した。D・H・ロレンスは自我への関心を終生持ち続けた作家であり、エッセイ「トマス・ハーディ研究」（以下「ハーディ研究」）の執筆および小説『虹』の草稿の書き直しに費やした一九一四年後半から、『虹』の出版と発禁に至る一九一五年秋頃までの期間は、とりわけその作品において、同時代的に進行する社会の軋轢に対抗する形で自我についての考察を深めた

時期であった。それは丁度、第一次世界大戦が始まり、ロレンスの活動が個人としても作家としても、制約を蒙り始めた時期と一致する。

一方、同じ頃、それまで女性参政権獲得運動家として知られていたドーラ・マーズデンは、『ザ・フリーウーマン――ア・ウィークリー・ヒューマニスト・レヴュー（途中からア・ウィークリー・フェミニスト・レヴュー）』（以下『フリーウーマン』と略記）を一九一一年一一月に創刊した後、一九一三年六月にはそれを『ザ・ニュー・フリーウーマン――アン・インディヴィデュアリスト・レヴュー』（以下『ニュー・フリーウーマン』と略記）に名称変更し、さらに一九一四年一月には『ザ・エゴイスト――アン・インディヴィデュアリスト・レヴュー』（以下『エゴイスト』と略記）と名称および編集の陣容を変更して初期モダニズムを牽引する雑誌出版活動を展開した[1]。『フリーウーマン』を創刊し、『エゴイスト』でも寄稿編集者の地位についたマーズデンが、名称変更に際してこの雑誌に託した考えは、文字通り自我《エゴ》をめぐる思考を前面に出したものと受け止めてよいだろう。ロレンスはこの『エゴイスト』の一九一五年五月一日号に、戦争を正面に据えた長詩「エロイ、エロイ、ラマ・サバクタニ［神よ、神よ、どうしてわれをお見捨てになったのか］」（以下「エロイ」）を寄稿している。ロレンスの詩はそれ以前にも、『エゴイスト』一九一四年四月一日号に五篇掲載されたことがあったのだが[2]、後述するように、ロレンスはこの雑誌に再度寄稿することについて前よりも一層意識的であった。

本稿では、雑誌『エゴイスト』の編集者対寄稿者という関係にありながら、実際には互いに面識を持っていなかったと思われるマーズデンとロレンスが、しかし、その考え方において高い近似性を有したこと、そして、自我への関心は、その時代の潮流としてのモダニズムと深い関わりを有したことを明らかにしようとする。そのための手段として、両者をマックス・シュティルナーによる「自己＝唯一者」をめぐる思考と比較するとともに、マーズデンとロレンスのサフラジズム（女性参政論）運動に対する関わり方、およびその根底にある考え方について考察する。サフラジズムに対する考えと関わり方は、自我をめぐるそれぞれの思考に密接なつながりがあると思われるからである。

一　ドーラ・マーズデンと自我主義

『フリーウーマン』の出版に携わる以前、急進的なサフラジェットとして鳴らしたマーズデンは、下層中流階級の出であったが、一八七〇年の教育法と奨学金制度のおかげで、マンチェスター大学で学ぶことができた。彼女と彼女のクラスメートであったクリスタベル・パンクハースト、メアリー・ゴーソープ、テレサ・ビリングトン＝グレイグ、ロウナ・ロビンソン、エミリー・ワイルディング・デイヴィスンはいずれもその後、「女性社会政治連合（ＷＳＰＵ）」の闘士として激しいキャンペーン活動に加わっている。とりわけマーズデンは、一九〇九年から一九一〇年にかけて、入獄とハンストによりしばしば新聞を賑わすことがあったし、サウスポートの議事堂でウィンストン・チャーチルの演説を天井から妨害した事件はサフラジェットの伝説ともなった。しかし、一九一一年、マーズデンは「女性社会政治連合」を脱退し、ロンドンに出て雑誌『フリーウーマン』出版に活動をシフトさせることになる。

『フリーウーマン』は、当時のフェミニスト、社会主義者、アナーキスト、性・急進主義者、バース・

コントロール提唱者、同性愛者、サフラジスト、文人、芸術愛好家など、男性女性の区別なくさまざまな人々が率直に議論しあう場を提供していた。しかし、その極端な自由主義は、種々のスキャンダルを生んで世の耳目を集めることとなった。加えて「女性社会政治連合」が組織的戦術と議会主義の運動方針を押し進めたことに対して批判的だったマーズデンは、理論的戦術を一層重視するようになり、雑誌出版を通じての啓発運動を強化していった。たとえば、『フリーウーマン』から『ニュー・フリーウーマン』への移行に伴い、マーズデンの論述の焦点は急進的フェミニズムからさらに個人主義的アナーキズムと文学的実験主義に移行していったので、彼女の文化批評がこの時期にシステマティックなエゴイズムの哲学に発展したと指摘されることも多い[3]。そしてさらに、短期間の発刊にとどまった『ニュー・フリーウーマン』がマーズデン自身の提案で『エゴイスト』と改名して再出発した過程[4]には、ドイツの思想家マックス・シュティルナーの自我に関する思想の強い影響があったと考えられている。

シュティルナーは著作『唯一者とその所有』で知られる一九世紀ドイツの思想家である。その思想の根幹は、どのような人間的共通性にも解消しえない交換不可能な「私」という自我を指して「唯一者」と呼び、「私」以外のすべてのものを空虚な概念として退けたことである。『唯一者とその所有』がドイツで出版されたのは一八四五年であるが、シュティルナーがイギリスに受容されたのは半世紀以上を経てからであった。一九〇七年に英訳が出版されたことも手伝ってイギリスでも大いに読まれるようになり、ブルース・クラークの言葉を借りれば、『唯一者とその所有』は、まさに「イギリスでもアメリカでも、二〇世紀の最初の二〇年間に成人しつつあった知的反逆者たちにとって試金石となった」(二〇頁)ということであった。このシュティルナーの自我主義とそこから派生すると考えられたアナーキズムは、モダニズムの進展するイギリスで一大旋風を巻き起こし、マーズデンも大きな影響を受けたと考えられている。実際、マーズデンはシュティルナーのことを、『フリーウーマン』一九一二年八月八日号の社説「成長する自我」において、「分析は後回しにして、とにかく紹介しなければならない」（二二一頁）と声高に述べているのであったし、『ニュー・フリーウーマン』においてもシュティルナーへの言及がしばしば展開されている（一九一三年九月一日号のエッセイ「視点とコメント」一〇四頁など）。マイケル・レヴェンソンはそれを評して「『ニュー・フリーウーマン』の主な関心はシュティルナーのエゴイズムを吹聴することで、そのレトリックは耳をつんざかんばかり」とまで述べている（六六頁）。したがって、雑誌の名称を『エゴイスト』と変更したのも、こういったマーズデンのシュティルナーへの傾倒と当然関係があったと推測される。

マーズデンの自我に関する本格的な論述は、彼女が論説執筆編集者として担当した『エゴイスト』の巻頭連載論文に見出される。(5)「真実と現実」と題したこの連載論文で、マーズデンはしばしば自分あるいはその認識主体としての自我に関する議論を活発に展開した。その中心的な考えは、「私」という語が提示する存在の様相を論じるものである。

「私」という言葉は……生きている単体――有機体――つまり、それ自身の生命の存在を主張する単体を表す印である。「私は意識し」、「私は感じ」、「私は生き」、「私は存在する」という時、その「私という」言葉は絶対的に際立っている。「私」というものが持つ意味なしには「感じる」も「生きる」も「存在する」も意味がない。……常に、感じるのは「私」である。あなた、彼ら、彼女、彼、それのどれをあてはめても、私にとっては、ただ感じているように見えるに過ぎないのである。……
（一九一五年五月一日号、六六頁）

この「私」に関する記述が示すように、マーズデンにはシュティルナーの言う「私＝唯一者」の強い影響が明白に認められる。

二　ロレンスと個人主義

一方、ロレンスは、自己《セルフ》について、エッセイ「ハーディ研究」の随所で論じている。また、小説『虹』において、アーシュラの生き方にその考えが示されていることはよく知られている。ロレンスの自己に関する考えの特徴は、たとえば「ハーディ研究」の中の次のような表現に見出すことができる。

> あらゆる生きものの最終目的は完全な自己の達成である。これが達成されると、そのものは生産し、実を結ぶだろう。しかしながら、求められるべき極致は、その実ではなく、花である。わたしが作り出す作品ではなく、わたしが到達する本当の自分、これこそが考慮すべきものである。完全な自分からわたしの完全な果実、作品、子どもたちが生まれるのだ。（一二頁）

つまり、自分というものを、その活動の結果においてではなく、その生の在り様において判断しているのである。そして、ロレンスはそういった自分自身を見つけることの難しさについても、さらに次のように述べる。

ところが、他のものから自分自身を区別しようとどれほど無様《ぶざま》な努力をしても、わたしたちは自分自身になることはできないし、また生命の最も複雑な動きをどれほど繰り返しても、一つとして新しい動きを生みだすことはできない。

わたしたちは、間違った方向で始めているのだ。自分がそうでないものを知ることで、個人としての自分がわかると考えるのだ。ところが、周知のことながら、人間の意識全部をもってしても実際にあるものの十分の一だって掴めないのだ……。（四四―四五頁）

これは逆に言えば、自分自身の在り様をしっかりと把握する以外に自己の達成は不可能であるということである。そうした認識を持った上で、自己を全うしようとする人間を、ロレンスは個人主義者《インディヴィデュアリスト》と呼んで次のように述べる。

個人主義者ということばが意味するのは、利己的で強欲な人、欲望を満たそうと必死の人ではなく、明白に存在する人、自分自身の個人的性質を全うするために、自分固有のやり方で行動せずにはいられない人のことである。彼は平均的な存在を超え、自身の完成のために自身の生命を制御する人物で

あって、そういった形で貴族でもある。（四九頁）

一九一四年から一九一五年頃のロレンスにニーチェへの強い関心があったことはこれまでの研究でよく知られており、ロレンスとニーチェとの関連についての議論は定着している。一方、ニーチェにも影響を与えたとされるシュティルナーを、ロレンスが直接読んだか否かは分からない。少なくともローズ・メアリ・バーウェルのチェックリスト(6)には挙げられていない。しかしながら、右に引用したような自分というものに関するロレンスの考えにシュティルナーとの近似性が存在することは、シュティルナーの次のような論述と比較するなら明らかに見て取れると言ってよいだろう。シュティルナーは人間の存在について次のように書いている

一個の人間であるとは、人間なるものの理想を実現することの謂いではなく、自己自身を、個体を表現しているのだ。私の課題であることを要するのは、私がいかにして普遍的に人間的なるものを現実化するか、ではなくして、私がいかにして私自身を充足するか、なのだ。私は私の類で在り、規範も、法も、手本もなしに、私は存在するのだ。ありうるのは、私が私自身からごくわずかなものを創りうるにすぎないということだ。しかし、このわずかなことはすべてであり、私が他者の力によって、道義の、宗教の、法の、国家の、等々の調教者によって私自身から創りださせるものよりは、はるかにましなのだ。（片岡訳、下巻、四六頁、・点筆者）

このように、自分というものを、自己（個人）の充足というかたちで把握しようとする考え方において、両者の共通点が明白に見出されるのである。ちなみに、サイモン・ケイシーは著書『むき出しの自由と願望の世界――D・H・ロレンスの作品におけるアナーキズムの要素』の中で、ロレンスの個人主義についての考えを急進的個人主義と捉えた上で、シュティルナーとの比較を詳細に論じている。その最も端的な類似例として、ケイシーは、まず、ロレンスがエドワード・ガーネットに宛てた手紙の中で用いた「わたしの小説の中に登場人物たちの古くて固まった自我《オールド・スティブル・エゴ》を求めないでください。もっと別の自我《アナザ・エゴ》があるのです……」という有名な一節を改めて検討し、その中にある「別の自我」ということばを指摘する（一六―一七頁）。ケイシーはまた、ロレンスがたとえば「古い自己からの溶解」のように自分というものを流れ《フロー》として把握した[7]のと全く同じことをシュティルナーも行っており、「自己の流れと溶解において妨げられてはならない」というシュティルナーの表現を挙げている（二〇頁）。そして二人とも、「古くて固まった自我」ではなく、自己の生命に根ざしたもっと別の自我が引き起こす、自分自身を充足するためのダイナミックで持続的な創造のプロセスについて論じたのだとケイシーは述べている（二〇―二一頁）。

このように、エゴイスト・シュティルナーと個人主義者・ロレンスの間には、確かに通底するものがある。そして、シュティルナーから強い影響を受けていたマーズデンとロレンスの間にも、自我あるいは主体（自分というもの）についての共通項を見出すことができるのであり、それが初期モダニズムの重要な動機《モティヴェーション》であったことは確かである。

三　雑誌『エゴイスト』におけるマーズデンとロレンス

これまで一章と二章では、ロレンスとマーズデンについて、各々のシュティルナーとの近似性を通して両者に共通する思考の特質を探ってきた。次に、両者の直接的な関係について考えてみる。ロレンスは編集者マーズデンと面識はなかったが、『エゴイスト』の編集グループの一員であるエズラ・パウンドとは親交があった。[8] パウンドはロレンスを高く評価していたので、マーズデンにロレンスの短編小説「ただ一度」を推し、『エゴイスト』に掲載するように勧めたことがあった。しかし、資金難を抱えていたマーズデンは、このときすでに『息子と恋人』等の小説家として知られていたロレンスに対する稿料に二の足を踏み、代わりにロレンスの詩五篇（注（2）参照）を掲載することに同意した。そして、一九一四年四月一日号にそれらの詩は掲載されたが、ロレンスはその直前まで、『エゴイスト』という雑誌についてはほとんど何も知らずにいたと思われる。なぜなら、アーサー・マクラウドに宛てた手紙で「僕の詩が数篇『エゴイスト』という雑誌に載ると思う。それについては何も知らないが。エズラ・パウンドが数篇選んで、三ポンド何がしかを送ってきた」（『書簡集Ⅱ』、一五六頁）と書いているからである。しかし、掲載された自分の詩に目を通した後、ロレンスは再度マクラウドに宛てて次のように書き送った。「『エゴイスト』はなんというお粗末な雑誌なんだ。分かっていたらあれらの詩を渡さなかったのに。それに七か所もミスプリントがある。豚野郎。あのミスプリントは簡単には許してやらないつもりだ」（『書簡集Ⅱ』、一六二頁）と。

杜撰な編集に立腹して罵りの言葉を書き連ねているロレンスの姿が目に浮かぶようである。しかしながら、ロレンスは結局この後も『エゴイスト』に三篇の詩を寄せた。その一篇が翌一九一五年五月一日発行の「イマジスト特集号」に寄せた「エロイ」である。「イマジスト特集号」と銘打ったこの号には、F・S・フリントによるイマジズムの歴史についての概説やハロルド・モンローによるイマジズム論に加えて、R・オールディントン、H・D、J・G・フレッチャー、フリント、ロレンス、エイミー・ローウェル、マリアンヌ・ムア、メイ・シンクレアの詩が掲載され、また、パウンド、H・D、フレッチャー、フリント、ロレンス、ローウェルの詩作については、それぞれ別の批評家による批評文が一気に掲載された。ロレンスの詩には、O・シェイクスピアの批評が載せられている。したがって、ロレンスが、以前杜撰な編集に腹を立てたことのある『エゴイスト』という雑誌ではあるが、それに自分の詩（「エロイ」）を新たに寄稿するという認識を持っていたことは確実と思われる。

「エロイ」は九三行から成る長篇の戦争詩であり、ロレンスが半年ほど前に制作した「エッケ・ホモ［この人を見よ］」を原詩として、それにかなりの手直しを加えて完成した作品である。(9) この詩は一人称の語り手による筋立てを有している。自分の肉体を、ときには嫌悪すら抱きながら無造作に扱ってきた語り手は、戦争という魔手がいかに人間の肉体と精神を破壊しようとするのか、そして、いかに語り手自身もその一翼を担いつつあったのかということを、次第に悟っていく。肉、足、腹、胸、傷、銃剣、鉄砲、血、銃創、苦痛、綻び、塹壕等々、夥しい損傷のイメジャリーが用いられる。また、眼前の敵の若者が語り手による銃剣の突きを待ちながら見せる悲痛と恍惚の混じった相貌は、この詩がホモセクシュアルな暗示を含むことを思わせるし、さらにそこに花婿と花嫁の結婚のイメージが重ねられている。たとえば「銃と鋼鉄が花婿で、肉体は花嫁なのか」といった表現である。長くなるので、この詩を抜粋して引用する。

俺は自分をどれほど憎んでいることか、自分のものであるこの肉体を
どこまでも自分に付きまとう腹立たしい影！

（第一連）

自分は死んでいない、怪我さえしていない
だが自分の影の影「である敵」を殺す！
［……］
俺はその男を撃った。男が倒れる瞬間、
頭を垂れて崩れ、ひれ伏して死ぬのを見た。

（第七連）

ようやく塹壕まで突っ走っていくと
また青い眼をした顔が見える
蒼白で、じっと動かず苦悶の表情を浮かべた顔が
待っている。俺には男がそれを望んでいるのがわかった
花嫁のように、男は俺の銃剣を取って、待ち望んでいる
［……］
その刃は俺から彼の中に突き刺さって止まった

（第八連）

和解は存在しないのか
死としか結婚できないのか
[……]
銃と鋼鉄が花婿で
肉体が花嫁なのか
（第一〇連）

自分は愛を夢見ていた、愛を、愛を夢見ていたのだ
[……]
至る所で男たちも女たちも神とともに喜び
[……]
知のそよ風に吹かれ揺れながら喜ぶ夢を
（第一一連）

神よ、これから自分たちの行いを償おう
自分たちのぼろぼろに裂けた肉体をもって償おう
（第一三連）

だが　敵であり兄弟でもあるあの男を殺して
死と手を結ぶことになるのか
それともその男に兄弟であるわが身を差し出し、殺してもらうべきか

花婿となるかそれとも花婿の付添となるべきなのか
(第一四連)

自分はこれから無傷で地上を歩いていく
罪は償われ、復讐の女神エリニュエスは再び
血が染み込むように大地に潜って姿を消し、われらは地上を歩いていく
たち向かう敵もなく、無傷で　完璧に　これからは
清められ　死の床から一致して蘇った群れとなって
(第一五連)
(七五 - 七六頁)(10)

死と損傷のイメジャリーが、その克服と回復を示唆する最後の第一五連に至るまで、全篇を通して用いられていることから、強烈な印象が生まれる戦争詩である。しかし、ここで筆者は、この詩の中に自我の問題がきちんと扱われている点に注目したい。語り手は自分と自分の肉体を嫌悪し、第一連ではそれを「腹立たしい影」と呼んでいる。そしてその「自分の影の影である敵」(第三連、第七連)を戦場で殺し(第七連)、さらに別の敵の若者に刃を突き付けるのである(第八連)。だが、そういった行為から生まれる男同士の情感を知り(第八連)、さらに本来あったはずの男と女の結婚という到達点について考えをめぐらしながら(第一一連)、自らの行為の意味を自問する(第一〇連、第一四連)。このような一連の状況の中で、この詩の語り手は死と再生の意味に思い到り、自分たちに課せられているこれからの持続的な運動の道筋を見出す(第一三連、第一五連)。つまり、それは、自分が何者であり何をするべきかを知る

ために辿る自己認識の旅の道筋でもある。「エロイ」はこのように一人称の男（俺）が自我の目覚めを確認する詩として読むことも可能なのである。

このイマジズム特集を掲載した『エゴイスト』の同じ号に、先に引用したマーズデンの巻頭連載論文「真実と現実」における「私」についての論述が載っていたことを考え合わせれば、偶然の一致にしろ、ロレンスとマーズデンの関心が同じ時期に同じ方向で展開されていたと推測できて興味深い。

四　『虹』におけるアーシュラの自我

ロレンスが「エッケ・ホモ」を修正して「エロイ」を書きあげたのは、『エゴイスト』一九一五年五月一日号に掲載されたほぼ直前のことと考えられるが、彼が前年の暮から書き直しに取りかかっていた『虹』の原稿を脱稿したのもそのわずか一月ばかり前のことであった。そう判断できるのは、ロレンスが三月二日付けのヴァイオラ・メネルに宛てた手紙の中で、『虹』を書き終えたのでタイプライターでの清書を彼女に依頼したい旨を伝えているからである（『書簡集Ⅱ』、二九九頁）。『虹』は、主人公アーシュラの成長をたどる上で、自己認識の過程を正面から取り上げた小説である。したがって、この時期ロレンスが自己というものに対して強い問題意識を有していたことは間違いない。自己認識の主体である自我の問題をめぐって、『虹』における記述には、たとえば先に引用した「ハーディ研究」における文章や、「エロイ」における一人称の自分（俺）についての表現と共通する箇所がいくつかある。たとえば次のような例を見てみたい。

アーシュラが大学に進学して三年目となり、当初の希望に満ちた大学における学問に疑問を持つようになった頃、生命あるものが持つ自分自身という事柄に関して一つの確信に近いものを持つにいたる場面である。物理学のフランクストーン教授と生命に特別な意味があるのか議論をした後に、アーシュラは顕微鏡に映しだされた単細胞の原生動物の存在を自分がはっきりと認知させられていることに気づき、それはなぜなのかと自問する。

> その生きものはそれ自身であろうとしているのだ。だがそれなら自分自身とは何なのか。突然彼女の心の中で、不思議にも世界が、顕微鏡下の細胞核のように、強い光をもって輝いた。突然、彼女はまばゆく輝く知見の光の中へ入って行った。全体としてそれが何なのかは分らなかった。ただ、それが限られた機械的エネルギーでもなければ、単に自己保存、自己主張でもないことは分かっていた。それは一つの完成、無限の存在であるということだ。自分自身とは、無限と一つになることだ。自分自身であるということは、無限が獲得する崇高な、輝く勝利なのだ。（四〇八―四〇九頁）

このようにアーシュラは、自分というものを、既にある固まった自分像を他者に向けて主張することではなく、なにかもっと大きく、持続的な存在のしかたと関連づけて把握している。自分自身の創造と再生のために無限に継続するダイナミックな運動と言い換えてもよいであろう。それはまさにロレンスが以前、「古くて固まった自我」ではなく、「もう一つの自我《アナザ・エゴ》」と呼んだものに相当し、この時アーシュラは、認識する主体としての自分（＝自我）について、ひとつの確信に近いものを感得していると考えられるのである。

ちなみに、これより前の場面であるが、アーシュラは、小学校の教師をしていたときの同僚マギーの兄で、自然人とも言うべきアントニー・スコフィールドの求愛をどうしても受け入れられなかったことがある。自分の感覚の充足の中に孤立して生きるスコフィールドに対し、彼女は自分が他者との関係性を保った「旅人、地上の旅人」（三八七頁）であることをはっきり意識する。そして、先に引用したように、顕微鏡下の単細胞生物の動きをきっかけにして自我について確信に近いものを会得したのち、常に自己の確立をめざして歩み続けるのである。したがって、さらにこの後スクレベンスキーと再会し、離別する紆余曲折が控えてはいるが、もはや彼女が自己の確立をめざした歩みを止めることはない。「エロイ」における「自分はこれから無傷で地上を歩いていく」（七六頁）という表現にも通ずるところがあると言ってよいだろう。

五　サフラジズムと自我

次に、当時の女性参政権獲得運動に対して、マーズデンとロレンスがそれぞれどのようなスタンスを取ったのかを、自我の問題と関連づけて考えてみたい。前世紀末頃から始まったサフラジストたちの活動は、二〇世紀に入ってパンクハースト母娘ら過激派サフラジェットによって設立された「女性社会政治連合」（以下、WSPU）の支部が各地に作られるとともに一層活発化し、一九一〇年代の始めにはピークに達していた。第一次大戦が始まると、WSPUはイギリス政府の戦争政策に賛同し、協力を宣言するといった闘争スタイルを選択する。かつて自らサフラジェットであったマーズデンは無論のこと、ロレンスにとってもこの女性参政権運動との関係は非常に重要な意味があった。後述するように、実際ロレンスの周囲にはこの運動に関連した人々が多々存在したし、ロレンス自身「ハーディ研究」や書簡の中でたびたびそれに言及しているのである。ロレンスの社会的背景として女性参政権運動との関係を論じた研究は、エレイン・フェインスティン、キャロル・ディックス、ヒラリー・シンプソン、倉持三郎などに見られ、また筆者も別の機会にそれについて論じたことがあるが、(11) ここでは、特に自我の問題との関連で検討する。

まず、マーズデンとサフラジズムの関係についてであるが、先述したように特別目立って過激なサフラジェットであった彼女は、パンクハーストらの率いるWSPUと袂を分かつことになる。その根拠としては、WSPUの戦術にマーズデンが違和感をおぼえるようになったためという見方が主になされている。たとえば、『フリーウーマン』復刻版を監修した出水純子（Junko Demizu）もその序文で「WSPUの狭い視野に満足できなくなったから」（v頁）と述べている。では、そういったマーズデンの違和感、不満の引き金となったのは何だったのか。おそらくそれが、自我についての問題意識と関係していたのではないかと筆者は考えている。一九〇七年に出版されたシュティルナーの『唯一者とその所有』の英訳はアメリカ人の言語学者でアナーキストのスティーヴン・ビングトンによるものであった。このビングトンは、同じくアメリカ人アナーキストで英訳の後援者であったベンジャミン・タッカーとともに、のちには『ニュー・フリーウーマン』に寄稿もするようになる。その『唯一者とその所有』を、マーズデンはすでに『フリーウーマン』の社説「成長する自我」において、「人間の書いたもので最も深遠な書物の一つ」（二二一頁）と絶賛している。あらゆる存在の前に、人間の自我があり、人間が自由であるためには、一つの自我であらねばならない、といったシュティルナー的信条、言い換えれば、議会主義的政治活動をも自我の問題として解消してしまうアナーキーな発想である。マーズデンがそれに素早く反応し、パンクハーストらの議会主義的WSPUの方向に違和感や不満を抱いたことは、マーズデンがWSPUとあっさり決別した根拠として十分ありえたと思われるのである。とは言え、戦闘的サフラジェットであった彼女の意識の中からサフラジズムの問題が消えることは、当然ありえなかったので、サフラジズム関連の記事は持ち込まないというオールディントンら『エゴイスト』の新しい編集者の方針に反しても、彼女は事あるごとにWSPU批判を繰り返している。[12]

ロレンスとサフラジズムの関係はどうであったのだろうか。ロレンスの周りにはサフラジストやその影響を受けた女性たちが多数存在した。故郷イーストウッドでロレンスが若いころ親しかったアリス・ダックスや長文の手紙を一時頻繁に交換したリヴァプールの郵便局員ブランチ・ジェニングズは熱心なサフラジストであったし、婚約したルイ・バロウズはサフラジスト支援者だった。幼馴染のジェシー・チェンバーズも影響を受けた一人だった。実際、WSPUのパンクハースト母娘はキャンペーンのためにノッティンガムをしばしば訪れており、盟主エメリン・パンクハーストは、イーストウッドの社会思想家でロレンスと懇意であったウィリアム・ホプキンとサリー・ホプキン夫妻の家に泊まったこともあった。[13]だが、そのホプキン夫妻の娘イーニドに宛てた手紙（一九一二年一二月二三日付け）で、ロレンスは「僕は自分の小説の中で、女性のためにサフラジストたちよりもうまくやってみせる」（『書簡集I』、四九〇頁）と書いている。また「ハーディ研究」において、ロレンスはサフラジストを「勇敢」で「英雄的」と形容し、その活動の意図を「価値があり賞賛すべき」（一四頁）ものと称賛しているが、同時に、彼女たちの状況を「さらに多くの法律を作るという落とし穴」（一五頁）に落ち込んでいるので「嘆かわしく哀れ」（一五頁）とも書いている。

では実際、ロレンスの小説の中でサフラジストたちはどのように描かれたのだろうか。『息子と恋人』の主人公ポールは、学校を終えるとノッティンガムにあるジョーダン医療器具工場に事務員として就職し、そこで働くクレアラと知りあうが、この時クレアラは、サフラジストの活動に加わっていて、集会に参加もしている。夫と別居中で、女性の権利に目覚め、周りから賢いと思われているクレアラだが、集会に参加している彼女をポールは本来の彼女の姿でないように感じる。ふたりがミリアムの招きでウィリー農場を訪れた日、クレアラは農場のレイヴァーズ夫人に「人生で失くしたものはないの？」と問われると、「全部置き去りにしたわ」と強がって見せる。それを耳にしたポールは、クレアラに対して「置き去りにしたものに君はいつもつまずいていることに気がつくよ」（二七四頁）と言って彼女の生き方が不安定であることを指摘し、その後ミリアムと三人で散歩に出かけた時にも、自分なら「男として騎士《ナイト》のように女性に代わってWSPUの旗を持ってあげたい」し、「戦う女は鏡に映った自分の姿に怒り狂う犬のようだ」と言ってサフラジストをからかい、クレアラに惨めな思いをさせる（二七四頁）。

また『虹』では、アーシュラが大学で親友となったドロシー・ラッセルの場合があてはまる。弁護士の娘でありフィレンツェで育ったドロシーは、ノッティンガムで大学に通うために叔母の家に下宿しながら、

「WSPUのために奴隷のようにあくせく」（四〇〇頁）働いていると描写されている。

つまり、『息子と恋人』と『虹』のどちらにおいても、二〇世紀初頭のイギリスでサフラジズム運動の最大の根拠地のひとつであったノッティンガム市におけるWSPUの活動に、登場人物たちが関わりを持って描かれているのである。しかし、小説の中の描写から読み取れるのは、クレアラとドロシーの両方とも、自分以外の何か別のもののために行動しており、自分自身を実現し、充足する姿として描かれていないということである。そういった自己実現の体験をサフラジズムの活動から得られることはないとロレンスは言っていると考えられる。「ハーディ研究」の中で、サフラジストたちは「法律を作るという落とし穴」に陥っているとロレンスが述べたのは、まさに、クレアラやドロシーのように、自分がよしとしてやっている行動が形骸だけのものであり、自分の本当にやるべき事柄から隔てられている状況を指していると思われる。

このように、マーズデンとロレンスは、それぞれ実際のサフラジズム運動との関係のしかたに違いはあるものの、自我の認識、あるいは自己の充足という点において、サフラジズムに対して同じように違和感を抱き、距離を置いていることが分かる。

おわりに

これまで見てきたように、自我の問題は、イギリスにおけるシュティルナーの受容とも関連して、マーズデンの三つの雑誌の最重要テーマの一つであり、モダニズムの文学活動を牽引する一つの重要な役割を担っていた。そして、ロレンスの創作活動もその事柄と深く呼応しあうところがあったことが明らかになったと言えるだろう。尤も、ロレンスの個人主義、あるいは自我についての考えは、彼自身と社会との深い関わりの中から生まれ、また、その中で変化していった点も見逃すことはできない。たとえば、一九一五年九月九日、オットリン・モレルにあてた手紙の中で、ロレンスは「わたしにとって、自分の中の一番深いところにある自分自身を常にはっきりと正しく掴んでいるのは、本当に難しいことです。わたしたちは、まず、自分自身の中に大きな過失があるのを認めねばなりません。しかし、それだからと言って、新しい世界の小さな固い蕾はつぶされたりしないのです。永遠の友情、一時的でない何か永続するものがあると信じていますす」(『書簡集』Ⅱ、三八八頁、傍点筆者)と書いているが、それは第一次大戦が長引く気配を示し始めていた中で、バートランド・ラッセルと一旦は強く意気投合しながら、結局意見の不一致に陥ったのちに、再度、自分たちの真の友情と発展を信じて書かれた言葉であった。ロレンスが自己という認識を明瞭に打ち出しながら、同時に他者との共同を模索していたことを示している。そういった個と共同性に関わる問題意識に裏打ちされながら、ロレンスの自我についての考えは進展していったと考えられる。

このように、マーズデンとロレンスの活動を、ふたりの接点となった雑誌『エゴイスト』およびサフラジズム運動との関連の中で辿っていくことによって、ふたりの自我の問題についての捉え方の近似性と相違が明らかとなり、またその問題がモダニズムの進展に深く関わっていたことにあらためて思い到るのである。

注

（1）『フリーウーマン』が発行されたのは一九一一年一一月から一九一二年一〇月、『ニュー・フリーウーマン』は一九一三年六月から一九一三年一二月、『エゴイスト』の発行は一九一四年一月から一九一九年一二月。

（2）「歌」、「早春」、「ハネムーン」、「だまされて」、「冬物語」の五詩。

（3）L・K・マッケドリック（一八〇―一八七頁）やM・レヴェンソン（六三―七九頁）など。

（4）改名は一般に『エゴイスト』への再編の経緯を考察するとき、マーズデンがパウンドら男性編集陣の要請に屈した結果のように思われがちであるが、エゴイストという言葉をタイトルにする考えはマーズデン自身が編集陣に提案し、同意をとりつけたことが、ハリエット・ショー・ウィーヴァがマーズデンに宛てた書き付けの内容から分かっている。（プリンストン大学図書館所蔵ドーラ・マーズデン・コレクション）。詳しくはクラーク（二三八頁、注六〇）を参照のこと。

（5）『ニュー・フリーウーマン』が『エゴイスト』に再編された際、その理由としては、『ニュー・フリーウーマン』の資金繰りが苦しくなったこと、また編集陣の中からエズラ・パウンドやリチャード・オールディントンのように掲載作品や記事の内容を文学に絞り、それまでマーズデンが行ってきた政治活動、特にサフラジズムに対する論評を掲載することを辞める方針が強く打ち出されたことなどがあげられている。しかし、いずれにせよ、そういった経緯の後に、『エゴイスト』において編集主幹を出資者のハリエット・ショー・

ウィーヴァ、副編集者をオールディントンに譲り、寄稿編集者として再出発したことは、マーズデンにとってやむを得ない選択ではあったものの、論説をほぼ独壇場に近い形で寄稿する機会を維持できたことで、結果的に幸いだったとも解し得るだろう。この間の詳しい事情はK・ムリンを参照のこと。

(6)バーウェル「ロレンスの読書チェックリスト」のこと。

(7)例えばロレンスのエッセイ「平和の真実」における「自分の中に創造の大きな欲望と溶解の大きな欲望が存在する」(『ヤマアラシの死についての考察とその他のエッセイ』、三六頁)という表現や、「水の流れのように避けられない創造の結果としての腐敗」(三六頁)というような言葉。

(8)ロレンスとパウンドの関係については、例えばK・A・ハーズィンガー(一四〇―一五七頁)、あるいはW・リッツを参照されたい。

(9)アメリカの詩人ハリエット・モンローは自分の編集する詩集『ポエトリー』五号を戦争詩特集として、ロレンスにも寄稿を依頼した。ロレンスは寄稿はしなかったが、この詩集に載った他の詩人の戦争詩をモンロー宛ての手紙(一九一四年一一月一七日付け、『書簡集』Ⅱ，二二三―二頁)で批判し、自作の戦争詩を書き送った。この詩が「エロイ」の原詩「エッケ・ホモ」である。

(10)引用頁は『エゴイスト』のもの。この詩はV・デ・ソラ・ピントとW・ロバーツ編集『D・H・ロレンス全詩集』第二巻にも掲載されている(七四一―四三頁)。訳出に際して岩井学氏の訳を参照させていただいた。

(11)ロレンスの社会的背景として女性参政権運動との関係を論じたものとしては、例えばフェインステインの九―一〇頁、ディックスの一―九頁、シンプソンの一九―四五頁、倉持三郎の三五―七六頁を参照。拙論(Izumi Wicks, "D. H. Lawrence and Women's Suffrage: The Role of Two Suffragettes, B.Jennings and

D.Marsden, in His Writing")も参照されたい。

(12) マーズデンは『エゴイスト』には参政権運動に関する記事や意見を載せないという編集方針に同意したはずであったが、巧みに、そして、したたかに、「視点とコメント」と題した自分の担当コラムにそれを滑り込ませた。たとえば、彼女は「WSPU」の文字は使わなかったが、それとわかるやりかたで、クリスタベル・パンクハーストらWSPUのメンバーがハーグ女性国際平和会議に出席した際の、公共の場における彼女たちの行動をばかげた戦術として激しく批判した。(一九一五年五月一日号、七〇頁)

(13) ノッティンガムにおける労働運動および女性参政権運動の関わりおよび歴史については拙論("D. H. Lawrence and Women's Suffrage:...")を参照されたい。ノッティンガムにおける労働運動の歴史についてはウィンコールの九一—一一五頁に詳しい記述がある。また、同市の女性参政権運動の歴史については、ノッティンガム市図書館所蔵の「サフラジェッツ・ニューズカッティング・アンド・レファレンス」に詳細な歴史資料が納められており、後者にはWSPUの機関紙 *Votes for Women* のバックナンバーも含まれている。

引用文献

倉持三郎『D・H・ロレンスの作品と時代背景』彩流社、二〇〇五年。

シュティルナー『唯一者とその所有』下巻、片岡啓治訳、現代思想新社、一九九五年。

Burwell, Rose Marie. "A checklist of Lawrence's reading", *A D. H. Lawrence Handbook*, Ed. Keith Sagar. Manchester: Manchester UP, 1982.

Casey, Simon. *Naked Liberty and the World of Desire: Elements of Anarchism in the Work of D. H. Lawrence*. New York and London: Routledge, 2003.

Clarke, Bruce. *Dora Marsden and Early Modernism: Gender, Individualism, Science*. Ann Arbor: The University of Michigan Press, 1996.

Demizu, Junko. Preface. *The Freewoman Volume I: A Weekly Feminist Review No.1-No.26*. Kyoto: Eureka Press, 2006. v.

Dix, Carol. *D. H. Lawrence and Woman*. London: Macmillan, 1980.

Feinstein, Elaine. *Lawrence's Women: The Intimate Life of D. H. Lawrence*. London: Harper Collins, 1993.

Herzinger, Kim A. *D. H. Lawrence in His Time: 1908-1915*. Lewsburg: Bucknell UP, 1982.

Lawrence, D. H. "Eloi, Eloi, Lama Sabachthani?" *The Egoist: An Individualist Review* 1 May 1915: 75-76. および *The Complete Poems of D. H. Lawrence*. Volume 2. Ed. Vivian de Sola Pinto and Warren Roberts. London: Heinemann, 1964. 訳出に際し参照した岩井学訳は吉村宏一・北崎契縁ほか編訳『D・H・ロレンス書簡集V』一九一四』松柏社、二〇〇八年、二六九―七四頁。

—. *The Letters of D. H. Lawrence, Vol. I*. Ed. James T. Boulton. Cambridge: Cambridge UP, 1979.

—. *The Letters of D. H. Lawrence, Vol. II*. Eds. George J. Zytaruk and James T. Boulton. Cambridge: Cambridge UP, 1981.

—. *The Rainbow*. Ed. Mark Kinkead-Weekes. Cambridge: Cambridge UP, 1989.

—. "The Reality of Peace." *Reflections on the Death of a Porcupine and Other Essays*. Ed. Michael Herbert.

Cambridge: Cambridge UP, 1988. 25-52.

——. *Sons and Lovers*. Ed. Helen Barron and Carl Barron. Cambridge: Cambridge UP, 1992.

——. "Study of Thomas Hardy." *Study of Thomas Hardy and Other Essays*. Ed. Bruce Steele. Cambridge: Cambridge UP, 1985. 7-128. 訳出に際し吉村宏一ほか訳『不死鳥 下』山口書店、一九八六年、三一―一七一頁を参考にした。

Litz, Walton. "Lawrence, Pound, and Early Modernism," *D. H. Lawrence: A Centenary Consideration*, Ed. Peter Balbert and Phillip L. Marcus. Ithaca: Cornell UP, 1985, 15-28.

Levenson, Michael. *A Genealogy of Modernism: A Study of English Literary Doctrine, 1908-1922*. New York: Cambridge UP, 1984.

MacKedrick, Louis, K. "The New Freewoman: A Short Story of Literary Journalism," *English Literature in Transition, 1880-1920*, 15:3 (1972). 180-87.

Marsden, Dora. "The Growing Ego." *The Freewoman: A Weekly Humanist Review* 8 Aug 1912: 221-22.

——. "Truth and Reality." *The Egoist: An Individualist Review* 1 May 1915: 65-69.

Mullin, Katherine. "Modernisms and feminisms", *The Cambridge Companion to Feminist Literary Theory*, Ed. Ellen Rooney, Cambridge: Cambridge UP, 2006. 136-49.

Nottingham City Library. "Suffragettes: newscuttings and references in Nottingham Local Studies Library and Nottinghamshire Archives", March, 2000.

Simpson, Hilary. *D. H. Lawrence and Feminism*. Dekalb, Illinois: Northern Illinois UP, 1982.

Wicks, Izumi. "D. H. Lawrence and Women's Suffrage: The Roles of Two Suffragettes, B. Jennings and D. Masrden,

in His Writing," *New Directions*, Vol.27. English Department in Nagoya Institute of Technology, 2009, 49-62.

Wyncoll, Peter. *The Nottingham Labour Movement 1880-1939*. London: Lawrence & Wishart, 1985.

Ⅳ　ノンフィクションをめぐる旅

第一次世界大戦という歴史／歴史という第一次世界大戦
――キプリング、チェスタトン、ウェルズそしてロレンスによる歴史記述

岩井 学

昨晩の演奏会は中止になりました。恐ろしい砲撃、そして空爆等々があったのです。毎晩この繰り返しです。騒音がうるさくて夜も眠れず、体調を崩しています。良いもの、素敵なもの、清らかなもの、瑞々しいもの、優しいもの、これら全てが失われました。もう決して手に入れることはできないでしょう。

エドワード・エルガーからアリス・スチュアート＝ウォートリーへの書簡（一九一七年九月）

少女はシホンシュギ（時にはブッシツシュギという言葉が使われる）が何であるかを知らない。ただ人々がその言葉を口にするときに聞き取れるさげすむような響きからすると、それはどうやら自然や正しさに反する、ゆがんだものごとのあり方であるらしい。自分の身体や考え方をきれいに保つために、外の世界とできるだけかかわってはならないと少女は教えられる。そう

しないと心がオセンされていくことになる。

村上春樹、『1Q84』BOOK2

アメリカのアイデンティティーは自由。フランスは自由と博愛と平等。日本はそんなものはない。我欲だよ。物欲、金銭欲。……それが一気に押し流されて、この津波をうまく利用してだね、我欲をやっぱり一回洗い落とす必要があるね。積年たまった日本人の心の垢をね。これやっぱり天罰だと思う。

二〇一一年三月一四日、石原某

まず第一に、歴史的事実というものは、決して「純粋な」形で我々の前に現れてくるわけではないのです……。歴史的事実とは、記録者の心を通って、常に屈折して現れ出てくるものなのです。

E・H・カー、『歴史とは何か』

一　序

一九一五年九月のある晩、D・H・ロレンスは妻フリーダとともに、ドイツの巨大な飛行船ツェッペリンがロンドン市街を空爆する様子を、ハムステッド・ヒースから食い入るように見つめていた。この無差別爆撃は、ロレンスだけでなくイギリスの市民にも大きな衝撃を与え、人々の人生観、世界観、人間に対する見方を完全に変えてしまった。翌日ロレンスはオットライン・モレルに当てて次のように書き送っている。

するとき頭上にツェッペリンが現れました。ちょうど目の前の、きらめく雲の中からです……。その下の地上では、砲弾が炸裂し火を噴きあげ、その火がしぶきのように飛び散っていました。地上近くで閃光が走ったかと思うと――大地を揺るがすかのような爆音が続きます。まるでミルトンの世界でした。天上の戦争でした。……まるで宇宙の秩序が狂ってしまったかのような、まるで新たな秩序、新たな天が我々の頭上に現れたかのようでした。そして怒り狂った世界が、それに反旗を翻したかのようでした。……

このように我々の宇宙が爆発、ついに爆発し、星や月も吹き飛ばされてしまい、大気の覆いも破裂し、そして新たな宇宙が現れました……。このように終わりを迎えたのです。我々の世界は失われました。我々は大気の塵にすぎません。(『書簡集Ⅱ』、三八九―九〇頁)

『ヨーロッパ史のうねり』は、第一次世界大戦が最終局面に入った一九一八年七月に最初の四章が執筆され、残りの章は停戦後数か月たって執筆された。しかしながらこの歴史書には、世界の見方を変えてしまうような衝撃をこの作家に与えた第一次大戦に関する記述はない。五年後の改訂の際に現代の章を加えることが求められたが、第一次大戦を扱う章は結局書かれなかった。このことは、ほぼ同時期に執筆されたH・G・ウェルズの『世界史大系』と好対照をなす。ウェルズは、「一九一四年の世界的破局」という六〇ページにも及ぶ章を執筆している。

ロレンスが第一次大戦に関する章を執筆しなかった一つの理由として、彼自身がこの戦争をどう捉えたらよいのか確信が持てなかったことが挙げられるかもしれない。ロレンス自身は、ツェッペリンによる爆撃のほかに、安住の地と思われたゼナーのコテージから見下ろす海岸でイギリスの商船がドイツのUボートに撃沈されるという事件に遭遇し、また自身の徴兵検査で屈辱を味わい、さらにドイツへのスパイ容疑でコーンウォールからの退去まで命じられた。さらにとりわけ親交の厚かったシンシア・アスキスの兄弟を始めロレンスと近しい人たちが負傷し、そして命を落としていった。このように身に迫る脅威を感じながら否応なく戦争に巻き込まれていったロレンスは、第一次大戦という歴史上類をみない殺戮行為をおぞましく思い、それを遂行する社会や人々を嫌悪した。しかしながら同時に、この戦争が人間の奥底に潜む破壊衝動を充足させ、またイギリスにはびこる腐敗を一掃するとの相矛盾する思いも抱いていた。

　戦争中にしたためられたロレンスの書簡には、大戦に対するこのようなアンビバレントな思いが表れている。戦争という人類の浅はかな行為に対する嫌悪感は、大戦の当初から書簡の中でたびたび表明さていれる。「戦争のせいで気が滅入ります。戦争の話題を聞くと気分が悪くなります。……戦争というものに潜むおぞましさ、動き出したら止まらず、野蛮で、忌まわしい戦争のバカバカしさに、繊細であるばかりに打ちのめされてしまう人たちのことが本当に気の毒です……」（『書簡集Ⅱ』、二一八頁）。シンシア・アスキスには、愛と戦争とを対立概念として用い、愛こそが、戦いに明け暮れるこの世を平和な世界へと変えることができる、と訴えている。「ですからもしわたしが愛を抱いたとすると、わたしは戦争の原理と真正面からぶつかることになります。もし戦争が広がっていけば、愛を抱くこともなくなります。もし愛が広まっていけば、戦争など起こりません。……愛とは、春と同じく、壮大な創造のプロセスであり、バラバラになった多くの要素から、統合された一個のまとまりを形成していくものなのです。我々は、崩壊のプロセスをもう十分すぎるほど経験しました」（『書簡集Ⅱ』、四二四頁）。心の安らぎを心底願いながらも、しかし逃れようもなくまとわりついてくる現実に動揺し、苦悩する心情も綴られる。「平和が訪れて、また幸せな時をともに過ごせれば、と切に願っています。しかしこの世界の騒動が心を蝕み、安らぎを奪っていくのです」（『書簡集Ⅱ』、六〇五頁）。徴兵検査での屈辱的体験を経て、戦争に対する憎しみにも似た感情がいっそう増幅されていく。「……自分にとっては、戦争は完全に間違っていて、バカバカしくて、おぞましく、唾棄すべきものです。……戦争のことを考えると、わたしは心底嫌気が差し、存在を冒涜されているように感じずにはいられません。自分にとっては、戦争は間違っていて、何をもってしても、生や死をもってしても、それを正しいものとすることはできません」（『書簡集Ⅲ』、三二一頁）。

しかしながら同時に、これと矛盾するような感情や戦争観も時として垣間見られる。軍国主義に振り回され国家のために戦うことには激しい嫌悪感を抱くものの、人間に内在する破壊衝動は満たされねばならぬとして、戦うことの必要性をロレンスは力説するのである。

> ……ですからわたしは良心的兵役拒否者ではありません。……わたしも人は戦わねばならないと信じています。……
> 我々が欲しているのは、自分たちの欲求を満足させることです。心の奥底にある、もっとも崇高な欲求です。……
> ……誰が戦争をしようと、また誰が戦争に行こうと、わたしはそれを決して禁じたりはしないで

しょう。……
……戦うことによって、人々は次のことに気づくでしょう、つまり自分のより偉大な欲求とは、結局、国家のため、あるいは制海権のために戦うことではなく……自分のなかの新しい、より強い欲求、より満足のえられる崇高な欲求を認識することだったのだ、ということに。（『書簡集Ⅱ』、六三三―三三五頁）

また別の書簡では、戦争によってこの国にはびこる腐敗が逆説的ながら一掃され、現代人を冒す病が治癒されるという理由で第一次大戦を容認している。ロレンスは戦争を手術にたとえ、「我々には外科手術が必要なのです。ケンブリッジにも、イギリスにも、そしてわたしにも手術が必要です。……戦争がわたしたちにっての外科手術になると考えていました。まだそうなるかもしれないと思っています」（『書簡集Ⅱ』、三三一八頁）と書き、また別の書簡では、皮肉を込めて「この戦争をうれしく思います」と繰り返し書く。なぜなら戦争のおかげで低俗な作品は読まれなくなるであろうから。

この戦争をありがたく思います。戦争のおかげで、巷にあふれる底の浅い「もっともな」大衆小説は相手にされなくなるでしょう。ここ数か月で人びとの感情は以前よりもずっと深く鋭くなってきているので、「深刻ぶった」作品にはもう騙されないでしょう。……戦争をありがたく思います。戦争のおかげで、くだらない作品がはやらなくなりますから。（『書簡集Ⅱ』、二四〇頁）

この書簡にはかなり皮肉が込められているとしても、別の書簡では、第一次大戦によってこの国にはびこる腐敗分子、すなわち平和主義を説いて害毒をまき散らすような自称進歩主義者たちを浄化することができるのだと強く訴えている。

わたしも、近いうちに国が悲惨なことになればと期待している、と認めねばなりません。……もし皆が、恐るべき悲惨な状態の海に飲み込まれてしまえば、我々ももっと健全で誠実になるかもしれません。とにかく、そうなれば我々は何か、何か新しいことができるような気がします。あの年寄りじみた自称「進歩的」連中――ケンブリッジの連中、ローズ・ディキンソン、バーティ・ラッセル、改革派、社会主義者やフェビアンの若者たち――このような連中に付いていってもムダです。彼らは我々にとって害毒であり、希望ではありません。彼らをすっかり一掃し、新たなスタートを切らねばなりません。……黴臭くてピントの外れた平和フェチ、人類皆兄弟的輩は最悪です。(『書簡集Ⅲ』、四九頁)

このように、戦争に対する嫌悪の情と浄化作用としての戦争への期待というアンビバレントな感情が書簡には綴られている。この葛藤は、一九一五年一月末にシンシア・アスキスに宛てた書簡に如実に表れている。

戦争はわたしの息の根を止めました。戦争という槍は、すべての悲しみと希望の脇腹を貫きました。

……

……戦争のせいでわたしの心は、これまでずっと、涸《か》れた土塊《つちくれ》のように冷たいままでした。しかし今は、自分が死に絶えたとは思っていません。希望が持てる気がします。……戦争に関しても希望を持てる気がします。……

……我々はいずれ皆この事態を生き抜き、大きな過去を背負いながらもふたたび立ち上がり、傷も癒えた新しい完全な身体で、この大地に新たな一歩を踏み出すのだ、ということを理解しました。

説教臭くなりましたが、どのように言ったらよいかよく分からないのです。(『書簡集Ⅱ』、二六八―六九頁)[1]

このようにロレンスは、戦争をおぞましく思いながらも、それによって生まれ変わることができるかもしれないという、相矛盾する心情の間を揺れ動く。『ヨーロッパ史のうねり』は第一次大戦という、ロレンスにとって悪夢のような経験を経て執筆されたテクストである。しかし「どのように言ったらよいかよく分からない」感情をロレンスに抱かせたこの戦争が『ヨーロッパ史のうねり』の中で直接的に言及されることはなかった――この経験が言葉となるのは、『カンガルー』の第一二章「悪夢」が三人称で描かれるまで待たねばならない。

しかしながら戦争体験の痕跡は、『ヨーロッパ史のうねり』の中にもはっきりと刻印されている。例えば、フン族率いるアッティラによって壊滅的打撃を受けた五世紀中頃のガリアの記述である。

至るところ……恐るべき戦闘、破壊、荒廃に見舞われた。全土が廃墟と化してしまった。……ローマ人の柔弱さと野蛮人の獰猛さが、文明の地ヨーロッパを破壊してしまったのである。（八五頁）[2]

このパッセージは、大戦中の英国、そしてヨーロッパの状況に対して人々が抱いていたイメージと重なりあう。一時代を築いたもののその奢りから没落していったかつてのローマ帝国に、当時のイギリス人は、人種退化が叫ばれ世界の覇権争いから後退しつつあった自らの帝国の未来の姿を見ていた。またドイツ人＝野蛮人という図式は、反ドイツ・プロパガンダで使われた典型的なイメージとして開戦当初から流布されていたものである。例えば開戦から数か月たった一九一四年一二月に『タイムズ』への投書でオクスフォード大学のある教授は次のように息巻いている。「彼ら〔ドイツ人〕は未だ、我々の祖先を攻撃し、ローマ帝国の文明を破壊してしまった一五世紀前の野蛮人のままなのである。……ドイツには、頼るべき過去の文化がない」（セース、六頁）。したがって『ヨーロッパ史のうねり』のローマ帝国とフン族を巡る記述を執筆当時の文脈においた場合、戦争によって荒廃した世界の記述、そして「ローマ人の柔弱さと野蛮人の獰猛さが、文明の地ヨーロッパを破壊してしまったのである」という一文は、当時の読者に対して、第一次大戦へのアリュージョンとして機能するに十分であったろう。

また想像を超えた暴力と破壊を経験した当時の読者にとっては、次の記述は単なる歴史的事実というよりもむしろ、切実なリアリティを持って迫ってきたに違いない。

ガリアでの恐るべき騒動と危険のまっただ中にあって、人々のなかには、戦闘、略奪、焼討ち、盗み、

引ったくりに心底嫌気がさす者もでてきた。彼らは何よりも、平和と心穏やかに過ごすことを望んでいたのである。(八七頁)

ここに「平和が訪れて、また幸せな時をともに過ごせれば、と切に願っています」というロレンスの心情のこだまを聞き取ることができるかもしれない。逆に言えば、大戦の惨禍を経なければ、このような文章は出てこなかったであろう。

『ヨーロッパ史のうねり』における第一次大戦のインパクトの大きさは、他の歴史書と比較することでより明らかになる。一九一〇年代に歴史書を執筆した作家はロレンスだけではない。大戦前後に作家によって書かれた歴史書として、ラドヤード・キプリング『少年少女イギリスの歴史』(一九一一年、C・R・L・フレッチャーとの共著。フレッチャーは『ヨーロッパ史のうねり』改訂の際にロレンスが書いた「エピローグ」を却下した人物である)、G・K・チェスタトン『英国小史』(一九一七年)、そしてH・G・ウェルズ『世界史大系』(『ヨーロッパ史のうねり』出版の数か月前に出版)を挙げることができる。これらのどのテクストも執筆された当時の状況を色濃く反映していると同時に、第一次大戦前後のイデオロギーの構築に寄与している。しかしロレンスは、前二著が煽るナショナリズムからも、後著でウェルズが擁護する国際主義《インターナショナリズム》からも距離をとっていた。『ヨーロッパ史のうねり』が最終章を除いてほぼ完成した時期に執筆されたエッセイ「デモクラシー」では次のように述べられている。

今なすべきことは、国家《ネイション》の意義を高く掲げる事ではなく、また国際主義《インターナショナリズム》の意義をさらに高く掲げる事ですらない。今必要なことは、国家主義《ナショナリズム》からも、国際主義からも、それらが理想めかして被っている覆いを剥ぎ取ってしまい、それが無数の人たちの食、住、移動のための物質的装置にすぎないのだということを明らかにすることである。(『ヤマアラシをめぐる随想』、六六頁)

本稿では、ロレンス自身距離をとっていた第一次大戦を巡る一九一〇年代のエートスや価値観、また大戦に対するロレンス自身のアンビバレントな感情が、『ヨーロッパ史のうねり』というテクストにどのように表れているのか、教育、帝国、そして歴史認識といった観点から同時代の他の歴史書と比較し、分析してみたい。この結果明らかになるのは、次の点である——大戦末期に執筆された最初の四章を中心とする前半と、大戦終結後に執筆された後半との間で、テクストの背後に隠された戦争観に大きな断絶の痕が見られるのである。

二　第一次大戦前および大戦中の英国

一九世紀末から、大英帝国の没落という事態にイギリス国民は直面していた。大英帝国の政治的、経済的影響力の衰えは、誰の目にも明らかであった。ドイツとアメリカの台頭は目覚ましく、特にイギリスにとってドイツは、経済だけでなく軍事面でも脅威ともなっていった。また一九世紀末のオスカー・ワイルド裁判やマックス・ノルダウ『退化論』英語版の出版をきっかけに、デカダンスや道徳的頽廃といった考えが人口に膾炙すると同時に、イギリス人が肉体的にも道徳的にも退化しているという退化論も世紀転換期の流行となった。(3) エドワード・ギボンによる『ローマ帝国衰亡史』は、物質的繁栄と贅沢三昧に溺れる現帝国へのアナロジーとして読まれ、またボーア戦争の長期化は英国兵の体力低下を証明していると捉えられた。そして一九〇一年に即位したエドワード王の華美な贅沢は、二〇世紀初頭の頽廃的雰囲気を象徴するものであった。

この結果、退化論、ドイツの脅威、愛国主義、そして教育改革が知識階級の間で活発に議論された。例えば、ブラッドフィールド校の校長であったH・B・グレイが第一次大戦の前年に出版した『パブリックスクールと帝国』のなかでも、この四つの要素が論じられている。この書物でグレイは、自らの優越性を過信してきた英国民は、古代ローマ人同様、肉体的にも道徳的にも堕しており、それゆえ教育改革によって「国民の責任感と自己犠牲をいとわぬ愛国心」を陶冶せぬ限りドイツとアメリカにやられてしまうだろう、と論じている。(4) 第一次大戦が近づくにつれ、愛国主義はさらにいっそう声高に唱えられるようになり、歴史家や教育者たちは、愛国心や道徳心の涵養こそが自分たちの仕事だと認識するようになっていった。大戦の前年、王立歴史協会のフェローであったW・H・ウェブはそのことをはっきりと述べている。「わたしは決して狂信的な『国粋主義者』ではないが、以下のような意見を抱いている……歴史と愛国心という永遠なる原理を若い世代にもっと徹底して教え込まなければ、英国は将来的に落ちぶれゆく大国となるに違いない。……わたしが懇願しているのは、歴史と愛国心の教育を、より徹底して貫徹させることである」(五三—五四頁)。このような思潮の中で、歴史教科書は当然好戦的でナショナリスティックなものとなっていった。

キプリング＝フレッチャーの『少年少女イギリスの歴史』とチェスタトンの『英国小史』には、戦前から戦中の愛国主義が色濃く反映されている。『少年少女イギリスの歴史』はあからさまに愛国的で好戦的である。本文は主にフレッチャーが執筆し、このテキストのために作られたキプリングの詩二三編が添えられている。この歴史書は——大英帝国を衰退させその伝統を破壊している（と著者二人の考える）——近代のリベラリズムや社会主義に対抗する「保守的《トーリー》な歴史」の構築を意図して書かれており、プロパガンダとしての側面は明白である。「単一民族としてのイギリス人……ヨーロッパのなかで強大な力を誇るイギリス」（キプリング、四五頁）といった偏狭なナショナリズムにありがちなフレーズを使いながら、国家の形成と国民の発展を記述していく。[5] その中ではイギリスの植民地主義が称揚される（「白人の責務」！）一方、被植民者への共感と尊重は完全に欠如している。[6]

この教科書は過去の歴史を描いたものではあるが、大英帝国とその軍事的プレゼンスの衰えという、二〇世紀初頭に広まっていた懸念がテクストの背後にある。そのためこのテクストにも現代政治へのあまりにあからさまな数々のアナロジーがちりばめられている。例えばここでもローマ帝国の衰亡が大英帝国のそれと結びつけられる——「古今東西の歴史のなかで最も偉大であった帝国が、その強大な権力ゆえ、度を超した繁栄ゆえ、そして度を超した贅沢ゆえ、その中枢からだんだんと朽ち始めていったのです。今日の我々すべてにとっての教訓とすべし！」（キプリング、一二一頁）。また第五詩「デーン税とは何か」では、イギリスがドイツに対して「デーン税」を払いすぎているという暗示は明白であり、またドイツをイギリスの仮想敵国と見なし、英国民はいつでも武器を持って立ち上がる準備をしておかなければいけないと説くなど、大戦前から大戦中のジンゴイズムを体現する愛国的、軍国的色彩の強い教科書となっている。[7]

チェスタトンの『英国小史』は第一次大戦中の一九一七年に出版された。この歴史書は、歴史的事実が体系的に論じられたものではなく、独自の歴史観に基づく「イギリス史のうねり」が、この作家特有のアイロニーとシニシズムでもって描かれている。そしてこのテクストも大戦中の国家のプロパガンダと歩調をともにしている。近現代を衰退の時期と捉えるチェスタトンは、その原因をドイツに求める。チェスタトンによれば、一七世紀以後、英国はドイツの影響を過度に受けており、そのせいで国内の内政、外交ともに破綻をきたし、また英国民の精神にも悪影響を及ぼしたとされる。現代ドイツの台頭を「野蛮人の再来」と形容する好戦的なこの歴史書の最終章では、現代の抱える問題にいかに対処すべきかが熱く論じられ、「我々は再び野蛮人と闘うこととなった」と読者を煽っている（チェスタトン、二四〇頁）[8]。

三　国家イデオロギーと『ヨーロッパ史のうねり』

『ヨーロッパ史のうねり』は、キプリングやチェスタトンの歴史書とは、一見全く性質を異にするテクストであるように見受けられる。ロレンスのテクストは偏狭な愛国主義とは相容れず、またある特定の国家を標的として、英国市民を煽動しようという明白な意図も見られない。キプリングとフレッチャーはドイツを仮想敵国と見なし、またチェスタトンも反独感情を隠さないが、ロレンスの『ヨーロッパ史のうねり』はドイツに対して（時代の風潮を考えると不可解なほどに）好意的ともとれる[9]。しかしながら『ヨーロッパ史のうねり』の後半、近現代を扱った部分には、キプリングやチェスタトンと共通する当時の国家イデオロギーが染み込んでおり、そのことはルネサンス以降のヨーロッパの衰退を巡る記述や、戦争を正当化するロジックに表れているのである。

『ヨーロッパ史のうねり』のなかでロレンスは人間を、相反する欲求を内に持つ矛盾した存在として描いている。「人類を支配している中心的な情念には二つある。それは誇り、権力、征服への情念と、平和と生産への情念である」（二四一―四二頁）。この歴史書が提示するユニークな点は、このエロスとタナトスの葛藤が、古代ローマから近代ヨーロッパまでの歴史を形作ってきたという歴史観である。平和／戦争というこの二項図式は愛／暴力、生産／破壊、物質的繁栄／武勇の栄光、といったように変奏されながら描かれていく。

近現代を論ずる際にもこの二項図式が適用され、ルネサンス以降のヨーロッパでは、平和と物質的繁栄に重きが置かれ、戦争と栄光といった側面がないがしろにされてきたと論じられていく。人々が誇りを失い、頽廃的物質文明と道徳的腐敗が蔓延したことがヨーロッパ文明崩壊の原因とされる。

誇りを胸に、どの国民も近隣の国々を征服したいという欲望を持っている。しかし心の内なる誇りと征服への欲求は枯れ果ててしまったようだ。そして心の中では人々も国家も安らぎと繁栄のみを求めるようになり、戦争の必要は無くなった。戦争が用無しとなったので、絶対的な王とそれを取り巻く大臣も用無しとなった。飽和状態に達した物質的繁栄以外は見向きもされなくなった。（二四六頁）

拝金主義的中産階級が、資本主義に支配された国家の支配者となり、その結果、近代ヨーロッパは物質主義と堕し、生を充足させる生命力を失ってしまった。これこそが、現代のヨーロッパ社会に巣食う病癖の原因である、とされる。

その政治的信条、宗教的信仰心、文学的審美観のどれをとってもロレンスとチェスタトンは相容れないが、退化の原因は物質文明にあるという点では両者は一致している。チェスタトンは中世における宗教的熱狂と忠誠心を理想化し、ルネサンス以降の歴史を退化の歴史と位置づける。頽廃の原因は商業主義の発達と物質主義の蔓延、あるいはこの中世理想主義者の言葉を借りれば「拝金主義的略奪」と「商人による寡頭政治」である（チェスタトン、一六四、一八九頁）。つまりチェスタトンにとってルネサンス以後とは、拝金主義的原理による頽廃道徳の時代である。このように、物質文明によるヨーロッパの退化という観念は、ロレンスに特有なものではない。後期ヴィクトリア朝からエドワード朝にかけて広く議論された「イングランドの現状」というテーマの一つの変奏である。[10]

第一次世界大戦開戦とともにこのテーマは知識階級の間で再び蒸しかえされ、国家イデオロギーが形成されていった。英国が拝金主義的になり道徳的にも頽廃していったと考えていた面々は、この戦争によって文明に巣食う病魔を一掃するのだと主張し始める。大戦の前年、リーズ大学の歴史学教授であったA・J・グラントは、ロレンスも典拠とした『ヨーロッパの歴史』のなかで、「戦争それ自体は良いものである、そして戦時の厳しい規律がなければヨーロッパの道徳的品格は瓦解していくだろう、との声を上げる者も見受けられる」（六五〇―五一頁）と書いているが、一九一四年以後は「見受けられる」どころではなくなり、大勢を占めるようになる。一九一五年に、ロレンスと同じ歳のS・P・B・メイズは「この戦争がもたらす一つの大きな効果は、経済や政治や教育の分野において、アウゲイアス王の牛舎（腐敗の掃溜め〕を直ちに一掃してしまおうという声が高まることであることは、最も物分かりの悪い御仁でもお分かりいただけるであろう」と論じている（一四八頁）[11]。同年にしたためられた書簡のなかで、ロレンス自身も同じフレーズを用いながら同様の趣旨のことを書いている――「生のこのシステムを大変革しなくてはなりません。つまり、経済的繁栄という外面的なものを土台としている今のシステムを終わらせ、内面的なものを土台とするシステムを作り上げねばなりません。戦争はいずれ終わるでしょう、そしてアウゲイアス王の牛舎も一掃されることとなるでしょう」（『書簡集Ⅱ』、二八〇頁）。このようなメンタリティは、実際に従軍した兵士たちにも共有されていた。パブリックスクールで教育を受け戦地に赴いたある青年が家族に送った書簡にも、平和時にはびこった貨幣経済に根ざした堕落した生のあり方を戦争によって浄化することが書かれている。

> 愚かさ、自分本位、贅沢、その他数々の見苦しい行動――これらが、平和時の世界で九割がたの人たちが送っているような、卑しいもうけ本位の生活に見られるものです。これらは、戦争が起これば野蛮さに取って代わられます。しかしその野蛮のほうが、少なくともより正直でより真っ当です。こう考えてみてください。平和時には、人々は……自分自身の快適さ、金銭的なこと、といったような諸々のことを気にかけて、ただ自分自身のちっぽけな人生のために生きています。……ところが戦争になると、……平時の生活ではほとんど感じることのできないような……理想に〔目覚めます〕。それはなぜかというと、平時の生活の根幹にあるものは、もうけ本位で自分本位の考えだからです……。
> （ジョーンズ、二五三頁）

『ヨーロッパ史のうねり』でも、物質的栄華ばかり追い求めたブルボン王朝に関する記述に、この戦争による社会浄化論を思わせる記述が見られる――「……もし人々が経済的、物質的成功しか求めないでいると、その国は丸まると太って精気を失ってしまう。……この〔ルイ一五世の〕栄光の輝きを維持するためには、国家は他ならぬ自らの血を流す必要があったのである」（一九三頁）。そして近代ヨーロッパのように物質主義に浸っている世界は、時に戦争によってそれらの害悪を一掃し、かつ人々の破壊衝動を満たす必要があることを暗示しながら、この歴史書は幕を閉じられる。

しかし人間は、二つの衝動によって突き動かされているということを決して忘れてはならない。つまり平和と増産を望む衝動と、争いと力による征服への衝動である。力の行使と闘争での勝利という欲求が満たされるやいなや、平和と増産への欲求が頭をもたげてくるのであり、その逆もまた然りである。生命の法則とでも名付けたら良いであろうか。それゆえ生産を目的とする労働者たちによって統一された、物質的に皆平等な巨大なヨーロッパは、選ばれた一人の偉大な人物を中心にまとまらなければ、このまま崩れること無く体制を維持していくことは決してできないであろう――すなわち、広く平和を取り仕切るだけでなく、大戦争を先頭に立って引っ張っていくことができるような、一人の英雄が必要なのである。（二五二頁）

当時の西洋文明を席巻していた物質至上主義を正し、西洋人の生命力を再生させるためには、世界大戦をも歴史的必然として容認するかのように論じられている。ここに見られる戦争の正当化は、戦争を浄化作用と見なす、大戦中に流布された戦争擁護論と酷似している。『ヨーロッパ史のうねり』はナショナリズムや国家のイデオロギーとは一見無縁に見えるのだが、以上見てきたように、そこには同時代の他の作家たちと共通する退化論、そして大戦中に流布され、愛国心を煽っていたイデオロギーとシンクロする戦争肯定のロジックが絡みついているのである。

四　戦争の長期化と英国社会

第一次大戦開戦当初のイギリスでは、社会の閉塞感とナショナリズムが相乗的に結びついて愛国心がかき立てられ、ならず者国家ドイツとの戦争が熱狂的に支持されたが、戦況が泥沼化し予想外に長期化すると、終わりの見えない戦争に対する厭戦気分が人々の間に広まっていった。一九一六年の徴兵制導入を発端として平和主義が一つの政治的態度表明として認知され、その後の反戦運動が広まる契機となった。良心的兵役拒否を標榜していた知識人たちは、フィリップとオットライン・モレルのガーシントンに集まった。さらには平和主義者だけでなく、保守的学者や政治家、さらにシーグフリード・サスーンなど戦場を経験した兵士たちからも戦争反対の声が上がり始める。[12]

第一次大戦前の歴史教育の主眼は帝国としての国家の歴史を教えることであった。A・J・グラントは、対象を広げヨーロッパ史を教えることを主張していたが、戦前のイギリスではそのような声に耳を傾けるものはごく少数であった。しかしながら第一次大戦の経験をふまえ広い視野で歴史を見渡す必要性が理解されるようになり、文部大臣が学校でヨーロッパ史を教えることを奨励するまでになった。オクスフォード大学出版局からヨーロッパ史の執筆をロレンスが依頼されるのは、この流れに乗ったものである(13)。

結局四年以上を費やした第一次世界大戦が終局を迎えると、戦後は国際協調主義《インターナショナリズム》と結束《ユニティ》がキーワードとなった。グラントが歴史協会の会長となり（一九二〇―二三年）、またオクスフォード大学出版局からはF・S・マーヴィン編の「結束《ユニティ》シリーズ」が出版された。このシリーズは、J・A・ホブスンやH・G・ウェルズといった執筆陣により『西洋文明の統一《ユニティ》』、『世界平和の創造』といったタイトルが出版され、次々と版を重ねていった。国際協調主義を主張し、国際連盟の必要性を唱える声は第一次大戦の早い時期からあったが、国際連盟の設立を目指す国際連盟同盟《リーグ・オヴ・ネイションズ・ユニオン》が、一九一八年一〇月に英国で結成された(14)。一九二〇年には、ジョン・ミドルトン・マリが『アシニーアム』に掲載されたエッセイのなかで、戦前にあった共産主義的国際主義ではなく、異なる国家の国民どうしが、互いに偏見なく理解し合い、共感するための国際協調主義の必要性を唱えている――「政治的な国際協調主義は、将来的にははかない夢に終わってしまうであろうことは日々明らかになりつつある。そこで知性による国際協調主義を育む必要性が高まってきている。……無知によって生み出された、人種間の不合理な憎しみを無くすためにできるだけのことをすることは、世界にとって資するところ大である」（マリ、二三六五頁）。

H・G・ウェルズは、愛国主義に幻滅し、平和主義へと転向した。ウェルズは、英国の大義名分を広めるため、開戦とともにウェリントン・ハウスのC・F・G・マスターマンのもとに参集した文筆家の一人である。ウェルズが自身のエッセイにつけたタイトル「戦争を終結させるための戦争」というフレーズは大戦の名目として広く使われた。後にウェルズは『自叙伝の試み』のなかで、開戦当初の愛国的熱狂によって自分が正当な判断力を欠いてしまったことを述べている。

……開戦当初数か月のわたしの行き過ぎた攻撃的な態度、そして、我々の外務省と陸軍省の掲げたリベラリズム、知性、誠意に飛びついて熱烈に信用してしまったことによって、どれほど深刻に自分の体面を汚してしまったか、ということをわたしはなかなか認めることができなかった。わたしの熱狂的戦争支持は、戦前の自分の発言との一貫性がなく、また心の底の信念に反するものであった。(『自叙伝』、六七八頁)

ウェルズは、「戦争を終結させるための戦争」は幻想でしかなく、戦争を正当化することはできない――イギリス人が「王と母国」のために武器を取るのと、ドイツ人が「皇帝《カイザー》と祖国」のために戦うのとのは、何ら変わりはない――ことに気づいたと告白している。

ウェルズの失望と戦争反対の感情は、大戦末期の英国社会のムードを映し出しており、それは、著名な歴史家、科学者の助言のもと執筆された『世界史大系』にも表れている。その序文の中でウェルズは次のように述べている。

ここ数年の悲劇的な出来事により、全人類に関する歴史的事実を包括的に共通の知識とする必要があることが明らかになった。……世界中が等しく平和にならなければ、今や平和はありえない、ということに我々は気づいたのである。……調和をとりながら皆で手を取り合っていこうといった考えを持たず、偏狭で自己中心的で互いに相容れないナショナリズムの因習に固執していては、それぞれの民族や国民は、対立と破壊へと無為に進んでいかざるをえないであろう。(二一頁)

ウェルズの平和主義と厭戦の情が溢れる『世界史大系』は英国市民の強い共感をえ、尋常ならざる射程と分量であるにもかかわらず予期せぬベストセラーとなった(15)。

五　厭戦と『ヨーロッパ史のうねり』

ロレンスは反戦平和主義者ではなく、ウェルズのように自分の歴史書を通して自らの平和主義思想を広めようという意図はなかった。しかしながら大戦末期に執筆された『ヨーロッパ史のうねり』前半部の語りには、時として『世界史大系』と同種の感情が刻印されている。ウェルズの論点の一つは、本質的に人類、各民族は互いに混じりあって現在に至っており、人々を国家の名のもとに分節化し他者との差別化を図るナショナリズムは政治的捏造に過ぎない、というものである。

我々の物語は……人種や各国民が混じりあっていること、人類の区分けの根拠のなさ、おびただしい数の人間集団がいることを示してきた。……「国籍」とは……自然に形成された政治的地図と、それに対する不合理な政治的編成との不調和から生じた軋轢によって生み出された、実に空想的かつ感情的な誇張表現にすぎないのである。（『世界史大系』、六六六頁）

ロレンスの『ヨーロッパ史のうねり』でも、過去の歴史における民族間の融合、人種間の流動性がヨーロッパ人を形作ってきたとされる。キプリングやチェスタトンの提示する、単一民族としてのイギリス国民というイメージとは対照的に、イギリス人とは混血の産物であることが述べられる——「このように、イギリスではサクソン人、デーン人、ノルマン人は皆ゲルマンの血を引いており、これらの民族が、もともといたブリトン人と混じりあうことで現代の我々イギリス人が誕生したのである」（六四頁）。さらに英国人だけでなく、現在のヨーロッパ人も異人種間の結婚により産まれてきたとされる。

しかしいっときローマが敗れると、ゲルマン人たちは黒い瞳の民族〔ローマ人〕と混じりあい、一つになっていった。そしてこの、二つの相対立する精神、二つの相異なり対立する血の流れが混じりあうことによって、近代のヨーロッパが誕生したのである。二つの相対立するものが融合し、今日の我々の繁栄があるのである——それは、過去から現在に至るまで、互いの敵意が悲劇をもたらすのと好対照である。（五二頁、強調引用者）

このパッセージでは「融合」と「敵意」が対立概念として提示され、それが（ここでは肯定的に捉えられている）近代ヨーロッパを産み出したというヴィジョンが提示されている。同時に第一次大戦が互いの「敵意」による、悲惨な悲しみしか生み出さない破滅的悲劇であることが示唆されている。このように『ヨーロッパ史のうねり』前半部ではウェルズ同様、異人種間の共生と和解がヨーロッパを形成してきた創造的営みとして強調され[16]、またそれらが戦争と対立軸をなすものとして提示されているのである。

イギリスにはびこる悪弊を取り除くために戦争を肯定するというイデオロギーがこのテクストにも染み込んでいることを先に見たが、「キリスト教」と題された第三章では、世の中の腐敗や堕落を一掃するものは、戦争ではなく愛であるというヴィジョンが打ち出されている。この章ではキリスト教が人々の間に広まっていく様子が愛／戦争の対立を軸にして語られていく。衰退の兆しを見せ始めたローマ帝国では、人々は打ち続く戦争、金権政治、道徳的腐敗に嫌気がさしており、キリスト教の広まる素地ができあがっていた。

> 今や、人々は争いと興奮に辟易し、また奴隷制に息苦しい思いをしており、そのような中で平和と純真な愛、静かで落ち着いて、永遠に続く幸福に満ちた生活のことを考えると、それは最も美しいものに感じられた。絶え間ない戦い、円形競技場での野蛮な格闘の冷めない興奮、野蛮な、あるいは豪華な見せ物、そして毎日のように浸かる温水浴での、息の詰まるような肉体的愉楽に……当時の世界の夥しい数の人々がもううんざりしていたのである。（三二〇頁）

経済的繁栄の中で放蕩に耽るローマ帝国末期のイメージは、当時の読者にとって自らの帝国の末期を想起させるものであったが、ここではさらに大戦末期の英国の様子を喚起させるかのように、厭戦気分と平和への真摯な願いが書き込まれている。

飽きるほどの満足にうんざりしていたローマの兵士や市民たちは、この戦い、この響宴、この興奮、毎日の温水浴のこの愉楽は、精神にとっての足枷でしかない、そしてこの不毛な営みすべてをキリストの精神が取り払ってくれる……と悟る以上の何を望むことができたであろうか。（三〇頁）

ここに引用したパッセージには、大戦前から戦中にかけて流布していたイデオロギー――平和と物質的繁栄の結果、世紀転換期の英国にはびこるようになった不毛な悪徳を大戦が一掃する――との微妙なズレが見られる。この引用箇所では、腐敗、道徳的堕落、肉体的快楽が戦争と暴力に結びつけられており、一方で「愛を通してこそ人は、終わりなき幸福のうちに永遠の生をうることができる」（三〇頁）と謳いながら布教するキリスト教が、人々を腐敗と堕落の渦から救い出す浄化装置として描かれている。ここで提示されている図式は、第一次大戦への嫌悪の中で、愛こそが、戦いに明け暮れるこの世を平和な世界へと変えることができるという、シンシア・アスキス宛書簡のなかで作者が表明した世界観がこだましているかのようである――「もし愛が広まっていけば、戦争など起こりません。……愛とは、春と同じく、壮大な創造のプロセスであり、バラバラになった多くの要素から、統合された一個のまとまりを形成していくものなのです」[17]。このように『ヨーロッパ史のうねり』には、キプリングやチェスタトンの好戦的歴史書には決して表れない厭戦の情が時として顔を覗かせるのである。

六　結論

ロレンスはヨーロッパの歴史を戦争と平和、暴力と愛との絶えざる相克として描き出すが、しかし『ヨーロッパ史のうねり』の語りそのものも暴力と愛との間で揺れ動いている。すなわち『ヨーロッパ史のうねり』は、キプリングやチェスタトンの歴史書に見られる狂信的愛国主義からは一見ほど遠いが、近現代を扱った後半部では、大戦を巡る国家イデオロギーの枠組みがそのまま採用されている。また同時に、ウェルズを『世界史大系』執筆へと押しやったような反戦平和主義をロレンスは信奉していたわけではないが、テクストの前半部にはウェルズと共通する厭戦気分と反戦的態度が顔を覗かせる。このようにテクストに刻印された大戦の痕跡は、大戦末期に執筆された最初の四章と、大戦終結後に執筆された残りの章とで大きく変質している。一九一〇年代の英国社会では、開戦当初に見られた愛国主義の熱狂が、長期化する戦況のなかで反戦平和へと振れていくのだが、『ヨーロッパ史のうねり』は、この動きと逆行するかのようなねじれを見せながら、前半のナラティヴに見られた反戦の情が、後半では影を潜め、戦争肯定へとつながる国家イデオロギーの枠組みから歴史が記述されていくのである。

ロレンス自身は、第一次世界大戦とその後の世界を巡る議論には違和感を抱いており、『ヨーロッパ史のうねり』は、独自の視点からユニークな歴史像を構築する試みであった。しかしながらこのテクストを執筆当時の社会的、政治的文脈に置いてみると、時代を超越した歴史観が提示されているように見えることのテクストの別の側面が見えてくるのである。すなわち『ヨーロッパ史のうねり』にも戦中、戦後のイデオロギーが刻印されており、激動の一九一〇年代の英国に生きた、立場のそれぞれ異なる他の作家たちのテクストと、問題意識、思考の枠組み、そして感情がはからずも共有されているのである。

注

本論文は第一一回D・H・ロレンス国際学会（二〇〇七年）および第三九回日本ロレンス協会全国大会ワークショップ（二〇〇八年）での発表をもとに加筆修正したものである。なお、本研究は、科研費（19720073、22720122）の助成を受けた。

（1）ロレンスの戦争浄化論には、終末論的イメージも重ねあわされている。ハインズ、一三九頁参照。ハインズはロレンスには浄化としての戦争という観念がないとしているが、後でも論ずるように、ロレンスも戦争による社会浄化論の影響は受けているであろう。

（2）引用にはケンブリッジ版を用い、括弧内に引用ページを記す。翻訳に際し増口充訳『D・H・ロレンスのヨーロッパ史のうねり』（鳥影社）を参考にさせていただいた。

（3）例えばH・G・ウェルズ『タイムマシン』（一八九五年）に登場するタイムトラヴェラーに同様の思考パター

ンを見いだすことができる。かつて上流階級であった「エロイ」について彼は次のように想像する。「地上人たちは完璧すぎるほど安全な生活を送っていたために、しだいに退化していき、身体、力、知能の点で全体的に萎縮していったのだ」(一〇九頁)。

(4)グレイ、一二頁。マック、二八四―八七頁も参照のこと。

(5)キプリングとフレッチャーは、イギリス人の純血性を繰り返し強調する。

……サクソン人はブリトン人を奴隷にしたり子孫を生ませたりせずに、愚かにも皆殺しにしてしまったのです。しかし、サクソン人がこのようにしていなければ、ラテンやケルトの言葉、法律、宗教の痕跡が間違いなく残ったことでしょう。しかし実際のところそのような痕跡は見当たりません。……したがってイギリスは、純粋なイギリスの法体系と純粋なイギリスの言語を持った、純粋なイギリス国家となったことが分かるのです。(二八頁)

(6)H・G・ウェルズは『世界史大系』のなかで、キプリングに代表されるこの帝国主義的態度について皮肉を込めて記述している――「博愛に満ちた行為のふりを渋々偽善的にしながら、ヨーロッパの知性はラドヤード・キプリング氏が『白人の責務』と呼ぶものを引き受ける覚悟をした。それはつまり、地球の略奪と支配であった」(六八一頁)。

(7)キーティング、一七〇―八四頁、ロス、三八頁参照。

(8)当時のイギリスの好戦的な雰囲気は、これらの歴史書の売れ行きからうかがい知ることができる。キプリングとフレッチャーによる歴史書は、『デイリー・グラフィック』の月刊ベストセラーのトップに踊りで、『グラスゴー・レヴュー』では「今年もっとも人気のあった本」に選ばれた（サトクリフ、一五八―六二頁）。またチェスタートンの歴史書は、出版の翌月にはすでに第三刷となった。

（9）『ヨーロッパ史のうねり』は、表面上は親独的だが、同時にこのテクストには当時の反独イデオロギーも刻み込まれている。『ヨーロッパ史のうねり』におけるドイツに対するアンビバレントな記述と国家イデオロギーとの関係は、岩井学「ロレンスとドイツ――『ヨーロッパ史のうねり』におけるドイツ表象と反独プロパガンダ」参照。

（10）工業化およびそれにともなう都市の発達によってイギリスが衰退しつつあるという考えは、キプリングと戦前のウェルズにも見られる。キプリング＝フレッチャーの『少年少女イギリスの歴史』では、産業の発達と都市化の波によって古き良きイギリスが失われ、その結果イギリス人が退化に向かいつつあるというヴィジョンが提示されている――「人々が都会に出ていったために田舎が打ち捨てられ、イギリスの土地から農地が急速に失われていくという悲劇が起こっていています。一方その都会では、かつて野外で仕事に精をだしていた我々の祖父たちのような力強く健全な人々が育っていくことは期待できないでしょう」（キプリング、二三五頁）。

またH・G・ウェルズ『新マキャヴェリ』（一九一一年）の中で作者を思わせるレミントンは、かつてのイギリスに見られた田舎の理想的な共同体が、機械化された産業と物質主義によって、都市型の混沌と拡散に急速に取って代わられるさまを、『虹』の冒頭部分を想起させる郷愁を漂わせながら描いている――「しかし一七五〇年以降、世界は何かに取り憑かれた。人間のすべての営みのスケールを変えてしまうような何かに。

／その何かとは機械であり、物質的豊かさを次から次へと追い求めようとする、漠とした情熱である」（三八頁）。

またロレンスの場合、第一次大戦中の一九一五年に執筆された『イタリアの薄明』において、産業の発達とともにイタリアの片田舎の古き良き世界が失われていくという危機感が、主人公「私」を通して語られる。

ティチーノ谷を下る道を歩きながら、我々の頭上に形を成しつつあるこの新世界に対する恐怖が再び沸き上がってきた。郊外、すなわち街の縁に行けば、このような恐怖感を人はいつでも感じるものだ。そのようなところでは、住宅の進出によって、土地が破壊されつつあるのだ。……

このようなことは、農民が突然家をあとにし、労働者となることで生じてきたようだ。そうなると至るところ完全に変わってしまう。……

……道路や鉄道が建設され、炭鉱や採石場が掘り崩されていき、しかし一方で生命の有機的組織全体が、そして社会の有機的組織が、乾いて朽ちていくというプロセスのなかで、ゆっくりと崩れていき陥没するという、それは見るも恐ろしい光景である。（二一三―二一四頁）

そしてロレンスが取り憑かれていた肉体賛美の背後にも、イギリス人の身体能力が低下しているという、当時の退化論と相通ずる恐怖感があることを読み取るべきだろう。第一次大戦開戦直後に執筆が開始された「トマス・ハーディ論」の一節――

そしてなぜイギリス人は生を避けるかのように中性的で無関心な態度を取るのであろうか。「この精神こそが私である。この肉体は私ではない、肉体には価値はない」とただひたすら繰り返している。肉体はついに萎え、朽ち始めている。しかし肉体が朽ちてしまう前に、イギリス人の生の半分は間違いなく偽りのものとなるであろう。あからさまに精神に固執するあまり、肉体の生は切り捨てられ、朽ちた醜いものになってしまうに違いない。（『トマス・ハーディ論』、八一頁）

（11）退化論と結びついたメイズの戦争賛美は、第一次大戦が多くの知識人たちに歓迎されていた、当時のイギリスの支配的空気をよく表している。

……ややもすれば安楽と快楽に寄りかかった、腑抜けのような存在になってしまう危険性がおそらく我々にはあった。生きることは、あらゆる点において苦労の必要のないものになっていった。しかし一九一四年八月、我々は寝ぼけ眼の状態から叩き起こされた。その瞬間に……我に返ったのである。イギリスの歴史全体を通して最も華々しいときであった、と将来語り継がれるであろう時代に我々の人生を采配し給うた神に、今や我々はかつてないほど感謝しているのである……。（一四七頁）

第一次世界大戦によって腐敗を一掃するという国家イデオロギーに関しては、ハインズ、一〇―一九頁を参照。戦争や天災のおかげで社会の腐敗が一掃されるという発想は、特に発言者がその事態に巻き込まれない限りにおいて、時代を問わず生まれてくるもののようである。

(12)ハインズ、一七一―八八頁、二一六―三四頁、シーデル、三一―六一頁など参照。

(13)当時の学校での歴史教育に関しては、ロビンズ、一―二六頁、サトクリフ、一五八―二〇〇頁、またオクスフォード大学出版局および『ヨーロッパ史のうねり』に関してはサトクリフ、一九五―九六頁、ニールズ、四七一頁参照。

(14)シーデル、六一―六二頁、ゴーマン、四五〇―七七頁参照。

(15)ウェルズの抱いた愛国心とそれへの幻滅に関しては、ライト、七〇―七二頁、八七―八九頁など参照。ウェルズの国際協調主義に関しては、ゴーマン、四五五―五六頁参照。

(16)ホリントンは、『ヨーロッパ史のうねり』に見られるこのような特徴に、一九世紀後半から二〇世紀にかけての歴史家たちの"frontier"観との共通点があることを指摘していて興味深いが、「……当時の多くの歴史家や地理学者たちは、『ヨーロッパ史のうねり』の中でロレンスが力説していた点を受け入れたであろう……」(二三三頁)と結論づけるためには、第一次大戦をめぐるナショナリズムや平和主義における議論も参照する必要があろう。さらにこのようなロレンスのヴィジョンの背景として、彼の両親が異なる階級間の結婚であった(と少なくともロレンスは考えていた)こと、彼自身がドイツ人と結婚したことも想起する必要がある。異なる階級、人種間の結婚というテーマは『息子と恋人』の親世代、『虹』の第一世代をへて、『チャタリー卿夫人の恋人』へとつながっていく。

(17)黄(Koh)は『ヨーロッパ史のうねり』について論じる中で、肉体や官能のエネルギーと対立する精神的、知性的なものとしてロレンスがキリスト教を否定的に描いていると論じている(一六四―六五頁)。『ヨーロッパ史のうねり』後半に関してはその分析も妥当なものであるが、本稿で論じたように、この二項図式を前半にも当てはめようとすると、大戦という現実を前に揺れ動くロレンスを捉えきることはできない。

引用文献

岩井学「ロレンスとドイツ——『ヨーロッパ史のうねり』におけるドイツ表象と反独プロパガンダ」D・H・ロレンス研究会編『ロレンス研究——旅と異郷』朝日出版社、二〇〇九年所収。

Ceadel, Martin. *Pacifism in Britain 1914-1945: The Defining of a Faith.* Oxford: Clarendon, 1980.

Chesterton, G. K. *A Short History of England.* London: Chatto & Windus, 1917.

Gorman, Daniel. "Liberal Internationalism, the League of Nations Union, and the Mandates System." *Canadian Journal of History* 40 (2005), 449-77.

Grant, A. J. *A History of Europe.* London: Longmans, Green, 1913.

Gray, H. B. *The Public Schools and the Empire.* London: Williams & Norgate, 1913.

Hollington, Michael. "Boundaries, Frontiers, and Cross-Pollination in *Movements in European History.*" "*Terra Incognita*": *D. H. Lawrence at the Frontiers.* Eds. Virginia Hyde and Earl G. Ingersoll. Madison: Fairleigh Dickinson UP, 2010, 26-36.

Hynes, Samuel. *A War Imagined: The First World War and English Culture.* New York: Atheneum, 1991.

Jones, Paul. *War Letters of a Public-School Boy.* London: Cassell, 1918.

Keating, Peter. *Kipling the Poet.* London: Secker & Warburg, 1994.

Kinkead-Weekes, Mark. *D. H. Lawrence: Triumph to Exile 1912-1922.* Cambridge: Cambridge University Press,

1996.

Kipling, Rudyard, and C. R. L. Fletcher. *A School History of England.* Oxford: Clarendon, 1911.

Koh, Jae-Kyung. *D. H. Lawrence and the Great War: The Quest for Cultural Regeneration.* Bern: Peter Lang, 2007.

Lawrence, D. H. *The Letters of D. H. Lawrence.* Eds. George J. Zytaruk and James T. Boulton. Vol.2. Cambridge: Cambridge UP, 1981.

——. *The Letters of D. H. Lawrence.* Eds. James T. Boulton and Andrew Robertson. Vol. 3. Cambridge: Cambridge UP, 1984.

——. *Movements in European History.* Ed. Philip Crumpton. Cambridge: Cambridge UP, 1989.

——. *Reflections on the Death of a Porcupine And Other Essays.* Ed. Michael Herbert. Cambridge: CUP, 1988.

——. *Study of Thomas Hardy and Other Essays.* Ed. Bruce Steele. Cambridge: Cambridge UP, 1985.

——. *Twilight in Italy and Other Essays.* Ed. Paul Eggert. Cambridge: CUP, 1994.

Mack, Edward C. *Public Schools and British Opinion since 1860: The Relationship between Contemporary Ideas and the Evolution of an English Institution.* New York: Columbia UP, 1941.

Mais, S. P. B. "The Public Schools in War-Time." *Fortnightly Review* 98 (1915), 142-52.

Murry, John Middleton. "The True Internationalism." *The Athenaeum* 4716 (1920), 365.

Nehls, Edward, ed. *D. H. Lawrence: A Composite Biography.* Vol. 1. Madison: U of Wisconsin P, 1957.

Robbins, Keith. *History, Religion and Identity in Modern Britain.* London: Hambledon, 1993.

Ross, J. J. "An English History: Kipling's Joint Authorship, with C. R. L. Fletcher, of *A School History of England*

(1911)." *Kipling Journal* 60.240 (December 1986), 31-42.

Sayce, A. H. "Letter." *Times* 22 Dec. 1914: 6.

Sutcliffe, Peter. *The Oxford University Press: An Informal History*. Oxford: Clarendon, 1978.

Webb, W. H. "History, Patriotism, and the Child: A Plea for the Fuller Teaching of British History in Elementary Schools." *History* 2.1 (1913), 53-54.

Wells, H. G. *Experiment in Autobiography: Discoveries and Conclusions of a Very Ordinary Brain (since 1866)*. London: Gollancz, 1934.

——. *The New Machiavelli*. 1911. London: John Lane, 1913.

——. *The Outline of History: Being a Plain History of Life and Mankind*. London: George Newnes, 1920.

——. *The Time Machine: An Invention: A Critical Text of the 1895 London First Edition, with an Introduction and Appendices*. Ed. Leon Stover. North Carolina: McFarland, 1996.

Wright, D. G. "The Great War, Government Propaganda and English 'Men of Letters' 1914-16." *Literature and History* 7 (1978), 70-100.

「生命《いのち》の輪」への参入——蛇の表象を手掛かりに

田部井　世志子

はじめに

滝田洋二郎監督の日本映画『おくりびと』（二〇〇八年）[1]で日本人の死生観が欧米でも見直されているという。それは、第三二回モントリオール世界映画祭のコンペティション部門でグランプリを受賞したり、また第八一回米国アカデミー賞外国語映画賞を受賞したりといった事実からも明らかであろう。日本人の葬式のやり方や死者の弔い方には独特のものがある。死者との別れをするために納棺の儀式を執り行なったり、死者が一週間後、四九日後、一〇〇日後、一年後、二年後（三回忌）……四九年後（五〇回忌）にこの世に戻ってくるという発想から法要が営まれたり、命日、お彼岸、お盆といったように、一年間に何度も墓参りをし、死者を供養する。

梅原猛氏は、アイヌや沖縄の「あの世」観を手掛かりに、仏教伝来以前から日本人が持っていたと考えられる原「あの世」観について次のような説を立てている。

(一)あの世は、この世と全くアベコベの世界であるが、この世とあまり変わらない。あの世には、天国と地獄、あるいは極楽と地獄の区別もなく、従って死後の審判もない。(一二頁)

(二)人が死ぬと魂は肉体を離れて、あの世に行って神になる。従って、ほとんどすべての人間は、死後あの世へ行き、あの世で待っている先祖の霊と一緒に暮らす。大変悪いことをした人間とか、この世に深い恨みを残している人間は、直ちにあの世へ行けないが、遺族が霊能者を呼んで供養すれば、あの世へ行ける。(一三頁)

(三)人間ばかりか、すべての生きるものには魂があり、死ねばその魂は肉体を離れてあの世へ行ける。特に、人間にとって大切な生き物は丁重にあの世へ送らねばならない。(一五頁)

(四)あの世でしばらく滞在した魂は、やがてこの世へ帰ってくる。誕生とは、あの世の魂の再生にすぎない。このようにして、人間はおろか、すべての生きとし生けるものは、永遠の生死を繰り返す。(一七頁)

このような「あの世」観——因果応報の思想も見られず、生と死の世界を断絶したものとはみなさない「あの世」観——は「縄文時代から続く『あの世』観であり」、多少の変形はあるにせよ、日本人は「仏教伝来以後も、そのような『あの世』観を持ち続けて、それが最近まで、いや現在になっても、まだ強く残っている」(一三頁)と氏は主張する。更に比較宗教の必要性を説きつつ、「日本人のあの、原『あの世』観なるものは、人類の『あの世』観のごく原初的な形態であり、恐らくは、旧石器時代に形成されたものではないか」という「憶測」を次のように論じる。

私は、人類が「あの世」というものを考え始めた段階において、人類は飛躍的な知的進歩をしたと思いますが、今から何万年か前には、もうかなり精密な「あの世」観が出来上がっていたのではないかと思っています。そして、そのような「あの世」観は、長い時間をかけて、人類共通のものになっていったのではないでしょうか。

私が、日本人の原「あの世」観に、人類の原初的な「あの世」観の名残りを見るのは、そこに世界宗教といわれる都市文明の成立以後発展した宗教の「あの世」観と違って、天国と地獄、極楽と地獄の区別も、死後審判の思想も、因果応報の思想も認められないからです。〔……〕日本人の原「あの世」観は、旧石器時代において全ての人類に共通な原初的な「あの世」観を色濃く残しているのではないかと思うのです。（四九頁）

以上のような、「日本人の原『あの世』観」にも見られる「人類の原初的な『あの世』観」――死者を丁重に弔うという発想といい、生と死とは繫がっているという発想といい、これらの発想――はおよそ欧米のとりわけキリスト教的な発想にとっては一般的には受け入れ難いものであるはずである。しかし『おくりびと』が広く受け入れられた背景には、国際化の今日にあって、徐々に文化や宗教の垣根が低くなりつつあるという現実があるのかもしれない。生だけではなく死に焦点を当て、それをいかに受け入れていくか、それは国や地域を問わず、また時代を問わず、等しく人間に与えられた重要な課題でもあるのだ。

そういう意味でD・H・ロレンスが、古代日本人の死生観と類似したものを共有していた古代エトルリア人に対して早い時期から関心を持ち、一九二七年には実際にその地を訪れ、『エトルリアの遺跡』という紀行文を著したことは注目に値する。ロレンスといえば、一般的には生あるいは性に根差し、生命力を謳歌した作家・詩人ということで知られている。実際「トマス・ハーディ研究」を書いていた頃は「生きるということは単に死んでいないというだけではない。それこそが唯一の真正なることであり、すべての生命体の目的であり究極の目標である」(『不死鳥』、四二八頁)と、真に生きるとはどういうことなのかを問いかけ、「糸杉」の詩の中でも「唯一邪悪なことがある。それは生命を否定すること」(『完全版D・H・ロレンス詩集』、二九八頁)だと謳う。更に「ベストウッドへの帰還」の中では「私があがき求めているものは生命《いのち》である」(『不死鳥Ⅱ』、二六四頁)、「私には、今の生命の考え方がまったく間違っていると分かっている。生きるということがどんな意味を持つのかについて新しい考え方をする用意がなければならない」(『不死鳥Ⅱ』、二六五頁)と論じ、殊更、生命に比重を置いた言説が多く見られる。ロレンスのこのような側面に光を当てれば、H・T・ムアに倣って、「愛の司祭」ならぬ「生命の司祭」[2]――生命の大切さを説く司祭――という異名をさえロレンスに献呈したくなる。

生命をテーマとして取り上げている数多くのロレンスの作品の中でも、彼の代表的な詩、「蛇」を忘れてはならないだろう。詩人は、蛇に対する恐怖心を抱き、「教育の声」に従い蛇に棒切れを投げてしまうが、その行為を「狭量」だと後悔し、その存在を受け入れるか否かの葛藤を繰り広げる。葛藤はあるものの、詩のテーマは一つには「生命の王者」としての蛇の重要性の認識であるといえよう[3]。しかし詩のテーマはそれだけだろうか。
本稿の目的は「蛇」の詩の新たな解釈を手掛かりに、主に中・後期の随筆、とりわけ「平安の実相」、「小鳥の囀《さえず》り」そして『エトルリアの遺跡』等における蛇の表象や象徴、そしてその描写の変化に焦点を当てつつ、ロレンスという作家・詩人が若い頃から、とりわけ後半生において、生のみならず、「至上の超越者」（内堀他、二二一頁）ともいうべき死にいかに取り憑《つ》かれ、死の問題と対峙《たいじ》してきたか、また死に対する想いをどのように表現してきたかを検証することである。その過程で、『エトルリアの遺跡』の意義、とりわけロレンスに与えたタルクィニアの影響とその意義を確認することになるだろう。

第一章　「蛇」における蛇の象徴

「蛇」は、一九二〇年から一九二一年にかけて、タオルミーナのフォンタナ・ヴェッキア滞在中に経験した蛇との遭遇《そうぐう》を詩にしたものといわれている（『完全版D・H・ロレンス詩集』、九九八頁）。なぜ詩人は最終的に「生命の王者」（三五一頁）と崇めることになる蛇に対して、当初、恐怖を抱くのだろう。この問題を考察する前に、具体的に詩人が恐怖を感じる場面を見てみよう。

そうして　あれ［蛇］が　あの恐ろしい穴に頭をつっこみ
ゆっくりと体を引き上げて　いともやすやすと肩をくぐらせ　奥へ奥へと入っていくと

一種の恐怖心が、あいつがあの恐ろしい　黒い穴へ引き下がり
落ち着きはらって暗黒の中へ入っていき　ゆっくりとその後から体を引き込んでいくことに対する一
　種の抗議の気持ちが
その背中がくるりとねじれると　私を襲った（三五一頁）

大地の穴の奥深くへと入っていく蛇に対して「一種の恐怖心」、「一種の抗議の気持ち」を抱くわけだが、どうしてなのか。そもそも蛇は詩人にとって何を喚起させるのだろうか。S・ギルバートが述べるように、詩の中の蛇は「エデンの園の蛇、永遠の蛇、男根の神」といった様々な「伝統的なイメージ」を彷彿《ほうふつ》とさせる（一七三―七四頁）が、ここで着目したいのは「男根の神」としての蛇である。男根の形状をした蛇が、既出の引用にあるように、「母なる大地」ともいうべき大地の「割れ目《フィッシャー》」の奥深くへと侵入していく姿に男女の性行為のアナロジーを見ることは可能だろう。

ロレンスが蛇に性的な意味合いを持たせているのは、「蛇」の詩に限ったことではなく、詩と同時期に書かれた随筆にも同様の表象が見出せる。因みに一九一七年に書かれた「平安の実相」においては、蛇を「恥ずべき欲望」（『不死鳥』、六七八頁）の象徴と捉えていた。また一九二〇年に書かれた「精神分析と無意識」の中でも「性という巨大なぬるぬるした蛇」（二〇三頁）といったような、蛇に性のイメージを担わせる表現を見出すことができる。このように見てくると、蛇に対する恐怖心、蛇が大地に侵入する姿に対する恐怖心は、K・セイガーも論じる通り、性や性行為に対する恐怖心や罪悪感だということになる（一二三六頁参照）。

実際ロレンスは性行為に対して後ろめたさや罪悪感をずっと抱いていたという。一九二八年から二九年にかけて書かれたといわれている「怯懦《きょうだ》の状況」には、一八歳頃のロレンスの心理状況が彼自身の言葉で語られる。

性に関する厄介な問題は、われわれがそれについて自然に話をしたり、考えたりしようとしない、ということである。［……］人目につかないところで性的に堕落しているのでもない。われわれは生きた性を持つ普通の人間に過ぎないのだ。性に対するこの何とも説明しようがなく、厄介な恐怖を持ちさえしなければ、われわれは大丈夫だ。一八歳の頃、私は、前の晩に考えたり感じたりした性的な想像や欲望を、翌朝、恥辱と怒りをもって思い出したものである。恥辱と怒りだけでなく更には、もしかして誰か他の者に悟られているのではないかと思うと恐怖さえ覚えた。そして私は前の晩の自分自身を憎んだのである。（『不死鳥Ⅱ』、五六八頁）

一九〇三年頃の自分を振り返り、自己の内なる性衝動に対する罪悪感を吐露するロレンスだった。だとすると、「蛇」の中で「生命の王者」である蛇に対して感じる恐れとは、「生命」の誕生を伴う可能性を内在させている性や性行為に対する恐怖心、あるいは畏怖心だといえるだろう。

しかしここで今一度虚心坦懐、原点に戻り、問いかけてみよう。「蛇」においてロレンスが畏怖しているのは性（生）だけだろうか。ロレンスといえば「性」、というあまりにもよく人口に膾炙《かいしゃ》された図式に囚われ過ぎてはいないだろうか。ロレンスが性に対する恐怖心を回想した一八歳の頃から「蛇」を創作するまでにおよそ一七年も経過しており、更にその間のフリーダとの駆け落ち、結婚等の経歴を考慮に入れると、当時と同様の「性に対する恐怖心」をロレンスが三〇代半ばにもなって抱いていたとは考えにくい。実際、既出の引用の後で、時間はかかったものの、性的な自己を認めることができるようになったとロレンスが告白しているのだ（『不死鳥』、五六八頁）。この詩を書いた頃のロレンスには、性というより、むしろ別の新たな恐怖の対象が、より不可避の問題として迫りつつあったと考えられないだろうか。[4]「蛇」の中に登場する蛇が毒蛇であり、咬《か》まれれば死んでしまうという詩人の意識に着目しよう。その危険性があるからこそ「教育の声」が「奴《やつ》は殺されなくてはならない」とささやくのだった。

大地の燃える中心からほとばしり出た大地の褐色　大地の金色
七月のシチリア　エトナ山が火を吹く日
私の受けた教育の声が私にいった
こいつは殺さねばならない
シチリアでは　黒い　黒い蛇は毒がない　だが金色の蛇は有毒だ　（三四九—五〇頁）

更に「教育の声」は「いやしくも男［人間］であるならば、棒切れを取って奴をやっつけてしまわなくてはならない」という。特に注目すべきは、性行為を喚起させる蛇の大地への侵入という先述の場面に先だって、詩人が蛇に対する恐怖を「本当に怖い、とても怖い」と吐露している事実である。この恐怖は一体何ゆえに生じているのだろうか。直前に蛇の毒への言及があり、そのために蛇を殺さなくてはならないといっているからには、毒の喚起する死に対する恐怖であるといってもあながち牽強《けんきょう》付会ではないだろう。

ここで、既に取り上げた「平安の実相」の中でも、ロレンスは性を喚起させる蛇を「生きた崩壊の蛇」と呼び、その「解体の仕事」に身を投じることを「死の流れ」と表現していたことを想起しよう（『不死鳥』、六七七―七八頁参照）。あくまで破壊作用のことを「死の流れ」と表現しているに過ぎないが、既にこの時期にあって彼は蛇から死への連想をしていたということが分かる。(5) 以上のように見てくると、「蛇」の中でロレンスが恐れているのは、「性」であると同時に「死」でもあるといっても問題はないだろう。(6)

「蛇」の中で「アホウドリのことを思った」（三五一頁）という意味深長な表現が突然出てくるが、それがS・T・コールリッジの『老水夫行』の中に登場するアホウドリへの言及であることはセイガーの指摘（二三七頁参照）を待つまでもない。アホウドリにまつわる『老水夫行』のメッセージは、すべての生き物をあるがままの存在として認めよ、ということだったが、それはそのまま「蛇」のメッセージに敷衍《ふえん》することができるだろう。つまり、蛇の存在がすべての生き物と同様、自然界において重要な一員であることを認める必要があるように、蛇の象徴するもの――性や死――もまた生ある存在にとっては重要な様式であり、認めなくてはならないということである。それらは性や死をも含み持つ「生命《ライフ》」という、より大きな概念に包摂されているのだ。「蛇」において、性や死に対する恐怖や忌避《きひ》感といった負の感情は未だ完全には克服できていない。しかしロレンスは、少なくともそれらを象徴する蛇に対して王と崇めるほどの畏怖の念を抱き始めているということ、同時に蛇を最終的に「生命の王者」と呼ぶことで、大きな概念としての「生命」の意味をこの段階で既に感じ取っていたということを確認しておこう。次章では、蛇が象徴するもののうち「死」に特に目を向け、ロレンスが生きた当時の社会や、彼の「死」との遭遇体験を確認することで、それらが彼の書く随筆などにいかなる影響を与えているのかを見ていくことにする。

第二章　死との対峙《たいじ》と死の表象

（一）　エトルリアの遺跡巡り以前——不安と恐怖

ロレンスが生を受けた一九世紀末から二〇世紀にかけて、イギリスにおける死の受容はいかなる状況にあったのだろうか。内堀基光、山下晋司両氏が当時の西欧の社会、とりわけイギリスの状況について次のように説明している。

社会という舞台からのこのような死の追放は、西欧においては一九世紀後半の近代社会の成熟と整備の中で徐々に進行していった。この過程は西欧においては性が解放されていった過程と裏腹の関係にあり［……］、ジェフリー・ゴーラが「死のポルノグラフィー化」と呼んだものである（［……］）。つまり、性が生と結びついて、近代の前進する時間の中でプラス価値を獲得していったぶんだけ、近代の時間意識になじまない死は、かつての性のように、人々の前から忌み隠される存在になっていったのである。こうして、とくにイギリスでは、人前で死について語ることさえタブーとなり、人は締め切った部屋のなかでただ一人死者を悼むということになった。（三二四頁）

死がますます忌《い》み嫌われるものとなりつつあったイギリスに生を受けたロレンスは、一九〇一年、兄ウィリアム・アーネストの死を経験し、その直後に一六歳の彼自身も肺炎に罹《かか》ってしまう。それ以来、気管支系の病に頻繁に悩まされるようになるが、以後のロレンス自身の肉体の不調については後で触れることにして、ここでは更にロレンスに大きな衝撃を与えたこととして、一九一〇年一二月の母親リディアの死を挙げたい。もちろん家族の死の経験以前にも他者の死の経験はあった。しかし、彼自身が語っている通り、兄や、とりわけ母の死の経験は、死というものの存在をより強烈に実感させることになる（「スケッチ風自伝」『不死鳥Ⅱ』、三〇一頁参照）。また、一九一四年から始まった第一次世界大戦の戦況下、多くの人間の死を目の当たりにし、死の現実を更に意識することを余儀なくされた。

この時期に書かれたロレンスの「平安の実相」（執筆は一九一七年）に死に関する議論が見られる。全般的には死を「腐敗の流れ」や「崩壊の欲望」といった抽象的、精神的な破壊経験とし、その必要性を説くといった、死の経験を肯定的に捉える議論が多い。しかし、注目すべきは、例えば一章において肉体的な死を論じてもいる点、しかもそれに関しては生と死をはっきりと二元的なものとし、死を否定的に捉えている点である。[7]

> エンペドクレスは［……］急いで死へ跳び込んだのだ。［……］みんないずれは死ななければならないのだから。［……］いついかなる時にも、われわれの目の前には死の扉があり、いかなる道をたどろうと、いずれはその扉に行き着くのだ。つまり割り当てられた期間が終われば死ななければならず、

その点では選択の自由はまったくない。〔……〕平安は生を受け入れる時に訪れる。死を受け入れる時にやってくるのは、平安と等価ではあるが希望のないもの。静止であり、断念である。（『不死鳥』、六七三—七四頁）

死を受け入れる時にやってくるのは「静止」であり「断念」であるという否定的な捉え方は、「蛇」に見られる死に対する恐怖と無関係ではないだろう。

死を巡ってロレンスの周辺で起こったこととして、大戦末期の一九一八年の冬から一九年にかけてヨーロッパとアメリカで猛威をふるったインフルエンザ（「スペイン風邪」）のことも忘れてはならないだろう。またたく間に世界中に蔓延《まんえん》して、二五〇〇万の人命を奪うに至ったという（井上Ⅲ、七頁）。多くの死者を出し、社会に甚大な打撃を与えたインフルエンザの流行により、ロレンスもまた友人たちの死を経験することになる。「友人たちの相次ぐ死が、ロレンス自身の未来をも覚束ない光で照し出した」（八—九頁）とは、井上義夫氏の言葉であった。

ロレンス自身の肉体に目を転じても、友人たちの命を奪ったインフルエンザは彼をも蝕《むしば》んでいく。とりわけ一九一九年の二月から三月中旬まで、彼は病みついたまま歩くこともできなかったという（『書簡集Ⅲ』、三三六—三七頁参照）。一九二〇年、三五歳のロレンスがフォンタナ・ヴェッキアに住み始め「蛇」の詩を書いたのは、こういった経験をした後だったことを改めて強調しておきたい。

インフルエンザはもちろん厳しい状況をもたらしたが、更にセイロンに向かうためにタオルミーナを発つ前にも彼は風邪で寝込んでいる。一九二二年にセイロンへ行きペラヘラ祭を見学したロレンスであったが、井上氏が指摘するように「高温多湿のモンスーン」の気候が彼の身体に合うはずがなかった（Ⅲ、一七二頁参照）。その後、一九二四年八月頃に喀血し寝込んでしまうが（井上Ⅲ、二七七頁参照）、そのような状態にあってもロレンスの放浪癖は止むことはなく、ホピ族の蛇踊りの見物にまで出かけている。「ホピ族の蛇踊り」の中でロレンスがいう「征服しなくてはならない」「恐怖」とは、一つには蛇の「毒」に対する恐怖であり、それはまさに死に対する恐怖だといえるだろう（八七頁参照）。

同年九月一〇日に七八歳の生涯を終えた父親の死もまたロレンスに特別の思いを抱かせることになったことだろう。父の死を経験したロレンスにも死期は確実に近づいていたのだ。

以上見てきたように、戦争、汎流行病、両親や知人の死を通じて、想像力の豊かなロレンスは死の擬似体験を繰り返していく。幼い頃から頻繁に病に煩わされ、自分自身の身体が蝕まれていったことも、死をより身近で現実の問題だと意識させたことだろう。ロレンスの後半生、とりわけ最後の一〇年間は、常に病気に煩わされ、死の恐怖に晒され、それとの対峙を余儀なくされる人生だったのである。

そもそも人はどうして死を恐れるのだろう。この問題について佐々木馨氏の言葉を紐解こう。

古来から、誰にとっても死は未知であり不安であるがゆえに、恐怖の対象であった。それゆえ「自分に限って死ぬことは絶対にありえない」と思い、かつ思いたいとしてきた。しかし、死はハイデガーが言うように、確実に私たち一人ひとりに訪れる。それを誰かに代わってもらうことはできない。しっかりと引き受けなければならない。

現代は医療技術が高度に進歩し、現実の死が見えにくくなっている。現代は死を否定しようとしている時代であるとさえ言われる。見えにくくなったぶん、逆に死は恐ろしく見えるのかも知れない。

（一二〇頁）

未知であるから、不安であるから、そして見えにくくなっているから、人は死に対する恐怖を持たずにはいられないのだという[8]。確かに死そのものを経験して戻って来られた人間が存在しないのであるから、生者が死を理解することなどできるはずはない。臨死体験の可能性はあるかもしれない。しかしそれはあくまで臨死であって、死そのものではない。だからこそ人は、他者の死を通して様々な死体験を、死後世界を想像し、語り継いできたのだ。

死が「しっかりと引き受けなければならない」ものであるからには、恐怖心を少しでも和らげるために、またそれを克服するために、人は何とか死を理解し、受容しようと努力を重ねてきた。哲学者や宗教家は「死」を理解するためにこれまで様々な説を提示してきたのであり、中でもキリスト教徒たちは倫理的な天国と地獄の概念を導入したのだ。

対象を知らずしてその受容はあり得ない。ロレンスも「平安と実相」を書く段階で、死を理解する必要性を既に訴えていた。

人間は理解したものなら乗り越えることができる。自分の究極的存在は死の中にあることを理解すれば、われわれは新しい存在へと変容する。［……］

しかし皆が皆、理解力を備えているわけではない。［……］しかしわずかの者は、死を見事に乗り

越えるために、これまで続いてきた死の状態を理解することがどうしても必要なのだ。（『不死鳥』、六七六頁）

この段階でロレンスのいう死の理解が、実存的、抽象的な破壊作用としての死の理解の域を越えていなかった点は既に見てきた通りである[9]（『不死鳥』、六八一―八二頁参照）。とはいうものの、少なくとも彼がこの時期に既に「死」という用語を用い、実存的、抽象的な死ではあっても、それを理解する必要性を論じている事実は注目に値する。

　未知であるがゆえに不安を搔《か》き立てられたということ以外にも、不安を感じる要因はあっただろう。確かにギリシア・ローマ神話にももちろん造詣が深く、しかもエドウィン・アーノルドの『アジアの光』に影響を受けたロレンスは、異教的、また仏教的な死生観を早い時期から吸収していた。母親の死を経験したロレンスが妹エイダに送った書簡（一九一一年四月九日付）はまさにそれを物語っている[10]。しかし、幼い頃からキリスト教徒として育てられたロレンスにとって、それとの強烈な宗教的葛藤がどれほどあろうとも、いくつかの要素が彼の身にしっかりと刻み込まれている事実は否めない。とりわけ、キリスト教の生死を全く別の次元で捉える二元論的死生観、しかも天国と地獄といった善悪の二元論的概念については、後で触れるように、エトルリアの旅を記した紀行文の中でさえ触れているのである。彼はその死生観に囚われ、それがゆえに不安感を徒らに搔き立てられていたともいえる。

　背後に死が着実に忍び寄る状況の中で、こういった死生観だけでロレンスが納得できるはずはなかった。死に対する不安や恐怖心が、より深刻味を増していたに違いない時期、ある意味、死に取り憑《つ》かれていたといっても過言ではない時期に、ロレンスはエトルリアの遺跡の存在を知り、実際にそれを見物して回ることになる。それはまさに「人生の最後の局面」、つまり「象徴的死ではなく、現実の死が間近に迫ってきた時期」(セイガー、三〇三頁)だった。次章ではロレンスのエトルリア体験を追いつつ、古代エトルリア的死生観が彼の死の理解・受容にいかに影響を与えたのかを見ていくことにする。

(二) エトルリアの遺跡巡り以後――死の受容

エトルリア人は「紀元前七世紀から紀元前六世紀にかけて、地中海全域でもっとも富み栄えた民族であった」(青柳、一頁)と考えられている。「最近のエトルリア学(エトルスコロジア)の発達によって、多くの謎が解決され、もはや『謎のエトルリア文化』という名称で呼ぶことができなくなっている」とはいうものの、「文字資料が少なく、エトルリア人自身が書いた文献資料は皆無」であることから、ギリシア・ローマ文化とは大きく異なり、今もなお「謎」の要素が残っている(青柳、四頁)。

ロレンスが「蛇」を書いていた一九二〇年頃に神秘に包まれたエトルリア(人)に既に関心を持っていたことは、同時期に書かれたと考えられている「糸杉」(『完全版D・H・ロレンス詩集』、九九六頁参照)という詩の中にエトルリア人への言及が見られることからも明らかである。謎が多いだけに、ますますロレンスの想像力や好奇心は刺激されたことだろう(フィリピス、xxv)。更に一九二六年、三月になるとペルージアにある国立民族博物館を訪れ、エトルリアの壺などを見る経験もしている。その時、「本能的に惹《ひ》かれ」るものを感じ取り「一瞬のうちに共感を得る」ことのできるロレンスではあったが(『エトルリアの遺跡』、九七頁)、博物館の展示は所詮、間接接触に過ぎず、彼にとって満足のいくものではなかった(一二四頁参照)。もともとあった場所から博物館へと持ち運ばれ陳列された単なる「もの」を見ても、それは手折られた花と同様、生命を奪われたものを表層的に知得するだけのことなのだ(二一五頁参照)。博物館のおかげでエトルリアへの思いは触発されたものの、博物館はロレンスにとって、結局、直接触れ合える場ではない。

そこでロレンスは、「現実の、活き活きとした生命の触れ合い」(『エトルリアの遺跡』、二一五頁)を太古のエトルリア人たちとの間に求めるために、そして彼らの死生観を本当の意味で理解するために、その場に直接行く必要があった。その地は、「現代社会とは対照的な社会であり、すべての生あるものは触れ合いを通じて一つに統合される、本物の繋がりというものを持った理想郷《ラーナニム》」(カウワン、一三七頁)ともいうべき土地であった。

死の直接経験とまではいかなくとも、想像力をたくましくすることで擬似体験をするために、「バヴァリアのりんどう」に謳われる詩人のように、アセチレンランプの灯火を手にした案内人の後から大地の内部にあるウサギの巣穴のようなエトルリアの地下墓室へと降りていく。そうすることでロレンスが得た古代エトルリア人の死生観とはどのようなものだったのだろうか。

チェルヴェテリ、ヴルチ、ヴォルテラと、それぞれに特徴を持ち、ロレンスに感銘を与えたエトルリアの遺跡群であるが、本稿で特に焦点を当てたいのは、「往昔はエトルリアの首都」、「大エトルリア同盟の中心都市であった」(『エトルリアの遺跡』、一二〇頁)タルクィニアである。一二の都市国家の中では、最古の、そしてまた盟主であると考えられていた町タルクィニア(一七八頁参照)。どうしてロレンスはとりわけその場の墳墓を見て感動したのだろう。井上氏は「彩色古墳群」にその原因を見る（Ⅲ、三四二―四四頁参照）。最初に入った「狩りと漁《すなど》りの墓」はどのような世界だったのだろうか。「霧のかかった空と海に鳥が飛び、魚が跳ね、小さな男たちが狩りをしたり釣りをしたり、小舟をこぐ」姿が見えてくる（『エトルリアの遺跡』、一三二頁）。「ここにこそ本当のエトルリア的な快活さと自然さ」があった（一三三頁）。しかも壁画に描き出されているその世界は――生の世界と同様の活き活きとした世界は――死後の世界だったのだ。

壁画の中の跳躍するイルカのすがすがしい姿がロレンスの眼前に立ち現れる。もともとロレンスは、生と死の二つの世界を行き来する存在として蛇の虜になっていたが、本紀行文において両世界（すなわち海［死］と大気［生］の世界）を行き来する存在としてロレンスの想像力をより刺激したのは、開放感溢《あふ》れるイルカだった（一四二、一五一頁参照）。壁画の跳躍するイルカの姿からは、蛇によって引き起こされる死の恐怖は全く感じられない。蛇の表象がエトルリアの壁画においてはどのように描かれているのかという問題については、次章で触れることにしよう。

別の壁画では死者が宴会を開いている光景が描かれている。「宴会用の長椅子に片肘《ひじ》をついて寄りかかる」死者の男も、「見事な衣装を身にまとい宝石で飾られた美しい貴婦人」も、みんな死者であるにもかかわらず、生者同様、陽気に葡萄酒を飲み、語らって楽しんでいる（一三三頁参照）。死者たちの黄泉《よみ》の国での宴の様子を記したロレンスの言葉を紐解いてみる。

これは死の送葬の宴なのだ。同時にこれは、死者が下界で、黄泉の国で開いている宴でもあるのだ。

なぜなら、エトルリア人たちが往く黄泉の国は、楽しいところであったからだ。生者が戸外で楽しい祝宴を開いている時、同時に、死者の墓でも死者自身が、同じように祝宴を開いていたのである。傍らに貴婦人が侍して彼に花輪を捧げ、奴隷たちは彼に紫の酒を運んでいたのである、はるかなる黄泉の国で。地上の生活が非常に楽しくいいものであったからには、下界の生活もその続きとなるより外はなかったからだ。(一三三―三四頁)

このように、死者の世界は生者の世界と断絶した別世界ではなく、繋がった「続き」の世界であり、そこは楽しいところだというメッセージを壁画が伝えている。

遺跡に実際に行き、直接壁画に触れ、古人の生命力溢れた死後世界の描写に触れたことで、ロレンスの想像力は大いに刺激を受けることになる。死を「『新しい世界の出発』と思える人は、まだ続きがあるのでそう恐怖はない」(一二六頁参照)と佐々木氏はいう。「狩りと漁りの墓」をはじめ「豹《ひょう》の墓」、「バッカスの巫女《みこ》の墓」など、多くの墓を擁するタルクィニアを中心とするエトルリア人たちの死生観の発想――死後世界は生の世界と隣り合わせであり、生の世界と同様、楽しい世界と捉える発想――を壁画に見出し、それを直《じか》に体験したロレンスは、徒《いたずら》に死を恐れることの意味を、そして生と死の間に断絶的な境界を設けることの意味を、問い直したに違いない。

ロレンスはもともと生と死を「まったく両立しない」(「小鳥の囀《さえず》り」『不死鳥』、五頁、六頁)分断された別世界の様式と捉えており、「生と死の越え難い断層」(六頁)の存在を信じていた。しかし、エトルリア人たちの陽気な地下世界を体験したロレンスにとって、黄泉の世界をこの世と同様楽しい世界と捉える彼らの死後世界の方が「午後の光り輝く地上の世界よりも更に現実味を帯びたものになっていく」（『エトルリアの遺跡』、一三八頁）。

エトルリアの遺跡の中には、「オルクスの墓」のように、時代を経てギリシアやローマの影響を受けることにより、死後世界を「陰惨な冥府、地獄と煉獄」と捉えるようになった世界観が描かれているところもなくはない（一七四頁参照）。実際エトルリアの宗教は、ローマ人の懐疑思想が広がると滅び始めた（一五〇頁参照）わけだが、ロレンスが共感し、心を奪われたのは、そのような懐疑思想が流布し出す前のエトルリア人たちの発想の豊かさ、それを基盤にした「古代人独自の死に関する哲学」（一四四頁）――偉大な自然宗教に基づいた、「来世の生活は驚異に満ちた生の旅の続きに他ならな」いという哲学（一七四頁）――だったのである。

> 死はエトルリア人にとって、生の楽しい継続に他ならず、そこには宝石もブドウ酒もあり、舞踏のためにフルートが奏でられる世界であった。死は決して至福の恍惚《こうこつ》境、天国ではなく、また煉獄《れんごく》の苦患《くげん》でもなかった。それは満ち溢れる豊饒《ほうじょう》な生が、自然にそのまま続いている世界に他ならなかった。すべてのものが、生を、生きて在る喜びを表現していた。（一〇九頁）

このような「生に満ち溢れた」（一〇七頁）死後世界との出合いの後、死に対するロレンスの恐怖心は、D・キャヴィッチが次の引用で述べるように、確実に緩和されていったことだろう。[11]

メキシコのアステカ族のグロテスクで記念碑的な芸術に晒された後、エトルリア人たちの慎み深く穏やかな悦びの表現に接したことで、ロレンスは本当に安堵感を覚えたことだろう。自身の死に対する畏れの気持ちを一層強くさせるだけだったインディアンの死に対する畏れから目を逸らしたロレンスは、自分たちの肉体的存在に満足することに没頭するエトルリア人たちによって癒されるのだった。彼らは自分たちの存在が一時的であることに対して、いかなる恐怖も苦痛も感じていなかった。というのも、彼らの芸術の中に、すべての生のイメージのはかなさや繊細さを悦ぶ姿が描かれているからだ。（二〇八頁）

エトルリア人たちが「いかなる恐怖も苦痛も感じていなかった」といわれると、現代人の性《さが》として、本当にそうだったのかどうかを疑いたくなるかもしれないが、ここではこの点については深くは追究しない。少なくとも彼らの残した芸術作品には恐怖の片鱗《へんりん》さえうかがえないという事実を受け入れることにしよう。

もともと持っていた死生観——生と死の状態を断絶した二元論的様式と捉える死生観、また死後世界を善悪という人間の価値観で二元的に捉える死生観——をすべて払拭することはできないまでも、ロレンスは死後世界を怖い場所ではなく、生きている世界と地続きのものとして捉える古代エトルリア人たちの死生観を知ることで、確実に「癒され」ていく。

第三章　蛇（＝死）の表象の推移

蛇の表象に今一度目を向け、『エトルリアの遺跡』において蛇がどのように扱われるようになっているのかを確認しておこう。ロレンスにとって蛇はＪ・Ｂ・ハンマがいうように「お気に入りの象徴の一つ」（二〇九頁）であり、様々な作品の中に登場する蛇がわれわれに喚起するものは実に多様である。本稿では詳しくは触れられないが、蛇がロレンス文学において重要な象徴となっていることは、筆者もこれまで拙論で論じてきた。本稿でこれまで見てきただけでも、「生命の王者」、「性」や「死」など、蛇の象徴するものは様々である。

では『エトルリアの遺跡』の中で、蛇はどのように表象されているのだろうか。「生命を与えてくれると同時に、生命を奪いもし」、「豊かな実りを産む面に劣らず、恐ろしい破壊の面もある」（二〇七頁）と強調される大地の諸力を具現するものとして蛇は描かれ、とりわけ生命力の方が強調されている点にまず注目しよう。ロレンスは蛇を「大地の奥にある様々な生命力、火山や地震を生ぜしめるような力ばかりではなく、様々な植物の根を馳《は》せのぼって、あの木、生命の木の偉大な幹《みき》を形成せしめ、また人間の足から脚へと馳せのぼって、心臓を、即ち心を創り成す生命力を象徴するもの」と表現している。(12)

しかし本稿で着目したいのは『エトルリアの遺跡』のとりわけ壁画に描かれている蛇の形象である。壁画にはイルカや魚、鳥、ライオン、鹿、アヒル、羊、牛、豹《ひょう》、鶉《うずら》、犬、山羊など、実に様々な生き物が描かれており、単体で描かれるそれら生き物の多様さだけでも目を見張るものがある。中でもロレンスが関心を寄せるのは、複数の生き物の合体した複合動物である。「首から上はライオン、胴体は牝山羊《めすやぎ》、尻尾は蛇という怪物」キマイラ（一六四頁）やタイフォン（一七一頁）をはじめ、スフィンクス（一六四頁、一九四頁）、グリフィン（一九四頁）、ヒッポカンプス（海馬）（一四三頁）、ケンタウロスなど、枚挙に遑《いとま》なしである。これら複合動物の存在は、いかなる意義を持っているのだろうか。ロレンスは次のように分析する。

エトルリア人にとって人間とは、その人間の持つ様々な異なる性質や力ゆえに、牡牛《おうし》であり、牡羊《おひつじ》であり、ライオンであり、あるいは鹿でもあるといえる。人間はその血管の中に、翼ある鳥たちの血を持ち、また蛇の毒を持つ。すべてのものはそういう血の流れから出現したのであり、従って、この血縁関係は、それがどのように複雑で両立できない関係にあったとしても、決して断ち切られることはなく、また忘れられることもなかった。（一六五頁）

複合動物はこのように、ロレンスの想像力を刺激し、様々な生き物の象徴する要素を内に包含している人間の複雑さ、あるいは多様性を伝えた。とりわけロレンスが執着してきた蛇の象徴に関していえば、それが複合動物の一部になっているということは、蛇の要素も全体の一部に相対化されるということになる。具体的には「蛇の毒」が象徴する死も、より大きな概念としての「生命」体の一局面に相対化されうるということである。死は「生命の輪」の中にあって絶対化の呪縛から解き放たれるのであった。ロレンスは次のようにも論じる。

全世界が一つの生きものであることを、私たちはただ象徴的にしか知ることができない。更にいえば、どの意識も――ライオンの憤怒であろうが蛇の怨毒であろうが――すべて存在するものであり、存在するがゆえに神聖なのである。一切は切れ目のない生命の輪から生ずる。その生命には核が、胚種が、唯一者が、もし神と呼びたいならまさにその神が内在している。そして人間も、それぞれの霊魂とそれぞれの個性を持って生れ出るのであるが、人間以外の一切のものと永遠に結ばれている。血の流れは一つで同じなのだ。(一六八頁、傍点筆者)

かくしてロレンスは、蛇の毒が象徴する「死」という現象は確かに「生命体の現実」ではあるものの、同時に生命体の一様相に過ぎないということ、個体の死もまた「生命の輪」の中に存し、人間は他の生命体全てと繋がっているという、いわば生命輪廻的な考えにも思いを馳せるようになっている。

もっともロレンスの達した死生観は、いわゆる人間の肉体が朽ち果てた後、自然に還るといった、エコロジー的死生観ではない。ロレンスは「無意識の幻想」の中で「自然に還る」という発想を一旦は紹介し、次の文明へと繋いでいく必要性を論じるものの(一八〇頁)、最終的には「お互いに相対的な関係を保つ個々の生きた生物」の「絶対性」(一八二頁)の主張に終わっている。すなわち「われわれにとって主要な実在」ともいうべき魂そのものは「死んでも常に魂であり」(『エトルリアの遺跡』、一五二頁)、肉体のように分解し無に帰することはない。たとえ「生きた個人の魂として再び誰かの肉体に入り込む」としても、「個々の特徴は維持し続ける」のである。ロレンスにとって、不死鳥のような己の魂の復活こそが肝要だったのだ。

地獄や天国の発想もなく、この世とあの世が繋がっているという死生観、そして魂の蘇り、あるいは往来という時、それはまさに古代エトルリアの死生観、ひいては古代日本の死生観に限りなく近いといえるだろう。ロレンスは最後には不死鳥のような魂の復活を信じて、「エトルリアの例にならい」、「地下の死後世界への魂の旅」（ロックウッド、一八六頁）に出るために、「小さなブロンズ色の死の舟」（『エトルリアの遺跡』、一〇七頁）をこぎ出す準備を始めるのだった。

むすび

人間はパスカルがいうように否応なしに死刑囚の状況を背負わされており、この運命は避けられない（一〇三頁参照）。たとえ生と死の世界が繋がっているとしても、「生」とは異なる「死」という別の未知なる世界への移行は避けられない。しかし「死の現実性」を「社会のあらゆる所から覆い隠そうとする企図が支配する」（内堀他、三四頁）現代社会において、大抵の人間は日常の営みに忙殺《ぼうさつ》され、それを意識することはほとんどない。自分だけはまるで永遠に死なない存在であるかのような錯覚に陥ったまま日々をやり過ごしている。

しかしロレンスの人生はそうではなかった。常に死の意識化を余儀なくされる社会的、歴史的な大惨事が起こり、また個人的にも病弱な身体ゆえに若い頃から死を意識することは避けられなかった。ロレンスの後半生の旅は、死との和解を求める旅だったといっても過言ではないだろう。

そのような中、エトルリアの遺跡巡りは、ロレンスにとって大きな転換点となった。[13]「蛇」を書いていた頃にもエトルリアの遺跡に対する関心は示していたが、実際にその遺跡で——とりわけタルクィニアの墓穴、そして壁画を前にして——死者が生前と同様に活き活きとしている死後世界を目の当たりにしたロレンスは、想像力を駆使することにより、それまで囚われていた生死の「断絶的二元論」、あるいは天国と地獄の善悪の二元論的死後世界観を擁することの意義を真剣に問い直したに違いない。死も生命現象の一部である可能性をロレンスは確信したのである。こうして、生死をいわばコインの表裏のように常に重なり合って存在するものと捉え、死後世界を生命溢れるものと捉える古代エトルリア人たちの死生観の方がロレンスにとっては確実に現実味を帯びるようになる。セイガーもエトルリアの遺跡巡りの意義を次のように述べている。

彼［ロレンス］は長い遍歴を経て、遂にこれらの墓へとやってきた。そしてそれらの内に、ずっと探し求めていた活き活きとした人間の生命を、完璧な認識と繋がりからなる生命というものを——肉体対精神、人間対非人間、生と死といった有害な二元論とは関わりのない生命というものを——見出したのだ。（三〇九頁）

このように、遺跡巡りは「生の真実と死の真実」が「究極的には一つである」（ギルバート、二九七頁）ことをロレンスに確信させた。それは、死を見据え、死をより大きな意味での「生命《いのち》」の中に相対化する過程だった。それこそが、「蛇」を書いた頃には未だ逡巡の域を出ることのなかったロレンスが、ずっと求め続けていたことだったのである。

最後に、ロレンスが顕示された生命力を探し求めた事実の裏に隠された別の真実を今一度強調しておこう。死を意識することを余儀なくされた人間の、死に対する恐怖と不安が潜んでいたという真実を。彼の後半生は、ある意味、死に取り憑《つ》かれた人生だったといっても良い。その恐怖、不安があったからこそ、死との対峙、死の理解、そして死の受容といった一連の過程の中で、「生命」はロレンスにとって、より輝いて見えたのだろう。[14] ロレンスの最後を看取ったA・ハックスリは「彼が万象を見ているその目は、死と生の境界まで行ってきた人の目、あるいはそこの死の暗黒から浮かび出てきた時に、計り知れないほど美しくまた神秘的な森羅万象を目の前にしている、そういう人間の目であったように」（xxx）思われたという。ロレンスはあたかも「毎日毎日、死すべき病の底から新たに蘇生してくるかの如くであった」ともいう。

ロレンス文学は、常に死と向き合う作家の姿勢があったからこそ、われわれ読者にも生と真摯《しんし》に向き合うことを要求する。「生命の司祭」という異名を冠することも可能なロレンスであるが、それは死をも含む大いなる「生命」、生的状況と死的状況を往来する生き物たちをすべて含む生命圏、あるいは自然界全体を含む大いなる「生命」の在り方を説く司祭であるといえよう。

注

（1）『おくりびと』は青木新門著の『納棺夫日記』（文春文庫）が映画化された作品であるといわれている。もっとも、原作者青木は必ずしもそのような意見には納得していないという（北崎論文参照）。

（2）ハリ・T・ムアの著書のタイトルが *The Priest of Love* (London : Heinemann, 1974) であることを想起しよう。

（3）結末については、飯田武郎氏のように、「教育の声」の介入のためにロレンスは蛇に棒切れを投げつけてしまい、そのため彼は生の王者たる蛇の命も「闇の太陽」も感じ得なくなった（六五頁）と否定的な解釈をする批評家も存在するが、本稿では少なくとも「あがなうべき狭量さ」を詩人が意識し後悔し、蛇を受け入れる必要性を新たに認識している点を強調したい。

（4）もっとも、性や性交渉そのものに対する恐怖だけではなく、むしろ「不毛な性の衝動」に苛《さいな》まれる自己に対する嫌悪（井上Ⅰ、二五六頁参照）を表わしているといった捉え方、また、詩の中の「私」を詩人本人ではなく当時のイギリス人に一般化し、彼らの性意識に対する問題提起を読み取る捉え方に見られるように、性の概念を拡大することが可能であることを付記しておきたい。

（5）他にも「生命」（一九一八年出版）『不死鳥』、六九五頁参照。

（6）ロレンスは「無意識の幻想」において、ジグムント・フロイトのエロスとタナトスではないが、性と死が切っても切れない関係にあるということを論じているので参照のこと（一九四頁）。

（7）『恋する女たち』の中でもジェラルドの死の扱いが否定的なものであったことを想起しよう。

（8）心理学的なアプローチで、河野博臣氏は、「狭い産道」を通って生まれてくる時に刻み込まれる「心的障害」

が、人生の危機的な状況にあって「無意識に死への恐怖としてよみがえってくる」のであると説明している（一六七頁）。

（9）「平安の実相」が書かれた時期に執筆されている『恋する女たち』（一九一七年から一九年にかけて書かれた）に関しても同様のことがいえる。物語における死を巡る議論について、寺田建比古氏が詳しく論じている。氏は、物語の中心的なテーマは「実存的、宗教的な意味関聯において使用される」死であり、肉体の死は「この実存的な意味における死とは本来無関係」（五八五頁）であるという。死を受け入れよとロレンスがいう時、それは、死のような破壊経験を受け入れよという比喩的・実存的な意味で用いられることが多かったのである。

（10）書簡集参照（一九一一年四月九日）。

（11）井上氏も同様のことを述べている（Ⅲ、三一八頁）。

（12）他にも、ローマ人の視点で、エトルリア人を「陰惨な、極悪な、のた打つ蛇」（『エトルリアの遺跡』、一七四頁）に譬えた箇所もある。

（13）セイガーも述べるように、ロレンスはエトルリア（人）を包括的には捉えていない。というのも彼は、例えばエトルリア人が植民地支配をし、人身売買をし、奴隷を使っていたという、よく知られている事実を無視しているからだ。しかし、われわれの興味を呼び起こすエトルリアの遺跡に対するロレンスの慧眼《けいがん》は優れているといえよう（三〇九頁）。

（14）山折哲雄氏が島田裕巳氏との対談の中で、「生きる力」を重要視するにあたって、むしろ「死を受け入れる心の教育」が必要であると指摘しているので参照のこと（七五―七七）。

引用文献

青柳正規「日本語版監修者序文」『「知の再発見」双書三七　エトルリアの文明――古代イタリアの支配者たち』ジャン＝ポール・テュイリエ著、松田廸子訳、創元社、一九九四年。

飯田武郎『D・H・ロレンスの詩――「闇」と光をめぐって』九州大学出版会、一九八六年。

井上義夫『地霊の旅――評伝D・H・ロレンスI』小沢書店、一九九二年。

――『地霊の旅――評伝D・H・ロレンスIII』小沢書店、一九九四年。

内堀基光・山下晋司『死の人類学』講談社学術文庫、二〇〇六年。

梅原猛『日本人の「あの世」観』中公新書、二〇〇一年。

河野博臣「痛みと死と」『叢書　文化の現在――6　生と死の弁証法』大江健三郎・中村雄二郎・山口昌男編、岩波書店、一九八〇年。

佐々木馨『生と死の日本思想』トランスビュー、二〇〇六年。

寺田建比古『「生けるコスモス」とヨーロッパ文明――D・H・ロレンスの本質と作品』沖積舎、一九九七年。

パスカル、B『世界の大思想8　パンセ』松波信三郎訳、河出書房、一九六九年。

山折哲雄・島田裕巳『日本人の「死」はどこにいったのか』朝日新書一一五、二〇〇八年。

Cavitch, David. *D.H.Lawrence: The New World.* New York: Oxford UP, 1969.

Cowan, James C. *D.H.Lawrence and the Trembling Balance.* University Park: The Pennsylvania State UP, 1990.

Filippis, Simonetta de. Introduction. *Sketches of Etruscan Places and Other Italian Essays.* Ed. Simonetta de Filippis. Cambridge: Cambridge UP, 2002.

Gilbert, Sandra M. *Acts of Attention: The Poems of D.H.Lawrence.* Ithaca and London: Cornell UP, 1972.

Humma, John B. *Metaphor and Meaning in D.H.Lawrence's Later Novels.* Columbia and London: U of Missouri P, 1990.

Huxley, Aldous. Introduction. *The Letters of D.H.Lawrence.* London: William Heinemann Ltd., 1956.

Lawrence, D.H. *The Complete Poems of D.H.Lawrence.* Ed. Vivian de Sola Pinto & Warren Roberts. Harmondsworth: Penguin Books Ltd., 1980. （本文で引用した詩の訳は羽矢謙一・虎岩正純訳を参考にした。『D・H・ロレンス詩集Ⅳ――鳥とけものと花』国文社、一九六九年。）

——. "Etruscan Places." *Mornings in Mexico and Etruscan Places.* Harmondsworth: Penguin Books Ltd., 1975.

——. "Fantasia of the Unconscious." *Fantasia of the Unconscious and Psychoanalysis and the Unconscious.* Harmondsworth: Penguin Books Ltd., 1977.

——. *The Letters of D.H.Lawrence.* Vol. III. Ed. James T. Boulton and Andrew Robertson. Cambridge: Cambridge UP, 1984.

——. *Phoenix.* Ed. E.D.McDonald. NY: The Viking P, 1974.

——. *Phoenix II.* Ed.Warren Roberts and Harry T. Moore. Harmondsworth: Penguin Books Ltd., 1978.

——. "Psychoanalysis and the Unconscious." *Fantasia of the Unconscious and Psychooanalysis and the Unconscious.*

Lockwood, M.J. *A Study of the Poems of D.H.Lawrence: Thinking in Poetry.* Basingstoke and London: Macmillan P, 1987.

Sagar, Keith. *D.H.Lawrence: Life into Art.* Harmondsworth, The Viking P, 1985.

『イタリアの薄明』における語り手の問題点——その立脚点の推移に関して

山本　智弘

序

ロレンスがシンシア・アスキスに宛てた一九一五年九月五日付けの書簡には次のような一節が見られる。

……私は短い作品を集めた本を書いています……諸国家についての本です。イタリア、ドイツ、イギリスについての。この本は哲学的考察と苦闘に満ちています。事物を本物らしく見せるために。
（『書簡集Ⅱ』、三八六頁）

ここで言及されている本とは、ロレンスの最初の旅行記『イタリアの薄明』である。そしてこの一節は『イタリアの薄明』の特徴を作者自身が述べているものとして、多くの論考で引用されていることもあり、今ではこの旅行記の紹介文として定着している感がある。[1]

この有名な一節に対してジル・フランクスは興味深い指摘をしている。彼は「事物を本物らしく見せる(to show things real)」の部分は、文法面で不確定な要素があると主張する。例えば、'real' を引用のように「本物らしく」と副詞として解釈した場合、この部分は本を書く時の技巧に関して述べたものになる。この場合、ロレンスは彼が見聞きした事物と彼の持論を統合する新しい方法を模索していることを示唆する。一方、「本物の事物」というように 'real' を形容詞として解釈した場合、この部分は従来の旅行記で描かれていたステレオタイプ的な描写、それも特にイタリア人に関するステレオタイプ的な描写を避け、真のイタリアの姿をありのまま描こうとしていることを示唆する。フランクスはどちらの解釈も妥当なものであるとし、二通りに解釈可能なこの一節自体が、『イタリアの薄明』を執筆していた時のロレンスの苦心ぶりを表わしている、と述べる(六一頁参照)。

『イタリアの薄明』の特徴をロレンスが述べている一節には、フランクスの言うように不確定な要素が存在する。そしてこのことは非常に象徴的である。なぜならこの旅行記には、様々な不確定要素が内在していることが度々指摘されてきたからである。例えば、『イタリアの薄明』は「山越えの磔刑像」「ガルダ湖にて」、「亡命のイタリア人」、「戻り旅」の四章で構成されているにも関わらず、この章分けさえも批評家の間で意見が割れており不確定である。

例えば、季節の移り変わり(ミルズ、五一頁参照)、神話的要素の導入(フランクス、六〇頁参照)、西洋の産業主義によってイタリアから追いやられる人々の登場(オー、三三頁参照)、二元論の展開の有無(チャーチル、一八三頁参照、井上、三〇五頁参照)などを根拠として、「ガルダ湖にて」に収められている「サン・ガウデンツィオ」を分岐点として『イタリアの薄明』を四章ではなく二章に分けて捉えるべきだという見方が数多く存在する。その一方、「亡命のイタリア人」、「戻り旅」を一括りにして、この旅行記を三章に区分する見方（トレーシー、二二頁参照）や、構成通り四章と捉える見方も存在する（ホステットラー、一九頁参照）。付言すれば、そもそも『イタリアの薄明』は旅行記というジャンルに収まるのかという疑念を表したもの（メイヤーズ、一〇四頁参照）も含め、この旅行記に関する不確定要素は多く存在する。(2)

本稿の目的は『イタリアの薄明』におけるこのような不確定な要素を論じることである。そしてそれは特に語り手の立脚点に関するものにある。『イタリアの薄明』には、みずからが描き出した構図や発言を後に撤回し、自己矛盾に映る姿勢を読者に見せる語り手が、特に「糸紡ぎの女と修道僧」「レモン園」においても表われる。そして最後のエッセイ「戻り旅」で、語り手はみずからの存在自体を非常に不安定なものにしたまま旅行記を終えるのである。本稿では主にこの三つのエッセイを取り上げながら、語り手の立脚点の推移について述べていきたい。

第一章　糸紡ぎの女と修道僧

「糸紡ぎの女と修道僧」は、村のサン・トマソ教会の庭で糸を紡ぐ女性と、修道院を散策する二人の修道僧の対比を主軸に展開されるエッセイである。そしてこの対比はエッセイ終盤に展開される二元論的思想に繋がっている。語り手は糸を紡ぐ女性と修道僧だけではなく、イタリア人、教会、そして語り手自身にも「光」と「闇」などの属性を与え、これらを対比させている。

例えばエッセイの冒頭、教会を探しに出かけた語り手は路上で見かけたイタリア人と自身の姿を次のように対比させる。

イタリア人は「太陽の子どもたち」と呼ばれている。しかし「影の子どもたち」と呼ぶほうがいいかもしれない。彼らの魂は暗く、夜のものである。……私がおぼろげで、透明で、はかない光のような存在とすれば、彼らは暗く、重苦しく、普遍の影のような存在であった。(一〇四頁)

イタリア人を「影の子どもたち」「夜のもの」「影」などの言葉で繰り返し述べる一方で、語り手は自身をその反対の「光」になぞらえる。このように「光」の世界に属するものとして自身を描く傾向は、その暗さが強調して描かれている教会内部で「魂が萎縮した」ように感じた後、教会から外に出て次のように感じる場面にも見られる。

私はまた外に出た。舗装された入り口付近は宝石のように澄み切っていた。高所で青みを帯びる陽光の驚くべき透明さを見ていると、私は自分が気化してその中にとけこんでしまうような気がした。(一〇五頁)

ここで語り手は太陽との一体化を享受しているようである。また、同様の描写は暗い渓谷で桜草を摘み終えた場面にも見られる。ここで語り手は、陽に照らされた世界への帰還をこう描く。

間もなく私はまた陽光の中に上がって、オリーブの木々の下の芝生で安堵感を覚えた。そこは輝くような光の上界であり、私はまた安全な身になったのである。（一一〇頁）

糸紡ぎの女性に遭遇した時、語り手は様々なイメージを重ねて彼女を描写する。(3) それらの中で興味深いのは、彼女に「闇」や「影」のイメージではなく、語り手と同じく「光」や「太陽」のイメージを彼女にも付与していくことである。

そうして女は陽射しの中に、その小さな台地に立っていた。年老いていても朝のようにしゃんと背を伸ばして孤独に、陽に焼け、陽に当たりすぎ色あせて。（一〇八頁）

同じく日焼けしているであろう他のイタリア人は「暗い《ダーク》」と描写するのに、彼女に対しては「陽に焼け《サン・カラード》」という太陽をイメージさせる表現を用いる。さらに次のような記述も見られる。

女は立っていた。彼女は陽射しと天候の一員となり、頭上の石塀から垂れ下がっている黒ずんだフクチョウボク同様、私などには目もくれない。（一〇九頁）

このように語り手は糸紡ぎの女を語り手と同じく「光」や「太陽」の世界に属するものとして描き、後には彼女を「全身が昼の陽光」（一一二頁）、「陽射しの中で恍惚感を感じる」（一一三頁）とも描写する。書き手が自身の伝えたいことを描くために、描く対象を自由に、辛辣な表現を使えば、都合良く描出するのは当然であろう。対象をどのように描くかは書き手の裁量に委ねるしかない、と言える。それでも糸紡ぎの女を語り手と同じ「光」や「太陽」の属性を持つ存在として描き、語り手と同じ世界に属するものとして描くことに対しては違和感を感じざるを得ない。なぜならば語り手自身が直前まで述べていた構図（イタリア人＝闇、影）を唐突に崩して、彼女を描写しているからである。

またここで注目したいのは、引用の最後にある「私などには目もくれない」という部分である。この記述は語り手の存在が、彼女にとっては興味の対象ではないことを示している。この出会いの場面で語り手は彼女を「世界の中心、中核」（一〇七頁）や「世界の始まり」（一〇八頁）とも述べる。一方で彼女にとって語り手は「部外者」、「見知らぬもの」（一〇六頁）、あるいは「周囲の一部に過ぎない」（一〇七頁）存在であると述べられている。つまり語り手は、女性とみずからを中心／周辺の関係で捉えている。しかし結局は彼女を「光」という語り手と同じ属性を持つ存在として描く。つまり周辺と中心の両方に「光」という共通項を与えることにより、語り手自身が設定したはずの「糸紡ぎの女＝中心／語り手＝周辺」という境界を踏み越え、周辺にいる語り手が中心にいる彼女を引き寄せるのである。このことはエッセイ終盤、語り手がこの女性のことを想起する際に、わざわざ「私の小柄な老女」（My little old woman）（一一二頁）と'My'を付与する箇所にも伺える。

糸紡ぎの女との場面のように、みずからの発言や作り出した図式に逆らい、そのポジションを変える語り手の様子は、修道僧を描く場面にも見られる。修道院を散策している修道僧は「光」と「闇」を交互に行き来する存在として描かれる。それを端的に表わしているのが、『イタリアの薄明』の論考で引用されることの多い次の文章である。

昼の赤々と輝く光も、夜の充足も彼らには届かなかった。彼らは薄明の狭い小道を中庸の法則のうちに歩むのである。彼らの体内では血も霊も言葉を発さず、法則のみが、平均という抽象性のみが語るのである。無限なるものは積極的であり、消極的である。しかし平均なるものは中庸であるだけである。そして修道僧たちはその中庸の線にそって行き来しているのである。（一一二頁）

ティム・パークスは右記の箇所を「気が触れたようなパラグラフ」であり「抽象的な結論の極み」と断じたが（パークス、xiv頁）、後に続く主張と重ねて考えれば、ここで語り手は「中庸」「平均」といった概念を批判していることが分かる。引用にある「行き来する」という表現は何度も繰り返され、光と闇、あるいは昼と夜をつなぐ存在であるべき修道僧は「平均という中庸状態を歩んでいるだけだ」（一一三頁）と批判される。ここには「中庸を求めながら平均化されてしまった人間の姿」（上村、三三頁）が描かれていると言える。

だが修道僧に向けられた批判には、糸紡ぎの女の描写と同様に、多少なりとも違和感を感じざるを得ない。それは語り手の自身の描写に問題があるからである。例えば、修道院を散策している修道僧を遠方から見ている語り手は、彼らが歩きながら語り合っている様子をこう描写していた。

聞き取ることができない彼らの小声に、私は暗い魂でもって耳を傾けているようであった。黙ってじっと座っている間ずっと彼らの声は全く聞き取れなかったとはいえ、私は彼らと一体になり、彼らに加わっていた。（一一一頁、傍点筆者）

修道僧を目撃するまでは、みずからを「光」になぞらえていた語り手は、ここでは「暗い」という本来ならイタリア人を形容するはずの言葉でみずからを形容し、さらに修道僧と「一体になり彼らに加わっていた」と述べる。この後、「中庸性」「中立性」の体現である修道僧を「行き来する」という言葉で語り手は批判する。しかし修道僧をこのような言葉で批判している語り手もまた「光」と「闇」を行き来し、そして糸を紡ぐ女性と一体感を覚えるかと思えば、修道僧にも同様に一体感を覚える。つまり、語り手の心情や行動も「行き来する」という言葉で表わすことが可能であり、修道僧に向けた否定的な言葉は語り手自身にそのまま跳ね返ってきているとも言えるのである。

第二章　レモン園

「糸紡ぎの女と修道僧」に続く「レモン園」で、語り手はイタリア人夫婦の住居、及び彼らが営むレモン園を訪問する。ここでは「糸紡ぎの女と修道僧」で際だっていた光／闇の対比に加え、北方民族（特にイギリス人）／イタリア人、精神／肉体、などロレンスの読者にはなじみ深い対比を通して二元論が展開され、その論の終盤で対立する二極の関係から立ち現われる第三の存在とその重要性が述べられる。

注目したいのは、「糸紡ぎの女修道僧」と同様、自身の発言や作り出した図式に矛盾する言動が「レモン園」の終盤にも見られることである。それは、家主かつレモン園の経営者でもあるイタリア人ピエトロが、レモン栽培の経済的な苦境と、イタリアとイギリスの経済格差を語り手に訴えた後、イタリアの風景を目前にしながらイギリスの現状へと語り手が思いを馳せる場面にある。

私はレモン・ハウスの屋根に、眼下には湖、向かいには雪に覆われた山を目にして腰掛けていた。オリーブがいぶっている昔ながらの岸辺にある廃墟を見た。そしてまだ陽光に覆われている古代世界の静けさを見た。過去が非常に美しく思えたので、過去に向かって、後ろの方向にのみ目をやらなければいけないと思った。過去には平和と美があり、不和は存在しないのだ。

私はイギリスのことを考えた。ロンドンという巨大な塊、黒くて、煙を上げていて、よく働く中部地方と北部のことを考えた。身の毛のよだつ思いがした。しかしそうではあっても、この家主よりは良いのだった。この不運に見舞われた、老いて、猿のような狡猾さよりは良いのだった。過去にがんじがらめにされて身動きがとれないよりも、前進して誤りを犯す方が良いのである。（一三二頁）

デル・アイヴァン・ジャニクの言葉を借りれば、ここには「肉感的なイタリアの過去」と「機械が支配するイギリスの未来」の二者択一に悩む語り手がいる（四一頁参照）。そして最終的に語り手は「過去にがんじがらめにされて身動きがとれないよりも、前進して誤りを犯す方が良いのである」と述べる。しかしこの選択に我々は驚かされる。眼前に広がるイタリアの風景を眺め、過去を礼賛し「後ろの方向にのみ目をやらなければいけない」とまで述べた後、汚れたイギリスの風景を語り手は思い浮かべ、そのイギリス的未来を選択するからである。(4)

この部分に関するもう一つの驚きは、この結論が二元論で述べられていた第三の存在の重要性を考慮に入れてないことである。語り手はこの場面の前に第三の存在の重要性を示す論を展開しておきながらも（一二六頁参照）、先の引用の場面では過去と現在、イギリスとイタリア、自然と機械の二者択一に悩む。直面している現実問題を考える時、語り手は第三の存在の可能性を考えることを忘れて、結局は二者択一的な考えに拘泥しているのである。

また引用場面で「過去にがんじがらめにされて身動きがとれない」と述べられているピエトロは、この場面の直前では次のように描写されている。

彼が欲しいのは機械、機械による生産、金、人間の力であった。大地を手中に握り、大地を鉄道で束ね、鉄のように固くなった指で道具を持って穴を掘り、大地を征服する喜び。それを彼は知りたかった。……イギリス人が行き着いた場所に行きたかった。（一三二頁）

このように語り手はピエトロを機械を欲し、イギリスを羨む人物として描いており、ピエトロ自身も機械やイギリスへの羨望を口にしている（一三二頁参照）。つまりピエトロは「過去にがんじがらめにされて身動きがとれない」人物と言うよりは、「前進して誤りを犯す」気持ちを持っている人物である。語り手はそれを忘れたかのように、ピエトロを過去に縛り付けるが、その過去に対して強い思慕の情を抱いているのは実は語り手のほうなのである。(5)

第三章　戻り旅

続く「劇場」を経て「サン・ガウデンツィオ」以降の『イタリアの薄明』は、活気を帯びる旅行記となり（井上、三〇五頁参照）、今まで述べてきたような語り手に関する問題点も見あたらない。しかし最終章「戻り旅」には再度語り手に不安定な部分が見られる。

「戻り旅」は、語り手がスイスを縦断してイタリアに行く過程を描いたものである。この旅の過程は、語り手が前章「亡命のイタリア人」で述べていた通り、スイスを徒歩で縦断し「ルガノからコモに行き、ミラノ」（一九六頁）というルートを辿ることになる。「戻り旅」で、語り手は国籍を問わず多くの人物と出会い、何人かの人物とは旅を共にする。

「戻り旅」においてまず注目したいのは、語り手が見ている風景を現実のものと感じられないところである。「戻り旅」の最初の風景描写を引用する。

> 二時間後に私は山の頂に立って……チューリッヒの細長い湖を見下ろしていた。低い丘陵が帯状に広がっているその向こうに湖があり、それは模型地図のようであった。見ていられない気がした。あまりに小さくて現実のものとは思われなかったのである。……それが現実の世界であるとは信じられなかった。虚構であり、作りごとであり、現実の風景を隠すために壁に描いたぼんやりした風景画のようであった……（二〇七頁、傍点筆者）

「戻り旅」で語り手が最初に強く感じるのは、このような非現実感である。この直後、雑木林で雨宿りをする場面にも、周囲の世界に対して現実感を感じられない語り手が見られる。

> その時本当に雨が降ってきた。ちょうど低い丘を降りている時だった。そこで私は雑木林の葉の下に腰を下ろして、木々に雨の滴が付くのを見ていた。まるで宿無しのように、落ち着く場所も、帰属するものも無く、道ばたの雑木林の葉の下にうずくまっていると、そこにいるのが嬉しく思った……何人かの男たちが通り過ぎたが……彼らは私を見なかった。私は安全で、幽霊のように切り離されていた。（二〇八頁）

語り手は幽霊という非現実な存在に自身をなぞらえている。また後述することになるが、ここで注目したいのは、語り手がどこにも帰属しない状態に安堵感を覚えているところである。(6) 語り手は「宿無し《ホームレス》」「非現実《アンリアル》」のように「無」「非」の状態に身を落ち着かせる。この非現実感は旅の二泊目の宿での描写にも再び表われる。語り手はアルプスの峰にある小さな村に投宿して、そこで一人部屋にいる時に自身の胸中を次のように吐露する。

> 私は、この重々しく氷のように冷たい大気の中、この高地にたった一人でいて自由なのである。ロンドンは、はるか下方の彼方にあり、イギリスもドイツもフランスもこの夜の中、非現実なものに感じられた。……世界の諸々の王国はまったく重要性を持たない。とすれば我々は彷徨う以外に何ができるのだろうか。(二一七頁、傍点筆者)

「戻り旅」での語り手は英語はもちろんのことドイツ語でもフランス語でも意志疎通をする人物として描かれている。途中で出会った自国語しか話せないフランス人(二〇九頁参照)や、イギリス人(二一一頁参照)とは異なる。しかしこの言語能力を有するにも関わらず、語り手はこれらの国々に対しては現実感を持てない。

ここで「戻り旅」の内容から少し逸脱して、この部分と、本稿の「序」で引用したシンシア・アスキス宛への書簡からの一節――「国家についての本です。イタリア、ドイツ、イギリスについての。この本は哲学的考察と苦闘に満ちています。事物を本物《リアル》らしく見せるために。」(『書簡集Ⅱ』、三八六頁)――を比較して考えてみたい。書簡のこの一節と「戻り旅」からの引用部分にはある種の共鳴が感じられるからである。

「序」で述べたようにこの一節を「事物を本物《リアル》らしく見せる」あるいは「本物《リアル》の事物を見せる」のどち

らに解釈したとしても、「戻り旅」執筆時のロレンスは、「事物を本物らしく」あるいは「本物の事物」を描くために、非現実《アンリアル》なものにこそ現実《リアル》を感じる語り手を描いたと言えるのではないだろうか。アスキス宛の書簡を書いた前後に、「戻り旅」を執筆したと考えられることからも（『書簡集Ⅱ』、四一三頁参照）、この推測は成り立つように思える。

再び「戻り旅」に話を戻すと、この後語り手は道中で出会ったイギリス人の若者を思い出しながら、この若者と違い、自身はイギリスに帰る必要がないことに安堵感を覚える（二一八頁参照）。この安堵感と二泊目を過ごした宿での「彷徨う以外に何ができるのだろうか」という心情を合わせて考えてみれば、「戻り旅」の語り手は、現実感を感じない旅人を経て、亡命者《エグザイル》意識を持つに至ったことが分かる。この結果、語り手が旅を終え、母国へ帰還する様子を読者に想像させる「戻り旅」というタイトルのエッセイで、どこにも帰還しない亡命者意識を持った語り手が誕生するという奇妙さが生じた。そして語り手を亡命者のイメージで描くことは、自身の存在を危うくする結果を招いたのである。それを検証するため、前章「亡命のイタリア人」の後半部分を見ていきたい。スイスの工場で働く亡命中のイタリア人と出会った語り手が、彼らのことを回想している場面である。

> 私はあのイタリア人たちに会いたいとは思わなかった。……私は彼らが大好きであった。しかし、彼らのことを、彼らの生活がこの先どうなるかということを、彼らの将来を考えようとすると、何かの理由で私の心はぜんまい仕掛けのように止まってしまう。私があのイタリア人たちに心を向けると、たちまち何か奇妙な負の磁力が私の心を捕まえて、働きを抑えてしまうかのようであった。

どうしてそうなるのか。それは分からない。……私の記憶が彼らに触れた瞬間、私の心は完全に止まって、無になってしまう。先に進めなくなるのである。(二〇四頁、傍点筆者)

亡命者である彼らに思いが及ぶ時、心の動きが止まってしまい、先に進めなくなると語り手は述べる。それならば彼らと同じく亡命者となった今、語り手は心の動きを止めることなく、前に進めるのだろうか。「戻り旅」の最後、すなわち『イタリアの薄明』の最後にその答えがある。

ミラノまで歩く勇気はなかったので、列車を使った。そしてミラノで、大聖堂広場に腰を下ろし、日曜日の午後、カンパリのビターを飲みながら、イタリアの市民が飲んだり、陽気に喋ったりしているのを眺めた。ここでは生はまだ活気に溢れている……しかしながら、全てにおいて常に同じ目的が存在していて、悪臭を放っているのだった。機械化、人間生命の完全な機械化という目的が。(二二六頁)

ここで我々が見るのは、ミラノに到着し、広場に腰を下ろし、動いていない語り手である。その姿は機械化という大きな動きに対して抗っているようにも見える。しかし彷徨うことを信条としたはずの亡命者が腰を下ろしてしまった姿にはどこか寂寥感が漂う。その姿はまるで機械化により、進むべき場所もその人らしさも奪われた人物を語り手自身が身をもって体現しているようである。これから向かう場所も、そして語り手が何者なのかも不明なままという大きな不確定要素と、「人間生命の完全な機械化」という大きな懸念を残して『イタリアの薄明』は幕を下ろすのである。

おわりに

最後に『イタリアの薄明』というタイトルの意味を、本稿で取り上げた語り手の性質という観点から考えてみたい。『イタリアの薄明』というタイトルは出版社のダックワースが、出版間際に考案したものである（エガート、xlviii頁参照）。ロレンス自身は様々なタイトルを考えた末「イタリアでの日々」というタイトルをダックワース側に示していたのだが（『書簡集Ⅱ』、四八四頁参照）、これは最終的に却下された。しかしロレンスがダックワース考案の『イタリアの薄明』というタイトルに特に不満を示している様子は伺えない（『書簡集Ⅱ』、六〇六頁参照）。

リチャード・オールディントンは、『イタリアの薄明』というタイトルはこの本には不適切なものであると述べた。陽光が溢れているこの旅行記のタイトルに「薄明」という言葉は合わない、というのがオールディントンの主張である（vii頁参照）。しかし本稿で述べてきた語り手の性質と、薄明の性質を比べた場合、このタイトルは非常に適切だと言える。

薄明とは日没後、あるいは日の出前の薄明かりのことを指す。つまり昼（朝）でもあり夜でもあり、あるいはそのどちらかでもない状態である。この状態は「糸紡ぎの女」「レモン園」において、闇／光、過去／未来を行き来する語り手と同じである。また薄明とはいわゆる黄昏時を指すこともある。そして日本語の観点で解釈すれば、黄昏時とは「誰《た》そ、彼《かれ》は」という語源が示すように、人の見分けが難しくなる時間帯である。これも「戻り旅」においてその正体がはっきりしない語り手と重なるのである。

注

(1) 原文は以下の通りである。'… I am writing a book of sketches,… about the nations, Italian German and English, full of philosophising and struggling to show things real.'

(2) 例えば Casey Blanton, *Travel Writing: The Self and The World* (New York: Twayne Publishers, 1997) の巻末には、この本の著者が選んだ旅行記のリストが記載されているが、そこでは『イタリアの薄明』は選出されていない（『エトルリアの遺跡』も選出されていない。『海とサルデーニア』、『メキシコの朝』は選出されている。）

(3) 糸紡ぎの女性は「光」との関連性で描写されることが多いが、彼女はまた非常に複雑な属性を有する人物としても描かれている。例えば、彼女は石、風、蝶、鳥にも例えられている。つまりこの女性は「地面」にあり「静（不動）」のイメージである石でありながら、「空（天）」「動」のイメージを思い起こさせる事物にも例えられている。このような様々なイメージについては上村、二八―二九頁を参照。

(4) 例えばデニス・ポーターはこの結論を「驚くべきアンビヴァレンス」と述べている。Dennis Porter, *Haunted Journeys: Desire and Transgression in European Travel Writing*(Princeton: Princeton UP, 1991) の二〇九頁参照。

(5) みずからが属する北欧の文明・価値観（機械文明、拝金主義）の浸食により崩壊の危機に瀕しているイタリアに対して一緒の憧憬を語り手が感じているこの箇所は、レナート・ロサルドの唱える「帝国主義的ノスタルジー（imperialist nostalgia)」の例証となりうる箇所と言える。レナート・ロサルド『文化と真実―社会分析の再構築―』椎名美智訳（日本エディタースクール出版部、一九九八年）の一〇四―〇六頁参照。

(6) 石原浩澄「旅人のアイデンティティー　D・H・ロレンス『イタリアの薄明』を読む」『立命館法学』別冊ことばとそのひろがり（2）（立命館大学法学会、二〇〇四年、二三―五八頁）では、帰属する場所（ホーム）を持たない語り手について論述されている。「戻り旅」に関しては四六―五三頁参照。

引用文献

井上義夫『新しき天と地―評伝D・Hロレンス II―』小沢書店、一九九三年。

小川和夫「解説」『イタリアの薄明―D・Hロレンス紀行・評論選集1―』南雲堂、一九八七年。

上村哲彦『ロレンスのイタリア』彩流社、一九九六年。

Aldington, Richard. "Introduction." *Twilight in Italy*. London: Heinemann, 1956.

Churchill, Kenneth. *Italy and English Literarute 1764-1930*. London: Macmillan, 1980.

Eggert, Paul. 'Introduction.' *Twilight in Italy and Other Essays*. Paul Eggert., Ed. Cambridge: Cambridge UP, 1994.

Franks, Jill. *Revisionist Resurrection Mythologies: A Study of D. H. Lawrence's Italian Works*. New York: Peter Lang, 1994.

Hostettler, Maya. *D. H. Lawrence: Travel Books and Fiction*. Berne: Peter Lang, 1985.

Janik, Del Ivan. *The Curve of Return: D. H. Lawrence's Travel Books*. Victoria, B. C.: University of Victoria Press, 1981.

Lawrence, D. H. *The Letters of D. H. Lawrence*, Vol.II, Eds. George J. Zytaruk and James T Boulton. Cambridge: Cambridge UP, 1981.

——. *Twilight in Italy and Other Essays*. Paul Eggert., Ed. Cambridge: Cambridge UP, 1994.

Meyers, Jeffrey. *D. H. Lawrence: A Biography*. 1990. London: Papermac, 1993.

Mills, Howard.. "Full of philosophising and struggling to show things real: *Twilight in Italy*." *D. H. Lawrence's Non-Fiction: Art, Thought and Genre*. Eds. David Ellis and Howard Mills. Cambridge: Cambridge UP, 1988.

Oh, Enuyoung. *D. H. Lawrence's Border Crossing: Colonialism in His Travel Writing and "Leadership"Novels*. New York & London: Routledge, 2007.

Parks, Tim. "Introduction."*D. H. Lawrence and Italy*. London: Penguin, 2007.

Tracy, Jr., Billy T. *D. H. Lawrence and the Literature of Travel*. Ann Arbor: UMI Research Press, 1983.

『エトルリアの遺跡』に描かれるエトルリア文明の栄枯盛衰
――タルクィニア墳墓の彩色壁画と古代都市跡をめぐって

鎌田　明子

はじめに

D・H・ロレンスの創作活動はその四五年の生涯において、小説、戯曲、評論、詩、絵画、紀行文などの多岐にわたり、数多くの作品が残されている。紀行文は、本として出版された『イタリアの薄明』（一九一六年）、『海とサルデーニャ』（一九二一年）、『メキシコの朝』（一九二三年）、『エトルリアの遺跡』（一九二七年執筆、三二年に死後出版）の四冊があるが、そのほかにも数多くのエッセイや評論にも記載されている。二七歳の時にノッティンガム大学の恩師の妻であったフリーダと共に母国イギリスを出奔したロレンスは、それ以後生涯のほとんどを、ヨーロッパのみならずアジア、オーストラリア、アメリカ、メキシコなどを旅行することになった。ロレンスの人生そのものが旅であったと言われるゆえんである。

世界各国を旅行し、長期にわたって異郷に滞在して、そこでの生活体験から考えたことがらが紀行文として表現されている。ロレンスの目を通して描かれる旅先の風物とそこに生活する人びとの姿を見て、読者は人間と自然に対する彼の観察力と洞察力を知るのだが、さらにそこから展開される彼の歴史観や文明批評に活眼を開かれることもしばしばである。なぜなら、ロレンスが旅で得た感慨や感想を綴る能力に優れているのに驚かされるだけではなく、その体験から生じる諸々の思考が、彼の内奥に蓄積されている思想、哲学ともいうべきものと結びついた評論となっているからである。

ロレンスは一九二〇年前後からイタリア各地を訪れていて、この頃からイタリア半島のトスカーナ地方で栄えた古代エトルリア文明に深い関心を寄せていったようである。当時はまだエトルリア文明やその民族に関する専門的な研究書は少なかったが、この文明に関連する書物を入手して読み始めていたことが彼の書簡などから分かる。(1) 長い年月の間に発見、発掘されていたこの文明の遺品の数々はフィレンツェやローマ、タルクィニア、ペルージアなどの博物館や美術館に展示されていたが、一方、長年にわたり繰り返されてきた盗掘と、発掘調査という名のもとに行なわれた略奪に近い行為から、遺跡は著しい被害を受けて荒廃したまま現地に残っていた。

一九二六年にロレンスはフリーダと共にペルージアを訪問して、そこの国立民族博物館でエトルリアの壷類などの多くの遺物に接する機会を得た。『エトルリアの遺跡』の冒頭では、「直感的にそれらに惹《ひ》き付けられた」(一頁)と、そのときの感動を書いている。だが同じ書の中で、「博物館は図解付の講義の場所であり、ここでは生きた接触はできない」(一一四頁)と、博物館の展示物に関する見解を書いている箇所がある。それから考えると、ロレンスがペルージャの博物館で見た数々の遺物は、墳墓という現場の土壌から根を切り取られてショー・ケースの中に飾られているいわば切花のようなものであったはずである。だがそれらの品々でさえロレンスの心を強く捕らえたのである。ケース内の展示品であっても、それらの遺品はエトルリア文明の本質を強烈に顕現していて、それらを初めて見たときの感動は、ロレンスが生涯にわたって考え抜いてきた思想、哲学の精髄がそれらに深く呼応したから生じたのだと推察できる。このときロレンスは四二歳であったが、肺結核の病状はかなり悪化していて、遠からず自分の肉体が朽ち果てることを予感していたはずである。一刻も早くエトルリアの遺跡を実際にわが目で確かめ、古代のトスカーナ地方で栄えた文明の何かを実感できるものならそうしたいという欲求にかられたに違いない。翌年の三月一八日にロレンスはローマからラヴェロを廻った。そして二四日から四月一〇日までの間、二五〇〇年から三〇〇〇年近くも昔に華麗なる文明が繁栄した地であり、今は廃墟となっている古代都市の遺跡——チェルヴェテリ、タルクィニア、ヴルチ、ヴォルテラ——を訪れるために、親友であるE・H・ブルースターを伴って出かけたのである。

　ロレンスは遺跡を訪問した後直ちにこの紀行について執筆し始めたが、二か月後に喀血し、重い病の床についた。そういう状況にもかかわらず半年足らずの間に『エトルリアの遺跡』の原稿を書き上げた。生涯最後となったこの旅行記を精読すると、古代の人びとが描いた壁画を眼前にしたロレンスが、己の魂と肉体が打ち震えるような感興を覚え、それによっておのずと動き出した思考の数々を渾身《こんしん》の力を込めて著わしていることが感じられる。またそれらにはロレンスの思想、哲学の精髄が結晶して煌《きら》めいていると確信できるのである。

　本稿ではまず、ロレンスがなぜこれほどまでにエトルリア古代文明に強く惹かれたのか、というこの書の原点について考えてみる。その上で、ロレンスが遺跡に残存する彩色壁画と墓室や遺物を見ながら、そこにこの文明の栄枯盛衰の様相をどのように読み取ったのかについて考察する。さらにそれらが、四〇年あまりの生涯で構築されてきたロレンスの思想とどう繋がっているのかを考える。ロレンスがどのような視点・観点から、この多くの謎を秘めたままの古代文明の魅力を感知したのかを解き明かすことができれば、ロレンスが書き上げた膨大な著作物の総体におけるこの紀行文の位置も明らかになってくるであろう。(2)

一　エトルリア文明に生きた人びととコスモス

ロレンスが古代文明に強く心惹かれるのはなぜか、なぜこれほどまでに畏敬の念を抱くのかという素朴な疑問に立ち返るならば、まず、ロレンスが古代の人間とその宇宙とのつながりに気づき、この関係を重視していたことを思い起こす必要がある。古代文明とそれを築いていた人びとへの憧れの念は彼の作品の随所に見当たるが、とりわけロレンスの評論『アポカリプス』にその理由が明確に論述されている。ロレンスはこれを死のわずか三か月前（一九二九年一二月）に完成させ、一九三一年にフィレンツェで死後出版されたもので、彼の遺書にも匹敵すると評されるものである。

この評論においてロレンスは、『聖書』全体における新約聖書の「ヨハネ黙示録」の意味を探って明確化しており、それは結局「人間のうちにある不滅なる権力への意思の黙示であり、その犠牲化であり、最終的勝利にほかならない」（一四―一五頁）と断定し、約二千年にわたるキリスト教の歴史において、その「黙示録」が人間に対して甚大《じんだい》な負の行跡《こうせき》を担《にな》うことになったことを記している。そのことを論ずる中でロレンスは、古代文明を築いていた人びとはコスモス（宇宙）と密接な関係を持って生きていたに違いないという信念を表明している。さらにそれに基づいてロレンスは、一九世紀終わりにすでに表面化し始めていた機械文明および物質文明が人間におよぼす影響を予見し、それに対する批判を含めた現代文明論を展開させているのである。その論旨を以下に簡単にまとめてみる。

太古の時代には人間とコスモスはまさに一体となって生きていた。古代の人びとは、「それぞれの内に太陽と月を感じ」、「血の内で直《じか》に感じられる崇拝の念を抱いて太陽を崇める」ような「コスモスの観念、宇宙観」を持っていた（二九—三〇頁）。人間はその宇宙の中の星の一つとして存在しているように生きていて、太古の人びとはそのことを意識のレベルではない理解の仕方をしていた。ところがキリスト教が勃興し、その教義が人びとの魂に深く入り込むようになると、キリスト教徒は「星辰や異教的礼拝について熟知していたにもかかわらず、それらを抑圧してしまった」（四二頁）のである。すなわちキリスト教の教義における精神的、道徳的意味が絶対視されるようになると、「異教的世界観に対するキリスト教徒の恐怖が人間の意識を損なうようになった。終始一貫してそれらに対して愚かな拒絶、否定を行ない、それに止まらず、それらを抑圧せよ、破壊せよということになっていった」（四二頁）。その結果、必然的に人間は徐々に、実に二〇〇〇年をかけて「コスモス的生命」を失っていった。（三〇頁）すなわち「コスモスとの感応的連関」（二一七頁）を失い、それを死滅させてしまったのである。その結果「人びとは機械的秩序を持つ非生命的な力学的ユニヴァースを持ち出してきた。当然あらゆるものが抽象化し、長期にわたる死が徐々に始まった。これが科学を生み、機械を作った。それらは共に死の産物にすぎない」（三一頁）のである。

以上のようにロレンスはキリスト教世界における二〇〇〇年の人類の歴史を概観しながら、「文明とは、人間が感性を生きる生活のうちにこそ、明瞭な姿態を表わすもの」であり、「文明文化は生命的意識によって測られる」（四六頁）ものであると断言する。それらを失ってしまった今、それを挽回するためには、どれだけ時間がかかろうと、再び人間に真の生命なるものを吹き込まなければならない、とロレンスは説いているのである。古代文明を築いていた人びととその生き方に対してロレンスがこのような畏敬の念を抱いていたということを知ることによって、これこそがロレンスの作品の中に存在する彼の「生命の哲学」の真髄そのものであるとわたしたちは理解できるのである。そしてまた、近現代における機械文明、物質文明によって人間の魂が崩壊してしまうことになったというロレンスの文明論の根拠をここに見出すことができるであろう。(3)

さてこのような考えは早くからロレンスの中に根付いていたと考えられるが、タルクィニアの多くの墳墓の部屋の壁面に、まるで現前に生きて生活しているようなさまざまなエトルリア人の姿を見たとき、まさにロレンスが理想とする人間のあり方、すなわち古代において宇宙に溶け込んで生きるということが実感されたのであろう。したがってわれわれも『エトルリアの遺跡』に書かれていることがらを理解することによって、ロレンスの考える「コスモス的生命」を生きていた古代の人びとを体感できることになる。

ロレンスとブルースターは、今まですでに発見されていた多数の墳墓が並ぶタルクィニアの広大な墓地にたどり着いて、現地でようやく雇うことができた案内人を先頭に、地中に埋まっている墓の内部に潜り込んで、真暗闇の中をアセチレンランプの灯だけを頼りに壁画を鑑賞し、また地上に這《は》い出るということを繰返して一日を過ごした。どの墓室内も相当荒れていて、壁一面に描かれていた数々の彩色絵画は著しく剥落《はくらく》していた。手にかざしたランプの灯りだけを頼りに壁画を見たのだろうが、ロレンスは多量の絵について詳細な描写をしている。現在われわれは美術書などで、高性能のカメラで精密に撮影されたこれらの映像と拡大図などを手近に見ることができるので、それらと照らし合わせてみると、ロレンスの観察力と描写力が正確で優れているのがよく分かる。

初日にロレンスは「狩りと漁《すなど》りの墓」、「豹《ひょう》の墓」、「祝宴の墓（トリクリニオの墓）」などを廻って、壁画の絵について描写し、その解説をしている。例えば「狩りと漁りの墓」の壁には、海上に漂う一艘の小舟の上で釣り糸を垂れながら海中に見入っている男、岩に立って空中に乱舞する鳥をパチンコで狩ろうとする男、岩から海へダイビングしている男が描かれていて、そのような裸の男たちの肌色はみんな赤銅色で、逞《たくま》しい。また、青色、赤色で彩られた鳥は楽しげに空中に舞い、海から飛び上がっている海豚《いるか》たちも陽気な雰囲気をかもし出している。これらの素朴な絵には、古代に人びとが自然と一体となってのどかな日々を生きている雰囲気が漂っている。その他の墓室でも、馬に乗る者、ダブル・フルートなどの楽器を楽しげに奏でて行進する若者たち、祭礼を執りおこなう司祭たちや、動物、樹木・草木などもいきいきと生きていることなどが描写されている。これらの壁画をまじかに観察することによってロレンスは、紀元前一〇〇〇年前ごろから六〜七〇〇年にわたり高度の文化を築いて栄華をきわめたエトルリア人の根源には、生命体には本来具わっている「生命の霊妙なる神秘」[4]が宿っていて、それが泉のように湧き出ていたことを直感している。その神秘なる力から生じる人間の感性や思考を、固定化した観念や道徳観や、人間が取り決める掟や、宗教上の教義などによって抑圧したり貶《おとし》めたりせずに、人びとは「生命が自然にほころび花開く」（四九頁）ように快活に日常生活を送り、その生を享受していたのだとロレンスは推測しているのである[5]。

　またロレンスは「祝宴の墓」で、日常生活を楽しんでいる人びとの群像の中でも、特に若い男女が奔放に踊っている絵に注目している。「奔放とはいえ、淫《みだ》らなところは全くない。その男女にはまだ完熟しきっていない生命の美しさというものがある。ギリシア風ではあるが、ギリシアのように完結した美しさではない」と記述している。そしてロレンスは、酔いしれるように踊り狂う男女が到達している無我《むが》の境地を、古人の言を引いて、「肉体と魂《アニマ》のすみずみまでに信仰がいきわたり、神々に触れる日来たらむ」（四一頁）と描写しているが、これはまさにこの状況を云い得て妙としか言いようがない表現である。ロレンスのこのような解釈によってわれわれは、コスモスと一体となって生きていた太古の人間をよりいっそう実感できるのである。

「祝宴の墓」（タルクィニア）

　また「豹の墓」には、死者を弔う祝宴のようすが鮮やかに描かれている。弔いの場でありながら死者と生きている者が共に宴を催して楽しんでいる図である。そこにロレンスは、現世で生を満喫して生きる人間の生の世界は死後も続いていくという輪廻の死生観をエトルリア人は持っていたということを読み取っている。

壁画を次々と見ながらこのときロレンスは、二五〇〇年の時空の隔たりはありながら、真っ暗な墓室でランプの光で浮かび上がった世界で、コスモスと一体となって生きている古代文明の人たちの生の実態をありありと感じ取った。彼はエトルリア人の陽気な生を追体験し、それを心から満喫しただけではなく、

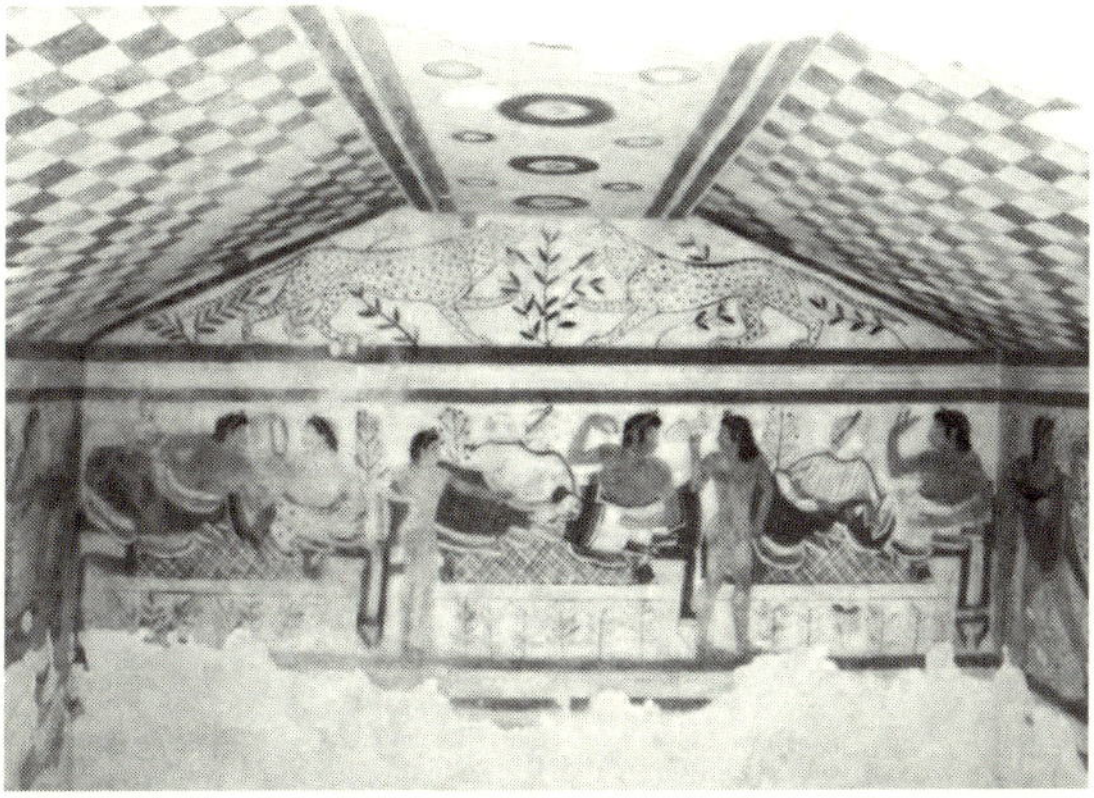

「豹の墓」（タルクィニア）

深い畏敬の念に打たれていたに違いないと筆者は思う。そして、体内に湧き出る感情をありのままに自由に開放して、生そのものを謳歌して生活していた人間によってこそエトルリア特有の文化が生み出され、数世紀にわたる華やかな文明が形成され、継承されていたということをロレンスは確信したであろうし、エトルリア人のこういう生き方こそが彼の考える「生の哲学」の精髄と深く共鳴するものでもあったと考えられる。また、死が確実にわが身に迫っているのを自覚していたからなおさら、生命が有するエネルギーに対するロレンスの畏敬の念は限りなく強く、その思いが『エトルリアの遺跡』を書かせる動力因となり、さらに死の二か月前に書き上げた『アポカリプス』では、生きものがその生を充実することへの祈念となって彼の思想が結晶されていると考えられるのである。

二　エトルリア文明の興隆とその精髄を「牡牛の墓」の「キマイラ」に見る

『エトルリアの遺跡』の構成は、「チェルヴェテリ」、「タルクィニア」、「タルクィニアの彩色墳墓Ⅰ」、「タルクィニアの彩色墳墓Ⅱ」、「ヴルチ」、「ヴォルテラ」と、合計六章から成っている。チェルヴェテリ、タルクィニア、ヴルチ、ヴォルテラはすべてエトルリア文明の栄枯盛衰を歴史に刻んだ土地である。歴史の黎明《れいめい》期から悠久の歳月を経て存在し続ける土地が発している地霊のようなものを直接感知しようと、ロレンスは旅に出たのである。

なかでもタルクィニアには当時でもまだ地中に埋まったままの墳墓があると言われていただけではなく、発掘により荒れてはいるが墳墓の彩色壁画が多く残存していて、ロレンスは重点的にそれらを観察してまわった。ロレンスがそれについての記述を二部構成にしているのには意図があるようだ。それは、［Ⅰ］ではまず壁画上にエトルリア人の生活とその生き方を精確に観察することによりその人たちの特徴を推察し、そこからエトルリア文明なるものの一面に迫ろうとしているが、［Ⅱ］では、壁画の詳細な鑑賞を基軸に置きながらも、ロレンスはそこからエトルリアの歴史と文明の栄枯盛衰の全体像に迫ることを主眼にしている点である。本論文では以下「タルクィニアの彩色墳墓Ⅱ」について考察する。

探訪の二日目、ロレンスとブルースターは広い墓地の一番遠く離れた地点、すなわち古い時代の墳墓がある所まで足を伸ばしたが、今回は見学に偶然同行することになったある青年のエピソードを織り込んでいる。その二三歳のドイツ人青年は、大学を出たばかりだが考古学の研究を続けており、将来大学の教授にでもなるつもりなのだろうか、タルクィニアについての知識を豊富に持っている。政府の援助金で手に入れたらしい立派な写真機であちこちをさかんに撮りまくり、記録するのに余念がない青年のようすを見たロレンスは、古代遺跡に直接触れるという機会を得ても、記録するばかりで彼の内面でそれらに感応するものが全く生じていないことを見破っている。青年は墳墓と壁画などの何を見ても、「こんなものに大した意味はありませんよ」、「象徴の意味なんてありませんね」（六三頁）としか言えない。いくら高い学歴と豊富な知識を誇っても、彼の魂は古代文明が放っているさまざまな声や響きを受け止める力がないようである。ロレンスが前日に「豹の墓」を見たとき、「目を凝らせば多くのものが見えてくる。だが、ただぼんやり眺めているだけではわびしい部屋に、消えかけた、なぐり書きのテンペラ画に過ぎないものがあるだけだ」（四〇頁）と書いている。この意味は、視力の良し悪しや、残存している絵が鮮明であるかどうかの問題ではなく、まず鑑賞者にものごとを感じる力があるかどうか、すなわち、大事なことを観ようとする目、それについて考える力があるかどうかという問題提起がなされていると考えるべきである。ロレンスは研究者の卵であるこの青年のエピソードを入れることによって、想像力も理解力も乏しい場合、いくら目を凝らしてもモノは見えてこない、すなわち、知識や学歴といったものでそれを補うことはできないということを言っているのである。そしてこの青年の像を反転させてみると、同じ彩色壁画を見ても、鋭敏な観察力によってそこからエトルリア人の生命を感じとり、その生き方を考え、その人たちによって作り出された文明について思索をめぐらせることができるロレンスの感性と想像力と叡智が浮かび上がってくるのも確かである。

このエピソードによってロレンスはドイツ青年の感受性の麻痺を皮肉っているのだが、青年への痛烈な

「牡牛の墓」(タルクィニア)

個人攻撃で終わってはいないことにも注目しておきたい。ロレンスはその責任を、戦争などが「人間の繊細な感受性」を壊滅してしまう悲惨さにあると指摘している点である。青年が「大した意味はありませんよ」、「象徴なんてありませんよ」と繰返す口癖は当時の若者たちに共通しており、戦争直後に成長した者が受けた弊害、すなわち「戦争があらゆる意義を無効にしてしまったからだ」とロレンスは若者に同情を示し、その青年自身がどこかで「必死にそれに意味を求めている悲哀《ペーソス》すら感じる」(六三頁)と書いている。このエピソードからわたしたちが考えるべきことは、戦争や、機械文明、物質文明によって、人間に本来に具わっているはずの魂と感性が、それはエトルリア人に具わっていた「感覚的にものを認識する力」(七〇頁)でもあるが、無残にも破壊し尽くされるという悲劇をロレンスが告発しているということである。

さて三名の見学者はまず、最も古い時代のものだとドイツ青年が教えてくれた「牡牛の墓」に入るが、案内人はそこに描かれている壁画を「春画《ポルノ》っぽい」と意味ありげに言う。壁画上の一箇所に同性愛の行為にふけっているふたりの男の絵が描かれていて、いままさに彼らに向かって一頭の牡牛が襲いかかろうとしている。「デニスなら猥褻のきわみと言うであろう」(七〇頁)とロレンスも考える場面である。また、怒り狂う牛に

「ライオン」（タルクィニア）

脅《おび》えた表情を見せる男たちの横で悠然と横臥している牛がいる。ゆえにこの墓は「牡牛の墓」と名づけられているのだが、下世話には「エロっぽい」墓と評されているらしい。だがロレンスはこれらの絵に「汚いもの」は何も感じず、エトルリア人は「道徳的とか不道徳とかいった意味」とは無関係な情緒の領域で「無垢な驚異の念をもって、生をあるがままに受け入れ、何もかもが分かり、その意味を感じている」（七〇頁）のだと理解している。そして壁画全体については、これらには「不思議な魅力」があって、「明らかにさまざまな古代オリエント――キプロスの、ヒッタイトの、クレータのミュケナイ文明――を暗示している」（六四頁）と記述し、歴史的な観点からこれらの絵画の特色を嗅ぎ分けている。[7]

さらにロレンスはこの部屋の切妻部分に紋章のように描かれている不思議な獣《けもの》に注目している。それは「赤い舌をだらりと垂らして走っているライオン」の絵で、「肩から生えているのは翼ではなくて、髭面《ひげづら》の山羊の頭が第二の首となって頭を後ろに反らしている」複合動物であると書いている。この動物をロレンスは、「尻尾の先は蛇の頭となっているから、それはまさにキマイラである」（六五頁）と断定している。キマイラまたはキメラ (Chimaira) とは、ギリシア神話を描いた絵画などに登場する生き物で、ライオンの頭、山羊の胴体、尻尾は蛇となっていて、口から火を吐く想像上の怪物である。

ロレンスはこの絵の秀逸さを褒《ほ》め、この複合動物が何を意味しているのかについて次のような解釈をしている。

エトルリアの事物が持つ不思議な力と美しさは、象徴的な意味が持つ深さにあって、それを創った者たちは多かれ少なかれそれを意識していたと考えられる。エトルリアの宗教は絶対に擬人的なものではなかった。すなわち、どんな神であれ内包するものは「実在するもの」ではなく、本源的な力を象徴するもので、シンボル以外の何ものでもなかった。初期のエジプトがそうであったように。分離できない神性、とでも言えるなら、それは**マンダム**、つまり、核が内にある原形質（プラズマ）細胞によって象徴されるものである。それはごくごく原初的なもので、われわれが現在考えるような人格神、すべてが創造され進化した果てに到達した人間的な存在などではないのだ。……エトルリアの宗教は、それらすべての肉体的で創造的な力と勢いというものに関連があって、それらが魂を作り上げることもあるが、またときにはぶち壊すこともある。人格というか魂というものは、花のように、混沌の中から徐々に創りあげられ、その果ては混沌へ、または地下世界へと壊れ去るものなのである。それなのに、はじめに**ことばありき！**　とは何たることか、真の存在である肉体的な宇宙を否定するとは何たることであろうか。（六六―六七頁）

これを読めばすぐに、ロレンスは多くの著作において次のような考えを繰り返し書いていることを思い起こす。要約すると、生きものの不思議な生命は自然な発芽をし、おのずから花開き、滅び、また混沌の地下世界へと回帰するものである。だが今日では、人間は万物を原初的に捉える感受性とそれに基づく思考力を失くしてしまっている。キリスト教の聖書の教義によって肉体は貶《おとし》められ、生けるものの生命が有するあるがままの真価はないがしろにされた。人間は、意識、ことばなどを優位に置いて、固定化した観念の虜《とりこ》になってしまったというロレンスの考えである。『エトルリアの遺跡』においてもロレンスは、キマイラという複合動物の象徴性を披露することによって、古代の人びとは、生きものの肉体に宿る生命というものがとほうもない複層的な力を内蔵していることを、理屈ではなく繊細な感受性によって知っていたし、万物の中にさまざまな驚異を感じる能力に満ち溢れて生きていた、ということを述べているのである。引き続きロレンスは、ライオンと山羊と蛇という複合体の獣が象徴する意味を解き明かそうとしている。

エトルリア人にとって人間とは、それぞれが違った様相と潜在能力を持っている一頭の牡牛であり羊であり、ライオン、鹿であった。人間はその血管の中に、鳥の翼に流れる血と大蛇の毒を持っていた。あらゆるものは血の流れから生じるのであり、しかしながら、どれだけ複雑で衝突するものがそこから生じたとしても、血の交流は絶対に途切れることはないし、忘れ去られることもない。血流の中にはそれぞれが違う支流があり、いつも何かが衝突している。鳥と大蛇、ライオンと鹿、豹と山羊みたいに。それぞれの衝突がありながらもひとつのまとまった形をなしているのである。ほら、山羊の頭を生やしたライオンの像を見るように。（六七頁）

筆者はこの文章を読んで、以前フィレンツェの考古学博物館に展示されていた「アレッツオのキマイラ」のブロンズ像[8]を見たときの強い印象を思い起こした。これは一五五三年にアレッツオから出土したもので、紀元前四世紀初頭の貴族によって奉納された品と推測されている。この獣はライオンで、立派な鬣《たてがみ》が勇猛な顔から首のまわりをとり巻き、体全体は筋骨逞しく、胸部には片側六本の肋骨がくっきりと浮き出て、下腹部はきゅっと引き締まって精悍な態《てい》を見せている。太い血管さえもが浮き上がっているように見え、その中で脈打つ血液の動きが感じられるようだ。低く構えた上体、高く持ち上げた臀部を支える四肢は地面にがっちりと爪を立てて踏ん張り、顔は前方を見据え、口を開けて何かに向かって唸《うな》り声を上げている。エトルリア文明の遺物の中でも傑作と評されている理由は、とてつもなく力強く、かつ気品すら漂わせているという、まさに獣の王者にふさわしい威風堂々たる実在感からであろう。

「アレッツオのキマイラ」（フィレンツェ考古学博物館）

　だがその姿態はきわめて特異である。ライオンの肩首から逞《たくま》しい首が生え出て、その先端は立派な二本の角《つの》が付いた大きな山羊の頭部となっていることである。それに加えて、本体であるライオンの尾の先端は蛇の頭となっていて、尾自体が一匹の蛇の姿をしている。尾は尻から立ち上がり、くるりとライオンの頭部方向へと折り曲げられて、尾の先端となっている蛇の口は、ライオンの肩首から生えている山羊の頭部に生えている片方の角を咥《くわ》えている。この異様な獣の像を見たとき筆者は、これがいくら想像上の複合動物だとしても、ライオンと山羊と蛇を一体として持つこの不思議なキマイラ像の象徴するところは何だろうかという疑問を抱き、それ以来理解の助けを求めてさまざまな美術、歴史、考古学の解説書を読んだが、納得のいく見解を見つけ出すことはできなかった。だが『エトルリアの遺跡』でロレンスが、キマイラ像の象徴をエトルリア人のその生き方と文明を古代人の生命観と結び付けているのを読み、そこから次のような解釈ができることによってその疑問は氷解した。

まずロレンスは、生命体というものは本来途方もない力を有するものであり、また種が違っても生命体に潜むさまざまな要素に存在する特質はそれぞれに貴重なものであるという確たる認識をしている。そして、それら異質なものが持つ特質がそれぞれに維持され、かつそれぞれが他を侵すことなく尊敬し合いながら調和し、連合し、総合的に統合されたときに偉大なる存在になりうるというような生命のありようにロレンスは理想を見出している。これは、動物であれ、人間であれ、植物であれ、生命を有するものに内蔵されるエネルギーの可能性についてのロレンスの考えを示すものであり、彼の生命重視の考え方の核となっている。換言すれば、このキマイラ像が示している途方もない生命の力の象徴性と、人間が本来有しているはずの能力との関連性が理解できれば、ロレンスの想像するエトルリア人とは、「その血管の中に、鳥の翼に流れる血と大蛇の毒を持っていて、それぞれの違う流れがあり、衝突しながらもひとつの統合する力を持っていた」という特質を持っていたことになり、そういう人たちがエトルリア文明の興隆を作り出す活力の源泉となったことになる。そして、エトルリア人がこの墳墓に「牡牛の墓」という名を付けて、牡牛や山羊やライオンなどの動物の壁画を描いた意義を考えるとき、深遠なる宇宙と森羅万象と、すべての生きものに関するこのようなロレンスの生命観が渾然一体となってわれわれを納得させることができる重要な鍵となるのである。

　さてこの章の最後に付け加えておきたいことがある。ロレンスは「牡牛の墓」の切妻部分に描かれている生き物について、「ライオンの肩から生えているのは翼ではなくて、髭面《ひげづら》の黒い顔をした山羊の頭が第二の首となって頭を後ろに反らしている」（六六頁）複合動物であると記述していることに関してである。この画は現在ではエトルリアの壁画が掲載されている美術書なら必ずといっていいほど掲載されているもので、高度のカメラ技術と優れた印刷による鮮明な色彩の画像が見られる。だが部分的な拡大図を見ると、ここでロレンスが指摘している「肩から生えている」、「髭面の黒い顔をした山羊の頭が第二の首となって頭を後ろに反らしている」部分は見当たらず、それに当たる箇所は茶色の絵の具らしいものが塗りつけられているだけである。ロレンスによる他の壁画に関する記述は正確で現代に見られる写真映像と違う点はないのに、どうしてこの部分に関しての記述に食い違いがあるのだろうか。ロレンスがこれを見た後に茶色の絵の具が塗られたということはありえない。壁画面の切妻部分はとても狭くて部屋の一番高い部分にあって見えにくい上に、ロレンスは暗闇の中でアセチレンランプの灯りを頼りにこの時だけにこの像を見て、おそらくメモを取り、映像を記憶に焼き付けてこの場を立ち去ったはずで、高感度のカメラで映像を写して持ち帰ったわけでもない。ゆえに筆者の推測は、この部分だけに関してはロレンスの記憶違いがあり、というよりはこの時点以前にロレンスの記憶に刻まれていたキマイラ像が強烈すぎて、後に壁画上のライオンについての文章を書くときに想像力が勝ちすぎたのではないかということである。なぜなら、ロレンスが見たフィレンツェの考古学博物館にあるあの有名なキマイラ像がこの切妻部分のライオンと瞬時に重なり合い、実際には描かれていない「肩から生えている髭面の山羊の頭が第二の首となって頭を後ろに反らしている」と表現したのではないだろうか。さらに拡大写真によってこの部分を見ると、確かにライオンの首から何かが生えているように描かれていて、それはライオンの頭部の前面に描かれている山羊の頭と繋がっているとも見える。[9] そう考えると、ロレンスが書いている「頭を後ろに反らせている」「髭面の黒い顔の」山羊という部分だけが事実とは異なるということになる。

三　エトルリア文明の衰退を「盾《たて》の墓」と「オルクス（黄泉《よみ》の国）の墓」に見る

ロレンスは、エトルリア文明の初期から全盛期にかけて描かれた壁画にこの文明の精髄が凝縮されて描かれているのを感じ取り、それらが自分の思想、哲学に熱く感応することを確かめながら論評を進めている。しかし、町に近いところに散在している、この文明の後期に作られた墳墓群を鑑賞するところにくると失望感を露《あら》わにしている。

町に一番近いところに位置する大きな地下洞窟を思わせるような墓室に降り立ったロレンスは、その壁に描かれている怪物チューポーンに注目する。ギリシア神話ではテュフォンで、ゼウスの怒りにふれてエトナ火山に埋められたので暴風を起こす怪物である。この像は「どちらかといえばポンペイ的な、そして少々ブレイク[10]に似ているところがある、全く新しい感覚」（七三頁）で描かれているもので、「外面的な表現にとどまり、昔の壁画にあったあの内面性は今いずこ、という具合である」（七五頁）とその印象を書いている。

紀元前三世紀頃のものとされるこの「楯の墓」の規模は大きく、描かれた絵の断片は数多く壁に残っている。前期のエトルリア文明の壁画でおなじみのテーマである祝宴の席で男が女から卵を受けとっている絵や、女が男の肩に触れている絵などであるが、そのいずれの絵からももはや生気も迫力も感じられない状態で退屈しか覚えない、とロレンスは失望の念を隠さない。「ほんものの古代の魅力は消失し、あの踊るエトルリア人の魂は死滅している」（七三頁）と感じている。ローマ人がタルクィニアを完全に支配してから、エトルリア人の特質が失われたことと、したがって墓の内部の様相もまた一変してしまったに違いないということをロレンスはこの壁画から鋭く見抜いたのである。

「オルクスの墓」（タルクィニア）

次に「オルクス（黄泉の国）の墓」の壁画を見ても、ロレンスは失望感を表わして酷評している。この墓の壁画を代表する、麦の穂を髪飾りにしている優美な風貌の女性の横顔は有名で、エトルリアの壁画といえばかならず絵葉書や美術案内書などに誇らしげに掲載されているものである。だがロレンスによれば、この美女は「エトルリア的ではなくてギリシア、ローマ的であるから特に有名になった」のであり、「この絵は馬鹿みたいな感じで、自意識的、現代的である」（七五頁）とこき下ろしている。エトルリア独自の魅力がなくなっているとがっかりしているのだ。ロレンスがこれまでに「タルクィニアの彩色壁画Ⅰ」で繰り広げてきたエトルリア絵画の特徴、すなわち、描かれている人物、動物などに原初の生命力が宿り、生そのものを謳歌しているものに宿るオーラのようなものは、「オルクスの墓」の美女たちには全く欠けていると断定しているのである。

なぜこのようなことが生じたのかについてロレンスは次のように思い巡らせる。「紀元前四世紀にはローマ人がルクモ（神官）から支配権を奪い、彼らが格下げされてせいぜいローマの知事ぐらいになると、あっという間にエトルリアの神秘は消失した」、「エトルリア人は消滅しなかったけれど、エトルリア人としての本質を失った」、「かつては宗教的であったエトルリア人の貴族たちは、肥満した、精気がないローマ人に成り下がり、無表情の民となり、腑抜《ふぬ》けの民となった。紀元前二、三世紀にかけて、あっという間にそうなってしまった」（七四頁）、という推論である。「古代王神国家では宗教的観念のもとに政治が行なわれていた」（七四頁）ので、ルクモなどの指導者的人物が真の力を失うと、たちまちその下にある民に救いはなくなるのは自然の流れであったと述べている。

ルクモなどの堕落により連合国そのものが弱体化したという社会的構図の解明だけではなく、ロレンスはエトルリア人そのものの本質に具わる魅力と輝きを失っていった原因を推測しているのである。ローマ人によってエトルリアが制圧されていくことによって、エトルリア人はローマ人の価値観、道徳観などに染まらざるをえない状況に陥り、それがエトルリア文明に決定的な打撃を与えたことになる。例のドイツ青年にとっては、第一次世界大戦が人間にもたらす悪影響によって感受性が麻痺し、豊かな想像力が奪われ、それゆえの思考力の貧困さが致命傷になっていると書いていたように、人間にとって最大の悲劇は、何かの大きな抑圧要因によって「人間の繊細な感受性」が壊滅してしまう悲惨さだと、ここでもロレンスは論じていると考えていいだろう。

さらにロレンスはエトルリアの古代宗教がギリシア、ローマ帝国によってどのように歪められていったのか、またなぜエトルリア人が「邪悪の民」であるという汚名を着せられたのかについて、怒りを込めて次のようにまとめている。

古代の宗教は人間に自己と自然を調和させ、自己を堅持し、人生の奔流の中に花を咲かせるための働きをした。だがギリシアやローマ人によって、そのような態度は、自然に抗《あらが》い、狡猾《こうかつ》な精神と機械的な力を生み出す欲望にすり替えられてしまった。自然を出し抜き、がんじがらめに縛り上げたので、挙句《あげく》の果てに自由などなくなり、自然というものが統制され、馴致《じゅんち》されてしまって、卑劣な人間どもに利用されるがままになった。また、人間が自然を征服したいという欲望を持ち始めると、陰鬱《うつ》なる黄泉の国とか、地獄、煉獄《れんごく》の考えが生れてきた。雄大な自然宗教を崇める人びとにとって、来世とは、輝かしい今生《こんじょう》の続きだったのに。自然を征服する思想を信ずる民族や国民にとっては、来世の生活は地獄もしくは煉獄であり、虚無となり、天国などを作り出しても追っつかなくなった。

歴史家たちは当然のことのように、エトルリア末期の墓に見つけられる本質的にはエトルリア的ではない証拠物件をとらえて、エトルリア人とは「陰湿な、極悪の、蛇のようにのたうつ邪悪の民」であるという像を作り上げ、このような民は気高いローマ人に滅ぼされて当然であったという説をでっち上げたのだ。(11)(七五―七六頁)

以上のように「盾の墓」、「黄泉の国の墓」の壁画を見ることによってロレンスは、エトルリア人とその文明が崩壊と消滅の一途をたどることになった過程を推論しているのである。これらを読むと、彼がこの文明の特質なるものを、歴史学的、考古学的、美術的専門家が論じていない観点から論じていること、すなわち、コスモスに根ざした人間の魂の在りようと、その生き方ということについて洞察をして書いているところに特徴があると考えられる。(12)

四　ヴルチとヴォルテラ探訪の記

『エトルリアの遺跡』の最終部分のヴルチとヴォルテラの古跡訪問記には、ここまでとは違った側面からのロレンスの考察がされている。すなわち、ローマに支配されることによってエトルリア文明の輝きの息の根が完全に止められてしまった証《あかし》をロレンスは廃墟《はいきょ》で徹底的に目撃したことと、この文明が生み出した高雅な賜物《たまもの》を後世の人びとがどのように扱ってしまったか、悲劇としかいいようのない顛末《てんまつ》の記である。

エトルリアは一二の都市が連盟して成立していたが、そのうちのひとつがヴルチであった。城は廃墟同然となっているが、ローマ時代も中世にもいろいろ修復が加えられてきた僧院のアヴァディア橋は、「黒色の溶岩で作られていて、まるで一個の黒い泡のように空中に浮かび上がっているようで、まだなお「美しいエトルリアの動線《ムーヴメント》」をとどめているとロレンスは称賛している。かつてはナポレオンの弟ルシアン(13)が城や修道院とこの土地一帯を所有して、偶然地下に埋もれていた墓を発見した。そして発掘した幾多の壷類のうち、当時もてはやされていた彩色の「ギリシアの古壷」風のものはかろうじて遺《のこ》されたが、「粗末で鄙《ひな》びたエトルリアの黒色陶器は粉々に壊された」（八七頁）のである。多くの墓はさんざんに荒らされて今や墓には何も残っていない状態で蝙蝠《こうもり》の棲《す》みかとなっていた。ローマのヴァチカンにそっくりそのままの複製がある「フランソアの墓」(14)らしきもののように、鉄の門は閉じられて周りに有刺鉄線が張られているから中に入れないものもあった。そして地下の穴へ降りて地中を這いまわった挙句《あげく》ロレンスたちがほとほと思い知ったことは、今となってはこの土地に埋葬されていたものを見たければヴァチカンかフィレンツェの博物館か、「イシスの墓」の埋蔵物のほとんどが収蔵されている大英博物館へ行くしかないということであった。「エトルリア人があれほどいとおしい思いで蒐集し、死者のかたわらに置いた壺は、ヴィルチだけにはないのである」（九八頁）と締めくくっている。

次に訪れたヴォルテラは、エトルリアの連合王国のうち一番北方に位置した都市であり、巨大な岩の絶壁の上にあった。中世の石畳の、石造りの家々からなる街で、今も人を寄せつけない雰囲気があり、内陸の孤島のようである。長らくフィレンツェの支配勢力と闘ってきたらしい。美しい弧を描いている古い城門ポルタ・デル・アルコは、「古代の建築物の持つ、どっしりとした豊かさ」が感じられて、「アーチから三つの黒色の頭部が突き出ていて、地上を物珍しげに見ている都市の守護神みたいなもの」であり、それらは「目鼻立ちがなくなっているが、なお独特の内から溢《あふ》れ出る生命」が感じられる。後世考古学者がこれについてさまざまな学説を述べているようだが、この特徴はまぎれもなくエトルリアのものだとロレンスは直感に基づいた判断を下している。(15)

ロレンスは翌日ここにある博物館を訪れ、膨大な数の石棺、柩《ひつぎ》、アラバスター製の石棺、骨壷、壺類を見物し、気分を昂揚《こうよう》させている。一般的に純粋なギリシアの美と賞賛されているものは、芸術的な意識過剰によって料理されすぎて、煮詰り状態に陥っているとロレンスには感じられて、自分はそんなものにはもう飽き飽きしたと語っている。だがこれらの壺に描かれた、海の怪物たち、魚の尾を持つ男女、翼を生やした男女などを見ていると「まるで生命を顕現する書物を目の前に見ているようで、うっとりする。数多く見ても飽きることはない。まるで生命の中に漂っているような暖かな気分にさせてくれる」（一〇七頁）ので、これらはギリシアではない、いかにもエトルリア的であると直観的に感じて、次のような論を述べている。

古代の世界では、あらゆる力の根源は大地のとてつもない深さと、海の深淵に存在した。だが太陽といえば、天空を動く物体であるという副次的なものにすぎなかった。地の中に潜む限りない活力を代表する大蛇は、火山とか地震のようなエネルギーだけではなく、植物の根を駆け上って巨大な樹木の幹を養う生命の力と、人間の足から脚へと駆け上り心臓を動かせる力を担っていたのである。また魚は、光さえもがそこで生れたという水の深淵の象徴であった。そういうことをわれわれが想起できたら、それらの象徴がヴォルテラ人の想像力を動かしていたという古代の威力を、わたしたちは思い知ることになるであろう。（一〇七頁）

また、骨壺の表面にはグリフィン（ギリシア神話では、頭と翼と前足が鷲で、胴体と後ろ足がライオンである想像上の怪獣で、地中の黄金を守る役割を持つ）、海豚《いるか》、ヒッポカンプス、海馬《かいば》（海から生れた馬）、ケンタウロス（ギリシア神話では、上半身は人間、胴体と四肢は馬の怪獣）などの怪獣の姿がさまざまに描かれていることから、ロレンスは想像力を刺激されてそれぞれの象徴的意味をさまざまに展開している。「初期のキリスト教美術に見られる何かうきうきとした陽気な性質や、ギリシア、ローマの世界の内部に生じた、自由で伸び伸びとしたゴシック的要素の黎明期の微光のようなもの」がそれらに感じられることから、ロレンスは「キリスト教はギリシア、ローマの土壌から生まれたのではなく、本当はエトルリアという土壌から生まれたような気がする」（一一一頁）という推論すらしている。(16)

だが、せいぜい二フィート（六〇センチ）ぐらいの長さしかない遺骨棺の蓋《ふた》上に横たわる人物彫像を見てロレンスは、この地の民族はタルクィニアとは全く違う性質の人びとであったに違いないとも推測している。頭部はほぼ実物大で、奇妙に矮小化された胴体をしている人物彫像は、優れた芸術作品といえるタルクィニアなどのものとはくらべものにならない。手にはパテラが握られ、権力を見せるための首飾りなどを誇示して、神秘的な儀式性が欠落している。多くの婦人像も華麗に飾りたてられ、手には葡萄酒《ぶどうしゅ》の杯、扇、鏡、石榴《ざくろ》、香水箱、小さい本や、古代では性的な、また死のシンボルでもあった松傘《まつかさ》などを持っているが、「威力」は消えうせている。さらに「南部エトルリア人が持つ深遠な肉体に信を置く宗教、すなわち真の古代世界が、ゴシック的な現実主義と理想主義に代わり始めているのである。」「ヴォルテラ人の中で古代の人びとのさまざまな神秘性が弛んでしまっているのが感じられ」、南エトルリアで楽しんでいたあの踊りに見られる安堵感のようなものは感じられず、「何かこころが落ちつかない不安感がある。ゴシックのような感じだ」（一一三頁）と書いている。タルクィニア人とのこのような違いは、タルクィニアの原住民は東方から渡ってきた人との交わりがあったのだが、この地は、荒々しく、人から影響を受けない野性を持ったリグリア人の隣国だったから、その血も混ざっているのではないか、というのがロレンスの推論である。

確かに、一口にエトルリア人といっても、トスカーナ地方の位置に起因する風土や人間の気質や、周囲を取り巻く環境などによってずいぶん相違があったはずである。それでも違いは消滅させられたり、統一されたりすることなく、共存しながらひとつの大きな連合国を築いていた。だからこそエトルリア文明の特色である芳醇な多様性が生じた、ということをロレンスは強調しているのだとわれわれは理解できるのである。

おわりに

『エトルリアの遺跡』の特徴は、ロレンスがチェルヴェテリやタルクィニアの遺跡と墳墓の彩色壁画に見出したこと、すなわち、エトルリア文明を築いていたエトルリア人の生活のようすやその生き方と、そこからうかがえる人間の生命の輝きと魅力を活写しているだけではなく、そこからさらに古代の人びとが何に信を置き、何を崇めて生きていたのかなどの、彼らの宇宙観とその生き方にまでロレンスが想像を広げて論じているところにある。この書を執筆したころのロレンスは肺結核による喀血のために病床に臥すことが多く、死が絶えず背後霊のようにまとわり付いていた。だからこそロレンスはおのずと生命の輝きの尊さを思い、エトルリア文明に横溢する生命の輝きに共鳴するところ大であったのである。彼の芸術的感性による観察力が十分に発揮された見解によって全知全霊をかたむけて、彼の哲学の精髄をこの原稿に結晶させて執筆していることが感じられる。

作家アナイス・ニンは『私のD・H・ロレンス論』の「ロレンスの世界へのアプローチ」という章の中で、「D・H・ロレンスが想像した世界は、ひとつの能力だけを働かせて入りこむことのできる世界ではない。知性と想像力と肉体的な感覚の、三重の欲求が必要とされる世界である。なぜなら彼は、その世界を、細分化ではなくて、魂と肉体の両方すなわちさまざまな概念を融合させて、全体でありたいという願望のうえに作りあげているからである」(一六頁)と書いている。これはロレンスが創出する文学や絵画の世界の特質を的確に捉えていて、特に『エトルリアの遺跡』に関して当てはまると筆者は考える。なぜなら、ロレンス自身が絵を描くことによってものごとを表現するという才能に恵まれていたことと、生来芸術的な観察力に優れていたという要因を重視しなければならないと思うからである。ロレンスが実際に遺跡に立って見て感じたことがらすべては、ロレンスの芸術家としての肉体が直感や直観によって実感し共鳴したことがらであり、それらが彼の想像力と知性による思考と融合して独自の解釈と論を構築し、それが『エトルリアの遺跡』の魅力となって十分に表現されているということになる。(17)

「おわり」にあたり『エトルリア遺跡』について書き加えておかねばならないことがある。それは、この書はヴルチとヴォルテラを訪問したところで終わっていて、一冊の本として見ると「まとめ」にあたる部分がなく、この書が完結していないことについてである。ロレンスは一九二七年四月に遺跡を探訪し、帰宅後すぐにこの紀行文に取りかかり、数か月後に喀血により病床についたにもかかわらず執筆を続行したが、同年一〇月に筆を置いている。この旅についてのヴルチとヴォルテラの記を読むと、ロレンスがエトルリア文明とそれを築き上げていた民族の全体像を描くには、さらにこの文明に栄えた他の都市の遺跡を探訪して、この紀行文を続行せねばならなかったことは明白である。ロレンス自身もフリーダと共にその他の遺跡を再訪したいと望んでいた。しかし、前年から書き始めていた最後の長編小説『チャタレー卿夫人の恋人』の第三稿を一九二七年に完成させていたが、肺結核の病状はますます悪化していたし、ロンドンで催した絵画個展の会場から官憲によって絵が押収されるという騒動や、詩集『パンジー』の削除命令を受けるなど、ロレンスには数々のトラブルが降りかかっていた。そういう厳しい状況を考え併せると、エトルリアの他の古代都市を訪れてエトルリア文明の栄枯盛衰の全貌を書き表わしたいというロレンスの熱意は持続していたとしても、肉体の衰弱ゆえにその実行は叶わなかったのである。だが、『エトルリアの遺跡』は未完成のまま死後出版されたものであり、数箇所の遺跡を訪れた観察から成る紀行文であるとはいえ、ロレンスの想像力と思考力によって、エトルリア文明の精髄とそれを体内に擁して生きていた人びとの姿が眼前に鮮やかに浮かび上がり、歴史の黎明期に確かに栄えて存在した古代文明の様相が十分に読む者の心にたち現われてくるのである。

注

（1）鎌田明子「『生命の霊妙なる神秘』を求める旅」『ロレンス研究――旅と異郷』の、三四二頁の注（7）参照。

（2）古代文明の遺跡について本が書かれる場合、その著者は歴史、考古学、美術の専門家であることが多い。だが文学者であるロレンスが書いた『エトルリアの遺跡』は、古代文明と古代遺跡に関するそれらの専門書や解説書の域にはない内容と魅力を持っていたようだ。J・ウェラードは『エトルリアの探求』（一九七三年）において、ロレンスは「全くの専門家ではないが」、「不可思議な天賦の才」によって壁画を分析し、いかなるエトルリア学者も成しえなかった新たな光明をエトルリア研究にもたらした、と書いている。（二五―二六頁）。またロレンスの書は、ウェラードのような歴史、考古学、美術などに造詣《ぞうけい》が深い者だけではなく、広く一般の読者の心を魅了する力を持っている。例えば日本では、一九六九年に鈴木新一郎が『エトルリアの遺跡』を読んでたちまち心を奪われて、鈴木独特の「美しい日本語」に翻訳している。また一九七三年に土方《ひじかた》定一、杉浦勝郎が翻訳を出版している。土方は美術評論家であったがエトルリアの研究者ではなく、杉浦は銀行勤務や出版業などに携わっていた人物であるが、両者は一九五八年ごろにイタリアに滞在中、たまたまタルクィニア遺跡を見学したのがきっかけでロレンスの『エトルリアの遺跡』を読んだ。たちまちこの内容に魅了された二人は日本語に訳して出版したいという熱意に取りつかれた。翻訳の動機は、「この多くの謎を蔵するエトルリア民族の生活とその逞しい古代的宗教と、そこから生まれた装飾壁画とを全体として生きている姿として復原してみせてくれるD・H・ロレンスの想像力に驚嘆してしまった」（二二〇頁）からだと書いている。三〇〇〇年近くの年月が隔たり、そこに生きていた人間のことを知る手立ては残された遺物にしかないという状況の中で、その文明とそこに生きていた人間像を復元することは、書き手の深い洞察力と叡智、卓越した想像力によってのみ可能であると言えるのかもしれない。

（3）寺田建比古はこのロレンスの論をヨーロッパ文明との関係性において深い洞察を行なっている。

（4）ロレンスは詩集『鳥や獣や花も』の詩の一編「糸杉」で、イタリアのトスカーナ地方の地に聳《そび》え立つ糸杉の姿を見て、それらの樹木はローマ人に滅ぼされて消滅した古代エトルリア民族の化身なのだと推測して、エトルリア人には「生命の霊妙なる力」(the delicate magic of life) が宿っていたと詠っている。

(5)このテーマに関して筆者（鎌田）はエトルリア人の「生命の霊妙なる神秘」というテーマで、「タルクィニアの彩色墳墓Ｉ」に焦点を当てて論考した。鎌田明子「『生命の霊妙なる神秘』を求める旅」参照。

(6)ジョージ・デニス（George Dennis, 1814 - 1898）の『エトルリアの都市と墳墓』（*Cities and Cemeteries of Etruria*）（一八四八年）はエトルリア研究についての権威ある専門書の筆頭に挙げられる。

(7)この遺跡訪問に際し、ロレンスはこの文明に関して入手できる限りの書籍、資料を読んで歴史的考察を怠らなかったことは、残存する複数の書簡やＫ・セイガーによるロレンスの読書録から明らかである。セイガーによると、ロレンスは五月頃からエトルリア関係の本を集中的に読み始め、遺跡訪問の計画を立てていた。また、『エトルリアの遺跡』におけるロレンスの古代史に関する歴史的考察については、Ｄ・グテレッツが『ロレンスのゴールデン・エイジ』（三八〇頁）に詳述している。

(8)この像の右足に碑文が刻まれているがその意味は解明されていない。一五五三年にアレッツオから出土した後何度も修復されているようで、ロレンスは修復者のひとりとしてヴェンベヌート・チェリーニの名前をあげている。（写真はJames Wellard, *The Search for the Etruscans*, Thomas Nelson, 1973. p195による）

(9)『エトルリアの壁画』岩波書店のNo.163による。

(10)ウイリアム・ブレイク（William Blake, 1757-1827）のことと推察される。

(11)紀元前二世紀や四世紀頃のギリシア人の歴史家たちは、エトルリア社会における奴隷の実態報告を根拠に、エトルリア人の残忍性について書いている。これらからエトルリア人の残忍性、野蛮性などの風評が広まったとロレンスは怒りを表している。Ｄ・グテレッツ「ロレンスのゴールデン・エイジ」（三八〇頁）参照。

(12)だがこのようなロレンスの解釈は、「ひとりよがりの詩的アプローチ」であると評されることもあったと、

H・ミルズは述べている（一五五頁）。

(13)ルシアン・ボナパルト（Lucian Bonaparte, 1775-1840）ナポレオンI世の弟、コルシカ島出身。

(14)紀元前四世紀ごろと推定されている。ジャン＝ポール・テュイリエ『エトルリア文明—古代イタリアの支配者たち』（一〇七—八頁）参照。

(15)城壁を持つ都市や神殿、道路、給水、排水工事などの、エトルリアの建築、土木技術は後にローマに受け継がれていったらしい。三輪福松『エトルリアの芸術』（五三頁）参照。

(16)『アポカリプス論』の（五）においてロレンスは、初期のキリスト教世界にはコスモス的生命を受容する人間が存在したと記述し、また（六）にも「アポカリプス前半には真のコスモス崇拝の念が閃《ひらめ》いている一瞬がある」と書いている。ところが後世にキリスト教教義は教理一辺倒の、道徳臭芬々《ふんぷん》に成り下がることによって、人びとの感性は枯渇し、魂は金縛りにあってしまった、とロレンスは断じている。（五四頁）

(17)『エトルリアの遺跡』におけるロレンスの芸術的観察力について論証するには、新たに稿を起こす必要がある。ここではその具体例としてロレンスが、エトルリアの画家はまだ柔らかな漆喰の上に手早く下絵を筆で描くか、爪で引っ掻いて線を描いた後に彩色する「フレスコ画法」を用いていたと推測している箇所を指摘するにとどめておく。

エトルリアの絵の秀逸さは、中国やヒンズーのように、画像のエッジ（線）が、輪郭線で区切られていなくて、素晴らしく暗示的なところである。われわれが言うところの「線描」ではない。揺れ動くような輪郭で、肉体が忽然《こつぜん》と外の世界へと抜け出すようだ。エトルリアの画家たちは、わが身の中心にある、生きているものが表面へどっと流れ出すさまを目のあたりにしていたのだろう。そして影のように示されている線の曲線と線は、中味全体の動きを暗示しているのである。実際の肉付けなど施していない。画像は平板に描かれている。だが実に豊潤で、隆々たる筋肉が描かれているではないか。（六八頁）

この引用から、エトルリア人画家が描いた輪郭と着色などから、ロレンスは独自の見解を出していることが分かる。すなわち、たいていの絵に用いられる「線描」に着目したロレンスは、エトルリアの壁画の場合、それは単にものとものとの境界を区別する線として描かれているのではなく、輪郭を記している影のような境界線が生命のエネルギーを外面へどっと流れださせるだけの不思議な線として描かれているという洞察を述べているのである。

また、ロレンスの絵画などの芸術分野に発揮されている才能と彼の文学作品との関連性については考察する可能性はまだまだあると考えられる。例えばシモネッタ・デ・フィリピスは、エトルリアの彩色壁画、特にエトルリアの男女が異教的なダンスをする壁画がロレンスの絵画―「ダンス・スケッチ」に影響を与えていると論じている。（一三九頁）

引用文献

鎌田明子「『エトルリアの遺跡』―生命の霊妙なる力」を求める旅」『ロレンス研究―『旅と異郷』―』朝日出版社、二〇一〇年。
寺田建比古『「生けるコスモス」とヨーロッパ文明』沖積舎、一九九七年。

テュイリエ、ジャン＝ポール『エトルリア文明―古代イタリアの支配者たち』松田廸子訳、創元社、一九九四年。

ニン、アナイス『私のD・H・ロレンス論』木村淳子訳、アナイス・ニン　コレクションI、鳥影社、一九九七年。

パロッティーノ・M、S・シュタイングレーバー、F・ロンカツリ、C・ヴェーバー・レーマン、青柳正親、L・ヴラッド・ボレッリ『エトルリアの壁画』青柳正親、大槻泉、新喜久子訳、岡村崔撮影、岩波書店、一九八五年。

三輪福松『エトルリアの芸術』中央公論美術出版、一九七五年。

ロレンス、D・H『エトルリアの遺跡』鈴木新一郎訳、不死鳥社、『ロレンス紀行全集』第一巻、一九六九年。

ロレンス、D・H『エトルリアの遺跡』土方《ひじかた》定一、杉浦勝郎訳、美術出版社、一九七三年。

Filippis, Simonetta de. ‘Is there a Great Secret? D.H.Lawrence and the Etruscans’, *D.H.Lawrence, Critical Assessments*, Ed. by D.Ellis and O. de Sordo(Vol.VI, Poetry and Non-fiction; The Modern Critical Response 1938—92:General Studies(Helm Information.1992).

Gutierrez, Donald,‘D.H.Lawrence’s Golden Age,’ *The D.H.Lawrence’ Review,* vol.9 number 3 fall 1976.

Lawrence, D.H. *D.H.Lawrence and Italy.* Harmondsworth: Penguin, 1977.

——. *Apocalypse,* Harmondsworth: Penguin, 1974.

Mills, Howard. ‘Trusting Lawrence the Artist in Italy: *Etruscan Places* — and Schubert,’ *D.H.Lawrence in Italy and England*, Ed. by G.Donaldson and M.Kalnins:Macmillan press LTD, 1999.

Wellard, James. *The Search for the Etruscans*. London, Nelson, 1973.

V

批評・評伝をめぐる旅

「ロレンスとリーヴィス」再考——ロレンス研究誕生の風景点描

石原　浩澄

はじめに

文学研究というディシプリンは恐らく他の分野と比較してもその輪郭が比較的不鮮明であり、それ故研究領域や研究論文のスタイルも多岐にわたるのではないかと思われる。言語学、歴史学、哲学・思想、心理学、社会学などの周辺領域の知見を柔軟に取り入れることにより、いわゆる文学理論が栄枯盛衰し、時には乱立状態にある状況は、別の見方をすれば、そもそも「文学研究とは何か」という根本的な問を発しているとも言えよう。一定の結論が出ているか否かという判断については留保するとして、「(英）文学とは何か」というようなタイトルを冠した論文や著作により、この問いに対する解答を模索しようとする試みが存在することもわれわれの知るところである。英文学に限って言っても、英国における英文学教育や研究の勃興をめぐる論考はすでに存在している。ギリシア・ラテンといった古典研究の学科に、ヴァナキュラーな言語文化の学問が入り込んでいく過程として、あるいは、海外植民地の人々、および国内における諸階級間の結束を強化するという、国民統合のためのイデオロギー装置として英文学教育の成立を社会科学的にとらえるアプローチなどは興味深いものである。

それでは、英文学研究の一部を構成する個別領域／時代／作家研究についてはどうであろうか。本稿のねらいに則して言うならば、ロレンス研究とは何なのか、研究の意義はどこにあるのか、とは、あまりに単純な問いだが、今日では自明のものとして不問に付されるべきものではないと筆者は考える。この問題は上記英文学研究全般の問題に包摂されるのかもしれないが、それがいかに創始されたかという問題設定に対しては、個別特有の回答が存在するのではなかろうか。ロレンス研究の目的や意味を考えるときに、その誕生・創始の時期に目を向けることは無駄ではないであろう。そのオリジンは、例えば河川の源流を突き止めるように、ある時期、ある人物、ある著作というように一点に収斂するものではないかもしれない。したがって必要な作業は、誕生を取り巻く諸状況や諸言説を吟味することだろう。そうしたいわゆる誕生の風景の一端をとらえる／描いてみることが本稿の試みである。

「一九五〇年以降数多くの［ロレンス］批評が現われ、『ロレンス産業』との不平を耳にするほどだが、最も重要な仕事はF・R・リーヴィスのものである」（ドレイパー、二六頁）、「ロレンスの文学的地位を高める努力に最も貢献したのは彼［ハリー・T・ムア］の伝記的・批評的仕事とF・R・リーヴィスの挑発的な批評であった」（D&F・B・ジャクソン、八頁）といった発言をあえて再録するまでもなく、ロレンス研究の成立、少なくともその興隆にF・R・リーヴィスの果たした役割の大きさに異議を唱えるものは少ないであろう。筆者は、極めて雑駁にではあるが、ロレンス批評の興隆に関して、リーヴィスひとりの仕事にその起源を求めるようなやり方ではなく、より多角的な見地からの検証の必要性について述べたことがあり（石原　参照）、その基本的考えには現在も変わりないが、そのことはリーヴィスの役割の重要性をいささかも否定するものではない。本稿で試みたいのは、「リーヴィスは常識」として通過してしまうのでなく、あえてそこに立ち返ることにより、リーヴィスを取り巻く状況あるいは「風景」を眺めてみることである。

一　リーヴィスのロレンス論

まず、リーヴィスはロレンスをどう論じたかについて簡単に見ておきたい。ロレンス論争への参加の目的を「ロレンスを認めさせること。無知な誤解や偏見の流布を断ち切ること」（『小説家D・H・ロレンス』[1]、一二頁）と述べて、リーヴィスが本格的なロレンス論に着手するのは五〇年代に入ってからであるが、すでに一九三〇年の時点でケンブリッジのマイノリティー・プレスから『D・H・ロレンス』という小冊子を出している。リーヴィスの伝記を執筆しているマキロップの指摘するところでは、この時点でのロレンス論はリーヴィスにとっては予定外であった（一一四頁）が、小冊子にはロレンスに「天才」を見出すような発言をはじめ、後のロレンス論の萌芽が見られる。例えば「西洋の没落」を描いたシュペングラーとの類似を指摘し、産業資本主義批判としてロレンスを読み、近代文明がもたらす現代的生の貧窮状況を読者に提示する能力を評価するのである。後にも触れることになるであろうリーヴィスの伝統論に不可欠な「連続」という概念との関連でもロレンスに触れ、この連続に大きな亀裂が見られる現代において、ロレンスは「偉大な天才のみが可能なように、本質的な人間的伝統を、またその感覚を喪失した時代において、人間の正常さ（human normality）を代表すると言えるだろう」（『連続を求めて』（以下『連続』）、一五八頁）と述べている。

この初期の言及から、五〇年代の論考に至るまでにも、ロレンスへの言及は散見する。「D・H・ロレンスは［特定の経験］に対する天才を持っていた。そして『思想家』としての彼の重要性は、創造的芸術によって具体的なものをあやつることができたということだ」（『連続』、五九頁）。「［ロレンス］はそのすばらしい天才をささげ、われわれがわれわれの損失の性格を無視することは困難なようにならしめた」（『文化と環境』、九四頁）。「ロレンスは環境の醜さに極めて敏感であった」（同、五九頁）。五一年の『スクルーティニー』誌上の「ミスター・エリオットとロレンス」では、「彼［ロレンス］は、生を助長するものと生に反するものとの違いについて確かな感覚を有している」（七二頁）、とも述べている。

いわゆる正典となるべき作品の選別などの点では見解を修正している部分も見られるが、全体としてのロレンス評価には彼のキャリアを通して大きな変化はないというのが大方の一致した見解であろう。リーヴィスはロレンスの健全さを擁護し、生の重要性を称揚し、近代文明以前からのイングランドを描く「偉大な伝統」の継承者としてのロレンス像を確立しようとしたということは、それをあえて指摘することさえ今日では陳腐に映るかもしれない。

しかしながら、なぜリーヴィスはロレンスを論じたのか、と問うことは無駄ではないだろう。いささか単純に響くかもしれないが、それはロレンスが役に立つから、ではなかっただろうか。マルハーンが、

『産業文明』に抗する上で、また同時に、『人間の精神』は破壊されることなく残ったという確信を持つ上で、ロレンスはリーヴィスに活力を与えたのだ」(二九七頁)と述べるように、リーヴィスが持論を展開する上でロレンスは便利だったと考えるべきであろう。この意味からも、ロレンスを有用と見なし評価したリーヴィスとは何者だったのか、という視座から眺めてみることは、ロレンス研究の誕生風景に切り込むひとつの方法ではないかと思われる。

二　リーヴィスの言論活動

リーヴィスは二〇世紀初頭の社会における文化の危機を訴えた。人類史上かつて類を見ないほどの機械文明の進展により文化は危機の状態にある。この機械文明はいくつかの側面において大衆化をもたらした。ラジオ・映画などの娯楽をはじめとして、大衆紙による報道や広告の言論活動は、こうした大衆化とともに「標準化」、「均質化」、「レベルの低下」をもたらした、とリーヴィスは訴えた。

文化には言語使用が大きな位置を占めている。この言語に「繊細な生は依拠している」(『連続』、一五頁)。この言語使用が端的に現われているのが文学である。文学には古くからのイングランドの伝統が刻印されている。伝統とは、詩的言語が伝えることのできる人間共同体の記憶というものである。逆の言い方をすれば、こうした共同体の経験を刻印した文学の伝統が存在するということになる。しかしながら、既述したように、現代はこの言語使用も広告やジャーナリズムに代表されるような大衆文化に侵食され危機に瀕している状況にある。したがって、この文学伝統を守っていくことが急務となっている。伝統を継承していくにふさわしい文学を峻別するための文学批評活動が必要であり、それは少数派エリートによって担われていくべきものである。そこからこうした批評の専門家を育成する必要性や大学の英文科の理想が語られる。網羅的とはいえないが、以上のような思想の骨子の周辺に、リーヴィスは文学論をはじめ、現代文明・文化批評、教育論、伝統論、アカデミズム批判などを展開するのである。

先にも少し触れたように、リーヴィスは「連続」を重視する。文学も含め、伝統とはそもそも継承され連続していくものだ。しかしながら、現代社会と古きよきイングランド社会の間には大きな溝が存在し、連続性がないとリーヴィスは言う。われわれの時代において「連続の中の亀裂はほぼ完璧である」（『連続』、一五八頁）、とか、「生の古いリズムは消滅してしまった。まわりの環境や生活の諸条件への古くからの順応というものは消えてしまった」（一三八頁）などのように連続と断絶について語るとき、憧憬はするが、失われてしまったものの代名詞としてリーヴィスは、古いイングランドの有機的共同体に言及する。守るべき文化を保有し、今日の現代社会においてはすでに失われているが、文学にその姿をとどめている共同体とは何なのか。以下ではリーヴィスの著作に時折出てくるリフレインのひとつである有機的共同体について考えてみたい。

まずリーヴィス自身がこの概念をどのように使用しているかを確認しておこう。リーヴィスは、「われわれが無くしてしまったのは、それが体現するような生きた文化を有する有機的共同体である」（『文化と環境』、一頁）や、「古いイングランドは有機的共同体のイングランドであった」（八七頁）と述べている。この共同体は、発展の名の下に起こった変化により、今や消滅している。この消滅は比較的近年のものであるとするリーヴィスは、変化のプロセスについてG・ボーン[2]を参照しつつ論を続ける。一九世紀末からの産業資本主義による発展によって世界の富は増大し、いわゆる生活水準は上昇した。「それは機械の便利さを利用した結果であり、機械と発達した輸送手段が可能にした［分業］の結果であった」（八八頁）。したがって当然ながら、視点を変えればこのような機械文明によって破壊されたものが有機的共同体の特徴ともなるであろう。「より『原初的な』イングランドは動物的自然さを表していたが、明確に人間的であった」（九一頁）。「単に賃金の獲得や利益の創出」（九二頁）のみにしか関心のない現代人と違い、有機的共同体の人々の「生のあり方は四季のリズムを反映し、人々は隣接する土地の中で、生活を維持するための諸源泉と深い関係にあった」（九一頁）のである。リーヴィスの言う有機的共同体は、人々が対人的にも、またまわりの環境ともまさに有機的に連関しながら生きる社会である。そしてそれが現実には失われてしまっている以上、文学による「古い秩序の記憶」（九七頁）が重要になる。リーヴィスの有機的共同体論は、「文学上のイングランド」論である。

リーヴィスの有機的共同体論から何が見えてくるか。フレイザーの指摘のように、「リーヴィス自身による有機的共同体への言及は極めて少なく、彼の著作からは合理的にいかなる印象を導き出すことはできない」（六〇頁）という側面もあるかもしれないが、他の論客を参照しながら、そのコンセプトに少しでも近づくことを試みてみたい。たとえば、リーヴィスの言論活動をまとめる中で、偉大な文学は「前産業主義時代の文化の有機的力や安定性の証人となる」（五五頁）と書くときのウィドーソンは、間接的にせよリーヴィスの有機的共同体観に言及していると言えるだろう。英文学批評の「使命」を歴史的にたどっているC・ボールディックもリーヴィスに言及するとき、前機械化時代に存在し、現代では喪失してしまった有機的共同体に触れている。具体的には示されていないとしつつも、「将来に影響を与えるいなかる動きも、ロレンスのように、過去に根ざしたものでなければならない」（一七三頁）と述べており、有機的共同体とは、新しい生の様式を求めるリーヴィスが理想として求めた過去の一形態であるという認識を示している。「経験や具体性という感覚を育成すること」（一七三頁）に根ざしたものとは、すなわちリーヴィスにとって文学批評のひとつの機能である。また、すでに上で見たように、この具体的な提示能力という視点からリーヴィスはロレンスを評価していた。

フレイザー同様、マルハーンも、リーヴィスにおける有機的共同体論においては実際の過去が問題なのではなく、現代におけるそのイデオロギー的機能が重要であると述べる。「『有機的共同体』は本質的には、都市産業主義的秩序が放棄した社会的価値の、推測上の歴史的具体化であった。それ自身への破壊的な影響の可能性もはらんでいる、近代社会の現状や未来像に関する言説における、批評の装置として主として機能した神話である」（五九頁）。すなわちそれは、現代の機械産業文明批判のためにいわば対抗的に対置されたイデオロギー的想像物だというのである。イーグルトンも「近代産業資本主義の機械化された生の批判に都合のいい神話」（三六頁）であると指摘している。確かにこのような見方は間違ったものではないであろう。このように有機的共同体の具体的モデルを探るというより、リーヴィス流の社会批判として読むことも可能であろうが、本稿では少し視点を変えて有機的共同体にこだわってみたい。

三　有機的共同体論の系譜

「有機的共同体」はリーヴィスの専売特許ではない。リーヴィスのオリジナルな概念ではないのだ。以下では少しこのことを、英国における文化概念の思想史をたどるレイモンド・ウィリアムズに依拠しつつ見ていきたい。ウィリアムズは近代において産業資本主義社会の出現以来連綿と続く批判言説の伝統を浮き彫りにする。ウィリアムズによれば、近代のデモクラシー批判を展開するエドモンド・バークは、個人は共同体なしには生きられないと述べ、「さらに『有機的社会』と呼ばれるようになる概念を確立した。そこで強調されるのは、それぞれが独自の法則によって支配されるような興味・関心の領域への分離ではなく、人間的活動の相互関係や継続である」(『文化と社会』、一一頁)と述べる。一八世紀のバークにおいてすでに有機的社会の概念が語られている。一九世紀以降も、産業革命の進展、市民社会の台頭によるデモクラシー隆盛の時代において、これらの台頭により抑圧・否定されるものとして人間的経験や価値といったものの擁護が知識人階級によって行なわれる。芸術や詩がこれらの人間性の守護者となる。

カーライル論において、ウィリアムズは一方で英雄崇拝論などに顕著に現われる彼の権力思想を批判しつつ、他方でカーライルの社会批判に目を向けている。カーライルは当時の、特に労働者階級の状況を目の当たりにして――具体的にはチャーチズムなどに見られる混乱状況を見て――「デモクラシーはある意味ではレッセフェール精神の発現」(『文化と社会』、七九頁)であり、それは「秩序と支配の消滅」(七九頁)であると嘆く。近代社会の自由主義はデモクラシーと結びつき、大衆の混乱状況は秩序の崩壊をもたらすと述べられている。そこから、秩序を回復し、支配するために、権力を持つべきものとして貴族階級が注目される。この考えが文化・芸術分野に移入されると、国民生活の質の向上のために「高度の教養を持ち、責任を有するマイノリティ」(八四頁)として芸術家集団が「精神的貴族」ととらえられることになる。後のコールリッジの「知識人 clerisy」概念に通じるものであるとウィリアムズは指摘する。

ウィリアムズの著作ではその後も、近代産業資本主義批判の文脈の中で、大衆批判、デモクラシー批判、そして貴族リーダーシップ待望論などが展開されていく。

こうした産業主義批判の中にラスキンを位置づけるウィリアムズは、ラスキンにおける対立する経験のキーワードとして「機械的　対　有機的」という考えを出す。「芸術家が知覚するのは『外的・表面的』ではなく『有機的な』形式である。[ラスキン]が明らかにする普遍的生とはこの有機的生である」(一三八頁)と言う。ラスキンにおいては、平等で「機械的」なものという概念と、階層・秩序の安定した「有機的」なものという対の概念が定立される。ウィリアムズによれば、ラスキンの一九世紀経済社会批判はアーノルドらより過激なために非難されることがあるものの、「有機的」という概念は「父権社会」の概念につながるものであり、各自の機能に応じた階層社会の概念である(一四六頁)。

このように、直接その語を使用するか否かの違いはあるものの、有機的共同体という考えは、近代以降の英国における産業資本主義批判論、それと関連する文化・芸術論の展開におけるキー・コンセプトのひとつであった。

リーヴィスの文芸批評、ことにその伝統論の中に重要な位置を占める有機的共同体という考えは、このように英国の知的伝統の系譜のひとつとしてとらえることができる。したがって有機的共同体を、前産業資本主義時代というう過去のイングランドへの単なるノスタルジーとしてのみ処理すべきではない。共同体の成員同士は、例えば契約関係などで機械的につながるのではなく、有機的に関連するものと語られる部分に着目することができよう。それは、民主的で平等な関係ではなく、父権的・階層的なつながりを含む、現代的意味での反民主的な関係でもある。リーヴィスの現代社会批判や大衆化によるデモクラシー批判が織り込まれたものとして、また、英国における近代批判の言説を継承している文芸批評家としてのリーヴィスを前景化するものとして、有機的共同体論をとらえることができるのだ。

四　「田園」共同体をめぐる言説

産業化以前のイングランド社会への関心は、当時の別の言説もわれわれの視界に呼び込んでくる。イングランドにおいて、「田舎」のイメージが「イングランド性／イングリッシュネス」のイデオロギーと結びつくことについてはA・ハウキンスが詳しく述べている。一九世紀末から二〇世紀にかけて、ドイツやアメリカといった新興国の進出により英国の工業競争力が相対的に低下してくる過程で、中産階級商業主義が台頭してくるとともに、その中心となる場所は、リヴァプールなどの北部都市から、ロンドンへと南下した。そして、特にシティが勢力を持つようになった（六四―六五頁参照）。一方では、「都市住民の退化」についての言説も流布し、都市に対する不安という心象風景が形成される。

他方の農村でも類似した衰退の現象が見られた。一九世紀末の人口増加に伴い海外移住が増えた結果、農村人口は減少した。都市の退化問題を抱えた状況において、農村・農業問題は国家的に重要なものと認識され、二〇世紀初頭には保守・革新を問わず、「土地へ帰ろう」のスローガンが叫ばれるようになる。「あらゆるグループにとって、やり方は異なれ、土地、『農民』、『土地所有権』さらには田舎そのものが、秩序、安定、そして自然さというものを表す」（六九頁）という認識が共有されてくるのだ。

そして、モデルとなる社会として、チューダー・イングランド社会[3]がイングランド的なものとして想像・確立されていく。比較的近い過去の社会ではなく、一七世紀という時代が選ばれていったことについてのハウキンスの説明によれば、それは工業化＝都市化＝人種の退化（歴史家フロイデによる連関）という連想を成立させる時代であるべきではなく、田舎で、外国文化の影響を受けず、一方では強烈に拡張主義的であったエリザベス朝の世界への回帰が求められたということになる。外国の影響を排することによりナショナリスティックな意識、国民意識を涵養する一方で、帝国・国際関係を見据えたときには拡張主義への連想を可能にするようなモデル設定といえよう。結果的に見ると、こうしたイングリッシュネスのイデオロギーを形成すべく、音楽や建築・文学といったさまざまな方面において理想的イングランド像が語られていった。南イングランドは「諸階層から成る有機的で自然な社会であり、経済的・社会的見地からは不平等ではあるが、信頼と義務、さらには愛――『善き地主』と『誠実な農民』関係――に基礎を置く社会」（八〇頁）というモデルとなっていく。

このような田園のイングランドに対する見方はリーヴィスの同時代人にも受け継がれていく。彼が『文化と環境』の中で大きく依拠している先述したG・ボーンは、一方で都市住民の不況・失業に苦しむ様子や「退化」について書きながら、古いイングランドの代名詞たる「村 village」の変化について書いている。J・ガイルズとT・ミドルトンがイングリッシュネスに関する著書の中で紹介しているフィリップ・ギブスの『イングランド・スピークス』（一九三五年）の中には、「昔から変わらない古い家やコテージに住み、大地に根ざして男も女も素朴な生活を送っている田園のイングランドもまだある。彼らの祖先がチューダー朝時代に建てたかやぶき、あるいはかわらぶきの屋根で、低い梁があり、床の低い小屋である」（二〇九頁）といった指摘があり、ここでもあえて「チューダー朝」様式に触れられていることは興味深い。

要するに、都市の退化という状況の中で、健全なイングランドの共同体像は、田舎＝田園社会に求められた。エリオットやロレンスも同様に、理想の共同体を一七世紀社会に求めたという現象については、ここでは深く考察はできないが興味深い問題である。少なくとも言えることは、その社会は単にのどかで美しく健全な場所というだけではなく、「有機的」なつながりを有する社会であり、イングランド性という強烈にナショナルな刻印を帯びた社会だということだ。

リーヴィスの非政治性ということがしばしば指摘される。[4] 確かに直接的な政治発言は少ないかもしれないが、リーヴィスは三〇年代、四〇年代という、ある意味では極めて政治的な大戦間期という時代に身をおいていた。伝統と密接にかかわる共同体論から見えてくるナショナリスティックなイングランド性というイデオロギー、さらにそれを取り巻く帝国主義的・国際的状況をも視野に入れるならば、彼の諸発言も大きくは政治性から自由ではなかったことになる。詳しい議論と検証は別稿に譲らねばならないが、このような文脈の中で、ロレンスはリーヴィスに有益たり得たのかという視点をわれわれは持ってよいだろう。次節では、こうしたナショナルな動きとも関わるとされる英文学制度の成立という状況の中でリーヴィスを見てみることにしたい。

五　リーヴィスと「英文学」制度

英国における英文学研究の成立に関してはすでにいくつかのすぐれた先行研究が存在している。したがってここでの作業は、これらの研究に依拠しつつ簡略にまとめながら、そこにリーヴィスを布置するということになろう。

英文学研究の成立にあたっては、帝国における一種のイデオロギー装置として機能したというような指摘もされてきているが、まず本稿が注目したいのは、英国における英国社会批判と密接に関連した教養教育（liberal education）の伝統である。近代産業社会を批判する中で、文明社会を支えるキー概念――機械化、功利主義、デモクラシー、など――によって具現化されるような傾向に抗う手段としての教養教育ということが英国において主張されるからである。

マシュー・アーノルドは、一九世紀の英国社会を論評しながら、「われわれに必要なのは、人間性の十分に調和のとれた発達であり、日常的な諸概念について自由に思考をめぐらせること、意識の自発性……であり、まさに文化がこれらを生み出し育成するのである」（一〇八―九頁）と述べ、人間形成における文化の機能の重要性を指摘した。パーマーは、アーノルドは文学が宗教の代替物となることを予見したと述べながら、一九世紀における文学に対する見方について、「急速に変化する社会の、魂を破壊するような諸悪を阻止するために、文学は人間らしさを獲得する手段（humanizing agency）として使われるという見解は一貫して存在していた」（三二頁）と述べ、さらに、「偉大な文学の持つ道徳的力という深遠な観念」（一五頁）があったことも指摘している。文化や道徳などの概念は――アーノルドやウィリアムズの議論もその概念をめぐってなされていることを考えれば自明なように――今日使用される意味だけには還元されないような複雑さを有していることは容易に想像できるが、いずれにしても、すでに見たように、それらは近代産業社会批判の言説において、抑圧されている人間的価値を支持するものを示しているということはまちがいない。

文化をめぐる言説の系譜をたどるM・マシソンは、一九世紀における教育議論に触れながら、「その中心において、カリキュラムは道徳的に教育に役立つ学科を体系化すべきであり、彼ら［アーノルド、ラスキン、スペンサーらの論客］はすべて学科の人格形成に関する可能性に言及して、それぞれの主張をおこなった」（一八頁）と述べ、当時の教育議論に共通していたのは、教養、人格形成、道徳の必要性であったと述べている。

このように、一九世紀においては文化や芸術と生き方、および道徳問題として議論されていたものが、世紀の後半から二〇世紀初頭にかけて、英文学教育議論の中に移入されることになる。英文学に教養教育が担ってきた役割が付託されるのである。

高等教育・大学教育の課程へと制度化される以前の英文学教育はいくつかの形での成人教育の場を中心に行なわれていた。C・キングスレーの「国民の自伝」としての文学という考えに基づき、植民地の文明化や臣民教育、すなわち、大英帝国のアイデンティティ醸成のために利用されたり（ウィドーソン、三七頁参照）、国内では、技術系専門学校（Mechanics Institute）などのカリキュラムにおいて科学教育を補完するために、アーノルド的な考えを取り入れ、人間的道徳的教育の手段として使われていた（ボールディック、六二頁参照）。オックスブリッジには進学しない学生層、すなわち古典語を読みこなせない層にとっての「貧者の古典」という地位を英文学は占めていたのである。

その後、英帝国という現実の中で、東インド会社の採用試験において英文学・歴史が課されるように、各種公務員試験にもそれらが取り入れられてくるようになると、オックスブリッジの学生にも影響が及んでくる。このような帝国をめぐる状況がある一方で、国内での動きとしては、新しい文化的指導者像が議論されるようになり（ドイル、一七―一八頁参照）、学校教育も「国家の子供たちに愛国的道徳的責任の適切な感覚を教え込むよう期待」（一八―一九頁）される。他方で、国内における大衆の惨状も問題となり、生活扶助としてのセツルメント運動が展開されていく。ロンドン・イーストエンドに見られるような「文化的植民地状態」にあるような大衆の状況を見て、「イングランドらしさについての新たな集団としての感覚」（一九頁）をいかに育てていくかが問われてくる。このような中で、古典にかわる俗語教育の高等教育への導入が議論されるのである。ドイルはそのひとつの表れとして、一九〇七年の英文学協会の設立をあげている。

ドイルはまた、大衆問題とも関連するが、この時代の社会ダーウィニズムの影響を受けた、いわゆる退化概念の重要性にも触れている。そこから「自己の再生」が高等教育に期待されてくる。ドイルは、オックスフォードのマーク・パティソンに言及し、「教養教育によってもたらされる『文化／教養』（culture）は、『生』のより高次の形式を生み出すことにより――すなわち『生きる技』（art to live）を教えることにより、人間の性質をコントロールできるであろう」（二二頁）と述べている。

この時期の英文学成立議論の中で頻繁に取り上げられるもののひとつに、よく知られた『ニューボルト・レポート』というものがある。愛国派詩人ヘンリー・ニューボルトを長として召集された国家委員会による英語・英文学教育についての提言として一九二一年に出されたものである。国内における階級間の結束を助長し、国民意識の高揚を目指した側面が『レポート』の特徴として強調されることが多いが[5]、文学そのものの効用についても『レポート』は、「正しく提供されるならば、ほとんどの熱心な社会改革者によって、詩は価値のあるものだと認識されるだろう。なぜなら、社会問題について特別な解決に寄与することはないが、それは精神に力と健全さを与える。なぜなら、ひとことで言えば、それは個性を豊かにするのだ」(二五五頁)と指摘し、ここにも人間性や精神の健全さ(道徳と言ってもよいだろう)の涵養という(英)文学の役割が語られていることには注目を促したい。もちろん、この特徴は階級統合の論調となんら矛盾するものでない。

「主として言語によって伝達されるわれわれの精神的、道徳的そして感情的伝統がある。それは繊細な生の問題に関する『時代の精選された経験』を保持するものだ」(『文化と環境』、八一頁)と述べるリーヴィスのモラル・ヒューマニズムと呼ばれる文学観は、英文学教育をめぐる自由主義的教養教育、道徳教育の言説の中に位置づけられるのである。よく知られているが、同時に抽象的でとらえどころのないリーヴィスの「生」の概念を、マルハーンは「至高の道徳的価値」(一七〇頁)と表現している。

制度としての英文学を「イデオロギー的構築物」(六六頁)ととらえるウィドーソンも、「『英文学』はただちに道徳教育の媒体となり、安価で入手できる『貧者の古典』となった」(四三頁)と述べる。資本主義体制が強化されていく一九世紀以降の流れ、つまりアーノルドからエリオット、リーヴィスへとつながる英文学研究の流れは、結局は自由な個人を信奉する支配階級としての中産階級イデオロギーに奉仕したとするウィドーソンも、そうしたブルジョア・イデオロギーそのものを批判的にとらえつつも、英文学教育の中に生や道徳といったヒューマニスト的傾向を読み取っているのである。

『文化と社会』においてアーノルドを中心とするリベラルなヒューマニスト的文化概念の伝統を描く一方で、そこに批判の目を向けているのは、ニュー・レフトの旗手とみなされる先述のウィリアムズである。すでに見てきたように、英国における文化言説の伝統のひとつとして反産業資本主義が語られるとき、有機的共同体論に典型的なように、過去の社会に理想が求められることが多かった。ウィリアムズはこの傾向を、「現状の混乱や無秩序に対置された秩序ある幸福な過去という考え」であり、「一時的状況と安定を求める強い欲望に基づく理想化は、時代の現実的で厳しい諸矛盾を隠蔽しまた回避するべく作用した」(『田舎と都市』、四五頁)と述べ、過去の理想化を現実逃避の方策として批判している。

以上は、英文学教育の成立という文脈の中でリーヴィスを考える上で、一九世紀からの議論に通底する部分に着目する試みであったが、英文学研究／教育といっても決して一枚岩ではなかったということにも注意が必要である。すでに少し触れたように、英国の大学における本格的な英文学教育・研究の歴史はそれほど古いものではない。大学のカリキュラムとして制度化される以前には、「貧者の古典」として職業学校等で教えられていた。オックスブリッジでも単体の科目として英文学が置かれることはあっても、学科として制度化されるのは比較的近年である。オックスフォードでは、ジョン・チャートン・コリンズが主導したが、古典教授陣や言語学分野からの反発は強く、なかなか体系的な学科の構築はできなかった。一八九三年から英文科(English School)は存在していたが、ウォルター・ローリーが実質的初代教授として学科長に座るのは一九〇四年である(ボールディック、七二―八頁参照)。ケンブリッジはさらに後発である。ひとつのまとまりをもった学科として承認されると考えられる、卒業試験に当たるケンブリッジのトライポスが英文学においても設立されたのは一九一七年である。それ以前は、現代・中世言語トライポスの一部として英文学研究は存在するに過ぎなかった。

オックスフォード、ケンブリッジそれぞれの特徴が指摘されることも多く、サムソンは「オックスフォードでは言語学的、歴史的側面が強調された一方、ケンブリッジの英文学は広範囲にわたり、比較文化的、理論的かつ分析的なものであった」(一〇頁)と述べている。伝統的に古典に強いオックスフォードでは、アングロ＝サクソン研究が独自の伝統を持っていた(パーマー、七二頁参照)。古典研究やドイツ的文献学研究などの影響も複雑に受けながら成立していったのがオックスフォードの英文学と言えそうである。

英文学の成立過程と言っても、以上のように決して一枚岩ではない。代表的な高等教育機関であるオックスフォード、ケンブリッジ両大学の特徴もさることながら、リーヴィスの属するケンブリッジだけでも均質ではなかった。リーヴィス(の英文学)は、ケンブリッジ内部で決して主流ではなかった。批評家リーヴィスの名声とは裏腹に、一大学教員としてのリーヴィスの地位はケンブリッジ内において決して安定したものでなかったことはしばしば指摘されてきたことである。そこには人間関係もからんだ複雑な力学が働いたことも確かであろうが、研究スタイルの違いもあったようだ。キングズ・コリッジを中心とするケンブリッジの主流とリーヴィスの間には長年に渡る確執があった。リーヴィスが『ケンブリッジ・レヴュー』誌上などで、主流派の同僚を批判している事実の背後には、モダニストを擁護するリーヴィスと、古いタイプの古典主義者であり、批判の対象となるF・L・ルーカスという対立の図式があるのかもしれない(マキロップ、一〇〇―二頁および、サムソン、二三―四頁参照)。周知のことかもしれないが、リーヴィスはダウニング・コリッジを拠点として研究・教育活動に従事し、『スクルーティニー』もダウニングに集う同僚や教え子を中心に批評活動を行なった。リーヴィスにはケンブリッジ内でも敵の多かったことを指摘しているマキロップは、その原因のひとつとして、先にもあげたモダニズムの作家やアメリカ文学といった、典型的な専門領域を破壊するようなリーヴィスの関心の対象（一七八頁参照）のほかにも、研究・教育のスタイルも大きく関与していた。

というのも、伝統的アカデミックな文学研究と「文学批評」は決して同じではない。文献学的、言語学的あるいは歴史学的手法による事実の発掘および整理といった従来からの学究的研究と、鑑賞や評価を伴った「批評」は同じではない。アカデミズムの世界ではI・A・リチャーズのいわゆる実践批評によって創始され、リーヴィスも引き継いでいったのは、「批評」であった。リチャーズによる「文化的・社会的諸矛盾の自由な解放」（マルハーン、二一八頁）は結果的に文学研究を変容させたと述べるマルハーンも、リチャーズらの「価値判断的批評」とルーカスの「古典的研究者」とのケンブリッジ内での対立を指摘している（三〇一一頁参照）。この批評態度を受け継ぐリーヴィスらスクルーティニー派にとっては、当時主流であった「因習的なアカデミック研究の持つ『価値判断に影響されない』諸前提」（一五八頁）が批判の対象となった。文学批評とは評価であり、価値判断であると考えるのである。二〇世紀初頭において産業資本主義大衆文化が拡張していく状況において、「批判的分別ができ、繊細に鑑賞することのできる人々」（マシソン、一三二頁）が必要であるとリーヴィスは考えた。繰り返しになるが、リーヴィスはリチャーズの考えを受け継ぐ。本稿がこれまでリーヴィスの認識として指摘してきたように、現代産業社会は文化的崩壊の状態にある。機械的な諸関係や大衆文化が有機的農村共同体に取って代わってしまった。

そうした過去と現代の間には大きな溝が存在するが、その伝統を記憶にとどめ継承しているのが文学である。リーヴィスは「大学が、知的で感受性に富む、過去の偉大な作品を評価し、現代文学に批判的に反応することにより、価値ある伝統を継承、永続させることのできる少数派を教育するという責任を負うことを期待した」(一三三頁)。この文学活動こそリーヴィスにとっては批評活動にほかならない。B・バーゴンズィも学問研究的オックスフォードと批評中心のケンブリッジの対照に触れながら、リーヴィスにとっての「批評」の重要性について次のようにまとめている。「リーヴィスにとって近代世界は産業主義や功利主義によって荒廃させられており、人間存在の、伝統的で、生を支える、有機的秩序は切断されていた。しかしながら、想像的文学は、社会的、科学的革新によって脅威にさらされていた価値を保持すべく残っていたのであり、したがって、文学の研究、換言すれば、文学批評は極めて重要な活動となったのである」(三四―五頁)。その多面的な評価は留保するとして、ある時期、ある社会において文学を読む意義を明確に語った批評家の姿をわれわれはここに確認することができる。

おわりに

本稿は、ロレンス研究の誕生あるいは展開に最大の影響を与えた文学者・批評家の一人F・R・リーヴィスにあえてスポットライトをあて、彼の言論活動をいくつかの言説の中にとらえることにより、リーヴィスを相対的に当時の言説風景の中に布置することで、ロレンス研究を成立せしめた環境・力学の解明への端緒を切り開く前提作業をすることであった。網羅的に状況を描ききるまでには到底至っていないが、ここではいくつかの交差する言説風景のひとつの整理を試みた。

リーヴィスのロレンス論におけるキーワードを足がかりに、リーヴィスの言論活動全般のスタンスを確認した。近代産業文明社会の大衆化や標準化による文化状況に危機感を抱くリーヴィスは、それらの現象により危機に瀕しているがゆえに継承されるべき古いイングランドの伝統へとわれわれの注意を喚起する。伝統を継承していた有機的共同体への憧憬が認められたが、その共同体を単なる理想の想像物として片付けるべきではないと主張した。そうすることでそれが反近代文明の諸特徴を有しているばかりでなく、田園のイングランドをめぐる言説とも交差し、ナショナリスティックなイデオロギーとも連動し得るととらえる可能性も見えてきた。さらに、リーヴィスが活動を開始した時期は高等教育における制度としての英文学の萌芽期・成立期にも近いことから、両者の関係にも目を向けた。英国における人格形成や道徳教育に大きく関与する教養教育の使命を引き継ぐかたちとなった英文学は、後にリーヴィス批評の特徴とみなされるような魂の健全さや生に反応することの重要性といったヒューマニスティックな側面を呈する一方、ナショナル／国民文学という枠を設定することの必然の結果として、イングランド性というイデオロギーを色濃く帯びるものであった。英文学、帝国、道徳、田舎、共同体、産業資本主義批判などの言説がリーヴィスのまわりで交差するのだ。

このような風景の中にいるリーヴィスによってロレンスは「リバイバル」された、あるいは「偉大な」作家として正典化されていったということが留意されねばならない。読み、批評、研究するという行為が、言語活動に密接に関連した人間文化の営みの一部である以上、ロレンスを極めて個性の強いオリジナルな作家としてとらえていく傾向を一方で見据えつつも、大きな課題であるが、個別作家の社会的「構築」の風景に関する検証からは、文化活動の普遍的な側面も見えてくるに違いない。

注

（1）この『小説家D・H・ロレンス』をはじめとして、リーヴィスの単行本著作は主として『スクルーティニー』誌上で発表した論文を集めたという形のものがほとんどである。

（2）G. Bourne は本名 Sturt。『文化と環境』においても多くの引用があるように、リーヴィスは特にこの有機的共同体に関して Bourne に負うところが大きい。

（3）リーヴィスはモデルとして一七世紀の英国社会に言及する。シェイクスピアのイングランドである。一七世紀の中ごろに「感性の分裂」がおこったというエリオットの社会歴史観との近さが注目される。

（4）例えば、リーヴィスをリベラル・ヒューマニストとして論じているノリスの論などを参照。

（5）例えば、Doyle, 44-66、Widdowson, 47-48 など。

引用文献

石原浩澄「ロレンス研究の研究」『D・H・ロレンス研究』第一七号、日本ロレンス協会、二〇〇七年。

武藤、川端、遠藤、大田、木下（編）『愛と戦いのイギリス文化史』慶應義塾大学出版会、二〇〇七年。

Arnold, Matthew. *Culture and Anarchy*. 1869; Yale UP, 1994.

Baldick, Chris. *The Social Mission of English Criticism*. Oxford: Clarendon Press, 1987.

Bergonzi, Bernard. *Exploding English*. Oxford: Clarendon Press, 1990.

Bourne, George. *Change in the Village*.1912; Harmondsworth: Penguin Books, 1984.

Brooker, Peter & Peter Widdowson, "A Literature for England" *Englishness --- Politics and Culture 1880-1920*. Robert Colls & Philip Dodd Eds. London: Croom Heim, 1986.

Cain, William C. *The Crisis in Criticism*. Boltimore & London: The Johns Hopkins UP, 1984.

Doyle, Brian. *English and Englishness*. London & New York: Routledge, 1989.

Draper, R.P. *D.H.Lawrence: The Critical Heritage*. London: Routledge, 1970.

Eagleton, Terry. *Literary Theory: An Introduction*. Oxford: Basil Blackwell, 1983.

Frazer, John. "Reflections on the Organic Community" *The Human World* Vol.15-16 (1974).

Gibbs, P. *England Speaks*. London: William Heinemann, 1935.

Giles, Judy and Tim Middleton (eds.). *Writing Englishness 1900-1950*. London: Routledge, 1995.

Howkins, Alun. "The Discovery of Rural England" *Englishness --- Politics and Culture 1880-1920*. Robert Colls & Philip Dodd Eds. London: Croom Heim, 1986.

Jackson, Dennis and Fleda Brown Jackson(eds.). *Critical Essays on D.H.Lawrence*. Boston, Massachusetts: G.K.Hall & Co., 1988.

Johnson, Lesley. *The Cultural Critics: From Matthew Arnold to Raymond Williams*. London: Routledge and Kegan Paul, 1979.

Leavis, F. R. *For Continuity*. New York: Books for Libraries Press, 1933.

——. *D. H. Lawrence Novelist*. 1955; Peregrine Books, 1955.

——. *The Great Tradition*. 1948; Peregrine Books, 1962.

Leavis, F. R. & Denys Thompson. *Culture and Environment*. 1933: London: Chatto & Windus, 1937.

MacKillop, Ian. *F. R. Leavis: A Life in Criticism*. London: Allen Lane, 1995.

Mathieson, M. *The Preachers of Culture*. London: George Allen & Unwin, 1975.

Mulhern, Francis. *The Moment of Scrutiny'*. London: NLB, 1979.

Norris, Christopher. "Editor's Foreword" in Michael Bell's *F.R Leavis*. London: Routledge, 1988.

Palmer, D. J. *The Rise of English Studies*. London: OUP, 1965.

Samson, Anne. *F. R. Leavis*. London: Harvester Wheatsheaf, 1992.

The Teaching of English in England: Being the Report of the Departmental Committee Appointed by the President of the Board of Education to Inquire into the Position of English in the Educational System of England. London: Published by His Majesty's Stationary Office, 1921.

Tillyard, E.M.W., *The Muse Unchained*. London: Bowes & Bowes, 1958.

Widdowson, Peter. *Literature*. London: Routledge, 1999.

Williams, Raymond. *Culture and Society*. 1958; London: The Hogarth Press, 1993.

——. *The Country and the City*. New York: OUP, 1973.

D・エリス『作家と死――ロレンスの死の経緯と追憶』に見られるロレンスの死生観

北崎 契縁

はじめに

『ケンブリッジ版伝記 D・H・ロレンス 死に行く勇気 一九二二―一九三〇』[1]がD・エリスによって書かれてから約一〇年を経た二〇〇八年、同じ著者による『作家と死――ロレンスの死の経緯と追憶』が出た。しかし今回の著作は伝記という枠には収まらなかった面、つまりロレンスの死後明るみに出た著作権に絡む遺産相続の争いや、死後の評価といった部分が収められている。このように、ある作家の生前、没後の状況を併せて記述した著作は一体どのように位置づけたらよいのであろうか。

ある人物の生前、死後にわたって生じたでき事について筋道を立てて記述するのが「物語」(story, history)とするならば、『作家と死――ロレンスの死の経緯と追憶』はまさに作家ロレンスの「物語」であると考えて間違いではないだろう。事実、K・クッシュマンは「エリスは『作家と死――ロレンスの死の経緯と追憶』で、死んでゆくロレンスとその死、そしてその後日譚《たん》という物語を書いている[2]」と、わざわざ「物語」という言葉を選んで遣っているからである。ではなぜ今回エリスは「伝記」ではなく「物語」を、しかも「実験的な」物語とまで断って書いたのであろうか。

エリスが『ケンブリッジ版伝記　D・H・ロレンス　死に行く勇気　一九二二―一九三〇』を書いたのは二〇世紀も終わりに近い一九九八年のことであった[3]。そうして二一世紀に入って約一〇年が経過した現在、イギリスや日本はもちろんのこと、世界各地で普遍的な現象としてみられる高齢化にまつわる様々な問題、殊に生死の問題に対する人々の意識はますます先鋭化してきたように思われる。というのは、人はいくら長生きしても誰も死は避けられないし、しかもその死の迎え方も様々であり、また厄介なことに自然死、病死、事故死、自死等々、どんな死に方を迎えるのかといった選択幅も人の思うようにはならないからである。このような時代背景があればこそ、人はいかにしたらよりよい死を、逆に言えばよりよい生を全うすることができるのかという問いに答えることが焦眉《しょうび》の課題となっているように思われる。そして、今やケント大学の名誉教授であるエリスが、年齢的な面から考えても、人間の生死についていよいよ我がこととして考えはじめたとしても何ら不思議ではない。

確かに『ケンブリッジ版伝記　D・H・ロレンス　死に行く勇気　一九二二―一九三〇』を書いた時点でエリスは、一応ロレンスの一生を語り終えたはずであったが、彼にとって気になる点が一つ残っていたと思われる。それは、死後のロレンスが一体どのような扱いを人々から受けたのか、またその扱いをどう評価するのかという問題であった。「棺を蓋《おお》いて事定まる」の諺があるように、人の真価は死して後に決まるとすれば、ケント大学を退官して名誉教授となり、今やかなりの年齢に達していると思われるエリスにしてみれば、ケンブリッジ版伝記で書き残したロレンス死後の問題が、自らの死後の問題と重なって見えてきたとしても不思議ではないであろう。以上のような背景を背負ったエリスにとっては、自らが長年馴染んできた作家ロレンスの死後に、ロレンスを巡って生じた特に遺産相続の問題や作家としての毀誉《きよ》褒貶《ほうへん》の問題解明に新たな光を当てるのは格好の仕事であったと言える。このようにして『作家と死——ロレンスの死の経緯と追憶』は生まれたのである。つまり、ロレンスの生き方、死に方、そして死後の評価に及ぶ全体像について考えるという仕事である。言わば等身大のロレンス像を物語ることで、自らの生死の行く末を考えるモデルにしようとしたのである。しかし、その試みは果たして成功したと言えるだろうか。(4)

そこで以下本論では、まず、エリスのロレンス物語執筆の動機を探ることから始めたい。その際には、伝統的なキリスト教会やその教えに対して飽き足りない面を感じているエリスの立場を明らかにし、彼が感じる物足りなさの原因は一体どこにあるのかという点について探ってみる。次にモデルとしたロレンスの死生観に対してエリスはどれくらい肉薄しているのかという点について考えてみたい。そこでは、ロレンスの科学（機械）嫌いを如実に歌い上げた二つの詩を巡るエリスの解釈について一つの疑問を提起する。そして、その答えをまず分子生物学者である福岡伸一の「動的な平衡」と「私」という生命の捉え方にヒントを求め、さらに『無意識の幻想』に見られる「二つの自己あるいは二つの本能」を鍵言葉として、ロレンスが一体何を嫌い批判しているのかを明らかにしたい。そして最後に、今回のエリスの「実験的な」ロレンス物語が、果たしてロレンスの死生観を正しく捉えているのかどうかという点について、モラリストとしての限界を背負ったエリスという視点から検討を加えてみたい。

一　エリスとキリスト教会―ロレンス物語執筆の動機

まず、エリスが今回ロレンスの物語を書いたその動機の検討から始めてみよう。『作家と死――ロレンスの死の経緯と追憶』の序論の次の部分を見てみよう。

……フランスの作家スタンダールは五九歳の時、パリの路上で意識を失って倒れ、そのまま意識を回復することはなかった。一方ロレンスは、最後の五～六年間にわたって肺結核と慢性の気管支炎に苦しんだため、近づく死を見つめるだけの時間の余裕があった。病のおかげでロレンスは死んでいくということが、当事者にいかなる感情や姿勢を強いるのかを明らかにする機会を与えられたと言える。ところが、スタンダールにはその必要性がなかったし、可能性すらもなかったと言える。（xii―xiii）

生命ある者なら誰もが避けられない死、しかもその死の迎え方も人、様々である。スタンダールのように、突然死におそわれる人もあるし、ロレンスのように慢性疾患を抱えたまま、徐々に最後を迎える人もあろう。自然死、病死、事故死、他殺、自殺等々、人の最後は様々である。確かに様々な死に様があるが、二一世紀は、老化あるいは痴呆防止薬の開発による老化や痴呆の進展を遅らせる医薬の進歩、と同時に、あるいはそれに歩調を合わせるかのごとく、「死の過程」の隠蔽《いんぺい》化が益々進んでいる時代でもある。

そんな時代だからこそ、過去に遡《さかのぼ》って人間の死について問いかけてみるのも無駄ではあるまい。例えば、四〇〇年前のシェイクスピアの時代にあっても、死から逃れることは誰にもできなかった。「『詩篇』の作者も歌っているように、死を免れるものは一人もいないのだ。人間は誰でもいずれは死ぬほかないのだ。……」(ix)(小田島雄志訳、『ヘンリ四世』、第Ⅱ部)と老人の地方判事であるシャロウが指摘しているように、古くは聖書の中に、すでに「人の死」についての言及はあったのだ。このように『詩篇』を基盤としたシェイクスピアの作品は、今日でも人の死を具体的な作品を通して教えてくれるという意味で、それなりに有効に働いていると言えよう。『ヘンリ四世』に見られるシャロウの認識が曲げようのない事実であれば、死から目を背けるよりは、その「事実」(its truth)と手を結んだ方がよいことをシェイクスピアが教えている点は、時代が変わっても変わらないからだ。

確かに、時代は進んだが、残念ながら社会の進歩に反比例するかのように、人々には死という冷徹な事実の存在のみならず、死のプロセス自体が見えにくくなっている。このように変化した時代には時代に即応するような死生観の確立がやはり必要と思われる。そこで、エリスが目を向けたのは現代のキリスト教会とその教えであった。イギリスの場合は当然英国国教会である。国教会は、死の恐怖といった感情をどのように克服してゆけばよいと考えているのか。特に「死後の生」をどのように考えているのであろうか。このような問いをエリスは抱いたと思われる。しかし、もちろん彼はすぐにこのような抽象的な形で教会に問いかけてはいない。カンタベリー大司教からその答えを引き出す前に、ロレンスの母親や、あるいはさらに時代を遡《さかのぼ》って一七世紀のパスカルといった人物たちの死生観について具体的な例を持ち出し、彼らの死生観と現代のキリスト教会の死生観との比較をまず行なっている。

そこで次に『作家と死――ロレンスの死の経緯と追憶』の第Ⅲ部の七「死と死後の世界」を見てみよう。まず、ロレンスの母親が自慢の息子であった次男のアーネストを丹毒が元で失った後、彼女は生涯にわたって抜き去りがたいトラウマと葛藤した。最愛の息子に先立たれた彼女は後日、ジェシー・チェンバーズの母親に「イエス・キリストよりも、アーネストに天国で出逢いたい」と語ったと言われている。このロレンスの母親の発言をエリスは、一七世紀フランスの思想家で科学者であったパスカルの思いと重ね合わせるようにして比較している。

> パスカルが死期を迎えたとき、彼は父や妹のジャクリーンと、そして生前の姿すらよく覚えていない母親とも天国で再会できるという思いに期待を寄せていた。このような期待感が与えた慰みがどの程度のものであったかは想像できないが、死の恐怖感を和らげたことだけは間違いない。（六四頁）
> （傍点筆者）

パスカルの場合の天国は、自らの死の直前を襲った死に対する恐怖感を和らげる働きをしている天国であるのに対して、ロレンスの母親の場合は、彼女自身の死に対する恐怖感というよりは亡き息子との再会の場を天国に期待している点が違う。しかし、どちらも命終わった後に再会できる場所として「天国」という場が自明の理としてある。しかし、エリスによれば、今日では天国での再会とキリスト教の教えとの結びつきはなくなってしまったと言う。その一つの理由として、カンタベリー大司教が、「死後の生」について最近尋ねられたときの回答の言葉をエリスは引いて、その根拠にしようとしている。

……生き続けるのは私たちに具《そな》わっているある種の機能ではなく、我々が引き継いできた神の教えと関係のあるものだ。……キリスト教徒が肉体の復活と呼んでいるものは、私たちが生きてきた生命という情報複合体に対して、神が「与えたもう別の形（another shape）、別の経歴（another carrier）、別の乗り物（another vehicle）」なのである。しかし、その形がどんなものであるのか、またこの世とあの世との間の連続性がどのように維持されているのか、という点については「我々は一つの手がかりすら持たないのである。」（六四頁）（傍点筆者）

大司教という立場があるのかもしれないが、復活とか、この世とあの世の連続性に関して「我々は一つの手がかりすら持たないのである」という回答には、何となく自信を失った司教の様子が感じられて歯切れが悪い。もちろん、「天国」という言葉さえ出てこない。さらに司教は続けて次のように答えている。

二重性を持った人間に関心を持つより、むしろ神の特性に我々が関われば関わるほど、死後の生は「理路整然とした科学的な批判」にも傷つくことは少なくなるはずだ。（六四頁）

「人間」よりは「神」に関わりを持つべきだという主張は、分からないではないが、これだけの回答の範囲では、今ひとつ司教の真意は不明である。以上のような大司教の回答に対して、エリスはすぐに「このような主張は本当であろう。しかし死後の生が科学的な批判に傷つかないようにするとか、肉体を生命情報の複合体という言葉で語っているようでは、死を控え悲嘆に暮れている人がキリスト教の教えに対して抱く期待感を著しく弱めるものである」（六四頁）と司教に対する批判的とも受け取れるコメントをしているのである。エリスのコメントはもちろん、大司教の回答のどちらにも、筆者としては釈然としないものを感じざるをえない。ただ一つ確かなことは、エリスが不満を感じているまさにその問い自体に重要な論点があり、その論点を整理検討すれば新たな視点が出てくる可能性がある。

まずエリスの論点の一つである「死後の生」が科学的な批判に晒《さら》されても、そのような批判に正面から答えられないような宗教こそ実は問題なのではないだろうかと筆者は問いたい。今一つはエリスが批判している「肉体を生命情報の複合体」として把握するという仕方についてである。エリス自身はこのような概念を批判的に捉えているようであるが、「複合体（complex）」という言葉に注意すると、実はこの言葉こそ生命の本来の姿を表出しているように思われてならない。この点については次の二で考えてみたい。

このように見てくると、キリスト教への信頼感はエリスには殆どないと言っても差し支えないだろう。もちろんエリスが、科学的な宗教批判に対して無力な教会や宗教者に批判的な姿勢（裏を返せば、教会や牧師への期待感）を見せている点は評価してよいが、他方で「肉体を生命情報の複合体」として捉える司教の姿勢に批判的であるのは、問題があると言えそうである。司教の指摘している生命という情報複合体という概念には、現代の哲学にも通じる新しさが感じられるのに、エリスには、教会側（司教）の言葉というだけで、それを受け入れようとする姿勢が欠けていると思われるからである。そのようなエリスの目が今度はロレンスの宗教観に向けられるとどのような反応を示すことになるのだろうか。エリスは特にロレンスの死生観に、現代人の死生観の一つのモデルを求めたのであるが、その特色とはどのようなものであったのか、またロレンスの死生観に対するエリスの理解がどの程度のものであったのかについて、次に見てみよう。

二　ロレンスの宗教観・死生観の特色とエリスの理解度

キリスト教会の姿勢に対して批判的なエリスを惹きつけてやまないロレンスの宗教観、死生観とはどのようなものであり、また如何にして形成されていったのであろうか。ロレンスにとって二〇世紀初頭のキリスト教はどのように映っていたのであろうか。ロレンスと宗教についてエリスは、①二〇代初めの頃にキリスト教への信仰心を喪失したこと②神知学に興味を持つようになったこと③母親の死と相前後して誕生したロレンス独特の宗教観、と三つに分けて整理している。しかし何と言っても二〇代という一番感受性の強い時期に伝統的なキリスト教に対する信仰心に疑問を持ったことが、その後のロレンスの死生観を決定づけたと思われる。

確かに二〇代の初めにキリスト教への信仰心を失ったロレンスであったが、心の安定感を確保するにはやはりキリスト教の文化・伝統は必要であった。この頃のロレンスが被《こうむ》った心のジレンマは小説『虹』のアーシュラに投影されていると、エリスは指摘している。彼女が大学の物理学の教師から教えられた内容には、当時のロレンスの姿勢がこだましているのである。

……生命は肉体的・科学的な諸活動が複雑に絡まり合って成り立っているが、こういった諸活動に神秘的な意味などないのだ。（六五頁）（傍点筆者）

ここで言われている「生命は肉体的・科学的な諸活動が複雑に絡まり合って成り立っている」の中で、肉体的・科学的な諸活動が「複雑に絡まり合っている（complex）」に特に注意したい。この言葉は先に引用した肉体を「生命情報の複合体（complex）」として把握するというカンタベリー大司教の言葉を彷彿とさせるからである。エリスはこのような大司教の言葉に対して批判的であったが、当のロレンスはすでに「複合体」と言う言葉を遣い、生命活動の複雑さに魅了されつつ、他方ではそのような考え方を否定する時代の雰囲気に大いに悩んでいたのである。言い換えれば、科学にとって神や神秘性の持つ意味は、大学という学問の殿堂の中で一刀両断のように切り捨てられ否定されているという現実と、それでも、宇宙には様々な力が存在し、しかもその力が「人間の生命」活動に対して無関心であるとはとても信じられないという思いとの板挟《ばさ》みに、ロレンスのみならず彼の同時代人は苦しんでいたのである。ロレンスはこの苦しみを、『もっとパンジーを』の中で、自らが背負った結核患者の苦しみという立場に立って歌った詩二編を残している。それは「専門の医師」と「癒《いや》し」である。約二〇〇首以上書かれた『もっとパンジーを』の中からこの二編の詩を見出し引用したのはエリスの慧眼《けいがん》であるが、その解釈を読んでいると、ロレンスが詩に込めた真意がエリスには本当に分かっていたのだろうかという疑問が感じられるのである。「専門の医師」と「癒《いや》し」の二編から、まず「専門の医師」について見てみよう。

わたしが専門の医師の元へ出かけたとき
俗に言う科学をわたしに押しつけて物のレベルにまでわたしを貶《おとし》めようとする
渇望に気づいた。
そこでわたしは言ってやった。さようなら！　そう言って立ち去った。(5)

この詩が書かれた背景は以下のようである。時は一九二九年三月のことであった。『チャタレイ夫人の恋人』の廉価版出版の打ち合わせでハックスリ夫妻とロレンスがパリに向けて旅行したときのことである。ロレンスの衰弱ぶりに驚いた夫妻が急いで医師の診断をロレンスに強く勧める。結果はすでに片肺がやられてしまっているという診断であった。そこでハックスリ夫妻はさらにX線による精密検査をロレンスに働きかけるが、ロレンス夫妻はその申し出を断ってマジョルカ島に出かけてしまう。このときの模様を後ほど詩にしたのが、引用の「専門の医師」である。

この詩で鍵になる言葉として、まず一つは「俗に言う科学」であり、今ひとつは「物のレベル」にまでロレンスを貶めようとする医師の「渇望（lust）」である。科学とは、生命活動には神秘的な意味などないとアーシュラに教えた大学の物理の教師の専門分野である。しかしこの詩は、『虹』を執筆していた頃のロレンスとは違い、結核で苦しんでいた晩年のロレンスによって書かれたことを忘れてはなるまい。この期のロレンスは、結核の病状がかなり進んでいたため、人間であるわたしを「物扱い」をしても平然としていられる医師などに自分の病気のことなど構ってもらいたくないという強い嫌悪感を表明しているからである。ロレンスの科学嫌いは、心配をかけている当のハックスリに対しても以前向けられたことがあった。「証拠なんて糞《くそ》っくらえだ。俺《おれ》はここで、太陽神経叢《そう》で感じなければ」と言って自分のみぞおちに手を置いたロレンスをハックスリは記録しているからである（二七頁）。ロレンスの科学嫌い、医師嫌い、あるいは医療への不信感は、例えば一八六〇年代にヨーロッパで始まった「サナトリウム（結核や種々の神経病を治療する病院）」で行なわれていた治療に対する不信感にことのほかよく出ている（第I部四章）。例えば、友人で画家のM・ガートラーは実際にサナトリウムに入っているが、ロレンスは決して入ろうとはしなかった。その理由は、何と言ってもサナトリウムという病院が患者に課す厳重なプログラムにロレンスは耐えられなかったし、また法外な治療費を請求されたからである。サナトリウムを嫌ったロレンスが好んで服用した薬として、フランス製の「ソリュション・パンタンベルジュ」という一種の民間療法的な薬や、「ウムカロアバ」といった薬などが紹介されているが、あまり効かなかったようである。こういった様々な治療法の中でも一番印象的なのが「気胸」という考え方に基づいた結核退治の外科手術である。胸郭《きょうかく》成形術というのが正式な名前で、患者の肋骨を取り去るという荒っぽい治療法であった。一九二六年に故郷に戻ったロレンスは、同じく結核に苦しんだ同郷のG・クーパーにこの手術を勧めているが、自身は「こんな恐ろしい方法で命が助かりたいとは思わない」と妹のエミリには語っているのである。ただし、クーパーはこの手術を受けて一命を取り留めたが、結局は同い年のロレンスよりは一二年長生きしただけの結果に終わっている。

それにしても、ロレンスがこれほどまでに科学的な治療を嫌うのはなぜなのだろうか。そのヒントを与えてくれるのがもう一つの詩「癒し」である。

わたしは機械じゃない、様々な部品の集積である機械ではない。
わたしが病気になったのは、機械の働きが悪いのではなく
魂の傷、つまり深いところにある情動の自己が傷ついたのが原因なのだ。
この魂の傷には長い歴史がある。ただ時だけが救いになりうるし、
また耐えること、長くて難しい悔い改め、生命を取り違えたという認識、
さらには、この間違いの絶えざる繰り返しから、我が身を解き放つ以外、
他には道はないのだ。
ところが人間はむやみにこの間違いを神聖化する道を選んできたのだ。[6]

（傍点筆者）

この詩について、エリスは「生命の本来の姿を取り違えたという認識は、ハッキリと言って心身症に罹《かか》った人の見方である。物質が精神に先立つということを認めたくない人なら別に驚くべきことではないが[6]」と解釈し、心身症という言葉でロレンスを病人扱いし、科学的な思考あるいは治療法を肯定しているのである。しかしロレンスがこの詩に込めた真意は「生命」を機械の部品扱いする科学的な遣り方に対する批判であったはずである。この点に関してK・クッシュマンも、ロレンスがなぜ医師の治療を拒否したのかは疑問だが、エリスはロレンスの真意を「うまく説明し切れていない[8]」と批判し、ロレンスの詩に対するエリスの理解不足を指摘している。しかし、エリスのロレンス批判をどう説明をしたらよいのか、と

いう点になると、クッシュマンはそれ以上は踏み込んで議論していない。そこで今一度この詩「癒し」をふり返ってみよう。「わたしは機械じゃない、様々な部品の集積である機械ではない。わたしが病気になったのは、機械の働きが悪いのではなく魂の傷、つまり深いところにある情動の自己が傷ついたのが原因なのだ」を思い起こしてみよう。

まず前半部分の「わたしは機械じゃない、様々な部品の集積である機械ではない」について、その意味するところを最近の分子生物学の成果を分かりやすく説明している福岡伸一(9)の講演の一部を借りて考えてみたい。福岡は、近代科学はミクロの世界に分け入ることで発展してきたと言う。例えば、細胞は球状の核を持ち、その中にDNAという暗号を持つ、という風に。要するに、近代科学は、「生物を単純化し、小さな部品を集めて機械仕掛けで動いているとみなしてきた」のだと。しかし、この科学による「機械論的」な考え方が見失わせてしまったものは多い。そのように語った後で、福岡は七〇年前のある大きな発見について実に興味深い一例を提示する。

……米国に亡命したドイツ人、ルドルフ・シェーンハイマー（一八九八―一九四一）が「生命は機械ではない。流れだ」と突き止めたのだ。

彼はある疑問を持った。「生物はなぜ食べ続けなければならないのか」と。彼は最初、食事を「ガソリン燃焼」のようなものと仮定し、熱エネルギーを生み出した後、二酸化炭素と水として体外へ排出されると考えていた。そこで分子レベルで色付けした食べ物をネズミに与え、観察した。仮説に反して、食べ物はしっぽの先、筋肉、内臓など体内のあらゆる場所に散らばり、身体の中から出てこなかった。しかし、体重は増えていない。分子レベルで言えば、食べ物が体に置き換わっていたのだ。彼は「その流れを止めないために食べ続けるのであり、生きているということは流れそのものだ」と提唱した。

半年たてば私たちを構成する分子はすべて置き換わり、別人になる。しかし、同じ人間として存在し続ける。このように、絶え間なく変化しながら全体としてバランスを保っている状態を「動的平衡」と言う。(10)(傍点筆者)

まずなんと言っても刮目《かつもく》に値するのは、シェーンハイマーによる発見である生命は「機械」ではなく「流れ」であるという指摘である。しかし福岡が「半年たてば私たちを構成する分子はすべて置き換わり、別人になる」と解き明かすこのような生命観は、ロレンスの中期の代表的な作品『恋する女たち』の主要人物の一人であるバーキンが「カメレオンのような」性格の人物として造型されていたことを想起させる。半年どころか、昨日のバーキンと今日のバーキンとは別人だと。当時の筆者の読後感としては、いかにも無責任な生き方をする人物であるという印象を持ったが、福岡の指摘に触発されてみると、バーキンの生き方は逆に生命の流れに沿うように生きようとする意味で、今日の科学で証明された生命の秘密を言い当てていたことが手を取るように分かる。

このように見てくると、近代科学が見失った本来の生命観を、同じ科学者であるルドルフ・シェーンハイマーが「生命は機械ではない。流れだ」と科学的な実験によって突き止めたというのは何とも皮肉なことである。「わたしは機械じゃない、様々な部品の集積である機械ではない」というロレンスの直感にも似た叫び声は、漸くにして、彼が嫌った科学者の手によって科学的に証明されたというのは歴史の皮肉と言うほかない。「半年たてば私たちを構成する分子はすべて置き換わり、別人になる。しかし、同じ人間として存在し続ける。そしてこのように、絶え間なく変化しながら全体としてバランスを保っている状態を『動的平衡』」と捉える最先端の分子生物学の成果をロレンスがもし耳にしていたら、どのよう反応を示したであろうかと考えるだけでも興味深い。

次に「癒し」の後半部分である「わたしが病気になったのは、機械の働きが悪いのではなく魂の傷、つまり深いところにある情動の自己が傷ついたのが原因なのだ」の意味について考えてみたい。ここで言われている「魂」とか「情動の自己」とは一体どのような意味を担っているのであろうか。「私」という一個人はちょうどバーキンに似てカメレオンのように毎日変化しづめであるが、「同じ」個人という単体を命ある限り一応は持続し続けていくこととなる。しかし遅かれ早かれ、やがて命終わっていく。しかし人間だけは少し違うようである。ロレンスは「私」と自らを意識する自分は二つの「本能」、それも相反する本能を併せ持っていると考えていた。つまり人間には無意識として「己に近しい他者と融合しようとする本能」と、もう一方の、他者から「独立して自己を主張したいという本能」が生まれながらにして具わっているというのである。[11] このような二つの本能的な自己は『無意識の幻想』では原初的な無意識と名付けられ、個が受胎した瞬間に生まれるのだが、その人個人の生涯にわたって存在し続けるものとされている。したがってロレンスが「魂」あるいは「情動の自己」が傷ついたと表現したのは、誕生以来彼が背負ってきた本能的な「原初の意識」が傷つけられたことを言っているように思われる。

以上のことを整理すると以下のようになる。ロレンスはバーキンのように「動的平衡」に忠実に生きつつ、かつ「情動の自己」つまりは「原初的な無意識の自己」を無事に保持することができれば人間の理想の生き方になる、と考えているのである。

　このような視点から「癒し」や「専門の医師」という二編の詩を再考してみると、「この魂の傷には長い歴史がある」という指摘、さらには「人間はむやみにこの間違いを神聖化する道を選んできたのだ」というのは他でもない、生命をまるで機械の部品のように弄《もてあそ》ぶ近代の科学に対する糾弾であり、人間のみならず、動物も含めた生命の有り様に、近代の人間は如何に傲慢であったかということを改めてわれわれに問いかける内容を含んでいたのである。ロレンスが生来の気管支喘息《ぜんそく》に悩み、結核という当時としては不治の病に苦しんだのは、『息子と恋人』の冒頭部分にすでにその原因が記されていた。「約六〇年前のこと、突然の変化が起こった。それまでの滑車付の立て坑が資本家の大規模な炭坑経営に押しのけられてしまったのだ」[12]（傍点筆者）と描写されているように、大規模な炭坑産業の興隆と、時代が下がるにつれて益々先鋭化していった人間無視、より正確に言えば人間にとって一番大切な「原初の意識」「情動の自己」を無視するどころか、「動的平衡」という生命の流れにも棹《さお》さし、資本や儲けを最優先する資本主義的な搾取の構造が、ロレンス出生の前にすでにでき上がっていたのである。『恋する女たち』のもう一人の主要人物で、バーキンの親友であったジェラルド・クライチはまさにこの炭坑資本主義産業の犠牲者として、また自らが犠牲者であることに気づかないままに死を迎えた人物として造型されていたことに改めて思いが至る。

　このように産業主義・資本主義をすでに中期の代表的な作品（『恋する女たち』）で呪詛《じゅそ》していたロレンスが、いよいよ死を間近に迎えて、自らの意識を研ぎ澄まして書いた詩が先の「専門の医師」と「癒し」

であったのだ。しかも「この魂の傷には長い歴史がある。ただ時だけが救いになりうる」と歌っていると
ころに、決して絶望に陥らず、いずれ時間が解決してくれるはずだという、大きな諦観にも似た思いを読
者に伝える力をこの詩は持っているのである。というのは、このような信仰にも似た腹の据わりを物語る
著作活動をロレンスは死を迎える直前まで行なっていたからである。その具体的な作業は、『黙示録』の
「シンボル」について推敲《すいこう》を重ねていたロレンスが次のように語っているところに端的に表れている。『黙
示録』の最終頁一番目のパラグラフに、

花や動物や鳥と同じように人間にとっても、最高の勝利は、最高に活き活きと、完璧《ぺき》に生きている
ことである。……生きているということ、それも肉体で生きていること、しかも生けるコスモスであ
る神の一部として生きていることを小躍りして喜ぶべきである。(13)

と記しているからである。ここには「生けるコスモスである神の一部として生きていること」、つまり
「原初の意識」との一体化に喜びを見出したロレンスが厳然と存在し、コスモスとの一体化を果たすこと
こそ真に生きるに値することであるというロレンスの死生観が確信を持って語られている。またここで言
われている「神」とはすでに一九一一年という早い時期に、妹エイダ宛に書いた手紙で「死によっても壊
されることのない不滅の存在(14)」としてロレンスがすでに垣間見ていた神でもあるが、死を目前に控えた時
期に改めて確認されているだけに、ここに見られる神とロレンスとの間には強い一体感が感じられる。
換言すれば、ロレンスは生ある間にすでに神との一体感を感じ取り、その上に立って自らの「死」を見

据えることができたのであった。つまり、「生ける神であるコスモス」との一体化を果たした体験があったからこそ、生きることに喜びを感じることができたのである。このロレンスの体験をより一般化して言えば、有限なる存在である人間ロレンスが「生ける神であるコスモス」という無限の働きを感じとったところに、有限の存在を超えて行く道筋が発見されたことを意味している。その結果、傷ついた「情動の自己」、つまり自らが負った魂の傷に対する認識はより鮮明になり、傷ついた自己を距離を置いて眺めることができたのである。このように自分が置かれた実存に目覚めたロレンスであったからこそ、つまり自己の置かれた立場をはっきりと認識した存在として生ききったからこそ、彼が命終わっていっても、次の世代の人間に生死を超えて生きることとの真意が伝わるのである。(15) このようなロレンスの死生観には、普遍性が具わっていると言える。

以上ロレンスの二つの詩の解釈をめぐって、エリスにはロレンスの詩に対する理解が不足しているのではないかという点について論じてきた。そこで、最後に、エリスという学者があくまでもモラリストであったというところに着目して、モラリストであったからこその限界について考えてみたい。

三　モラリストとしてのエリスの限界

今回のエリスの『作家と死―ロレンスの死の経緯と追憶』は、全部でⅢ部から構成されている。第Ⅰ部は「死にゆくこと」、第Ⅱ部は「死」そのものを扱い、最後の第Ⅲ部は「追憶」となっている。そしてロレンスの死生観については、第Ⅰ部と第Ⅱ部で集中的に取り上げられている。しかし、本論二章で検討したように、エリスがロレンスの死生観について満足のできる解釈をしているとは思われなかった。特に、ロレンスの二編の詩に対するエリスの理解は残念ながら不十分と言わざるをえない。このようなエリスの姿勢は第Ⅲ部「追憶」の部分にも引き継がれている。その理由の一つは、K・クッシュマンがいみじくも指摘しているエリスという人の性格、つまり「一八世紀風のモラリスト」[16]的な性格、つまり物事を善悪の価値基準という尺度で判断するタイプの人に特有のものであるような気がしてならない。このようなエリスの性格は、第Ⅲ部の主たるテーマである、ロレンス亡き後に繰り広げられたロレンス家とフリーダ一族との間の遺産相続争いをめぐる問題に対する見方にもよく反映している。

そこでまず、なぜロレンスの死後に遺産相続の争いが生じたかという点についてエリスの記述を整理しながら確認をしておきたい。一番の大きな理由は『チャタレイ夫人の恋人』が有名になったことが何と言っても大きなでき事であった。二番目の理由としてはロンドンのウォーレン画廊で行なわれたロレンスの絵画展が官憲の手入れにあって「有名にはなったが同時に悪名をとどろかせた」ことなどで、ロレンスの名が夙《つと》に世間に知られるようになったことなどが考えられる。絵画の押収が一九二九年七月で、『チャタレイ夫人の恋人』の押収は半年前の一月のことであった。そして絵画の押収事件から八ヶ月後の一九三〇年三月二日にロレンスは死去する。その直後から出版社や出版代理人などが「まるで蜜壺を見つけた蜂のように」フリーダの周りに集まってきた。しかし、実際の遺産獲得の争いに関わったのは、フリーダ、ロレンスの兄のジョージ、妹のエミリーとエイダの四人であった。フリーダは別として、ロレンス家の中で、シェイクスピア以来の伝統である長女・長男に遺産は譲るという形を支持したのはエイダ一人であった。彼女は兄であるロレンスの手紙（一九二九年九月）を根拠に、ジョージこそがロレンス家の頭であるから、ジョージの息子であるアーネストが法定相続人にふさわしいと、独り主張した。そしてそのアーネストが死去して初めて、ロレンスの様々な原稿や絵画の収入はフリーダに帰属するべきものだと。つまり彼女だけが兄ロレンスの唯一の理解者であったことがよく分かる。実際一九二九年九月一日付けの書簡を読んでいると、ロレンスがエイダに期待を込めて語りかけている様子がひしひしと伝わってくる。もちろん、ジョージが先か、フリーダが先かで、遺産相続に関しては、同じ兄妹の間でも微妙に考えた方の相違はあるが。

……いずれ、わたしの作品や絵画の値打ちが増してわたしの財産になるはずですから、今は大事にしておきたいのです。もちろん何らかの事業を起こすにあたり相応の額のお金が必要になれば、正しい方法で競売にかけてみるつもりです。人生は一度きりです。だからこそ生計を立てる機会は逃してはならないのです。繰り返しますが、もしもわたしが死んだら、原稿（『虹』の）や絵画は競売に賭け、その収入をフリーダのために確保してほしいのです。そしてもし法定相続人の問題が生じれば、最終的には、わたしには子どもがありませんから、少なくとも、ジョージが「ロレンス家」の頭ですから、その長男のアーネストが正式な相続人になるはずです。いや、わたしは家族とか相続人には用がありません。……いや、いや、財産をため込んだりするようなことにわたしは関心がありません。財産は生きている間に使ってこそ意味があるのです。……わたしに教えてほしいのは『虹』の原稿がどうなっているかということだけです。手書きであったとしたら、どんな紙を使用したのか、あるいはその原稿は綺麗なまま完全な形で(原文イタリックス)残っているかどうか、といったことが知りたいのです。[17]……(傍点筆者)

「もしもわたしが死んだら」という箇所は、この半年後には死を迎える人の覚悟が感じられて生々しい。そのような覚悟の上で、自分が亡くなったら、まず身近な他者である妻のフリーダに原稿等の売り上げ収入をやってほしい、と実に率直な要求をエイダにしているのである。要するにロレンスの願いは、フリーダの味方になってもらいたいという要求にある。と同時に、もし法定相続人という問題が生じれば、ロレンス家の直系の男子に引き継いでほしいとも言っている。この点で、フリーダに逆らって当初は法定相続人はロレンス家にあると強く主張していたエイダのような固定的な考えはロレンスにはなかったことが分かる。ロレンスにとって一番の関心事は、財産やお金のことではなく、『虹』の「手書きの原稿」を一度でよいからどんなものであったかを確認したいと繰り返しエイダに頼んでいるのが実に印象的である。もちろんその前に「だからこそ生計を立てる機会は逃してはならないのです」と一見財産に執着して、エイダと似たようなことをロレンスが言っているように思われるのは、自らの出版物や絵画から生じる財産にロレンスがまったく無頓着で、清廉潔白な人であったからではないことを物語っている。むしろ、必要なときはそれに見合うような金銭はきちんと用意しておくべきであるとも言って、決して物質的な資産を貶《おとし》めているのではないからである。このようなロレンスには、遺産や財産といった物質的なものの必要性あるいは必要最小限の財産の存在を認めつつも、それ自体に拘泥しない柔軟性あるいは潔さが窺《うかが》われるのである。その根本的な理由は「人生は一度きりです」や「財産は生きている間に使ってこそ意味があるのです」という死を間近に控えた人ならではの覚悟があるからである。このようなところにもロレンスの死生観がよく出ていると言える。

しかし、それにしてもロレンスの「遺産」は結局どうなったのであろうか。結果的に言えば、一九五六年に亡くなったフリーダの遺言だけが唯一効力があった。というのは、エイダの努力にもかかわらず、フリーダ側に、つまり彼女とE・ウィークリとの間にできた三人の子どもに財産の半分を、そして残りの半分は、ロレンス亡き後すぐにフリーダの恋人となってアメリカに住んだイタリア人のR・アンジェロと彼の妻や子どもたちに渡ってしまったからである。このような「取引」は一九三二年の裁判で決定されたが、肝心のロレンス家の人々は結局一銭も受け取ることができなかった。

ロレンスの財産を巡って思わぬ結末に至った大きなきっかけは、悪名高い出版代理人であるL・ポリンジャーの存在があった。彼はフリーダ側について、ロレンス家に圧力をかけてきたからである。彼は、五〇〇ポンドの手切れ金の支払いと引き替えに、今後はロレンスの遺産相続を巡る裁判闘争から手を引くようにとロレンス家に言ってきたからである。その結果、フリーダの死後は著作権の復帰権をロレンス家に渡すという一九三〇年になされたフリーダとエイダとの約束を反故《ほご》にすることとなり、エイダは「激怒した」(一八三頁)とエリスは書いている。もちろん、エイダの怒りはポリンジャーだけでなく、フリーダにも向けられたのは当然であった。一九三〇年三月にロレンスが亡くなってわずか一年でアンジェロの恋人となったフリーダ、またポリンジャーを味方につけたフリーダ。いかにも尻軽で軽薄な女フリーダであるが、著者エリスは客観的に淡々と描写しているだけである。タオスでロレンスと向かい合わせの家に住んだ画家のD・ブレットは「自分こそがロレンスの真の未亡人であると勇気づけられた」(一八七頁)と、フリーダの背信めいた行動を皮肉っぽく表現したが、亡くなった夫などにいつまでも気を遣わないフリーダとは誠に対照的である。ブレットと比較したとき、モラリストとしてのエリスがそのようなフリーダを、淡々とした筆遣いの中にも、少々非難するような書きぶりをしているのは当然と言えば当然であろう。

以上がロレンスの死後に繰り広げられた、遺族や第三者であるはずの出版代理人を巻き込んだ形の遺産相続争いの概要である。この争いの模様をエリスは、第Ⅲ部一七「真実を偽る」の結論で「一九三二年のフリーダとの取引が、結局はロレンス家の人々には一文ももたらすことはなかった」とだけ書いている。事実をそのまま記述するモラリストとしてのエリスの姿勢には、それなりの意義はあるが、何か物足りない面を感じるのは筆者だけであろうか。

では、ロレンスの遺産をめぐる遺族たちの確執や意外な結末をどのように解釈すればよいのであろうか。第Ⅲ部の最初の章一六は「遺言の力」であるが、ここでエリスは遺言を書いたシェイクスピアの例を挙げている。金銭上の財産はもちろんのこと、家財道具一切に至るまでを長女のスザンナに与えること、しかもその後はその長女との間に血縁関係を持つ男にのみ与えるようにという遺言であった。しかし、残念ながら一七世紀の終わり頃までにはシェイクスピア家と直系の血縁関係者がいなくなってしまい、シェイクスピアの遺言であった遺産相続の流れは断絶してしまったという。このことは、シェイクスピアとの直接の血のつながりが切れたことを意味していることになるが、遺産はもちろんのこと血の繋がった遺族すら絶えてしまったことで、逆にシェイクスピアの作品はますます後世においてその輝きを増したのではないか。エリスははっきりとは書いていないが、筆者としてはそのように解釈したい。

ロレンスの場合は死後まだ八〇年しか経過していない。従って、ロレンス家の血筋の人々が存命している可能性もある。だからこそ逆に、ロレンスの遺産がロレンス家に渡らずに雲散霧消したことには、それなりの意味があるように思われるのである。本論二章の終わりでも言及したように、生前からすでに生死を超えた世界（生死を包み込んだコスモス世界）を生き、そして命を終わっていったロレンスが残したもの、それは普遍的とも言える貴重な死生観という遺産であった。確かに遺族としては無念ではあっただろうが、物的な遺産をすっかり失ったことで返って、遺産問題にまつわる様々な世俗の醜い争いからロレンス一族の人たちは解放されたはずである。このことが結果的には、一族の人々が、ロレンス家という謂わば私的な世界から生まれ出た作家ロレンスを狭い私的な世界に閉じ込めることなく、イギリスはもとより、世界各地にロレンス研究者やロレンス文学愛好者を次々と産むという公的な世界へとロレンスを一歩押し出したことに繋がるのである。このようにして私的な世界に埋没しないで、公的な世界にロレンスは生まれ変わったのである。

　ロレンスより一歳年下で、高校時代の友人であったジョージ・H・ネヴィルは「『ペイガン』の思い出」（一九三一年）の中で、小説『虹』執筆の頃のロレンスに言及している。ネヴィルはこの小説に関して世間の様々な評判を気にして「ベッドシーン」の書き直しをロレンスに何回となく提言するが、彼は自分の言葉を最後まで聞き入れなかったと言う。そして案の定「発禁処分」を受けることとなった。しかし一方でこの作品を評価する人も当時、確実に存在したと言う。そのように中傷と評価のまっただ中にいても、ロレンスの「天分」を、一九三一年の時点ですでに彼の友人はしっかりと確信していたというのは、驚くべきことである。このような友人ネヴィルの結論は次のようになっている。

神の力などに頼らず、ロレンスは精神的肉体的な苦痛を背負い、世界を放浪し、死という自身の運命に立ち向かっていった。そして死に至っても彼は大いなる成果を上げるに違いないのである。言い換えると、彼の死は、生前には思いもよらなかった、さらなる愛好者と味方を彼にもたらすこととなり、その数は世界中でますます増え続けているのである。この慰めが彼の心に届き、安らかに眠ってくれることを！[18]（傍点筆者）

このネヴィルの確信は、一時期でも、傑作の『虹』執筆の手助けをした友人であったればこそ、死んで蘇るという「ロレンスを体験をする」[19]ことができた人の証言として貴重である。K・クッシュマンは、エリスの今回の著書は「感情に流されることのない明確で、しかも思慮深くて活気に溢れた魅力的な物語」に仕上がっていると評価しているが、その直後に「この温厚な学者の外観の下には一八世紀風のモラリストが潜んでいる」[20]と気になる言葉を残している。モラリストとは如何にも言い得て妙である。なぜなら、モラリストというのは、人の行為に関して何が正しくて何が間違っているか、つまり善悪に強く拘《こだわ》る人というのが辞書的な意味であるが、エリスがそのレベルに止まっている限り、ロレンスの死生観に対する深い理解にまで至らなかったのは致し方ないからだ。気質の温厚な学者であることが返って邪魔をして、ついにエリスはモラリスト的な立場から離陸できなかったと言えば言い過ぎになるであろうか。

おわりに

以上、ケント大学の名誉教授でロレンス研究の大家であるD・エリスの手になる『作家と死――ロレンスの死の経緯と追憶』を取り上げ、生前・死後にわたるロレンスの全体像がどのように物語られているかという点を中心に論じてきた。特に今回の著書の特色は死後のロレンス評価も含めて、人間は如何に生き、死んでゆくかという重要なテーマが中心に据えられていた。そのようなエリスの語りには、等身大のロレンス像を物語ることで、自らの生死の行く末を見つめようとする決意が感じられた。言葉を換えて言えば、キリスト教や教会の教えに対して飽き足りないものを感じているエリスが、期待を込めてロレンスの生死観に肉薄しようとする試みであった。

実際、エリスはカンタベリー大司教が天国の存在や死後の世界の存在に対して、曖昧《あいまい》な返答しかできないことに強い不信感を表明していた。このような態度は、既存の教会に対する失望というよりは、教会を応援するというか励まそうとする言葉と受け取れないこともない。一方、同じ司教が口にした「生命という情報複合体」という言葉は、現代にはむしろ相応しい表現であった。しかし、エリスはそのような表現に対して「死を控え悲嘆に暮れている人がキリスト教の教えに対して抱く期待感を著しく弱める」と、聞く耳を持たないかのような批判的な反応を見せていたのは意外であった。果たしてこのあたりから、エリスの死生観と、彼が希求しているはずのロレンスの生死観との間に少しずつ、考え方のずれが生まれてきたと言ってよい。

ロレンスの宗教観、つまりはその死生観がエリスには理解できていないことを物語る決定的な詩が二編あった。その一つが詩集『もっとパンジーを』に収められている「専門の医師」と「癒し」である。前者は科学嫌いのロレンスを彷彿《ほうふつ》とさせる印象的な詩で、一人の人間の命を機械的な物質のレベルにまで貶《おとし》めようとする「渇望」にとりつかれた科学者を持って任じる医師への強烈なパンチであった。そしてこの詩の背景をさらに深める形で書かれたのが「癒《いや》し」という詩であった。エリスの解釈では「生命の本来の姿を取り違えたという認識は、ハッキリと言って心身症に罹《かか》った人の見方である。物質が精神に先立つということを認めたくない人なら別に驚くべきことではないが」が示しているように、物質と精神の分裂という二元論そのものの世界観を当たり前のこととして、ロレンスを病人呼ばわりしていた。しかし「生命の本来の姿」、大司教のことばを借りれば「生命という情報複合体」は、まさに「複合体」であり、各「器官」に細分化などできるはずがないのにである。このような考え方からすれば、エリスが支持する「物質」と「精神」を分離し、精神よりも物質を優位に置くという考え方などは、やはりどこかが間違っているのである。『アンチ・オイディプス』の著者であるドゥルーズ風に言えば、「器官なき身体」[21]という開放性に目覚めること（「器官ありき身体」（傍点筆者）ではなく）、ロレンス風に言い換えれば、生命の「動的平衡」を保ちつつ「情動の自己」を回復することこそが、本当の意味で人間を救うのだとロレンスは訴えていたのだ。人間らしい人間とは、生命の動的平衡と情動の自己が微妙にバランスを取っていなければならないのだ。そのような全体的な人間になることをロレンスは目指していたのである。

　エリスの人間理解の結論は、『作家と死——ロレンスの死の経緯と追憶』の最後の頁に引用されたドクター・ジョンスンの次のような人間観に集約されている。「われわれ人間は皆同じ動機に誘われ、同じ虚偽に欺かれ、希望には打ち震えるが、危険に行く手を遮られ、欲望の罠《わな》に絡み取られるが、性懲りもなく快楽にうつつを抜かしているのだ」と。この人間観察は、謂《い》わば、ロレンス亡き後に、ロレンスの遺産をめぐって繰り広げられたロレン家とフリーダ一族の確執を映し出してあまりあると言えよう。言い換えれば、ジョンスンの人間観を援用して、ロレンス家とフリーダなどとの間に生じた遺産争いという、時代が変わっても変わらない人間の姿をエリスは再確認しようとしているのである。もちろんエリスは、ジョンスンのこのような人間観察が完璧であるとしているわけではない。というのは、この直後に「生きても、死を見ようとしない人間とは一体なんぞや」という詩篇の智慧がジョンスンには欠けていたからだと、アイロニカルとも言える批判をジョンスンに向けているからである。つまり、ロレンス亡き後の遺産をめぐる争い、特にロレンス家に対して勝訴をしたポリンジャーやフリーダの姿勢は、人間の欲望とその限界に対する配慮に欠け、モラルに反する行動だと批判していると思われるのである。確かに、善悪を価値判断の基準に置くモラリストの立場からすれば当然の批判であろう。しかし、ロレンス家にロレンスの遺産が一切残らなかった冷酷とも言える現実、言い換えれば、ロレンスという天才作家を生み出した当のロレンス家が負ったこの犠牲こそが、やがてロレンスあるいはロレンス文学再生の鍵を握ることとなったのである。「彼の死は、生前には思いもよらなかった、さらなる愛好者と味方を彼にもたらすこととなり、その数は世界中でますます増え続けているのである」と追悼したジョージ・H・ネヴィルが証言しているように、ロレンス復活の真意を理解する人物を早くもロレンスは生み出していたからである。ネヴィルは、ロレンスが本当の意味で「死んだ」、言い換えれば本当に「生きた」人物であったことが分っていたのである。従ってエリスが援用した「生きても、死を見ようとしない人間とは一体なんぞや」という詩篇の智慧はジョンスンには当てはまるかもしれないが、ロレンスには相応しくないように思われるのである。むしろロレンスには「一粒の麦は、地に落ちて死ななければ、一粒のままである。だが、死ねば、多くの実を結ぶ」[22]（傍点筆者）というヨハネによる福音書の智慧の一節がピッタリ当てはまると言えるのではないだろうか。

ではなぜエリスは「生きても、死を見ようとしない人間とは一体なんぞや」といった客観的な、あるいは見方によっては距離を置いた、アイロニカルにすら響くような形のコメントでこの物語を終えたのか。その理由は、「一八世紀風のモラリスト」であるエリスが、同じく一八世紀に活躍したジョンスンに似て、人間性に対する洞察力には優れていたが、二〇世紀の人間ロレンスの実存性にまで届くだけの深い観察眼を欠いているとしか言いようがないからである。

注

（1）D.Ellis, *Dying Game 1922-1930* (Cambridge U.P., 1998).

（2）Keith Cushman, David Ellis, *Death & Author: How D.H. Lawrence Died, and was Remembered*. *DHLR* 34-35 (2010): p. 104.

（3）日本で唯一の、本格的なロレンス評伝を書いた井上義夫は「この第三巻の風景はあまりにも殺伐とし過ぎている。『ケンブリッジ版伝記　D・H・ロレンス　死に行く勇気　一九二二―一九三〇』という意味深長な題の対極に位置するような凡作である。凡作あるいは駄作である所以は、第一にエリスという人には、ロレンスが一体何を考え何をしようとしていたかに関する彼自身の明確な見解がない」と手厳しく批判している。

（『D・H・ロレンス研究』第一〇号、七〇頁）。

（4）筆者は二〇一〇年にこの書評を担当した（日本ロレンス協会編『D・H・ロレンス研究』第二〇号）。そのときはもっぱら第Ⅰ部、第Ⅱ部に絞って論じたため、第Ⅲ部「追憶」の部分を論じることができなかった。そこで今回は、第Ⅲ部を視野に入れて、今一度『作家と死――ロレンスの死の経緯と追憶』というエリスによるロレンスの「物語」について再考することとした。しかし、ちょうど時期を同じくして（2）で引いたK・クッシュマンもこの「物語」の書評を*DHLR*で行なっていたことが後日判明した。クッシュマンの書評の論調を見ている限り、エリスの今回の「物語」に対して明確ではないが、かなり批判的な判断を下しているように思われる。しかし残念ながら、書評という性格上、割かれた頁数があまりにも短く、十分な説得力を持って書かれているとは言い難い。そこで、今回二回目の挑戦の機会を本論集で与えられた筆者の責任は、筆者自身の書評はもちろん、クッシュマンの書評のレベルも越えた議論ができなければならないと考えているが、その評価は大方の諸氏に委ねるだけである。

（5）Vivian De Sola Pinto and W. Roberts (ed.), D.H. Lawrence, 'The Scientific Doctor' *The Complete Poems* (Penguin Books, 1993), p. 620.

（6）*ibid.*, 'Healing', p. 620.

（7）D・エリス『作家と死――ロレンスの死の経緯と追憶』、二八頁。

（8）K.Cushman, *DHLR*, p. 105., 'Ellis provides context for Lawrence's habit of denial without trying to *explain it away.*（Italics mine）と批判的に書いている。

（9）福岡伸一の専門は分子生物学であるが、その著書は例えば『もう牛を食べても安心か』といったようなジャーナリスティックでセンセーショナルな題名の本を書く人としても有名である。しかし、その内容はタイトルとは大違いで、実に専門的で真面目なものであり、かつ素人にも分かりやすく解説されている。

(10)福岡伸一、『毎日新聞』二〇〇九年六月二二日「夕刊」毎日二一世紀フォーラムより。

(11)(小川和夫『D・H・ロレンス紀行・評論選集5　精神分析と無意識　無意識の幻想』南雲堂、一九八七年)、三七四頁。

(12)Cambridge Edition of the Works of D.H. Lawrence, *Sons And Lovers* (ed.) by H. Baron and C. Baron (Cambridge U.P., 1980), p. 9.

(13)Cambridge Edition of the Works of D.H. Lawrence, *Apocalypse and the Writings on Revelation* (ed.) by M. Kalnins (Cambridge U.P., 1980), p. 149.

(14)Ada Lawrence, *Young Lorenzo; Early Life of D.H. Lawrence* (New York: Russell & Russell, 1966), p. 86.

(15)自己の置かれた立場を明確に認識した存在として生ききることが、やがて次の世代の人間にもその生き様が伝わって行くという考え方は、例えば中国の高僧道綽禅師（五六二―六四五）の『安楽集』という思想体系の中にも出ている。「前に生ずるものは後を導き、後に去かんものは前を訪《とぶら》ひ、連続無窮にして願わくは休止せざらしめんと欲す。無辺の生死海を尽さんがためのゆゑ成り。」『浄土真宗聖典　七祖篇』本願寺出版、平成八年、一八四―五頁。

(16)K.Cushman, *DHLR*, p. 104.

(17)Cambridge Edition of *The Letters of D.H. Lawrence*, Volume VII, (Cambridge U.P., 1993)pp. 458-459.

(18)吉村宏一・杉山泰ほか編訳『D・H・ロレンス書簡集Ⅰ　一九〇一～一九一〇／六』松柏社、二〇一〇年、四一四—一五頁。

(19)新約聖書学、古代キリスト教文学の大家である大貫隆は、二〇〇八年東京秋葉原の歩行者天国で起きた無差別殺傷事件や、二〇〇一年に起きた所謂九・一一事件などに触発されて、雑誌『図書』二〇一〇年一〇号に「イエスの絶叫をめぐって」という実に刺激的な一文を載せている。その骨子は、所謂「贖罪信仰」(原理主義信仰)というのは結局ある〈共同体内〉での論理でしかあり得ないこと、つまり「世俗内」でのでき事、仏教的に言えば此岸内でのでき事でしかあり得ないと主張している。そのような閉じた信仰に対しては「神自らが十字架につけられた」という風に、「神」概念の革命が必要であるという。「イエスの十字架(=絶望)」こそが、イエスの「復活」=「希望」に繋がるという趣旨のことを述べている。これはつまり超世俗的な視点の導入であり、「彼岸」へ再生するには、彼岸側からやってくる〈呼びかけ〉に応えることこそが、イエスの「復活」の真の意味だという。参考資料として(岩波書店、『図書』、二〇一〇年一〇月号)及び(『イエスという経験』岩波書店、二〇〇九年)並びに(『聖書の読み方』岩波新書、二〇一〇年)をそれぞれ参照。

以上は、教会の伝統的・規範的な聖書の読み方を相対化して、自主・独立で読もうとする大貫の姿勢であると位置づけができる。しかしこのような提案は、キリスト教だけではなく、仏教にも当てはまる優れた見方である。例えば、近世以来浄土真宗の伝統的な信仰は、天上の阿弥陀仏による地上の衆生の救済という構図で捉えられてきた。つまり阿弥陀仏と衆生の関係は、二元論的なものになっていたのである。それ故に信仰は、恩寵《おんちょう》主義に陥った。なぜだろうか。果上《かじょう》(客観の仏)の阿弥陀仏のみを問題にするから、恩寵主義的になるのである。阿弥陀仏と人間との橋渡しをする法蔵《ほうぞう》菩薩の神話物語がすでに用意されているのにである。しかし、従来はこの法蔵菩薩は神話の主人公として、つまり、あくまでも物語り内の存在としてしか捉えられてこなかった。というのは、科学的な思考に囚われてしまうとこの菩薩はその存在証明ができないからである、というのが一般的な理解であった。しかし、この法蔵菩薩にはその前身である法蔵〈比丘〉としての苦行・修行の段階が説かれているのである。この点に注目して、阿弥陀仏という存在が、人間に自覚的に捉えられるために仮に人間の姿を取って現れたものである、という擬人化した捉え方が漸く最近目に付くようになった。言葉を換えて言えば、法蔵菩薩神話の脱神話化が、今徐々に浸透しつつあるのである。このように、イエス・キリストの脱神話化と軌を一にしているところに浄土真宗とキリスト教との不思議な一致が見られるのである。

（20）K.Cushman, *DHLR*, p. 104.

（21）「器官なき身体」について、宇野邦一は「ひとつの身体は（あるいは物体も）、決してその形態や機能によって規定されるのではない」と言い、さらに次のように続けている。

「……音楽が絶えず変動する音の微粒子の速度と強度だけによって規定されるようなものだ。ひとつの身体は、固定した形態や器官や機能によって決定されるのではなく、形態も器官も機能も、無数の微粒子の運動と制止、速さと遅さによって、刻一刻規定されているだけである。こうした微粒子のひろがりは、基本的には輪郭をもたず、他の微粒子のひろがりと交錯している。また触発し、触発される力と共にある。他の身体によるそのような触発（affectio）によって、それぞれの身体に情動（affectus）が生じる。情動は、感情と呼ばれるときは、個体の内面に波うつ心情の動揺のようにみえるが、本来他の身体によって触発されることそのものにほかならず、その触発が自己による自己の触発に転じるにすぎない。感情を持つ人間は、他者によって触発されると同時に、自己によって触発されるのである。……」

要するに器官を貫通する微粒子と触発からなる身体こそが「器官なき身体」と言われるものである。さらに宇野は、ドゥルーズの『襞《ひだ》』というライプニッツ論でも、「人間の作る技術的な機械の方は、分解してしまえば、それ自体は機械と呼べない部品になってしまうが、有機体という機械は、どの部分や断片（器官や細胞）をとってみてもやはり機械であり、どのレベルでも他の機械と連動する機械であって、開かれた連結をなしている」と述べて、「器官なき身体」の開放性を強調している。このような身体の捉え方は、正にロレンスが嫌った人間の部品化に対して、人間を全体的に捉えようとする思想に近いと言える。当然、「物質」と「精神」を分離したりする二元論とは対蹠《たいしょ》的な考え方である。（宇野邦一『ドゥルーズの流動の哲学』講談社選書メチエ、二〇〇九年）、五二頁及び一三八頁。

(21)日本聖書協会による新共同訳『聖書』のヨハネ福音書、第一二章二四節のイエスの言葉。詩篇の言葉よりはヨハネの福音書の言葉の方がロレンスの死生観理解をより徹底したものにしたのではないかという点から想起されるのは、例えば青木新門が自らの原作『納棺夫日記』の映画作品『おくりびと』に対して鋭い批判精神を投げかけている言葉である。映画「おくりびと」と『納棺夫日記』との違いについて青木自身の言葉を引いておこう。

「しかし、映画『おくりびと』では『納棺夫日記』の第一章、第二章を描いているだけで、私がもっとも力を入れて書いた第三章「後の世を渡す橋」の宗教を扱った部分が完全に削除されていた。そこに見られるのは、現実の仏教や僧侶には拒絶反応を示しながらも、死者と生者の絆を確かめ合うといった癒しの構図であった。すなわちヨーロッパ近代思想の人間愛で終わっていた。人は宗教を見失ったとき、癒《いや》しを求める。そんな現代人の心情に見事にフィットしたのが「千の風になって」であり、『おくりびと』であった。私は著作権を放棄してでも『納棺夫日記』と『おくりびと』の間に一線を画すべきだと思った。妥協することのできない一線であった。」（青木新門『SOGI』一一〇号、表現文化社、二〇〇五年）（傍点筆者）

「私は著作権を放棄してでも『納棺夫日記』と『おくりびと』の間に一線を画すべきだと思った。妥協することのできない一線であった」というところに、映画の原作者青木新門のなみなみならぬ決意が感じられる。映画で完全に削られていた部分にこそ、青木が訴えたかったものが書かれているからだ。換言すれば、「世を渡る橋」の対概念である「後の世を渡す橋」つまり「超世俗世界」の脱落に青木は憤慨しているのである。青木のこのようなコメントを読んだとき、一八世紀風のモラリストであるエリスが「ヨーロッパ近代思想の人間愛」のレベルに止まった理由がよく分かるのである。残念ながらロレンスの透徹した死生観は、エリスにはついに縁がなかったとしか言いようがないのである。

引用文献

青木新門『納棺夫日記』文春文庫、一九九六年。
青木新門『SOGI』一一〇号、表現文化社、二〇〇五年。
宇野邦一『ドゥルーズの流動の哲学』講談社選書メチエ、二〇〇九年。

大貫隆『イエスという経験』岩波書店、二〇〇九年。

大貫隆『聖書の読み方』岩波新書、二〇一〇年。

小川和夫『D・H・ロレンス紀行・評論選集5　精神分析と無意識　無意識の幻想』南雲堂、一九八七年。

小田島雄志『シェイクスピア全集Ⅲ』白水社、一九八五年。

『浄土真宗聖典　七祖篇』本願寺出版、一九九六年。

新共同訳『聖書』日本聖書協会、一九八七年。

『図書』岩波書店、二〇一〇年一〇号。

『D・H・ロレンス研究』第一〇号、日本ロレンス協会、二〇〇〇年。

『D・H・ロレンス研究』第二〇号、日本ロレンス協会、二〇一〇年。

福岡伸一『もう牛を食べても安心か』文春新書、二〇〇四年。

本多弘之『シリーズ親鸞　現代と親鸞　現代都市の中で宗教的真理を生きる』（第一〇巻）筑摩書房、二〇一〇年。

吉村宏一・杉山泰ほか編訳『D・H・ロレンス書簡集Ⅰ　一九〇一〜一九一〇／六』松柏社、二〇一〇年。

Cushman, K. *The Book Review of "Death and the Author: How D.H. Lawrence Died and was Remembered"* *DHLR* 34-35 (2010).
Ellis, D. *Dying game 1922-1930*. Cambridge: Cambridge U.P., 1998.
——. *Death and the Author: How D.H. Lawrence Died and was Remembered*. Oxford U.P., 2008.
Lawrence, Ada. *Young Lorenzo; Early Life of D.H.Lawrence*. New York: Russell & Russell, 1966.

Lawrence, D.H. *Apocalypse and the Writings on Revelation* Eds. M. Kalnings. Cambridge: Cambridge U.P., 1980.
——. *The Complete Poems* Eds. Vivian De Sola Pinto and W. Roberts Penguin Books,1993.
——. *The Letters of D.H. Lawrence,* Vol. VII Eds. K. Sagar & J.T. Boulton. Cambridge: Cambridge U.P., 1993.
——. *Sons and Lovers* Eds. H.Baron and C. Baron. Cambridge: Cambridge U.P., 1980.

跋——創設期の日本ロレンス協会とD・H・ロレンス研究会

吉村 宏一

一 D・H・ロレンス研究会という名称をめぐって

今回、小生の「退職記念論集」なるものを出版したいという話が出てきて、少々戸惑っているところである。今さら「戸惑う」ことなどないのではないかと言われる方もおられるだろうが、退職記念であれ、何であれ、小生自身が対象となって一冊の本がまとめられるのは、何とも面映い。とはいえ、小生自身がある種の「出汁《だし》」というか「契機」となって、若い人たちをはじめ、皆さんの仕事の一助になることも意味があるのではないかと、思い直しご厚意に甘えることにした。そして、小生自身も、ロレンスについて何か短い一文を書こうと考えてみた。実際、これまで拝見した退職記念論集には、集大成の意味を込めて論文を書いておられる方々もおられる。だが、小生の場合は、自分のための記念論集に、「論文」を書くことが何となく自己撞着しているような気がしたので、「論文」ではなく、かなり私的な回想ではあるが、追想風の一文を「跋」の形で書かせてもらうことにした。

言うまでもなく、その「一文」とは、本論集の投稿者たちの母体となっている「D・H・ロレンス研究会」についての追想である。D・H・ロレンス研究会が一九七一年に発足してから四〇年あまりの歳月が過ぎている。研究会の回数としても七七七回（この文の執筆時点（二〇一〇年一一月）では）も続いてきたのだが、それほど続いたのは何か特別な理由でもあったのかもしれないと、最近思い始めている。もしかしたら京都という土地柄が少しはかかわっていたのかもしれない。しかし京都でも無数の研究会が生まれては消えていっている。もちろん長く続いているものも多い。何の根拠もないのだが、このD・H・ロレンス研究会が今まで生き延びることが出来たのは、会員諸氏の持続することへの熱意もさることながら、その発足が日本ロレンス協会の活動と深く結びついていたのが主たる理由ではないかと、小生は推測している。

まず、「D・H・ロレンス研究会」という名称について一言述べておくべきであろう。確かに分かり易いが、別の視点からすると、あまりにも便宜的で、平凡すぎる。しかしわたしたちはこれまで名称のことなど全く頓着せず、ずっと使い続けてきた。D・H・ロレンスにかかわる研究会組織は、小生の知る限りでは、東北D・H・ロレンス協会、福岡D・H・ロレンス研究会、立教大学D・H・ロレンス研究会などがあり、これまで活動され、その成果を発表されている。これらの研究会や協会は、それぞれ、地域や大学名を付けておられるが、わたくしたちの場合も、D・H・ロレンス研究会の上に、例えば京都とか、近畿とか、何かを付けるべきだったのかもしれない。しかし発足当時そのような意識は全くなく、ただ単純に、集まってD・H・ロレンスを一緒に研究しているから「D・H・ロレンス研究会」なのだと、単純に思って名づけたもので、その名称を、今もなお使い続けているにすぎない。『英語年鑑』にもこの名称で長年登録してきており、今さら変えようもないし、特に変えることもないと思っている。ただ、英文での表記となると、日本語の表記のようにはいかない。「研究会」という言葉にどういった英語を当てはめるのかが問題となる。というのは、その英語によって「研究会」の性格が一定明らかになるからである。この英語での表示は、一九八二年に出版した『ロレンス研究―「堕ちた女」―』の英文シノプシスを冊子として纏めた時に、かなりの議論の後、The Study Circle of D.H.Lawrence, Kyotoと決定された。そしてそれ以降、『アロンの杖』、『カンガルー』、『チャタレー卿夫人の恋人』などの『ロレンス研究』の出版後に作成した英文シノプシスにも、その発行者を先の英語表記で記している。

二　日本ロレンス協会設立の頃

次に、このD・H・ロレンス研究会がどのようにして出来たのか、順序としてはその誕生までの経緯について語るべきであろう。だがその経緯を語ろうとすると、どうしても日本ロレンス協会設立にからんだ話をせざるをえなくなってくる。D・H・ロレンス研究会の誕生についてまず言えることは、この研究会は、ロレンスに興味を持ち研究をしている人たちがたまたま五、六人いて、その人たちが一緒にロレンスの研究会でも作ろうか、といった形で始まったのは確かである。しかし誕生当時の雰囲気を考えると、たまたま集まった者たちが意気投合して出来たと言うだけでは説明のつかない何か別の理由があったと言ったほうが正確であろう。というのは、この研究会が立命館大学に関係のある人たちを中心に出来る前に、すでに日本ロレンス協会という、ロレンスを研究する全国組織が一九七〇年七月二五日に京都で創設されており、この研究会はその創設と密接にかかわっていたからである。日本ロレンス協会は、今年（二〇一〇年）、第四一回目の大会[1]が早稲田大学で開かれ、第一回大会が開催されてから、正に四〇年の歳月が過ぎ去ったことになる。ではD・H・ロレンス研究会と日本ロレンス協会とはどのような関係にあったのだろうか。D・H・ロレンス研究会の特徴を明らかにするためにも、日本ロレンス協会について創立当初からの話を具体的に紹介しておくべきであろう。

日本ロレンス協会は、当時立命館大学に勤務されていた甲斐貞信氏が中心になって[2]、大橋安一郎氏（京都工繊大）、岡田泰治氏（京都工繊大）、奥村透氏（京都大）の三氏の協力を得て設立されたものである。昭和四五年（一九七〇年）七月二五日（土）に日本ロレンス協会第一回大会が京都の勤労者会館で行なわれたのだが、その当時の状況については、西村孝次氏の寄付を母体にして、一九九五年に、日本ロレンス協会で編集・発行した『日本とロレンス』の「まえがき[3]」で簡単に記しておいたので、参考にされたい。

設立前の甲斐氏たちの下準備の苦労話は、設立前の作業に全く加わっていなかった小生には分からないのだが、仄聞したところでは、日本ロレンス協会の創設には、アーカンソー大学のJ・C・カウワン氏が中心となって発刊された *The D.H.Lawrence Review* の第二巻第二号（一九六九、夏）に収録された“A Checklist of D.H.Lawrence Articles in Japan, 1951-1968”が深くかかわっているという話である。このレヴュー誌の巻末にカウワン氏が作成したと思われる“Laurentiana”において[4]、一九六八年に設立された“The D.H.Lawrence Society of Japan”は九名のメンバーからなっていると記されており、チェックリスト監修者として名前の出ていない人たちの氏名や所属も併せて紹介されている。甲斐氏たちが自分たちのグループを紹介する際に用いられた名称は「D・H・ロレンス研究会」であり、そこにはもともと“of Japan”は付いていなかった。ところがカウワン氏は“of Japan”を新たに付け加えたという話である。これが切っ掛けとなり甲斐氏が中心となって、現実に日本ロレンス協会という全国的な組織を設立しようではないかということになったのである。当時、甲斐氏と勤務校をともにしていた倉谷直臣氏、吉田昌子氏それに小生が、会計や庶務、名簿作りなどこまごました仕事を手伝った。第一回大会会場設営や掲示を小生は手伝った。その時メモ代わりに使っていた第一回大会のプログラムが残っているが、それはガリ版刷りで、甲斐氏の手書きである。

日本ロレンス協会の第一回大会のプログラムを見ると、チェックリストを発表された甲斐、岡田、大橋、奥村の四氏が分担して大会を運営していこうとされている様子がよく分かる。奥村、岡田の両氏が「研究発表会」の司会、大橋氏が「総会」の司会、甲斐氏が「西村孝次氏の講演会」の司会と、四氏が手分けして分担されていて、そこに新しい学会を皆で協力して作り出そうとする気構えのようなものが見えてくる。「日本ロレンス協会会報、№1　一九七一　春」の巻頭の「会報発刊にあたって」において、甲斐氏は次のようなやや謎めいた文を書いておられるが、先ほど仄聞した話として紹介した事情を踏まえて読んでもらうと、謎が解けるのではないかと思われる。

ここにこうして、「会報第1号」をおとどけできることとなったのも、要は、現在80名という頼もしい会員数があればこそのことであって、同じ京都に同じロレンスで結ばれた大橋、岡田、奥村、甲斐の4名がよりより顔を合わせ話し合っているうちに、アーカンソー大学での機関紙 *The*

D.H.Lawrence Review の発刊計画という刺激もあり、いつのまにか「D・H・ロレンス研究会」を名のらざるをえないはめになった1967年当時のことをおもえば、まったく感無量である。しかし、今世紀なぞの天才ロレンスという人間の文学にとりつかれ、何とかして力を合わせ、正体を確かめようとしたその初心においては、今も変わりはない。こうして「研究会」がついに「日本ロレンス協会」と改名せられ、昨夏その第1回の大会が開かれるようになった現時点にあっても、なすべきいろいろのことが考えられはするが、しょせん同じこの一筋の道をこころざす会員諸氏のご賛同ご協力なくしては、一切徒労に終わることというまでもない。(5)……

少し引用が長くなったが、それは協会設立にかかわる少々「謎」めいた経緯と当時の文学研究の雰囲気が伝わればと思ったからである。「一筋の道をこころざす」日本ロレンス協会の会員は何をなすべきなのか。わたくしたちの「D・H・ロレンス研究会」もこの「一筋の道」をもとめての試みであったのかもしれない。この試みについて語る前に、日本ロレンス協会設立にかかわって、さらに二、三述べておきたい。

三　第二回大会から第五回大会まで

多くの出席者のもとで日本ロレンス協会は設立されはしたが、ではどのような形で運営されていったのだろうか。その点を知るには、残されている大会のプログラムや会報を具体的に見る以外にないようである。今も健在で当時のことを記憶されている方も多くおられるが、その話は、小生の場合も含めて、どこか曖昧でそれぞれ個人的な思いが色濃く出ているものが多い。

第一回大会のプログラムは、先にも記したように、個人による「研究発表」や「講演」といった、どこの学会でもよく行なわれている、いわば常識的な形で構成されている。ところが、第二回大会から第五回大会まで、こういった個人の「研究発表」と「講演」という形では構成されていない。

以下、第二回大会以降のプログラムを取り上げて、その特徴と思われるものを指摘しておきたい。まず、一九七一年一二月三日、東京、御茶ノ水の明治大学で行なわれた第二回大会のプログラムでは、個人の「研究発表」は「自由テーマによる研究発表と質疑応答」となっている。今で言うシンポジウムは「共通テーマによる問題提起と全員参加の共同討議」となっていて、四名の方々から成る講師団によって行なわれた。共通テーマは「ロレンスとアメリカ—ひとつの比較文化的な試み」である。ただならぬ熱気と活気に溢れた討議が行なわれたのを今でも記憶している。続いて行なわれた「総会」においても「共通テーマ」の継続性をめぐって、甲斐貞信会長と西村孝次副会長とがそれぞれ熱っぽく自説を主張された。甲斐会長の主張は、毎年、ロレンスの長編小説を発行順に取り上げ、全参加者がその作品を読んできて、共同討議しようというものであった。それに対して西村副会長の主張というか反論は、「ロレンスとアメリカ」のような大きなテーマを取り上げ、幅広い視点からロレンスについて論じていくべきだというものであった。どちらがいいのか、そこに会場からの意見も加わり、かなり長時間の「総会」となった。普通、学会の「総会」と言えば、執行部からの提案が拍手で了承され、短時間で終わる場合が多いが、この第二回大会の「総会」はどのような形で収拾されたのだろうか。

一九七二年四月一八日に出された「日本ロレンス協会会報 No.2」に「総会（一六・四〇―一八・〇〇）」の報告として「第三回大会における共通テーマについて種々審議が行なわれたが、昭和四六年一二月末までに総会出席者は必ず方法とテーマを本部へ通知することに意見が一致した」という記述があり、第二回大会での議論は収拾困難で、結局纏まらず先送りにされたのである。

このように先送りする形で「共通テーマ」についての議論はひとまず終わったのだが、この議論は、その後も繰り返し役員会などに出てきており、時代によって変化しながらも絶えず蒸し返される問題であるとも言えるかもしれない。それにしても、日本ロレンス協会において、発足早々、なぜ「共通テーマ」が中心の問題となったのだろうか。小生の推測では、「共通テーマ」を中心にして学会を運営していくことが、会長の甲斐貞信氏が日本ロレンス協会を立ち上げる以前より、学会のあるべき一つの姿だと考えておられたからだと思われる。というのは、発足後間もない第二回大会のプログラムに、はやばやと総会の議題として、「『共通テーマ』の継続性についての審議」が入っているからである。誕生早々の学会の総会でこういった議題をプログラムに書き入れて全会員に提示された甲斐会長は、「共通のテーマ」を今回の大会だけに限って討議するのではなく、次の年、さらにその次の年の大会でも継続的に討議していくことを考えておられ、それを日本ロレンス協会の特色にしようとする意図を持っておられたからだと推測される。第二回大会の「総会」に関連して「必ず方法とテーマを本部に報告する」ようにと「会報」で呼びかけられたが、何の反応もなく、第三回大会を迎えることとなった。

一九七二年五月一九日、愛知県立大学で行なわれた第三回大会のプログラムは、第二回大会の総会で主張された二つの方針（ロレンスの初期の作品を取り上げるものと、幅広い視点からとらえるもの）を尊重する形で作られている。まずプログラムには「共通テーマによる問題提起と共同討議」という「見出し」が全プログラムにかかわる形で大きく表示されその下に第1部《ロレンスの初期の作品について》という「小見出し」があり、その下に〈1　*The White Peacock* をめぐって〉と記され、司会者、甲斐貞信氏と三名の発表者が書かれている。さらにその下に何の「小見出し」も記さず、司会者、西村孝次氏と二つの研究発表のタイトルとその発表者の氏名が記されている。つまり個人の「研究発表」も第Ⅰ部〈ロレンスの初期の作品について〉という表題の下に入れられているのである。続いて第Ⅱ部として《ロレンスとユートピア》という「小見出し」があり、司会者、日高八郎氏と二名の発表者名と研究発表のタイトルが記されている。確かに形の上では、きちんと整っているように見える。だが、現実には、学会員たちからいろんなテーマが提起されてくるのは当然のことであり、すべてを「あるテーマ」の下にひっくるめて各研究発表を行なってもらうということは不可能に近い。多様な会員たちの多様な研究にも発表の場を提供することが学会の機能のひとつであるからである。日本ロレンス協会の場合も、同じような批判が出てきた。「協会会報　No.3」(一九七三年四月)の「総会」の記録では、「第3回大会では共通テーマに傾きすぎたとの反省に基づき、次回大会では自由テーマをも復活することに決定」となっている。そして事実、一九七三年五月四日、立教大学で行なわれた第四回大会では、「自由テーマによる研究発表と質疑応答」の項目が作られた。それと「共通テーマ(『息子と恋人』を中心にして)による問題提起と共同討議」が行なわれた。そして、一九七四年五月三日、立命館大学で行なわれた第五回大会も、「共通テーマ(テキスト：ペンギン版 *The Trespasser* をめぐって)による問題提起と全員参加の共同討議」という「見出し」のもと、第四回大会と同じ形で「共同討議」が行なわれ、最後に鍋島能弘氏の「ロレンスとホイットマン」

の特別講演が加わった。

　ここまで日本ロレンス協会の設立とその後のあり方を見てきたが、注目すべき特徴として挙げられるのは、「共通テーマ」と「共同討議」への拘《こだわ》りである。特に、甲斐氏が主張されたのは、ロレンスの長編小説を初期のものから順次取り上げ、発表者は言うまでもなく、会場の会員たちも取り上げる作品を読んできて、「共同討議」を行なうという点である。甲斐氏の主張がどの程度まで実現したのだろうか。四〇年も以前に語られた甲斐氏の熱望は、小生には、過去の遠くに微光のごとく煌《きらめ》いて見えるが、昨今の人たちにはどのように見えるかは定かではない。しかし現在残っている記録にある「共通テーマによる問題提起と共同討議」という見出しは、現在の研究者たちには、ややおおげさで角張った感じを与えるのではないかと思われる。しかしそこには、学生側であれ教員側であれ、大学紛争を体験した者たちにとっては、紛争当時よく耳にした言葉の破片の響きが残っているような気がするだろう。この「自由テーマによる研究発表」と「共通テーマによる問題提起と共同討議」という見出しは、第五回大会まで用いられている。第六回以降は「テーマ」という言葉が消去され、単なる「研究発表」と「シンポジウム」（場合によっては「講演」）という見出しになって、現在まで続いている。なお、蛇足ではあるが、一九八九年五月一九日、明治大学で行なわれた創立二〇周年記念大会のプログラムには、第一回大会から第一九回大会までのプログラムが収録されているが、第四回、第五回の研究発表のところは、正式には「自由テーマによる研究発表」とされるほうが、より正確だと思う。とはいえこの第一回から第一九回までの大会の記録は、日本におけるロレンス研究の流れを知る上で実に貴重である。

　これまで日本ロレンス協会の創設をめぐって語ってきた。次に「D・H・ロレンス研究会」について述べていきたい。日本ロレンス協会と「D・H・ロレンス研究会」の両者は創設以来四〇年の歳月が過ぎ去っており、現在では両者は全く無関係な存在だと見えるかもしれない。しかしながら元々は、甲斐氏が、日本ロレンス協会にとって無くてはならない「共通テーマ」をめぐって毎年具体的に発表者を用意し、具体的な問題を提起するために、日常的に共にロレンスについて学習し研究するグループが必要ではないかと考えられ、「D・H・ロレンス研究会」を作られたのである。先にも述べたが、一九七一年一二月三日に行なわれた日本ロレンス協会第二回大会で、甲斐氏は日本ロレンス協会の「学会」としてのひとつの特徴を出すために、「共通テーマ」として、まずロレンスの長編小説を順次取り上げ、「共同討議」することを、主張された。この主張はもっともな主張である。ただ、それを毎年確実に具体化するとなると、なかなかスムーズに進まない状況が、日本ロレンス協会の第一回から第二〇回までのプログラムを見ていると分かってくる。正に理想と現実の狭間に立ち尽くすといった状況である。

四　「共通テーマ」とD・H・ロレンス研究会

わたくしたちの「D・H・ロレンス研究会」が誕生したのは、一九七一年一二月としか今のところ記録に残っていないのだが、甲斐氏を中心に、多分、忘年会と称して集まった五名の者が、一二月三日の日本ロレンス協会での議論を踏まえて、甲斐氏の「一筋の道を」もとめる試みを「現実」化するために、ロレンスを学習し研究しようとする「研究会」を立ち上げることになったと記憶している。先にも触れたが、日本ロレンス協会の第三回大会で、『白孔雀』について「問題提起」をすることが、その新しく出来た「研究会」の最初の作業となった。その結果は、日本ロレンス協会の第三回大会のプログラムに、わたくしたちの作業の痕跡として残っている。司会の甲斐貞信氏、問題の提起者として西村岩雄氏、古我正和氏、それに小生を含めて三名は、いずれも「D・H・ロレンス研究会」を立ち上げたメンバーであった。やっとのことであったが、第二回大会での「共通テーマ」による「共同討議」の第一回目が日の目を見ることになったのである。実際のところ、その成果がどのようなものであったのかは、何ら記録が残っていないので不明であるが、いずれにしても、その後、かなりの期間、日本ロレンス協会でロレンスの長編小説を取り上げて「共同討議」が行なわれる発端になったことは事実である。

確かに、研究会と名の付くものの中には、わたくしたちが始めたように別の研究組織の下仕事とも言えるようなことをする「研究会」もあり、場合によっては、発表したものに手を加え本やパンフレットの形で纏められる場合もあるだろう。わたくしたちの場合も、研究会での「問題提起」と「共同討議」を、大会での口頭発表だけで終わりにせず、具体的な冊子の形にしておこうということになった。そして当時立命館大学に出入りされていた松崎印刷という印刷所に頼み込んで、『ロレンス研究—「白孔雀」論集—』を出版した。発行日は一九七三年四月一五日である。その「編集後記」において、先に述べた、日本ロレンス協会第三回大会との関連が記されている。次の年、一九七四年一一月一日に『ロレンス研究—「侵入者」論集—』を出版しており、その「編集後記」でも、その年の五月三日に立命館大学で開かれた日本ロレンス協会第五回大会で、大橋安一郎氏の司会のもと「問題提起者」として、今は亡き藤原満寿子氏，それと北崎契縁氏と小生、さらに当時室蘭工大におられた豊国孝氏の四名が発表したことが記録されている。さらに次の年、一九七五年九月二〇日に『ロレンス研究―№3「息子と恋人」論集―』を発行している。ところがこの論集の場合、「編集後記」では、日本ロレンス協会のことは全く触れていない。

なぜ「編集後記」で触れなかったのだろうか。その理由については全く不明である。先にも述べたが、日本ロレンス協会では一九七三年、立教大学で行なわれた第四回大会で「共通テーマ」が『息子と恋人』となって「問題提起」と「共同討議」が行なわれている。なぜ『侵入者』より執筆年が遅い『息子と恋人』が先に取り上げられたのか、それには何か理由があったと思われる。多分それは、『侵入者』について当時あまり研究が行なわれていなかったため、わたしたちの「D・H・ロレンス研究会」が行なうにも、『白孔雀』をやったばかりで、準備が間に合わず、当時もよく研究されていた『息子と恋人』が取り上げられたのではないかと、推測している。わたしたちの研究会からは杉山泰氏がひとり参加しているだけである。それと恐らく、研究会として『息子と恋人』を研究する以前に日本ロレンス協会の「共通テーマ」として先に取り上げられたため「編集後記」で記すべき事項にならなかったと思われる。

五　『ロレンス研究』の出版とシンポジウムへの参加

『ロレンス研究』は、一九七三年以降三年間、年一冊のペースで何とか出版してきた。そのため、「D・H・ロレンス研究会」では毎年ロレンスの長編一冊を発行順に読み、それぞれ何らかの「問題提起」を行ない、論文化するという雰囲気のようなものが出来つつあった。今から思うと、当時はみんな若く、大学も今ほど忙しくなかったから、やや厳しいルールではあったが、何とかやることが可能であったように思う。

この『ロレンス研究』の、白地に日輪を背景に鳳凰の黒い影が映っている表紙は、甲斐氏が宇治の平等院の鳳凰を模写して描かれたものである。さらにその説明とし「歴天記云／日中有三足烏／赤色」というエピグラフが記してある。その三本足の烏はフェニックスのことであり、ロレンスの象徴である。エジプトの伝説の鳥フェニックスが、日本に渡ってきて鳳凰となったという、甲斐氏の説、それも足が三本あるということである。日本神話にある、ヤタガラスだとも言えるかもしれない。『ロレンス研究』は、東京の朝日出版社より出版を続けることになるが、一九七七年七月二〇日に出版された本の表紙にも同じく鳳凰と日輪が入っており、表紙のカバーを折り返したところにエピグラフが印刷されている。

わたくしたちの「D・H・ロレンス研究会」の名称は同じだし、構成メンバーも二〇〇二年に一度多人数を迎え入れたことがあったが、それ以外はメンバーが年齢を重ねたというぐらいで、それほど変ってはいないと思っている。とはいえ発足以来四〇年近くなり、変っていないというのは、正に小生の主観的な判断であって、すでに亡くなった方々もおられ、それは言い過ぎであるかもしれない。今の時点で何か形がついたものがあるのかどうか、振り返ってみると、最初に甲斐氏が考えておられた、ロレンスの長編小説を最初から順番に読み、そのひとつひとつについて論集を作っていく作業が、時間がかかったが、とにかく最後まで進んだということであろうか。

ただ、日本ロレンス協会での「共通テーマ」に基づいて「共同討議」を行なうという作業については、期待通りにうまくいったとは必ずしも言えないようである。一九七二年から七四年までの三回の大会では予測にほぼ沿う形で進んでいた。ただ、一九七五年五月三〇日、明治大学で行なわれた第六回大会くらいから、「問題提起」や「共同討議」という用語が用いられないようになり、他の学会でもよく用いられる「研究発表」とか「シンポジウム」という用語がプログラムに登場するようになった。多分、準備が間に合わなかったと推測されるのだが、ロレンスの長編小説についても第六回大会では取り上げられず、広島工業大学で行なわれた第七回大会で「シンポジウム・『虹』をめぐって」というタイトルの下、わたくしたち「D・H・ロレンス研究会」のメンバー、四名、今は亡き西田稔氏、池田（丹羽）良治氏の両氏に加え、吉田昌子氏と小生、さらに一名、神戸大学の森晴秀氏が加わり、シンポジウムを行なった。このシンポジウム以降、一回だけ、「D・H・ロレンス研究会」としてまとまって発表を行なったことがある。それは、一九八三年五月、東京学芸大学で行なわれた第一四回大会においてである。「*The Lost Girl* をめぐって」というタイトルの下で行なわれたシンポジウムを、小生が司会となり、「D・H・ロレンス研究会」から今は亡き藤原満寿子氏と池田（丹羽）良治氏、それに杉山泰氏と出水純子氏の四名が発表者として壇上に並んで座り、それぞれの視点から意見を述べた。先の第七回大会から七年後のことである。これ以降、「D・H・ロレンス研究会」のメンバーとしてまとまって日本ロレンス協会の大会での発表はしていない。

　このように、わたくしたちの「D・H・ロレンス研究会」と日本ロレンス協会とのかかわりは、初期の頃はかなり深く、毎回のように会員たちがまとまって発表していたが、第六回以降はそれほど多くはない。その理由は日本ロレンス協会の会員の数も増加し(6)、いろいろな特色のある会員たちを集めてシンポジウムを構成することが可能になってきたからだと思われる。

　すでにお分かりのように、ロレンスの長編小説を順次一作品ずつ取り上げ、研究し、その研究結果を日本ロレンス協会の年次大会で発表していくという初期の方針はすでに崩れてしまっていた。他方、「D・H・ロレンス研究会」の「論集」の出版も毎年ということにはならず、日本ロレンス協会のシンポジウムで取り上げられる作品とわたくしたちの「論集」で論じる作品とのズレが大きくなってきた。日本ロレンス協会の年次大会では、次のように着々とシンポジウムが進んでいった。『恋する女たち』は一九七九年五月二五日に立教大学での第一〇回大会でシンポジウムとして取り上げられたが、わたしたちの研究会からは一名のみの参加にとどまっている。その次の年にも、再度『恋する女たち』が取り上げられ、その後は一九八一年には『アロンの杖』、一九八二年には『カンガルー』と続き、一九八三年の『堕ちた女』となる。その次の一九八四年には『翼ある蛇』が取り上げられている。その後、一九八六年から「ロレンスの紀行文」についてのシンポジウムが続く。このように見てくると、必ずしもロレンスの執筆順というわけではないが、日本ロレンス協会では、ロレンスの小説や紀行文についてほぼ毎年順番にシンポジウムが八〇年代は行なわれてきたことが分かる。「ロレンスとアメリカ」とか「ロレンスとユートピア」といった大きな、やや抽象的なタイトルをテーマにしたシンポジウムは見当たらない。ただ一九八五年五月、立教大学で行なわれた第一六回大会では、「ロレンス生誕百周年記念講演」と銘打って甲斐貞信氏と西村孝次氏が講演されている。他の例としては、一九八九年五月一九日、明治大学で行なわれた第二〇回大会では、創立二〇周年記念パネル・ディスカッションが「キミは、ロレンスを愛するか」という「題目」の下に行なわれた。これまで使われてきたシンポジウムという語がパネル・ディスカッションという言葉に変えられているが、その当時シンポジウムは時代遅れで、もしかしたらパネル・ディスカッションが流行の言葉であったような気がする。「共同討議」から「パネル・ディスカッション」まで、日本ロレンス協会のプログラムにおいても時代が流れている痕跡が見えてくるようである。ただ、「キミは、ロレンスを愛するか」という「題目」は、具体的でありながら何とも抽象的で、今に至るも余り目にしない愉快な「問題提起」である。そのパネリストは、倉持三郎氏、飯田武郎氏、（わたくしたちの研究会のメンバーのひとり）鎌田明子氏、そして今は亡き鈴木新一郎氏であった。最長老の鈴木氏は、発表の冒頭、朗々とロレンスの文章を朗読された。それは英語ではなくご自分の翻訳になる「わが祖先が残してくれた美しい日本語」であった。『エトルリアの遺跡』の一節であったと記憶するが、そこにはロレンスを心から愛する、まさしく長老の風格が漂っていた。

わたくしたちの「D・H・ロレンス研究会」は、これまで書いてきたことからもお分かりのように、日本ロレンス協会との関係をぬきにしては考えられないものであった。一九七〇年代から八〇年代の初めにかけては特にかかわりが深かった。もちろん今でもその関係は途切れてはいないが、世代の交代もあり、以前ほどのかかわりはない。七〇年代、わたくしたちの研究会は、研究対象を日本ロレンス協会が対象としているものと結び付けて行なってきたが、八〇年代に入ってからは、日本ロレンス協会での活動を別個の活動として捉え、研究会として独自に自分たちにとって必要と思われる作業をやり始めたのである。

六　日本ロレンス協会の機関誌の誕生

日本ロレンス協会は、一九九一年三月に長年の夢であった機関誌『D・H・ロレンス研究』を創刊した。小生がたまたま日本ロレンス協会の会長をしていた頃で、山口書店の三宮庄二社長に無理なお願いをし、創刊号を発行してもらった。編集長には羽矢謙一氏にご助力をたまわった。最初は薄い冊子であったが、三号ぐらいから百ページを超えるようになり、今年（二〇一〇年）は二〇号、一四七頁の堂々たる機関誌となっていて、協会員の研究活動を支えている。機関誌が出来たことで、協会の過去の活動が振り返って見やすくなり、二〇世紀末から二一世紀初頭にかけての日本におけるロレンス研究の変遷の一部が俯瞰的に見ることが出来るようになった。それぞれの年に発行された冊子は、その年の号にたまたまかかわった編集委員と執筆者とが共同して作り上げたものであるが、それらが積み重なっていくと、その積み重なったものが、歴史とまでは言えないにしても、それなりの何かを発信するのである。

『D・H・ロレンス研究』が発行されるまでの二〇年、日本ロレンス協会にかかわる多くの資料は散逸してしまっているかもしれないが、今回、小生がこのような「跋」を書いたのは、散逸してしまっている記憶を少しでも取り戻しておきたかったからである。機関誌ができる以前にも、多くの人たちが日本ロレンス協会において発表し議論してきたのである。その多くの発表や議論は時間の透明な流れに乗ってどこかに消え去ってしまったのだろうが、今、小生が記している「この老いの繰言」にも似た一文もほどなく時間の透明な流れに呑み込まれていくにしても、せめて一瞬でもいい、どなたかの脳裏の片隅にでも留まってもらえればありがたい。

七　『不死鳥』の翻訳と『ロレンス研究』の「文献一覧」

日本ロレンス協会の機関誌の発刊以降、協会については特に語るべきことはない。協会に関して起こった事柄は、ほぼ『D・H・ロレンス研究』に書き残されているからである。だが「D・H・ロレンス研究会」に関しては、研究会で出版してきた『ロレンス研究』と『不死鳥』の翻訳についてもう少し語っておく必要がある。『虹』や『恋する女たち』以降の作業の経過を記しておきたい。『恋する女たち』論集を朝日出版社から一九七九年に発行した後、『息子と恋人』論集を、改めて朝日出版社より一九八〇年に出版した。（先にも触れたが）日本ロレンス協会でもシンポジウムを行なった『堕ちた女』については、その論集は一九八二年に朝日出版社より出版した。次に出した『アロンの杖』論集は一九八八年と、『堕ちた女』出版後かなり時間がかかっている。このようにかなり遅れて『アロンの杖』の論集が形になったのは、研究会で、これまでのようにあまり時間をかけず、やや機械的に順番通りにロレンスの小説研究を続け、その成果を纏めていっていいのかどうかという点をめぐって議論があり、方針を変更したからである。これまで研究会が設けたロレンスの小説を発行順に研究し論集の形に纏めていくという方針に、やや囚われすぎて拙速気味になってはいないか、『虹』以降のロレンスの仕事を見ていると、彼の思想・哲学などについて、ゆっくり時間をかけて勉強しておかないと、今後の研究において理解出来ないところが多く出てくるのではないかといった疑問が提起され、一度、立ち止まって考えることになった。そして結論として出てきたのは、『不死鳥』というエッセイ集の翻訳である。この話を聞いた人の中には、それは途方も無い計画だと、やや呆れ顔の人もおられたようである。そこに収録されているエッセイや哲学、書評の数は膨大であり、翻訳となると大変な作業であるが、そこには二〇世紀初頭のヨーロッパやアメリカ、オーストラリアなどの社会や文化についてのロレンスの思いや感情が幅広く描き出されて、無視し得ない貴重な資料である。勉強のためとはいえ、とんでもないものに取り組んだと、愚痴を言いながらも、研究会員全員が、背景となっている社会や文化について情報交換したり、互いの翻訳文をチェックしたりして、何とか形をつけたのは一九八六年であった。一冊にするには大部過ぎたので、まず上巻を一九八四年に出し、下巻を八六年に出して、『不死鳥』の翻訳は何とか形がついた。『アロンの杖』の論集に取りかかったのは、その後である。この時点で問題となったのは、『不死鳥Ⅱ』という、これまた大部のロレンスのエッセイ集が未訳のまま残っていることである。やっと論集のほうに集中出来ると思っていたのに、さらに翻訳作業を続けるのかといった意見もあったが、同時並行して行なうことで話がまとまり、『不死鳥Ⅱ』の翻訳は一九九二年に完成した。

ここで余分なことかもしれないが、論集の巻末に付けている「文献一覧」についても述べておきたい。朝日出版社から『ロレンス研究』を出し始めてから各論集の巻末に「文献一覧」を付け、英米と日本での研究にそれぞれ短いコメントを付けてきた。もちろん編集責任者はいたが、彼らだけが作業するのではなく、会員全員が協力して文献を読み一定数の字数に纏めてコメントを書いたり、入手し難い文献を探してきたりした。このように研究会の会員全員が協力して、「文献一覧」を共同で作成してきた。これもある種の共同研究とは言えないだろうか。こういった作業の過程で気がついたのは、日本人の書いた論文の多くでは、英米人の研究からの引用や言及は多くあるのだが、日本人の研究からの引用や言及が少ないことである。こういった現象は、英文学に関する研究そのものが外国から移入されたものの研究であり、仕方のないことかもしれない。とはいえ多くの日本人の研究者が活躍されているのに、残念なことである。最近はそういった傾向は薄れてきたような印象を持っているが、それは、もしかしたら、個人的な願望の反映かもしれない。確かに日本人の研究といえば、手近にあり簡単に参照できるような印象を与えるが、これまでの経験からすると、実際はそうではなかった。「文献一覧」作成時に、日本人の論文のタイトルは分かっているのだが、現物そのものを入手するのに苦労した記憶がある。入手できずに困っていた時、日本人の論文の現物を研究室一杯に集めておられた神戸大学の宮崎芳三教授に、入手がほぼ不可能な論文を見せていただいたことを思い出す。この「文献一覧」作業は、『虹』論集に始まり、『カンガルー』、『羽鱗の蛇』、『チャタレー卿夫人の恋人』へと続いている。一九七三年に出した『白孔雀』論集とは全く別の『ロレンス研究─「白孔雀」─』を二〇〇三年三月に出版し、そこでも「文献一覧」作業は続けている。さらに、二〇〇三年一二月に出版した『ロレンス研究─「越境者」─』においても、同じ作業が行なわれている。(7)

ロレンスの長編の一〇篇についての論集で行なった「文献一覧」作成は、「論集」作成の時点で入手できる文献を、時代順に整理し、多様な研究のあり方や研究の流れを具体的に「一覧」化し、理解しようとする作業であった。

八　跋のおわりに

四〇年近く、なぜ「D・H・ロレンス研究会」がそれなりの活動が可能であったのだろうか、最後に筆者なりの推測を記しておきたい。今にして思うと、最初の二〇年は日本ロレンス協会とのかかわりにおいて、次々に新たなテーマが与えられ、それが研究会に所属する各個人を活性化させ、個々の研究を進ませることになったと考えられるだろうし、その後の二〇年はD・H・ロレンス研究会を構成するメンバーたちが抱く奇妙な熱意と言うか、ある種の共同体感覚によって動かされてきたように思われる。今、共同で行なっている作業は五七〇〇通ほどある、ロレンスの書簡の翻訳作業である。現在、一九〇一年から一九一四年まで、八〇四通の書簡を、松柏社から五冊の本に分けて翻訳出版が終わったところである。この作業はこの先どのように展開していくのか、正に神のみぞ知るであるが、ともかくやり続けていくこと、継続すること自体がそれなりに意味を生み出してくると思っている。まずロレンスという人を知ること、それを基軸にしてそれぞれが研究を進めていけばという考えは、文化、社会、歴史といった幅広いやや抽象的な視野から文学を捉えようとする二一世紀の文学研究では、時代遅れなのかもしれないが、一九七〇年代生まれの、わたくしたちの研究会を支えている基本の視点として今なおお生きている。

注

（1）初校の校正段階での追記であるが、二〇一一年六月に日本ロレンス協会第四二回大会が神戸大学で開催された。

（2）杉山泰、「甲斐貞信のプロフィール」、甲斐貞信『ロレンスと神話』（山口書店、一九八八）、二七九〜二八一頁。ここでは岡田泰治氏の昭和六三年九月三日に語られた話が、「日本ロレンス協会誕生の前夜」というタイトルの下、三頁近くにわたって引用されている。
（3）吉村宏一、「まえがき」、日本ロレンス協会編『Ｄ・Ｈ・ロレンスと現代』（国書刊行会、一九九五）、一〜三頁。
（4）"Laurentiana", *The D. H. Lawrence Review*, (1969, Summer), Vol.2. no.2. p.192.
（5）甲斐貞信、「会報発刊にあたって」、『日本ロレンス協会会報　№1』、（日本ロレンス協会、一九七二）、一頁。
（6）二〇〇〇年には会員数が二四五名という記録がある。
（7）一九七四年二月に出版された『ロレンス研究 No.2「侵入者」論集』では、*The Trespasser* の訳語を「侵入者」としていたが、二〇〇三年の『ロレンス研究』では「越境者」に変更している。その変更に関しては拙稿の「あとがきに代えて—『侵入者』から『越境者』へ」、『ロレンス研究—「越境者」—』（朝日出版社、二〇〇三）、三八七—四〇六頁を、参照されたい。

あとがきに代えて

『ロレンス研究』第一号『白孔雀』論集（私家版）という研究書がわたしの手元に残っている。一九七三年四月一五日発行となっていて、出版社は松崎出版株式会社である。この研究書の「あとがき」は、「京都地方に在住のロレンス同好の志、一昨年一二月に、『D・H・ロレンス研究会』という形で、ロレンス作品について共同研究を始めてからもう一年以上の月日が経ちました。そしてやっと今、『ロレンス研究』という小冊子にしてわれわれの一年間の研究成果を一応まとめることができましたが、それは会員各位の努力のほかに、会員以上にこの研究会のことに気を使っていただき、また個人的にも会員一人一人にいろいろとご指導をいただきました、甲斐貞信先生のご厚情の賜物であります」という文章で始まっている。この「あとがき」を書いたのが、吉村宏一先生であり、これ以後、最近の一、二冊を除いて、D・H・ロレンス研究会が出版してきた一三冊の研究書、九冊の翻訳書のほぼすべての「あとがき」を吉村先生は書いてきたことになる。

わたし自身のことを言えば、大学院時代に書いた論文が掲載されているのがこの最初の研究書である。その私家版として出版した研究書が今でも古本屋でそれなりの値段が付いて、第一巻から第三巻までの私家版三冊揃いで並んでいることがある。

黄色い表紙の本の『ロレンス研究―「息子と恋人」―』から数えて一〇巻目となった『ロレンス研究―「旅と異郷」―』までは朝日出版社から出版されてきた。だが、この本には白い表紙の私家版の三冊と同じデザインの部分がある。それは、真っ赤な太陽の中に真っ黒の鳳凰を描いたデザインである。この鳥は、一〇円硬貨にも描かれている宇治平等院鳳凰堂の屋根にとまっている日本の不死鳥であり、甲斐先生が描かれたものをわたしが手書きでデザイン化したものである。大学院生であったわたしは、この研究書が一三号も出るとは夢思わず、甲斐先生が描かれた原画をより分かりやすくデザイン化したのだった。『ロレンス研究』第一号には、目次のその次の頁に、「歴天記云　日中有三足烏　赤色」という「倭名抄十一」の説明の言葉が記されている。朝日出版社から出版されるようになっても、その説明の言葉は、裏表紙にごく小さな文字で確かに記されている。D・H・ロレンスというイギリスの作家を研究するサークルが出版した第一号の本の表紙に、甲斐先生はなぜ、日本の鳳凰をデザイン化しようとされたのだろうか。その答えは、吉村先生を中心に編集・出版された甲斐先生の『ロレンスと神話―よみがえる原風景―』(山口書店、一九八八年)に書かれている。

ロレンスの原風景が「こもりくのネザミアの谷間」にあり、ロレンスが「わが心の故郷」と呼んだイーストウッドの高台からの眺めを、甲斐先生は日本人の母胎を追い求める「初瀬(長谷)」信仰に繋がると当時から主張しておられた。そうした日本人としての英文学研究の意味を考えておられた甲斐先生は、まず、ロレンスの作品を一語一句正確に読み取り、日本語で論文を書く場合は、ロレンスの英文を必ず分かりやすい日本語に正確に訳せ、と厳しく指導された。ロレンスが追い求めたフェニックスが、日本中の鳥居にいて、寺にも鳳凰として存在しているのではないか、という思いがあったように思う。

吉村先生は、D・H・ロレンス研究会のよきマネージャーであると同時に、凄腕の編集者であり、甲斐先生以上に厳しい教師でもある。英文であれ、日本文であれ、少なくとも一冊の本として出版する場合は、大学生にも分かるように書かないといけない、という編集者としての頑固な考えを持っておられる。『ロレンス研究』の一冊ごとに、英文シノプシスを会員に書かせ、イーストウッドの図書館などにもその英文シノプシスを付けて寄贈していたことは案外知られていない。特に、翻訳の場合、「訳の分からない日本語は必ず誤訳している」という信念は揺るがず、研究会会員のすべての原稿をチェックされ、誤訳を指摘され続けてきた。それ以上に、直訳による悪訳日本語に対するチェックはもっと厳しく、いつも「語呂が悪い」という指摘とともに、代案の日本語を提示された。

さて、今回のような退職記念出版となると、その先生の個人研究業績一覧を載せるのが常である。しかし、吉村宏一先生ほど、そのような個人研究一覧を必要としない先生はいない。当然のことだが、わたしがいただいた抜き刷りだけでもその数は半端ではない。ところが、そうした単著の業績もさることながら、先生がコーディネートし、研究会として出版した著作の数もまた、おびただしい。七八六回を数える研究会の後半は、京都の中心にあるマンションの一室で行なってきた。研究会のために吉村先生が個人的に購入されたもので月一回のペースで研究会を続けてきた。これまでロレンスをこよなく愛してこられた藤原弘一先生、岡田泰治先生、藤原満寿子先生から寄贈されたロレンス関係書物の中で、すでに京都橘大学の甲斐文庫に所蔵されている研究書を中心に、すべてこのマンションの書架に並べられている。研究会メンバーは自由にここにある研究書を借りることができることになっている。こうした個人のマンションで研究会を続けているグループもそう多くはないだろう。現在五七〇〇通ものD・H・ロレンスの書簡を翻訳・検討しているのもこのマンションである。第六巻に至っては、現在六校の校正を行なっている。部屋の中は、校正原稿の山である。

さて、これほどロレンス研究に情熱を傾けてこられた吉村宏一先生の姿を想像すれば、先生を知らない人は学問にしか興味のない偏屈な学者としか映らないかもしれない。そこで、吉村先生の実像を思いつくままに書いてみよう。

(一) 七八六回もの「研究会案内」の葉書を今でも手書きで三二人のメンバーに郵送している。

(二) わたしが一年間、イギリスに留学しているときでも、研究会案内と近況を書いた手紙が必ず郵送されてきた。

(三) 電子メールや携帯電話を使わず、今でもアナログ的手紙、電話で連絡を行なっている。

(四) 土曜日ごとに、老人健康麻雀を開催されている。普通は二卓(八人)、多いときは三卓(一二人)の老人(といっても若そうに見える女性から実際に八〇歳を超える老人まで)を集めて、煙草は喫わない、お金はかけないという健康麻雀を朝一一時から夕方六時過ぎまでボケ防止を最大の目標としてやっておられる。吉村先生夫妻の腕はプロ級。人数不足のときはわたしも呼び出されるが、怖ろしいところで役満を狙ってくる雀士である。それも最も若いわたしを狙い撃ちにしてくるところが怖ろしい。

（五）七八六回もの研究会を続ける中で、年末の一二月二六日、二七日には温泉での研究会合宿を欠かさない。（以前は、二五日だったが、最近はクリスマスでも授業をやる大学が出てきて、二六日に変更されている。）温泉に浸かっておいしい酒を酌み交わすことも研究会の行事の一つとなっている。

以上が、思いつくままにわたしが描き出した吉村先生の実像だが、吉村先生のすばらしさは、九州から福島まで、さまざまなところに住んでいる会員をまとめて、研究会を継続していくマネジメント力であり、遊びと勉強のバランス感覚にある。研究がすなわち遊びであり、本を出版することの楽しさは、まさに子どもが産まれてくる喜びと同じである。ただ、本そのものが芸術品であるという思いがあり、八〇〇頁もある『書簡集第Ⅵ巻』の五校校正原稿ですら、出版社にはそのコピーを七部も作らせ、特定の会員に郵送させ、チェックさせるというこの鬼編集者は、出版社にとっては厄介な存在に違いない。五校でも誤訳を見つけ、真っ赤に添削するため、出版社は当然追加料金を請求する。そのために、一九八〇年からは大学用語学テキストを全員に作らせ、その原稿料（印税）をすべて研究会に振り込んでもらって、出版費用に当ててきた。テキストだけでも、二一冊を数えている。吉村先生は、名編集者であると同時に名経営者でもある。その点で、吉村先生のどこかにウィリアム・モリスの姿が見え隠れする。

この研究会代表を務めている吉村宏一先生が、七三歳で京都女子大学教授を定年退職されることになった。四〇年間、研究会の代表、兼事務局長、研究会会場の提供者でもあった。もちろんその間、先生は、日本ロレンス協会会長も務められ、日本ロレンス協会の発展にも寄与された。そこで、先生の退職記念を祝って、研究会として一冊の本を出版しようという話が、二〇〇九年の年末の合宿（九州佐賀の嬉野温泉）で持ち上がった。その昔、還暦のお祝いをしようと仲間で計画した際に、吉村先生はそうした祝いごとはしてほしくないとかなり強い口調で辞退された。しかし、今回の退職記念出版については、できるだけ全員が書けるように、のんびりと計画するのであれば、やってもらって構わない、とおっしゃられた。吉村先生は、ご自分の祝いごとを盛大にやるということを好まれないのである。

『書簡集第Ⅵ巻』の五校原稿をチェックしていた第七八五回研究会のとき、吉村先生は「D・H・ロレンス研究会用ノート」に、次回の予定を書き込んでおられた。そのノートの表紙を見ると、一二という数字が書かれていた。一二冊目の大学ノートであることが分かった。そのノートには、会員の住所・氏名・電話番号のほかに、一二月の研究会合宿をしたホテル名と電話番号が記されている。過去四〇年間に訪れたホテル名をすべて覚えている会員はいないだろう。七八六回のこれまでの研究会で何をやったのかが分かる程度のことがこのノートに記録されている。

吉村先生の口癖は、人間はどれだけ長く生きても、死んでしまえば忘れ去られる。しかし、情熱を持って出版した本は必ず残る。目の見える間は、編集と校正を続けていきたい、という言葉である。継続こそは力、と研究会を続けて来られたのも、先生の変わることのないこの情熱があるからこそだろう。

ただ、今回は、退職記念出版と銘打ちながら、もたもたしているうちに、吉村先生は二年以上も前に京都女子大学を退職されてしまった。名マネージャー不在だと案の定、予定通りに出版することはできなかったが、それでも浅井、石原両氏の粘り腰が効を奏して、全体をうまくまとめることができた。タイトルから目次の構成に至るまですべて二人のアイデアでできあがったと言える。今回も、この本の出版を快く引き受けてくださった松柏社の森信久社長の全面的協力なくして出版することはできなかった。心よりお礼を申し上げたい。

吉村名編集長のもと、京都に生まれたD・H・ロレンス研究会がこれからも継続こそが力、というモットーを貫き通していけるよう、会員一同初心を忘れず、のんびりとがんばっていきたいと思っている。

最後に、今回の『ロレンスへの旅』記念論集全体の日本語表記について記しておきたい。これまで、D・H・ロレンス研究会が出版してきた『ロレンス研究』やさまざまな翻訳書については、研究会として全体的統一を図ってきた。D・H・ロレンスの作品の日本語訳や、人名、地名、さらには日本語表記に至るまで、「索引」を作成する関係もあり、統一してきたが、今回は論集といっても、テーマを統一することもなく会員自身の責任で自由に書いてもらった。それゆえ、「索引」に複数の訳語が並んでいたり(『チャタレー夫人の恋人』と『チャタレー卿夫人の恋人』など)、日本語表記が違うところ(「さまざま」と「様々」など)も今回はあえて統一をしなかった。論文執筆者個人の譲れない考えがその根底にあるのは当然だし、翻訳とは違い、論文はあくまで執筆者個人の責任が大きいので、そのままにしている。ただ、全体の編集は浅井氏、石原氏が中心になって、目次などを整理し、日本語表記などは、杉山も加わって全体的統一を図る努力をした。しかし、吉村編集長のような一冊の本として全体を統一するという豪腕ぶりを発揮することは到底できず、全体的には不完全な統一しかできなかった。

ただ「索引」は石原氏の手によって、うまくまとめられている。校正作業が夏休み中にできず、後期の授業が始まる中で行なわれたので、校正ミスが心配である。これまで通り、問題点があればぜひご指摘をしていただきたい。いつまでたっても、日本語表記の問題は世代が違うとかなりのずれがあることに気づかされる。歴史的仮名遣いで論文を書くことはさすがになくなったが、「行なう」と「行う」などの表記一つ、世代間で違っている。引用文献の書き方も、実は不統一の部分がある。英語文献からの引用、と日本語文献からの引用、および、頁数の書き方の統一など、今後解決をしなくてはいけない問題が数多く残ったことを正直に記しておきたい。

最後の最後に、今回の論集の表紙のデザインに使用した、ロレンスが描いた不死鳥の絵についてのお礼を述べておきたい。D・H・ロレンス研究会の会員でもある河野哲二氏は世界的にも評判の高い『D・H・ロレンス絵画作品集』（創元社、二〇〇四年）を出版されている。その中に、ロレンス自身が一九二九年に描いた不死鳥の絵があり、D・H・ロレンス研究会がこれまで使用してきた日本の不死鳥ともよく似ているので、今回この不死鳥の絵の使用を河野哲二氏にお願いした。

世界中を巡って、ロレンスの絵画を一枚一枚写真に撮り、ライフワークとして完成された『D・H・ロレンス絵画作品集』の中の一枚の絵がわたしたちの論集『ロレンスへの旅』の表紙を飾っている。四〇年以上続けてきたD・H・ロレンス研究会の代表、吉村宏一先生の退職記念論集の表紙としてはこれに勝るものはないと編集を担当した三人もひそかに思っている。東西の不死鳥がどこかで出会うことを信じて、これからもロレンスへの旅を続けていきたい。

二〇一一年　一一月一〇日

杉山泰

吉村 宏一 先生 略歴

昭和一一（一九三六）年三月　大阪市北区（現・都島区）に生まれる。
昭和二〇（一九四五）年三月　奈良県磯城郡桜井町（現・桜井市）に疎開する。
昭和三〇（一九五五）年三月　奈良県立桜井高等学校卒業
昭和三四（一九五九）年三月　同志社大学文学部英文学科卒業
昭和三七（一九六二）年九月　同志社大学大学院文学研究科英文学専攻修士課程修了
昭和三八（一九六三）年四月　白陵高等学校教諭（同高校は同年兵庫県高砂市に開設された）
昭和三九（一九六四）年四月　同志社高等学校教諭
昭和四三（一九六八）年四月　立命館大学専任講師
昭和四四（一九六九）年一〇月　立命館大学助教授
昭和五〇（一九七五）年四月　同志社大学助教授
昭和五六（一九八一）年四月　同志社大学教授
平成一二（二〇〇〇）年四月　同志社大学名誉教授
平成一二（二〇〇〇）年四月　京都女子大学教授
平成二一（二〇〇九）年三月　京都女子大学退職

D・H・ロレンス研究会出版記録

1971年12月（1回）研究会発足
1973年4月（20回）『ロレンス研究』1号『白孔雀』論集（私家版）
1974年11月（41回）『ロレンス研究』2号『侵入者』論集（私家版）
1975年9月（57回）『ロレンス研究』3号『息子と恋人』論集（私家版）
1977年8月（85回）『ロレンス研究―「虹」―』（朝日出版社）1988年再版
1979年9月（132回）『ロレンス研究―「恋する女たち」―』（朝日出版社）同右
1980年7月（150回）『ロレンス研究―「息子と恋人」―』（朝日出版社）同右
1982年3月（183回）『ロレンス研究―「堕ちた女」―』（朝日出版社）
1984年4月（246回）『不死鳥』上巻（山口書店）1992年再版
1986年11月（338回）『不死鳥』下巻（山口書店）1992年再版
1988年12月（376回）『ロレンス研究―「アロンの杖」―』（朝日出版社）
1990年6月（402回）『ロレンス研究―「カンガルー」―』（朝日出版社）
1992年4月（461回）『不死鳥Ⅱ』（山口書店）
1994年11月（499回）『ロレンス研究―「羽鱗の蛇」―』（朝日出版社）
1997年2月（526回）P・ウィドーソン編著『ポスト・モダンのD・H・ロレンス』（松柏社）
1998年2月（543回）『ロレンス研究―「チャタレー卿夫人の恋人」―』（朝日出版社）

2000年11月（570回）マイケル・ベル『モダニズムと神話―世界観の時代の思想と文学』（松柏社）
2003年3月（603回）『ロレンス研究―「白孔雀」―』（朝日出版社）
2003年7月（609回）K・ブラウン編著『D・H・ロレンス批評地図』（松柏社）
2003年12月（621回）『ロレンス研究―「越境者」―』（朝日出版社）
2005年3月（642回）『D・H・ロレンス書簡集Ⅲ　1912』（松柏社）
2007年9月（699回）『D・H・ロレンス書簡集Ⅳ　1913』（松柏社）
2008年3月（709回）『D・H・ロレンス書簡集Ⅴ　1914』（松柏社）
2008年12月（725回）『D・H・ロレンス書簡集Ⅱ　1910/7～1911』（松柏社）
2010年3月（761回）『D・H・ロレンス書簡集Ⅰ　1901～1910/6』（松柏社）
2010年7月（768回）『ロレンス研究―「旅と異郷」―』（朝日出版社）
2011年3月（789回）『D・H・ロレンス書簡集Ⅵ　1915』（松柏社）

このほかに、一九八〇年から二〇〇九年にかけて、朝日出版社、山口書店、南雲堂、松柏社から、合計二一冊の大学用英語テキストを出版している。中には、今日でも使用されているテキストもあり、研究会として、いかに楽しく大学生に英語を教えるのか、という共同研究の成果も現われていると言えるだろう。二一冊のテキストのうち、七冊が吉村先生の編集となっている。

259, 264-5, 303, 306, 430, 432, 442-43, 446-47

◆は
「バヴァリアのりんどう」 "Bavarian Gentians" 326

◆ふ
「風車のある風景」（絵画） "Scene with a Windmill" 202
『不死鳥』*Phoenix* 91, 121, 313, 315, 317-18, 321, 324, 328, 337
『不死鳥 II』*Phoenix II* 122, 313, 316, 320
「復活の主」"The Risen Lord" 97
「古いアダム」"The Old Adam" 185, 202
「フレデリック・カーター『黙示録の竜』への序文」"Introduction to *The Dragons of Apocalypse* by Frederick Carter" 107-8, 113

◆へ
「平安の実相」（「平和の真実」）"The Reality of Peace" 268, 314-15, 318, 320, 323, 338
「ベストウッドへの帰還」"Return to Bestwood" 313
「ヘネフにて」 "Bei Hennef" 141
「蛇」"Snake" 313-18, 321, 325, 335

◆ほ
「乾し草作りの風景」（絵画）"Scene of Haymaking" 202
「ホピ族の蛇踊り」"The Hopi Snake Dance" 322
◆み
「湖のある風景」（絵画）"Scene with a Pond" 202
『ミスター・ヌーン』 *Mr Noon* 122-24, 127, 136-37, 141-43
「民衆教育」"Education of the People" 186

◆む
「無意識の幻想」"Fantasia of the Unconscious" 333, 337
『息子と恋人』 *Sons and Lovers* 66, 136, 143, 164, 254, 264-65, 306

◆め
『メキシコの朝』*Mornings in Mexico* 15, 361

◆も
『もっとパンジーを』*More Pansies* 431, 449

◆や
『ヤマアラシの死についての考察とその他のエッセイ』 *Reflections on the Death of a Porcupine and Other Essays* 268

◆よ
『ヨーロッパ史のうねり』*Movements in European History* 51, 93, 277, 282-85, 288-89, 292-93, 296-301, 303, 306-07

◆れ
『レティシア』*Laetitia* 77, 87, 192-94

◆か
「街燈」 "Street Lamps" 90
『亀』*Tortoises* 157, 159, 168
『完全版D・H・ロレンス詩集』*The Complete Poems of D.H.Lawrence* 313-14, 325
『カンガルー』*Kangaroo* 130, 136, 282

◆き
「怯懦《きょうだ》の状況」 "The State of Funk" 316
「小鳥の囀り」 "Whistling of Birds" 314, 328

◆け
「芸術と個人」 "Art and the Individual" 195
「劇場」 "The Theatre" 76
『現代の恋人』 *Modern Lovers* 122

◆こ
『恋する女たち』*Women in Love* 32, 124, 130, 135, 137-38, 436, 438
『ごらん 僕たち勝ったんだよ!』*Look! We Have Come Through!* 124, 141

◆し
『書簡集』(ハックスリ編) *The Letters of D.H.Lawrence* 180
『書簡集』(ムア編) *The Collected Letters of D.H.Lawrence* 182
『書簡集』(ケンブリッジ版) *The Letters of D. H. Lawrence* 93-4, 98-100, 118, 254, 259, 264, 266, 268, 321, 342, 354-55, 357
『白孔雀』*The White Peacock* 40, 43-5, 54, 57-58, 60-2, 65-67, 77-78, 84, 86-88, 201
『新詩集』*New Poems* 151
「死んだ男」 "The Man Who Died" 239

◆す
「スケッチ風自伝」 "Autobiographical Sketch" 320

◆せ
「生後一〇か月」 "Ten Months Old" 190
「精神分析と無意識」 "Psychoanalysis and the Unconscious" 315
『セント・モア』*St Mawr* 15
「専門の医師」 "Scientific Doctor" 431-32, 438, 449

◆た
「ただ一度」 "Once" 90, 254

◆ち
『チャタレー卿夫人の恋人』(『チャタレー夫人の恋人』) *Lady Chatterley's Lover* 9-36, 62, 112, 136, 143, 191, 198-99, 201, 306, 432, 441
「『チャタレー卿夫人の恋人』について」 "A Propos to *Lady Chatterley's Lover*" 134

◆て
「デモクラシー」 "Democracy" 284

◆と
「飛魚」 "The Flying Fish" 95
「トマス・ハーディ研究」 "Study of Thomas Hardy" 245, 250, 259, 262, 264-65, 304-05, 313

◆に
『逃げた雄鶏』*The Escaped Cock* 90-1, 93-5, 97, 99-102, 107, 109, 112-14, 116-18
『虹』*The Rainbow* 136, 161-62, 245, 250,

96
ローマ　Rome　324-25, 329
ローマ人　the Romans　283, 286, 299, 380-82
ローマ帝国　the Roman Empire　56, 283, 286-87, 298, 382
ロラン、ロマン　Rolland, Romain　236
ロリータ・コンプレックス　lolita complex　185
ローリー、ウォルター　Raleigh, Walter　414
ロレンス、ウィリアム・アーネスト　Lawrence, William Ernest　320
ロレンス、エイダ　Lawrence, Lettice Ada　324
ロレンス、フリーダ　Lawrence, Frieda　122-24, 129, 132, 169, 184, 196, 276, 317
ロレンス、リディア　Lawrence, Lydia　320
『ロレンス文学鑑賞事典』　9
ロンドン　276
『ロンドン・フォーラム』*The London Forum*　101

◆わ

ワイルド、オスカー　Wilde, Oscar　66, 285
ワーズワス、ウィリアム Wordsworth, William　24, 27, 29, 36
ワーゼン、ジョン　Worthen, John　41

ロレンス索引

◆あ

『愛の詩集』*Love Poems*　151
「秋雨」"Autumn Rain"　90
『アポカリプス』(『黙示録』) *Apocalypse*　117, 364, 369, 439
『アメリカ古典文学研究』*Studies in Classic American Literature*　230
「アメリカのパン神」"Pan in America"　42
『アルヴァイナの堕落』*The Lost Girl*　137
『アロンの杖』*Aaron's Rod*　137, 462, 475

◆い

『イタリアの薄明』*Twilight in Italy*　342-44, 348, 352, 356-57, 361
「糸杉」"Cypresses"　313, 325
「癒やし」"Healing"　431, 433, 435, 437-38

◆う

『海とサルデーニャ』*Sea and Sardinia*　31, 35, 361
『羽鱗の蛇』*The Plumed Serpent*　136, 231, 234, 237-38

◆え

『越境者』*The Trespasser*　90
「エッケ・ホモ［この人を見よ］」"Ecce Homo"　255, 259, 268
『エトルリアの遺跡』*Etruscan Places*　313-14, 326-27, 329, 331, 333-34, 361, 366, 369-70, 375, 377, 388-94
「エロイ、エロイ、ラマ・サバクタニ［神よ、神よ、どうしてわれをお見捨てになったのか］」"Eloi, Eloi, Lama Sabachthani?"　246, 255, 259, 261, 268

モンロー、ハロルド　Monroe, Harold　255
◆や
山下晋司　319

◆ゆ
ユートピア Utopia　239
Uボート U-boat　278
ユリアヌス、ローマ皇帝　Julian, the Emperor 104
ユング、C.G.　Jung, C. G.　232

◆ら
ライダー、ウィリアム　Rider, William　102
ライト、T.R.　Write, T.R.　93, 108
『ロレンスと聖書』*D.H.Lawrence and The Bible*　93, 108
ラヴェロ　Ravello　363
ラクー＝ラバルト、P.　Lacoue-Labarthe, Philippe 212
ラスキン、ジョン　Ruskin, John　22, 193, 195, 406, 411
ラッセル, エイダ　Russell, Ada　150
ラッセル、バートランド　Russell, Bertrand Arthur William　198, 231, 266, 281
『意味と真実の探究』*An Inquiry into Meaning and Truth*　198

◆り
リヴァ　Riva　142
リーヴァー、チャールズ　Lever, Charles 13-4
リヴァプール　Liverpool　183, 193, 263, 407
リーヴィス、F.R.　Leavis, F.R.　397-407, 409-10, 413-18
『小説家D. H. ロレンス』*D.H.Lawrence: Novelist*　399
『文化と環境』*Culture and Environment* 400, 402, 413
『連続を求めて』*For Continuity*　400, 402
リース通り　Leith St.　193
リチャーズ、I.A.　Richards, I.A.　416
リード牧師　Reid, Rev. Robert　194
リン・クロフト　Lynn Croft　192

◆る
ルーカス、F.L.　Lucas, F.L.　415
ルネサンス　Renaissance　289-90
ルーハン、メイベル・ドッジ　Luhan, Mabel Dodge　182

◆れ
レイシー、ジェラルド　Lacy, Gerald　100
レヴィ＝ストロース、C.　Lévi-Strauss, Claude 218-19
レヴェンソン、M.　Levenson, Michael 249, 267
レスター　Leicester　189, 194

◆ろ
ロックウッド、M.J.　Lockwood, M.J.　334
ローウェル、エイミー　Lowell, Amy　149-53, 155, 157, 159-76, 255
『現代アメリカ詩の傾向』*Tendencies in Modern American Poetry*　167
『多彩な色ガラスの丸天井』*A Dome of Many-Coloured Glass*　150
『剣の刃とケシの種』*Sword Blades and Poppy Seed*　150, 152-53, 166
ローウェル, パーシバル　Lowell, Percival 149
ローズ、ジョナサン　Rose, Jonathan　96
『エドワード朝の精神風土、1895-1919』*The Edwardian Temperament 1895-1919*

G.　294
マーズデン、ドーラ　Marsden, Dora　246-49, 254, 259, 261-63, 265, 267-69
『エゴイスト』 *The Egoist: An Individualist Review*　246, 248-49, 254-55, 259, 263, 267-69
『ニュー・フリーウーマン』*The New Freewoman: An Individualist Review*　90, 115, 246, 248-49, 263, 267
『フリーウーマン』*The Freewoman: A Weekly Humanist Review*　90, 119, 246-49, 262-63, 267
マッカネル、ディーン　MacCannell, Dean　15
マットレス、デイヴィッド　Matless, David　26, 36
マリ、J・ミドルトン　Murry, J. Middleton　52, 294
マリネリ、ピーター・V.　Marinelli, Peter V.　44-6
マルハーン、フランシス　Mulhern, Francis　400, 404, 413, 416

◆み

三島由紀夫　214
水村美苗　240
港道隆　211
見習い教員　pupil teacher　184
ミュケナイ文明　Mykenai Civilization　373
ミュンヘン　Munich　126
ミラノ　Milan　356
ミル、ジョン・スチュアート　Mill, John Stuart　66
ミルズ、ハワード　Mills, Howard　343
ミルトン、J.　Milton, John　277

◆む

ムア、ハリー・T.　Moore, Harry T.　182, 313, 398
ムア、マリアンヌ　Moore, Marianne　255
武藤浩史　201
『「チャタレー夫人の恋人」と身体知』　201
村上春樹　198
『風の歌を聴け』　198
室生犀星　209, 238

◆め

メイズ、S.P. B.　Mais, S.P.B.　290, 305
メイヤーズ、ジェフリー　Meyers, Jeffrey　344
メキシコ　Mexico　330
メネル、ヴァイオラ　Meynell, Viola　259
メレディス、G.　Meredith, George　190
「どこからやってきたの、僕の赤ちゃん」 "Where did you come from baby dear?"　190

◆も

モートン、H.V.　Morton, H. V.　56
『イングランドを求めて』*In Search of England*　56
モーパッサン　Maupassant　17
モラリスト　Moralist　424-25, 440-41, 445, 447, 450
モレル、オットリン　Morrell, Lady Ottoline Violet Anne　266, 276
モレル、フィリップ　Morrell, Philip　293
モンタギュー、レオポルト　Montague, Leopold A.D.　91, 102, 106
「イシス――マリア」論　"Isis—Mary"　91-4, 100-02, 108, 110, 112-14
モンロー、ハリエット　Monroe, Harriet　268
『ポエトリー』　*Poetry*　268

フレイザー、J. Frazer, John 403-04
プレストン、ピーター Preston, Peter 123
フレッチャー、C. R. L. Fletcher, C. R. L. 284, 287-88, 302-03
フレッチャー、J.G. Fletcher, John Gould 255
ブレット、ドロシー Brett, Hon. Dorothy 99
プレヴォー、アントワス・フランソワ Prévost, Antoine François 191
『マノン・レスコー』*Manon Lescaut* 191
フロイト、S. Freud, Sigmund 236
ブロンテ、エミリー Brontë, Emily 65
ブロンテ、シャーロット Brontë, Charlotte 66
『ジェーン・エア』*Jane Eyre* 191
フン族 the Hun 282

◆へ

ベケット、イーディス Becket, Edith Mary 197
ヘーゲル、ゲオルグ・ヴィルヘルム・フリードリッヒ Hagel, Georg Wilhelm Friedrich 66
蛇 310, 313-18, 321-22, 325, 327, 331-33, 335, 337-38
ヘファー、フォード・マドックス Hueffer, Ford Madox 90
ベル、マイケル Bell, Michael 41, 210
ペルージア Perugia 325, 362
ヘルダーリン、F. Hőlderlin, Friedrich 219
ベルナール、サラ Bernhardt, Sarah 191
『椿姫』*La Dame aus Camélias* 191
ヘルバルト、J.F. Herbert, John F. 196
『教育学概論』*Science of Education* 196
ベンベヌート, リチャード Benvenuto, Richard 153
ヘンリー、ナンシー Henry, Nancy 93

◆ほ

ボーア戦争 the Boer war 286
ホイットマン、ウオルト Whitman, Walt 157, 171
『草の葉』*Leaves of Grass* 171
ホウキンズ、アラン Howkins, Alun 55, 57
『ポエトリー』*Poetry* 151
星の均衡 star-equilibrium 124, 138
ホステットラー、マヤ Hostettler, Maya 344
細川亮一 212, 241
細見和之 226
牧歌 pastoral 40, 43-6, 52, 54-5, 61-3
ホプキン、イーニド Hopkin, Enid 263
ホプキン、ウィリアム Hopkin, Wiliam Edward 93, 263
ホプキン、サリー Hopkin, Sallie 263
ホブスン、J. A. Hobson, J. A. 294
ポリンジャー、ローレンス Pollinger, Laurence 99
ボールディック、C. Baldick, Chris 403, 411, 414
ホルト、アグネス Holt, Agnes 196
ホルブルック、メイ Holbrook, May 186-87, 190, 200
ホレス Horus 103-06
ボーン、G. Bourne, George 403, 408

◆ま

マイノリティー・プレス Minority Press 399
マーヴィン、F. S. Marvin, F.S. 294
マキロップ、イアン MacKillop, Ian 399, 415-16
マクラウド、アーサー McLeod, Arthur William 254
マシソン、M. Mathieson, M. 411, 416
マーシュ、ジャン Marsh, Jan 55
マスターマン、C. F. G. Masterman, C. F.

『ウジェニー・グランデ』*Eugénie Grandet* 188, 191
バロウズ、ルイーザ Burrows, Louie 187-90, 194, 196-97, 200
パンクハースト、エメリン Punkhurst, Emmeline 262-63
パンクハースト、クリスタベル Punkhurst, Cristabel 247, 262-63, 269
パン神 Pan 42-3, 53, 60
ハンマ、ジョン・B. Humma, John B. 331

◆ひ
土方定一 390
ヒッタイト Hittite 373
ヒューム、ディヴィッド Hume, David 66
ヒーリー, クレア & キース・クッシュマン Healey, E. Claire & Keith Cushman 150, 160-70
ビングトン、スティーヴン Byington, Steven T. 262

◆ふ
ファシズム（ファシスト）Fascism(Fascist) 210-11, 216, 220, 229-31, 234-35, 238-39
ファリアス、V. Farias, Victor 211-12, 218
『ハイデガーとナチズム』*Heidegger et le nazisme* 211
フィールデイング、ヘンリー Fielding, Henry 66
フィリピス、シモネッタ・デ Filippis, Simonetta de. 325, 393
フェインステイン、エレイン Feinstein, Elaine 262, 268
フェッツストーン Whetstone 125
フェビアン Fabian 96, 281
フェラン、パスカル Ferran, Pascale 10
『レディ・チャタレー』*Lady Chatterley* 10
フェルキン、H & E Felkin, H & E 196
「序文」"Introduction" 196
『フォーラム』*The Forum* 90
フォンタナ・ヴェッキア Fontana Vecchia 314, 321
福岡伸一 435
藤井治彦 43
ブラバツキー夫人 Blavatsky, Herena Petrovna 93, 97, 108, 112, 114-15
『イシスの真相』*Isis Unveiled* 93, 109, 112, 114-15
『秘儀』*Secret Doctrine* 93
プリーストリー、J.B. Priestley, J. B. 22, 36
『イングランド紀行』*English Journey* 36
ブリタニア Britannia 50
不死鳥 phoenix 333-34
仏教 Buddhism 310-11, 324
ブーバー、マルティン Buber, Martin 237
プライズ、H.M. Pryse, H.M. 93
『アポカリプスの真相』*The Apocalypse Unsealed* 93-4
プラトン Plato 226
フランク、ウォルドー Frank, Waldo 93
フランクス、ジル Franks, Jill 343
プリミティヴィズム Primitivism 217, 229, 235-36
フリント、F.S. Flint, F. S. 153, 255
ブルースター、アール Brewster, Earl 94-5
ブルースター、E.H. Brewster, Earnest 363
触れ合い touch 326
ブレイク、ウィリアム Blake, William 173, 379
フレイザー、J.G. Frazer, Sir James George 92, 96, 116
『金枝篇』*The Golden Bough* 92, 96

◆に
二元論 dualism　324, 330, 335
西川正身　180
「ロレンス書簡集序文」 180
西田哲学　181
西谷修　217, 221
西脇順三郎　181
「Lawrenceの手紙」 181
ニーチェ、F. Nietzsche, Friedrich　66, 241, 252
『ニュー・エイジ』*The New Age*　93
『ニュー・ステイツマン』*The New Statesman*　90
『ニューヨーク・タイムズ』*New York Times*　152, 167, 171, 173
『ニュー・リパブリック』*The New Republic*　161
ニューボルト、ヘンリー Newbolt, Henry 412
ニン、アナイス Nin, Anais　388
『私のD・H・ロレンス論』*D.H.Lawrence: An Unprofessional Study*　388

◆ね
ネイティヴィズム Nativism　235-36
ネヴィル、ジョージ Neville, George H.　123, 446-47, 450
涅槃 Nirvana　194
ネールズ、エドワード Nehls, Edward　182
『資料合成によるD・H・ロレンス伝記』*D.H. Lawrence: A Composite Biography*　182

◆の
ノッティンガム Nottingham　193, 263-65, 269
ノッティンガム大学 Nottingham University College　186, 195, 197, 199
ノルダウ、マックス Nordau, Max　285
『退化論』*Degeneration*　285

◆は
ハイデガー、M. Heidegger, Martin 209-30, 236, 238-42, 322
『存在と時間』*Sein und Zeit*　210, 212-13, 220, 241
ハイネマン、ウィリアム Heinemann, William 180, 182
ハウ、G. Hough, Graham　232
ハウエイズ、H.R. Haweis, H.R.　191
『音楽と道徳』*Music and Morals*　191
バーウェル、ローズ・メアリ Burwell, Rose Marie　102, 115, 252, 268
「ロレンスの幼年期からの読書録」"A Catalogue of D.H.Lawrence's Reading from Childhood"　102, 115
ハウキンス、A. Howkins, Alun　407-08
パウンド、エズラ Pound, Ezra　90, 114-15, 150, 254-55, 267-68
バーク、エドモンド Burke, Edmund 405
パークス、ティム Parks, Tim　348
バーゴンズィ、B. Berginzi, B.　417
ハシディズム Hasidism　237
パスカル、ブレーズ Pascal, Blaise　334
ハズリット、ウィリアム Hazlitt, William　24
バッカス神 Bacchus　82, 185
バッカス（神）の巫女 Bacchae　81-2
ハックスリ、A. Huxley, Aldous　100, 180-82, 199, 336, 432-33
パティソン、マーク Pattison, Mark　412
パトナム、ジョージ Puttenham, George　52
バーネット、J. Burnett, John　240
母なる大地　315
ハーバーマス、J. Habermas, Jurgen　212, 216, 225
パーマー、D.J. Palmer, D.J.　410, 415
バルザック、オノレ・ド Balzac, Honoré de 199

タルクィニア　Tarquinia　314, 326, 335, 362-63, 370-71, 387
丹治愛　55

◆ち
チェスタトン、G. K.　Chesterton, G. K.　284, 287-88, 90, 297, 299-300
『英国小史』*A Short History of England* 284, 287-88
チェルヴェテリ　Cerveteri　326, 363, 370, 387
チェンバーズ、ジェシー　Chambers, Jessie 171, 182, 187, 190, 195-96, 200, 263
チェンバーズ、マリア　Chambers, Maria　99
チャーチル、ウィンストン　Churchill, Winston 247
チャーチル、ケネス　Churchill, Kenneth 343

◆つ
ツェッペリン　Zeppeline　276-77

◆て
デイヴィッドスン・ロウド・ボーイズ小学校 Davidson Road Boys School　186, 195-96, 199
D・H・ロレンス研究会　183
ディキンソン、ローズ　Dickinson, Lowes 281
ディックス、キャロル　Dix, Carol　262, 268
ティンダル、W.Y.　Tindall, William York 229, 231
デーヴィス、ウォルター・R.　Davis, Walter R.　45-6, 53-4, 58
テオクリトス　Theocritus　43-4
『牧歌』*Idylls*　43
デ・ソラ・ピントー、V.　de Sola Pinto, Vivian 233-34
デニス、ジョージ　Dennis, George　372
出水純子　262
寺田建比古　390
デリダ、ジャック　Derrida, Jacques　211-12, 218

◆と
ドイツ　Germany　276, 278, 285-88, 293, 295, 303, 306
ドイル、コナン　Doyle, Arthur Conan　96, 102
『妖精がやってくる』*The Coming of the Fairies* 102
ドイル、ブライアン　Doyle, Brian　412
道元　181
ドゥルーズ、ジル　Deleuze, Gilles　242, 449
ドクター・ジョンスン　Doctor Johnson　449-51
トーゴヴニク、マリアナ　Torgovnick, Marianna 236-37
トスカーナ地方　Toscana　362-63
土地に還れ　back to the Land　54-6, 58
ドル（ー）イド　Druid　50-1, 53, 60, 140
ドレイパー、R. P.　Draper, R.P.　398
トレーシー、ビリー　Tracy, Billy　344

◆な
中岡成文　225
永松定　181
『愛と藝術の手紙』上・下　181
ナショナリズム　nationalism　285, 293, 296, 306
ナチス（ナチズム）　Nazis (Nazism)　211-12, 218, 236, 238

シュペングラー、O. Spengler, Oswald 399
樹木崇拝 dendrolatry 140
女性参政権運動→サフラジズム
女性社会政治連合（WSPU）Women's Social Political Union 247-48, 262-63, 265, 269
ショーペンハウアー、アルトゥール Schopenhauer, Arthur 66-73, 76-8, 80-2, 84, 86
『ショーペンハウアーエッセイ集』*The Essays of Schopenhauer* 69
「性愛の形而上学」"The Metaphysics of Love" 66, 68-9, 72, 80, 86
ジョーンズ、ヒルダ・メアリ Jones, Hilda Mary 184-89, 196, 200-02
シンクレア、メイ Sinclair, May 255
『新詩集シリーズ』*New Poetry Series* 161
シンプソン、ヒラリー Simpson, Hilary 262, 268
心霊研究協会（SPR）Society for Psychical Research 96

◆す
『スクルーティニー』 *Scrutiny* 400, 416
スクワイアーズ、マイケル Squires, Michael 43, 62
杉浦勝郎 390
鈴木新一郎 390
スタイナー、ジョージ Steiner, George 210, 222-24
スターン、メイベル Sterne, Mabel 169
スティーヴン、レズリー Stephen, Leslie 24
スティーヴンソン、ロバート・ルイス Stevenson, Robert Louis 24
ストープス、マリー Stopes, Marie 20
『夫婦愛』*Married Love* 20
スミス、ジャッド Smith, Jad 231, 233, 235, 239

◆せ
セイガー、キース Sagar, Keith 93-5, 112, 115-16, 315, 318, 325, 335, 338
『D.H. ロレンス――生から芸術へ』 *D.H.Lawrence: Life into Art* 93-4, 116
聖母マリア the Virgin Mary 91-2, 100, 103-07, 109-10, 112-13, 115-16
生命という情報複合体 428-29, 431, 448-49
セイロン Ceylon 321
ゼウス Zeus 138
ゼナー Zenner 278

◆そ
想像力 imagination 322, 325, 327-28, 332, 335
ソフォクレス Sophocles 76
ソロー、ヘンリー・デイヴィッド Thoreau, Henry David 24

◆た
第一次世界大戦 the First World War, World War I 275, 277-96, 298-301, 320
退化論 degeneration 286, 304-05
『タイムズ』*The Times* 283
ダウニング・コリッジ Downing College 416
タオルミーナ Taormina 315, 321
滝田洋二郎 310
『おくりびと』 310, 312, 337
竹田青嗣 213, 225-26, 240
タッカー、ベンジャミン Tucker, Benjamin 262
ダックス、アリス Dax, Alice Mary 194, 263
ダックワース Duckworth and Co. 357

クレンコフ、エイダ　Krencow, Ada　194
黒い肌をした聖母マリア像　the figure of the Black Virgin　91-4, 100-02, 106-07, 112-14
クロイドン　Croydon　186, 192
黒川タマ　194
クローショー、キャロル　Crawshaw, Carol　16

◆け
ゲイジ、クロズビー　Gaige, Crosby　99
ケイシー、サイモン　Casey, Simon　253
『むき出しの自由と願望の世界――D・H・ロレンスの作品におけるアナーキズムの要素』 *Naked Liberty and the World of Desire: Elements of Anarchism in the Work of D. H. Lawrence*　253
ゲーテ、ヨハン・ヴォルフガング・フォン　Goethe, Johann Wolfgang von　66
ケナリー，ミッチェル　Kennerley, Mitchell　161
ケルト　Celt　50, 60
ゲルマン人　the Germans　297
ケンブリッジ　Cambridge　52, 280-81, 399, 414-17
ケンピス、トマス・ア　Kempis, Thomas à　74, 76
『キリストに倣いて』 *Imitatio Christi*　74

◆こ
高津春繁　43
コーク、ヘレン　Corke, Helen　196
故郷（喪失）　210, 217-21, 225-26
古代エトルリア文明　Ancient Etruscan Civilization　362
古代オリエント　Ancient Orient　373
ゴーラ、ジェフリー　Gorer, Geoffrey　319
コールリッジ、S・T　Coleridge, Samuel Taylor　318, 406
『老水夫行』 *The Rime of the Ancient Mariner*　318
コンスタンチヌス皇帝　Constantine the Great　104

◆さ
サイード、エドワード　Said, Edward W.　242
佐々木馨　322, 328
サフラジスト　suffragist　248, 261, 263-64
サフラジズム　suffragism　183, 188, 247, 261-63, 265, 267
サフラジェット　suffragette　247, 262
サムソン、アン　Samson, Anne　415
『サンデー・ディスパッチ』 *The Sunday Dispatch*　90

◆し
シェイクスピア、O.　Shakespeare, O.　255
ジョイス、ジェイムズ　Joyce, James　96
ジェニングズ、ブランチ　Jennings, Blanche　182-83, 187, 190-96, 199-201, 263
シェーンハイマー、ルドルフ　Schöenheimer, Rudolph　435-36
シジウィック、ヘンリー　Sidgwick, Henry　96
シチリア　Sicily　317
清水康也　48
ジャニク、デル・アイヴァン　Janik, Del Ivan　350
シャーレイ、ラルフ　Shirley, Ralph　102
種族の意志　will of the species　70, 73, 76, 78, 81-2, 84, 86
シュティルナー、マックス　Stirner, Max　247-50, 252-54, 263, 265
『唯一者とその所有』 *The Ego and Its Own*　248, 262

ガーシントン Garsington 293
カーター、フレデリック Carter, Frederick 92, 98, 101, 107-08, 113, 115
『ロレンスと肉体的神秘主義』*D.H.Lawrence. and the Body Mystical* 98, 101
『黙示録の竜』*Dragon of Apocalypse* 92-3
ガットマン、A. Guttmann, Allen 211, 231
ガーディナー、ロルフ Gardiner, Rolf 230
ガーネット、エドワード Garnett, Edward 253
上村哲彦 348
カーモード、フランク Kermode, Frank 52
カーライル、T. Carlyle, Thomas 405
柄谷行人 215, 226
カルデア人 Chaldean 108, 111, 113
カンタベリー大司教 the Archbishop of Canterbury 426-27, 431, 448

◆き
北森義明 202
『組織が活きるチームビルディング』 202
ギブス、P. Gibbs, Philip 409
『イングランド・スピークス』*England Speaks* 409
キプリング、R. Kipling, Rudyard 284, 287-88, 297, 299-300, 302-03
『少年少女イギリスの歴史』*A School History of England* 284, 287, 303
ギボン、エドワード Gibbon, Edward 286
『ローマ帝国衰亡史』*The Decline and Fall of the Roman Empire* 286
キマイラ（キメラ） Chimaira 373, 376, 378-79
キャヴィッチ、デイヴィッド Cavitch, David 329
ギャスケル夫人 Mrs Gaskell (Elizabeth Cleghorn Gaskell) 66
ギリシア Greece 43, 60, 324-25, 329
ギリシア・ローマ神話 Greek and Roman Mythology 103, 324
ギリシア・ローマ文化 Greek and Roman Culture 325
キリスト教 Christianity 91-2, 97, 104-05, 107, 109-10, 112-18, 123, 127, 133-34, 138, 298-99, 306, 312, 323-24, 364-65
ギルバート、サンドラ Gilbert, Sandra 315, 335
キング司祭、C.W. King, Rev. C.W 106
『古代の宝物』*Antique Gems* 106
キングズ・コリッジ King's College 415
キングスレー、C. Kingsley, C. 411

◆く
クッシュマン、キース Cushman, Keith 423, 434-35, 441, 447
グッドハート、ユージーン Goodheart, Eugene 239
クラーク、ブルース Clarke, Bruce 248, 267
倉持三郎 262, 268
グラント、A. J. Grant, A. J. 290, 294
『ヨーロッパの歴史』*A History of Europe* 290
グリーン、グレアム Greene, Graham 31
『地図なき旅』*Journey without Maps* 31
グリーンスレット, フェリス Greenslet, Ferris 161
グルジェフ、ジョージ Gurdjieff, Georges 97
グレイ、H. B. Gray, H.B. 286, 302
『パブリックスクールと帝国』*The Public Schools and the Empire* 286
グレイ、ゼイン Gray, Zane 15
クレータ Kreta 373

295
『新マキャヴェリ』*The New Machiavelli*　303
『世界史大系』*The Outline of History*　284, 295-96
『トーノ・バンゲイ』*Tono-Bungay*　191
ヴェルレーヌ、P.　Verlaine, Paul　195
ウォー、イーヴリン　Waugh, Evelyn　11-2, 31, 35
『ラベル』*Label*　11
ウォートン、イーディス　Wharton, Edith　14, 31
『イタリアの後景』*Italian Backgrounds*　14
ヴォルテラ　Volterra　326, 370, 383-84
ウォレス、アン・D.　Wallace, Anne D.　23-4
内田樹　199
『武道的思考』　202
内堀基光　314, 319, 334
ウッド, クレメント　Wood, Clement　155
ウッドハウス　Woodhouse　125-26, 128
宇野邦一　215
梅原猛　310
ヴルチ　Vulci　326, 370, 383
ウルフ、ヴァージニア　Woolf, Virginia　96

◆え
H・D（ヒルダ・ドゥーリトル）　H. D.（Hilda Doolittle）　151, 255
エガート、ポール　Eggert, Paul　357
エダー、デイヴィッド　Eder, David　93
エデンの園　the Garden of Eden　315
エトナ（火山）Etna　317, 379
エトルリア（人）　Etruria, the Etruscan　99, 313, 319, 324-30, 332, 334-35, 338, 362-64, 366-93
エドワード王　Edward VII　286
エマソン、ラルフ・ワルドー　Emerson, Ralph Waldo　156, 171
『自然』*Nature*　156
エリオット、ジョージ　Eliot, George　65-8, 72, 77, 86
『アダム・ビード』*Adam Bede*　68, 77
『フロス河の水車場』*The Mill on the Floss*　66-70, 72, 77, 80, 82
エリオット、T.S.　Eliot, T.S　409, 413
エリス、D.　Ellis, David　426, 428-31, 434, 440-41, 445, 447-51
『作家と死―ロレンスの死の経緯と追憶』*Death & the Author: How D.H. Lawrence Died, and Was Remembered*　422-25, 427, 440, 448-49
エンペドクレス　Empedocles　320

◆お
『オカルト・レヴュー』*The Occult Review*　91-4, 100-02, 108, 114-15
オ(ッ)クスフォード（大学）Oxford University　412, 414-15, 417
オ(ッ)クスフォード大学出版局　Oxford University Press　93, 294, 306
オシリス　Osiris　91, 95, 98-100, 103, 110-12, 114, 117
織田正信　181
『D・H・ロレンスの手紙』　181
オー、ユーニョン　Oh, Eunyoung　343
オールディントン、リチャード　Aldington, Richard　151, 255, 263, 267-68, 357
オーム・マニ・パドメ・オーム　Om, Mani Padme, Om　194

◆か
ガイルズ、J.　Giles, J.　408
カウアン、ジェイムズ・C.　Cowan James C.　326
笠井潔　212, 241

索引

◆あ

青柳正規　325

アスキス、シンシア　Asquith, Cynthia　97, 99, 278, 281, 299, 342, 354-55

『アシニーアム』*Athenium*　294

アステカ族　Aztec　330

アッティラ　Attila　282

アディスコム　Adiscomb　192

『アデルフィ』*Adelphi*　90

アドルノ、テオドール　Adorno, Theodor　212, 226-27, 230

アーノルド、アーミン　Arnold, Armin　157, 171

アーノルド、エドウィン　Arnold, Edwin　194, 324

　『アジアの光』*Light of Asia*　194, 324

アーノルド、マシュー　Arnold, Matthew　406, 410-11, 413-14

アメリカ　The United States of America　285-86

アーリ、ジョン　Urry, John　16

アルカディア　Arcadia　43-6, 54-5, 61

アンティゴネ　Antigone　76-7, 87

『アンティゴネ』*Antigone*　216

◆い

イェイツ、W.B.　Yeats, W. B.　96, 214, 240

イエス（キリスト）　Jesus (Christ)　91-2, 95, 97, 100-02, 104-14, 118, 132-33, 140

異教　paganism　324

イギリス（人）　England, Englishman　276, 278, 280, 283, 287-88, 293-94, 297-98, 302-03, 305, 319-20, 337

イーグルトン、T.　Eagleton, Terry　404

イシス　Isis　90-5, 98, 100-08, 110-16, 118-19

イーストウッド　Eastwood　125, 194-95, 263

井上義夫　41, 321-22, 327, 337-38, 343, 352

糸多郁子　62

『イーブニング・ニュース』*The Evening News*　90

イマジズム　imagism　150, 153, 159, 167, 172, 175, 255

岩井学　62, 268

岩崎綾海　202

　『もし高校野球の女子マネージャーがドラッカーの「マネジメント」を読んだら』　202

イングランドの現状　the condition of England　290

インディアン　Indian　330

◆う

ウィーヴァー、ハリエット・ショー　Weaver, Harriet Shaw　267-68

ヴィクトリア朝　Victorian era　290

ウィークリー、アーネスト　Weekley, Ernest　132

ウィドーソン、P.　Widdowson, Peter　403, 411, 413

ウィリアムズ、レイモンド　Williams, Raymond　405-06, 410, 414

　『文化と社会』*Culture and Society*　405, 414

　『田舎と都市』*The Country and the City*　414

ヴェイユ、シモーヌ　Weil, Simone　221

ヴェーバー、マックス　Weber, Max　227-29

ウェブ、ベアトリス　Web, Beatrice　96

ウェブ、W. H.　Webb, W. H.　286

ウェルギリウス　Virgil　43-4

ウェルズ、H. G.　Wells, H. G.　277, 284, 294-96, 298, 300, 302-03, 306

　『自叙伝の試み』*Experimental Autobiography*

執筆者紹介（掲載順）

霜鳥 慶邦	福島大学 准教授
福田 圭三	大阪経済大学 専任講師
藤原 知予	香川高等専門学校 助教
出水 純子	大阪大谷大学 教授
山田 晶子	愛知大学 教授
志水（西田）智子	九州産業大学 准教授
杉山 泰	京都橘大学 教授
浅井 雅志	京都橘大学 教授
有為楠 泉	名古屋工業大学 名誉教授
岩井 学	熊本保健科学大学 准教授
田部井 世志子	北九州市立大学 教授
山本 智弘	近畿大学 非常勤講師
鎌田 明子	京都橘大学 名誉教授
石原 浩澄	立命館大学 教授
北崎 契縁	相愛大学 教授
吉村 宏一	同志社大学 名誉教授

ロレンスへの旅

二〇一二年三月二五日　初版第一刷発行

編　者　D・H・ロレンス研究会
発行者　森　信久
発行所　株式会社 松柏社
〒一〇二-〇〇七二　東京都千代田区飯田橋一-六-一
電話　〇三（三二三〇）四八一三（代表）
ファックス　〇三（三二三〇）四八五七
Eメール　info@shohakusha.com
http://www.shohakusha.com

装幀　黒瀬章夫
装画　D・H・ロレンス
組版　エニカイタ・スタヂオ　奥秋圭
印刷・製本　倉敷印刷株式会社
ISBN978-4-7754-0180-4